ハヤカワ文庫 SF
〈SF2014〉

ゼンデギ

グレッグ・イーガン
山岸　真訳

早 川 書 房

7571

ZENDEGI
by
Greg Egan
Copyright © 2010 by
Greg Egan
Translated by
Makoto Yamagishi
First published 2015 in Japan by
HAYAKAWA PUBLISHING, INC.
This book is published in Japan by
arrangement with
CURTIS BROWN GROUP LTD.
through THE ENGLISH AGENCY (JAPAN) LTD.

ゼンデギ

登場人物

マーティン……………………オーストラリア人ジャーナリスト
オマール……………………マーティンの友人
ベフルーズ……………………マーティンの通訳
マフヌーシュ……………………デモの女性抗議者
ジャヴィード……………………マーティンの息子
ナシム……………………イラン人情報科学者
バハドール……………………〈ゼンデギ〉でのナシムの部下
キャプラン……………………自らのアップロードを計画する青年

第一部
2012年

۱۳۹۱-۱۳۹۰
（イラン暦1390年－1391年）

1

マーティンは居間の片隅に置いた木枠四つにぎっしりのLPレコードを、思案顔で見つめた。ターンテーブル、アンプ、それにスピーカーが木枠の脇の床に置かれ、ケーブルは埃を被っている。コンポをおさめていたユニット棚を売り払ってから三週間だ。レコードは自分といっしょの飛行機でイランに持っていくにはあまりに重すぎるだろうが、別個に船便で送ったら無事に着くとはあまり思えない。パキスタン勤務になったときにそうしたように、倉庫に預けようかともかなり考えたが、一ヵ月かけて家具を売り払い、ガラクタを処分してきた結果、その作業を貫徹する決心をした。目標は、ポケットにひとつの鍵も持たず、あとになにひとつ残さずにシドニーを飛びたつこと。

マーティンは木枠の脇にしゃがんで、ざっと枚数を数えてみた。アルバムレコード二百四十枚。そのすべてをダウンロードして揃えなおすには二千ドル以上かかるだろう。それは、レコードの二、三の小さな傷やひび割れは別にして、そっくり同じものを手にするための出費としては、法外な金額に思える。お気に入りのアルバムだけ揃えなおすのはいつでもできることだが、この木枠の中身は数十年間、なにひとつ捨てることなく持ち運んできたものだ。それはマーティンの自分史の一部であり、収録曲リストやライナーノートのかたちで書かれた日記だった。買ったことが恥ずかしくなるようなゲテモノもたくさんあったが、マーティンはそういうレコードも忘れたくなかったし、手放したくもなかった。コレクションを削るのは修正主義の類《たぐい》に感じられるだろう。自分が二度と、ディーヴォとかザ・レジデンツとかヴァージン・プルーンズに金を出す気にならないのはわかっているが、だからといって、そのページを日記から破りとって、エルヴィス・コステロやザ・スミスといった高尚な一団に青春のすべてを捧げていたふりをするのも嫌だった。世に知られていないアルバムほど、いかがわしいアルバムほど、うんざりした気分にしかさせられないアルバムほど、それを自分の過去から削除することで失ってしまうものが大きかった。

どうすべきだったかはわかっていて、もっと早くにその手を打たなかった自分を恨んだ。ふつうならマーティンは別の手段の長所と短所をネットで見てまわって、もう一週間かけて複数の選択肢についてじっくり考えるところだが、いまは無駄にできる時間がない。木枠にはぶっ通しで聴いてほぼ七日分の音楽が詰まっていて、飛行機に乗るのは二週間後。無理ではないが、ぎりぎりだ。

部屋を出て、廊下をふた部屋先まで歩く。

マーティンのノックの音に応えて、アリスが不機嫌な声で、「いま行くから!」と返事をした。三十秒後、戸口に姿を見せたアリスは、これから午後の日射しに立ちむかおうとするかのように、ツバ広の帽子を被っていた。

「やあ」マーティンはいった。「忙しい？」

「いえ全然。どうぞ」

アリスはマーティンを居間に案内すると、すわって、という身振りをした。「コーヒーでも飲みます？」

マーティンは首を横に振って、「時間を取らせる気はないんだ。ちょっとアドバイスがほしいだけで。ぼくはこれから涙をのんで、レコード・コレクションをコンピューター――」

「オーダシティ」とアリスはいってよこした。

「なに？」

「〈オーダシティ〉をダウンロードするんです。使うソフトウェアはこれがベスト。ターンテーブルのプリアンプをサウンドカードにつないで、とっておきたいものを片っぱしから録音して、WAVファイルとして保存する。アルバムの片面ずつを別々のトラックに分けたければ、マニュアルでやる必要があるけれど、それもとってもかんたん」コーヒーテーブルから小さなメモ帳を手に取って、なにかを走り書きすると、そのページをマーティンに渡した。「その設定を使えば、どこかの時点でCDに焼こうと思いたったときも楽にできます」

「ありがとう」

「あ、あと、録音レベルが正しいか、ちゃんと確かめてください」

「わかった」相手の知恵だけ借りてさっさと立ち去るような不作法はしたくなかったが、アリスが帽子を脱がないので、当の彼女がすぐにも出かけたがっているのだとマーティンは判断した。「参考になったよ」といいながら立ちあがる。「どこかへ出かけようとしていたみたいだけど――」

アリスは怪訝《けげん》そうな顔をしてから、気がついたようすで、「これのこと？」ツバをつかんで帽子を脱ぐと、短い黒髪にもつれている明るい色のワイヤーメッシュが姿をあらわした。「だれが来たのかわからなかったし、全部の電極を貼りなおすには十分かかるから」髪はまったく剃られていないようだが、不規則な髪の分け目に白い地肌がぽつぽつと顔をのぞかせ、そこに小さな金属ディスクが接着されていた。子どものころの記憶がよみがえって、マーティンは妙な気分になった。ダニを探して飼い猫の毛を掻きわけた記憶。

マーティンはいった。「なんのためにそれをつけているのか、訊いてもいい？」

「〈イコノメトリクス〉というスイスの会社が、画像をモニターにパッとサブリミナル的に表示して、それを見た人の脳の活動を調べることで画像を分類できないか、と考えたんです。わたしはそのテストのひとつに参加を申しこんだ。被験者はすわって、ふつうにしているだけ。画像を認識することさえない」

マーティンは笑った。「それだけでお金がもらえるの？」

「画像千につき一セント」

「被験者が殺到しそうだ」

アリスがいった。「会社はいずれ、なにかの特典を少額決済の代わりにするでしょう。電極をつけたままゲームをしたり映画を見たりする気があるなら、フリーアクセスにするとかね。会社としては最終的に、こんなＤＩＹ《しろうと》神経学者のガラクタではなく、標準的なゲーマー用バイオフィードバック・ヘルメットでこれが作動するようにしたいのだけれど、市販製品にはまだそこまでの解像度がない」

マーティンは興味をそそられた。「それで、きみとしてはなにをたくらんでいるんだ？」

アリスはウェブサイト・デザイナーとして暮らしを立てているが、空《あ》き時間の大半を、度のすぎない不正なプロジェクトに費やしているらしい。たとえば彼女が作った〝ウッドチャック《Groundhog》の檻《ケージ》〟（映画『恋はデジャ・ブ』*Groundhog Day*に由来）は、三十日間無料試用のソフトウェアに、つねにその日が試用期間の第一日目だと思わせる。どうやらこのほうが、ソフトウェアに対して単にほんとうの日付に関して嘘をつくより、むずかしいらしい。さらに遠方のサーバーとのやりとりも捏《ねつ》造《ぞう》する必要がある。

「まだシステムの解析中」とアリス。「どうやったらだませるか、考えているところ」

「そうか」マーティンは口ごもってから、「だけど、人間の脳がしているのと同じように画像を分類するソフトウェアを専門家が書けないなら、きみ自身の反応をシミュレートするプログラムをどうやって書く？」

「そんな必要はないんです」とアリスは答えた。「人間として通用するなにかを作ればいいだけ」

「話についていけない」

「人間というのは、みんながみんな同じ反応をするわけじゃありません」とアリス。「映像の種類ごとにはっきりと多数派の反応があったりなかったりするかもしれないけれど、ひとり残らず同じシグナルを返してくることは、確実にない。参加者の中には――本人たちがなにか悪いわけではなくて――テスト結果にまったく貢献しない人たちもいる。統計的な必然として。でも会社側は、もこもこの子猫を見たらいつでも脳がポワ～ンってならない人を、差別するような真似はできない。だからそういう人たちもやっぱり同額の報酬をもらえる。わたしもそのおこぼれにあずかれるかなと思って」

「つまり、影響力の低いサイコパスとして通用すれば満足だということか、自分がほんとうの役立たずに見えさえしなければ？」

「まあそんなところ」

マーティンは目をこすった。アリスの才能は評価していたが、自分がシステムを手玉に取れることを証明しようとする強迫観念的な欲求には、脳養殖計画そのものとそっくりに愚かしく感じられるところがどこかにあった。

「じゃあ、このへんで」マーティンはいった。「役に立つ情報をどうも」

「気にしないでください」急にバツが悪くなったようにアリスは微笑んだ。「いつ発《た》つんです？」

「二週間後」

「そうですか」アリスの笑みは不自然に凍りついたままで、彼女がバツが悪そうにしているのは、異様なヘッドウェアのせいではないことにマーティンは気づいた。「あなたとリズさんのことはほんとうに残念です」アリスがいった。

「ああ」

「ごいっしょだったのはどれくらい？」

「十五年」マーティンはいった。

アリスは心底驚いたようだ。アリスとご近所になって一年近いが、以前この話題が出たことはたぶんない。アリスは二十代半ばだ。十五年といえば一生涯のように感じられるだろう。マーティンはいった。「つらい土地に我慢して住むのはイスラマバードで最後にする、とリズは決めたんだと思う」マーティンはリズを責められなかった。パキスタンやイランは、本人にとってそこにいるべき理由がない西洋人女性には、もっとも魅力的な場所とはいえない。リズは金融業界の、インターネット接続さえできればどこに住んでいようと気にしないという会社で仕事をしていたが、彼女は心の奥のどこかで、煉獄での数年間のご褒美として夫はパリかプラハの支局に転勤になる、と思いこんでいたのではなかろうか。だがマーティンの雇用者たちはそれとは反対に、パキスタン勤務は新しいテヘラン特派員としての理想的な準備期間だったし、パキスタンから戻ったあとシドニーでだらだらと十二カ月もオンラインニュース編集者をやってきて、いいかげん現場復帰すべき頃あいだ、と理屈をつけたのだった。

にいきましょう」

「残念です」アリスはもういちどいった。

マーティンは彼女が走り書きした虎の巻のメモをひらひらさせて感謝の意を示すと、甘い声で知られた一九八〇年代の深夜ＤＪのパロディで応えた。「では、レコードを何枚かかけ

マーティンはユーリズミックスの『タッチ』から作業をはじめた。ケーブルやソフトウェアの設定に大騒ぎし、オプションというオプションのチェックを重ね、録音を終えたときにはアルバムをまるごと再生して、すべてがうまくいったことを確認した。

アニー・レノックスの声にはいまも鳥肌が立った。彼女のパフォーマンスを生で見たのはいちどきりで、一九八四年一月、シドニーの北の田舎にある泥んこの野原でのことだった。トーキング・ヘッズも、ザ・キュアーも、ザ・プリテンダーズも、同じフェスティヴァルに出演した。季節外れの土砂降りでキャンプ場は水浸しになり、雨の中、言語に絶するトイレの前で待ち列に並んだのをマーティンはいまだに覚えているが、すべてにそれだけの価値があった。

当時マーティンは十八歳だった。リズと出会うのは十年以上先。さらにいえば、マーティンのレコードすべてが、その出会い以前に手に入れたものだ。ふたりでここに越してくるまでにマーティンはＣＤプレイヤーを買っていたし、ふたりが関わりあった期間の楽曲すべてはもうハードディスクにおさまっているから、物体として目に入る心配はない。木枠詰めの

昔の音楽がマーティンを昔に連れ戻すことがあるとしても、それはリズ以前の日々だ——「アナ・エング」（ゼイ・マイト・ビー・ジャイアンツの曲から）はたぶん例外かもしれないが、まだその時点で出会っていない人を思いだしてさみしくなることはありえない。それは心に訴える発想で、それから数時間、マーティンはトーキング・ヘッズに没頭して、彼らの奇妙でナイーヴなオプティミズムに陶酔した。けれど、夕方遅くになるころ、エルヴィス・コステロを聴きはじめると、気分は暗くなっていった。木枠の中でもっと陽気なものを漁《あさ》ることもできた——マッドネスのコンピレーション・アルバムがどこかにあるはずだ——が、感情を操作するのにも疲れてきた。音楽が単に歳月を溶け去らせているときでさえ、郷愁にふけること自体がマーティンを感傷的にさせはじめていた。二週間こんなことを続けたら、抜け殻になってしまう。

録音マラソンは継続することにして、レコードをパンケーキのように裏返したり取り換えたりはしたが、再生の音量は絞って、聞こえないようにした。差し迫った未来のことを考えはじめるのにもちょうどいい。マーティンはブラウザをひらいて、イランからの最新ニュースに追いつこうとした。

目前の国会議員選挙の選挙運動期間中に最大の注目を集めている野党は、〝今の党〟という意味のヘズベ・ハーラー（Hezb-e-Haalaa）だ。舌がまわらない外国人はときどきこれを、〝神の党〟を意味するヒズボラ（Hezbollah）とほとんど区別のつかない発音をするが（加えて、イランのヒズボラをレバノンの同名集団と混同するのはお約束）、ふたつの党はこれ以上ないほど異なっていた。たとえば、ヘズベ・ハーラーはイスラエルを承認するという方針を発表している。党の創設者、ダリウシュ・アンサリいわく、「イラクは戦争で何十万人ものわが国民を殺したが、現在われわれは彼らと通常の外交関係を築いている。イスラエルについて同様のことを提案したからといって、わたしがあの国のしてきたことをなにひとつ承認したことにはならない。われわれの尊敬すべき指導者たちがバグダッドに大使を送ったことで、われわれの領土への侵略とわれわれの国民の虐殺を承認した以上には」

アンサリは護衛一名を同行して行動することで、組織に属さない狂信者がこの方向の議論に対して彼に身体的制裁を加えるのを思いとどまらせていた——それでも、大口を叩いているせいでエヴィン刑務所送りになる可能性はある——けれど、経済的・法的・社会的改革に対する彼の見解は物議を醸すようなものからはほど遠く、世論調査でも堅固な支持を得ていた。たとえ非の打ちどころなく公明正大な投票がおこなわれたとしても、ヘズベ・ハーラーが国会《マジュレス》——どのみち、限定された権力しかない機関だが——の過半数を得ることはたぶんないだろうが、ほかの改革派と協力すれば、保守的な大統領の悩みの種になれるだろう。

しかしながら、被選挙資格の最終決定権を持つ監督者評議会の十二人のメンバーから、立候補の資格なしと布告された候補者には、ヘズベ・ハーラーに所属する全員が含まれていた。これで国会《マジュレス》から同党を締めだすために——『わたしの票はどこへ行った？』という小うるさい叫びがあがる危険をおかして——選挙結果を操作する必要はなくなった。党員の名前は前もって投票用紙から抹消されているのだから。

シンガポール行きの便がシドニーを発ったのは午前九時というきわめて健全な時間だったが、マーティンは土壇場でやらなければならないことが山とあって四十八時間寝ていなかったので、体内時計はもはや旅行に適した時間とそうでない時間の区別ができなかった。機上では知らぬ間《ま》に寝たりさめたりを断続的に繰りかえした。八時間後、チャンギー空港の中を大股で歩いているときもまだ、自分自身の削減ヴァージョンというか、ドバイ行きの便の正しいゲートへ導くと請けあう表示以外はなにもかも無視する視野狭窄《きょうさく》状態の自動機械のような気分だった。じっさいは乗り継ぎの待ち合わせ時間は九十分あったが、出発時間にどこにいればいいかを正確に把握するまで、マーティンは少しも気をゆるめられなかった。

ドバイへの機上で、頭にかかった霧が晴れはじめた。この先の数日、頭痛をかかえるのはわかっていたが、少なくともチェックリストの全項目を処理ずみで、シドニーで自分の代わりにあれこれにケリをつけてくれるよういろんな人に頼みこむメールを続々と送る必要がないのは、確かだった。もし飛行機がインド洋に墜落しても、マーティンは溺れ死ぬとき心穏やかでいられるだろう、部屋のカーテンをドライクリーニングに出していなかったからといって、不動産屋の来世でのブラックリストに名前が載る心配もなしに。

隣席の乗客はハルーンという電気通信エンジニアで、アブダビにむかっていた。マーティンが自分はイランの選挙を取材に行くのだと話すと、ハルーンは悪気なしに、それは大統領選挙だった前回の投票ほどの報道価値があるものになるか疑問だといった。マーティンはその予想に反論できなかった。二〇〇九年の大統領選挙で大騒動があったので、今回の国会議員選挙はここ数十年でもっとも厳重に管理された投票になると思われる。それでも、灰の下の炎が消え去ったと信じている人はだれもいなかった。

頭の働かないこんな状態では、選挙に関する背景メモを再読しても意味がない。ヘッドホンをつけて、iTunesを起動する。音楽ライブラリソフトにはジャケット画像をストアする機能があり、マーティンはアルバム一枚ずつの写真を自分で撮りはじめたが、照明やアングルを適切に設定するのはむずかしく、結局はネットから画像をかすめ取ることで自分の作業に替えた。ライナーノートには歌詞や楽譜、特典画像類が載っているものもあったが、時間がなくてなにもデジタル化できなかった。出発の前日、木枠に詰めたレコードをシドニーのグリーブにあるチャリティショップに持っていったが、コレクターズアイテムがないならレコードは棚スペースを割く価値がないと店の人にいわれた。いまごろ、あのレコードは全部、埋め立てゴミになっているだろう。

マーティンはジャケット画像をフリップしていった。記憶を呼びおこすきっかけとしては画像のほうが単なる名前のリストよりも役に立つのは確かだが、画像には想像上の光沢のある棚の上に置かれたような遠近感と反射が付加されていたけれど、3Dもどきのエフェクトのせいで、凝りすぎた美術館の展示品のように見えた。

それは別にかまわない。音楽そのものはこうして手もとにあって、肝心なのはそこだ。さらにマーティンは念入りに、全部をストレージ・サービスにバックアップしていた。ラップトップは壊れることがあるかもしれないが、それでもメモリの中身自体はなにも失われることはない。

ポール・ケリーの曲を聴きたくなったが、最初の曲をなににするか自分では決められなくて、ソフトウェアに選択をまかせた。「フロム・セント・キルダ・トゥ・キングズ・クロス」がヘッドホンいっぱいに広がる。マーティンは目を閉じてシートにもたれ、ノスタルジーに浸って微笑んだ。次の曲は「トゥ・ハー・ドア」、別れと和解の歌だ。マーティンは微笑みを絶やさず、力強くて平易な歌詞に意識を集中し、自分自身の人生と似たところがあるとは認めまいとした。

なにかの原因でバチバチッという大きなノイズが入った。マーティンはパイロットの緊急アナウンスを聞きのがしたのかと思って、ヘッドホンを耳から引き抜いた。だがエンジンの単調なうなりを別にすると機内は静かで、フライトアテンダントが乗客のひとりと穏やかに会話してさえいた。たぶんなにかの電気的干渉だったのだろう。

次の曲「ユー・キャント・テイク・イット・ウィズ・ユー」の途中で、またバチバチッという音が聞こえた。歌の途中で一時停止し、数秒遡ってその部分を再生する。同じところでまたノイズが入り、まるでそれも録音の一部のように聞こえた。けれどその音はレコード針についた埃とも、レコード盤の傷とも、あるいは携帯電話や蛍光灯から回路に忍びこむランダムな電子的汚染とも違っていた。ケリーの声が急に高まると、それが問題のノイズになる。音が大きくなりすぎたときに、ヘッドホン内部の機械的ななにかがまわりの部品とこすれているかのように。だが、音量をふた目盛り分落として同じトラックを再生しても、そのノイズは聞こえた。

ランダムにほかのトラックを再生していく。気持ちが沈んだ。まるで何者かが紙やすりを手にしてマーティンのレコード・コレクションを触ってまわったかのように、約三分の一のトラックに同じ問題があった。映画『悪いことしましょ！』でピーター・クックが演じた悪魔に駆りたてられたかのように、リズが闇の中で木枠のレコードを次から次と手に取る光景が思い浮かんだ。だが、そんな卑劣な復讐は彼女のスタイルではない。

隣席のハルーンが声をかけてきた。「そのマシンにとても腹を立てられているようですね。よろしければ、わたしのラップトップをお貸ししますが」

さっき頭の中を駆け抜けたみだらな悪口雑言はいっさい口から出ずにいただろうか、とマーティンは不安になった。職務熱心すぎる航空警官なら、乗客が極端な奇行に走らなくても、馬用のトランキライザーをたっぷり注射してトイレに閉じこめることがある。「ご親切にどうも」マーティンは答えた。「でも、急を要することではないので。それに、問題はこのラップトップではないと思います」マーティンは、自分の音楽コレクションをどう処理したか説明した。「最初の七、八枚のアルバムはチェックして、音にはなんの問題もなかったんですが」

「聴いてもいいですか？」

「ええ」マーティンは奇妙な問題のある箇所の実例を探しだしてから、ハルーンにヘッドホンを渡した。

まもなくハルーンは、完全に納得がいったという笑みを浮かべた。「波形整形ですね。残念ながらあなたのいわれたとおり、再生時の問題ではなくて、この状態で録音されたんです」

「波形整形？」

「録音レベルの設定が高すぎたということです」

「でもそれはチェックしたんだ！　最初のアルバムを録音するときにレベルを調整して、少なくともあと六枚はそれでうまくいった！」

ハルーンが、「信号強度はアルバムごとに違います。最初の数枚で適切なレベルだったからといって、残りすべてについてはなんの保証にもなりません」

疑いの余地なくそれは正しかったが、それでもその結果がこれほど破壊的になるのは理解できなかった。「ターンテーブルから来たレベルがコンピュータにとって高すぎたなら、なぜ録音は単に……オリジナルほどの大音量にならないだけで終わらないんです？　あるいは、ダイナミックレンジが少し小さくなるとか？」

「レベルが高すぎるときには」ハルーンは辛抱強く説明してくれた。「波形を縮小させるのではなく、波の上下を切り落としているからです。サウンドカードがデータとして表現できる最高値を電圧がいちど上まわると、サウンドカードはその先、なんでも適正なスケールに直す役を果たせなくなる。上限値にぶつかると、じっさいの信号どおりの複雑なピークではなく、単に上限値のままプラトーを描くのです。そうやって波の上下を切り落とすと、オリジナルの細部が失われるだけでなく、周波数帯域全体にわたってノイズが生じます」

「なるほど」マーティンはヘッドホンを返してもらうと、自分の失敗を笑い飛ばそうとした。「結局ぼくは、この貧乏ミュージシャンたちに数セント払うことになるようです。あれだけの時間をこんな失敗をするために浪費したなんて、信じられないな」

ハルーンはしばらく黙っていてから口をひらいて、「お見せしたいものがあります」ハルーンは自分のラップトップを起動すると、ブラウザのオフラインキャッシュからあるウェブサイトを呼びだした。「この本はアラビア語の物語の英訳です。十九世紀の出版なので、現在はパブリック・ドメインになっています。あるアメリカの出版社が、入手した一冊をスキャンして、世界じゅうで読めるようにしました。大変な太っ腹だ、でしょう？」

「でしょうね」マーティンのすわっている位置からでは画面がはっきり見えなかったが、タイトルバーには『奴隷娘と皇帝《カリフ》』とあった。

「光学式文字認識《OCR》は完璧ではありません」とハルーンはいった。「場合によっては、ソフトウェアが問題の存在を検知して人手による修正を要求することもありますが、そのプロセスもやはり完璧ではない。これは有名な物語ではありませんが、わたしは十歳のとき、祖父からこの物語の本をもらったので、ヒロインがマリアム（Mariam）という名前なのは知っていました。このデジタル版は英訳をスキャンしたもので、一冊全部で名前の中の〝ri〟が、〝n〟に変わっています。マリアムがマナム（Manam）になっているのです——わたしの知るかぎり、それはパプアニューギニア沖の島の名前である以外、いかなる言語でもなにも意味しません」

マーティンはいった。「翻訳家がそんなまちがいをすることはなさそうですね。リチャード・バートンとアヘン吸飲競争をしているさなかなら別ですが」

ハルーンはラップトップを閉じて、「この本をほかの十万冊と同じように紙送り装置にあたえたあと、人間がまったく関与していないのは、まちがいないでしょう」ハルーンは笑みを浮かべていたが、マーティンは彼の目に挫折感を見てとった。たぶんハルーンは文化の守護者たる出版社に訂正を求めるメールを送ったのだろうが、なんの成果もなく、一方で気に障るまちがいはミラーサイトに拡散して、取り消し不能なまでに増殖してしまったのだろう。

ハルーンは、被害に遭ったマーティンのライブラリを手振りで示して、「時間と注意深さがあれば正しいかたちで残せないものはありませんが、それだけの根気がある人はいないんです」

「ぼくは国を離れようとしていたので」とマーティンは言い訳がましくいった。「やることがたくさんあって」

ハルーンは、事情はわかりますというようにうなずいて、「旅に出る人が、形のない音楽を頑丈で携帯可能なものに変えようとするのは、ふつうのことでしょう。けれど、いまではあまりにたくさんの手順が手間いらずで自動化されているので、世界の大半のものはいまも古いルールで動いていることを忘れがちになります」

「ええ」マーティンはその話を認めるほかなかった。最初の数枚のアルバムを注意深く扱ってから、残りの処理は、単にあるハードディスクから別のにファイルをコピーするような手軽さでできるだろう、と考えることを自分に許したのだった。

「わたしたちは新しい種類の世界への入口にいるんです」ハルーンはいった。「そしてわたしたちには、その世界をきわめてすばらしいものにするチャンスがある。けれど、自分たちがいまこの時に立っている場所を忘れて、前方に待つ驚異を見つめることにばかり明け暮れていたら、わたしたちはつまずいて、顔を地面にぶつけることになるでしょう、何度も何度も」

2

「ビダー・ショ《起きて》！　アガ・マーティン《マーティンさん》？　ロットファン《お願いだ》、ビダー・ショ！」

マーティンは身じろぎした。頭がずきずきする。腕時計のライトを点けるボタンを押す。午前二時をまわったばかりだ。声の主を思いだした。下の階に住むオマールがドアをドンドン叩いて、マーティンに起きろと頼みこんでいるのだ。

ペルシア語で火事はなんだったっけ？　パキスタン勤務時にダリー語――ペルシア語のアフガン方言――は付け焼き刃で覚えていたが、イランに来て二カ月すぎても、その間《かん》の大半はプロの通訳を伴って仕事をしていたので、マーティンのペルシア語は初歩のままだった。

「アーティッシュ？」マーティンは叫びかえした。それはウルドゥー語の火事という言葉だが、どちらの言語でも同じ単語なのはまちがいなかった。

「ナー《違う》！」オマールの声はいらだっていたが困惑してはいなかったので、少なくとも質問は意味をなしたようだ。「ロットファン、アジャレー・コン《急いで》！」オマールはいつも英語でマーティンと話しているが、どんな緊急事態なのか、英語が脳から追いだされてしまったらしい。

マーティンはベッド脇の明かりを点けて、ズボンを穿くと、狭いアパートの玄関に足を運んだ。ドアをあけると、オマールは携帯電話を操作していた。マーティンはむっとしてうめきそうになるのをこらえた。シドニーでもひどいものだったが、テヘランでは、その代物を取りだして無意味ななにかをせずに五分といられる人はいなかった。

オマールは携帯電話をマーティンに手渡した。必ずしも無意味でない操作をしていることもある。画面に表示されているのは、いまウェブサービスで英語に翻訳されたばかりのメッセージだった。でたらめな構文の意味を理解するのにしばらくかかったが、いまの自分とオマールの状態では、このメッセージと同じ情報をやりとりするのに身振り手振りで一時間を要しただろう、とマーティンは思った。

テヘランのメインストリートのひとつであるヴァリアスル通りで自動車事故が起きた。ふたりの運転手と、事故車一台の乗客ふたりが軽い怪我で病院に運ばれた。その乗客のうちひとりは高位の法学者で政治家のハッサン・ジャバリだった。もうひとりの乗客の身元は不明だが、事故後のようすを携帯電話で撮影していた野次馬がいて、その動画からのスチールがメッセージに埋めこまれていた。

光の加減のよくない画像を目をすがめて見ると、救急隊員が事故車からひとりの女性を助けだしているところだ。「この人はジャバリの奥さんなのか？」

オマールは哄笑《こうしょう》した。完全に英語を忘れたのではないようだ。女性は耳には光り輝くペンダント、体にはぴったりしたドレスという派手な装いだった。テヘランにグッチのお得意様の一団がいるのはまちがいなく、閉ざされたドア——あるいは着色ガラスの窓やリムジン車内の間仕切り――のむこう側では、もっとも尊敬される女性でさえ、もはやヒジャブ（イスラム諸国で女性の一般的な服装である、頭に被るベール）のルールに縛られない。だが、あらためてスチールを見たマーティンは、たぶんこの服装は許容範囲を超えているのだと思った。

「OK、この人はジャバリの情婦だ。あるいは売春婦」たとえそうだとしたところで、もしオマールや彼の友人たちがこうしたスキャンダルの発覚を冷笑的にしか扱わなくても、マーティンはあまり驚かなかった。彼は何十人ものイランの若者から、自分たちの統治者たちは裏おもてのある偽善者で、公衆には延々と説教をする一方、オイルマネーを使いこんで王様のような生活をしている、と聞かされてきた。ひとりの学生は有名な風刺漫画を見せてくれた。最初のコマでは、嫌われ者の元国王《シャー》が、空から滝のように降ってくる金貨の下で両手をカップ状にしていて、指の隙間からこぼれて落ちたほんの少しの金貨が、下にいる臣民たちに届いている。ふたコマ目では、ひとコマ目で国王がいた場所に怖い顔をした鬚の法学者《ムッラー》がいる――そしてこちらでは、金貨は一枚残らず受けとめられて、なにひとつ指のあいだから落ちたりはしない。

オマールが目から涙を拭いながら、「ベビン！《よく見て》」

自分はなにを見落としているのだろうと思いながら、マーティンはもういちど画像を見た。女性はしっかりした骨格の持ち主で、威厳がある――有名な女優か、歌手だろうか？　たぶん、画像が低画質だからにすぎないのだろうが、どこか作り物めいていて、ほとんど仮面のような、化粧の濃すぎる顔――。

「ミビナム《そうか》」マーティンはいった。「ミファーマム《わかった》」これでわかった、なぜオマールが起こしにきたかが。

元検事で、現在は監督者評議会――先月の選挙で、大望をいだく二千人以上の候補者について、イスラム教の原理への忠実さが不じゅうぶんであると宣言した集団――のメンバーであるハッサン・ジャバリが、真夜中、おかかえ運転手付きのメルセデスベンツに、魅惑的で婦人用ドレスをまとったトランスセクシュアルといっしょに乗っている現場を押さえられたのだ。

「ベリム・ビー《行こう》――」その次の単語はペルシア語でなんていうんだっけ。

「病院《ホスピタル》へ？」オマールが助け船を出す。

「ドロスト《そう》」マーティンは同意した。

マーティンの通訳のベフルーズは、両親のもとを訪ねるために二週間の休みを取っていた。とくに事件もなく選挙が終わり、イランの新年であるノウルーズで国の半分が活動停止しているので、マーティン自身も公式には休暇中だったが、事務処理の遅れを取り戻すためにテヘランにとどまっていた。

街なかを車で走りながら、マーティンはこの先に待つ仕事について不安な気分で考えをめぐらせた。だれについてであれ性生活をニュースとして取りあげるのは敬遠したかった――とりわけ、関係者が死刑の可能性にさらされている場合には――が、メールがすでに広まっていて、この暴露は既成事実になっていた。いまや事態の焦点はジャバリの行為ではなく、ジャバリの偽善が暴かれたことに対して政府と大衆がどう反応するかにあった。

「あの男を〝ヒュー・グラント〟ジャバリと呼ぶことにしよう」といったオマールはちょっと誇らしげで、遅まきながらイランのセレブが世界じゅうのタブロイドメディアの関心をがっちりつかむときが来たとでもいいたげだった。

「ヒュー・グラントは女性といっしょのところをスクープされたんだよ」マーティンはいった。

　オマールは頭を絞ってから、「じゃあ、『48セカンズ《秒》』ジャバリだ」

「その調子で続けられたら、きみはアカデミー賞の司会ができるよ」

　オマールは家電販売店を経営していた――そして裏でときどき海賊版ＤＶＤを売っていた。オマールはもうすっかり英会話能力を取り戻していたが、マーティンは、いまはオマールの助力にこんなに頼らなくてすめばいいのにと思っていた。オマールは一貫してゲリラ活動家で、堂々と改革派を名乗っていた。マーティンはオマールがくれる秘密情報に感謝していたが、ベフルーズの場合とは違って、偏見のない仕事仲間としてのふるまいを相手に期待するのは、無邪気すぎるしフェアでもないだろう。

　車はタレガーニ通りを進み、〝スパイの巣窟〟こと旧名・合衆国大使館の前を通りすぎた。敷地を囲む壁には仰々しいスローガン――観光客啓発のため、親切に英訳されている――と、一連の壁画――メタリカのアルバムに使われていても場違いではなさそうな髑髏《どくろ》顔の自由の女神を含む——が、鮮やかな色で書きつけられている。この時刻でさえテヘランは交通量がある上に、どこにでもいるサマンドや排気ガスもうもうの古いペイカン（ともにイランの国産車）が予告なく車線を変え、オートバイが前方にできたわずかなスペースというスペースにジグザグ運転で割りこんでくるので、運転しているマーティンは気が休まらなかった。

社のプジョー・パルスを狭苦しい病院の駐車場に入れたとき、マーティンは着くのが遅すぎませんでしたようにと願っていた。完璧なオーウェル的警察国家なら、ジャバリの同伴者——と事故の目撃者ひとり残らず——はすでに痕跡ひとつ残さず消え去っているだろうが、テヘランは冷戦時代の東ベルリンからはほど遠い。妥協の余地なく敬虔《けいけん》な政府上層部内でジャバリの両性愛が公然の秘密だったというのはありえなく思えるし、情報省《VEVAK》の複数の部署はその件を把握していたかもしれないが、政治家への働きかけが必要なときに備えてファイルにしまっておいただろうから、もし政府がまだ事故のことを耳にしてさえいないとしても、マーティンには少しも驚きではなかった。オマールに届いたメールは、暗号化されたフォームでかなりの少人数宛てに送られたものだ。すべての秘密を守る仕事は、まずジャバリの運転手にまかされているのだろうが、彼が行動不能なとき、揉み消し屋《フィクサー》に連絡を取る係はいるのだろうか？

マーティンはオマールのほうをむいて、「搬送者が女装した男性だった場合、救急隊員はどういう行動を取る？」ジャバリの同伴者は性転換手術は受けていないだろうという気がしたが、必ずしもそうとは限らない。アヤトラ・ホメイニその人が、驚くほど開化的な布告《ファトワー》を一九八〇年代に発して、ジェンダー再割り当て手術は完全に容認できる営みである、と宣言していた。

オマールがいった。「それが路地に倒れているヘロイン中毒者だったら、見当もつかないね。でも今回については、気がつかなかったふりをすると思うよ。わざわざテラブルを招く理由はないだろ？」

マーティンは手のひらの付け根で両目を押した。男性の救急隊員に見て見ぬふりをする理由があったとしても、もし女医が患者をもっとていねいに検査したら、どうなるだろう？　ホメイニの裁定があるとはいえ、女性ホルモン《エストロゲン》を摂取して婦人用ドレスをまとった男性が、男女分離された医療制度の中を、なんの騒ぎも引き起こすことなく無事にくぐり抜けられる保証はない。

「きみは本気でこれをやりたいのか？」マーティンはオマールに尋ねた。「ぼくならドジを踏んでも、最悪で国外退去させられるだけですむ」

オマールはいらだたしげに、「あなたには目撃者としてここにいてほしいが、これはあなたひとりでできることじゃない。ベリム《行くぞ》」

その夜の病院は混雑していた。オマールは受付で十分間列に並んで、ていねいだがいらついた女性と話ができた。マーティンはオマールの横に立って、苦労を外にあらわさないようにしながら、会話についていこうとした。オマールは、妻が事故に遭ったといった。奥さんのお名前は？　ハノム・ジャバリ——ミズ・ジャバリ。その大胆さにマーティンはぞわっとしたが、ふたりにチャンスがあるとすればこのシナリオ以外になかった。イランの女性は結婚後も同じ姓を使うので、ハッサン・ジャバリの姉妹はハノム・ジャバリで変わらない。もしジャバリの同伴者が女性と思われたままだとしたら、患者がジャバリの妻だという記録を残すのは明らかにのちのち面倒を招くから、姉妹ということにしておくのが唯一残された世間体のいい選択肢だった。

受付係はなにかをコンピュータに打ちこんで、上目づかいにオマールを見た。「ショークー・ジャバリさんですか？」そして誕生日をいった。

「ドロスト《そうです》、ドロスト」オマールはそうした詳細をうんざりするほどよく知っているかのように、せっかちに返事をした。受付係がオマールに、近親者名簿と突きあわせますのであなたのお名前をお願いします、というのではとマーティンは待ちかまえたが、彼女にはほかにこなすべき仕事がいろいろとあり、「バフシュ・シショム」と告げた。第六病棟？　オマールはすでに歩きはじめていた。

マーティンはオマールに追いつくと、「きみの最初の奥さんは、家族が増えたのを知ったら大喜びするだろうな」と冗談をいった。

「黙ってろ！」即座に怒声が返ってきた。反応の激しさにマーティンはぎくっとしたが、ちょっと考えて、自分には驚く権利などないと気づいた。オマールは政治でも宗教でも過激主義を嫌悪しているが、店のカウンターの下に隠されたDVDは、『トランスアメリカ』よりは『ランボー』寄りの映画が多い。今回の件については、たぶんオマールはシーア派最高指《アヤト》導者《ラ》以上の右派だろう。彼がいまここにいるのは、政治的な都合ゆえだ。これは人道的救助任務の類ではない。

病棟への入口で、オマールは当直の看護師と話をした。彼女は不審げな視線をマーティンにむけ、オマールは、ダイームという風に聞こえる言葉を口にした――わたしのおじ。看護師は面会の手続きをさせるために、別の職員を呼びだした。十五分後、マーティンとオマールはカーテンで仕切られた小さなスペースに案内され、そこにはだぶだぶの灰色のマントと黒い肩掛けを身につけ、ヘッドスカーフを被った人が車椅子にすわって、包帯を巻かれた片足を吊られていた。一瞬、マーティンはどこかでなにかのまちがいがあったのかと思ったが、病院が慎み深い服装を用意したということなのだろう。スカーフの下の角張った顔は、メールされてきた事故現場の画像にあった顔だった。

その場に三人きりになった。

「サラーム、ハノム《こんにちは》」オマールはおずおずとショークーに挨拶した。「チェトリン?《ご気分は》」

「バッド・ニスタム《悪くはない》」ショークーは答えた。「ショマー・チェトリン?《あなたは》」彼女の声が、母国語を同じくする人にどう聞こえるかを判断するのは、マーティンにはむずかしかった。話し声は静かでやや甲高い裏声《ファルセット》だが、不自然さもムラもない。

「ぼくたちは彼女の味方だというんだ」とマーティンは口を出した。「でないと、ジャバリの手の者だと思われるかもしれない」ショークーははっとしてマーティンを見あげ、それでマーティンは、自分が相手にその可能性を考えさせてしまったことを悟った。「ルーズナメ

・ネガーラム」とマーティンは説明した。ぼくはジャーナリストです。

オマールが小声でしゃべった。なんといっているのか、マーティンにはほんの一部しかついていけなかった。ショークーは興奮気味に、長々と返事をした。

「彼女はヨーロッパ行きを望んでいる」オマールは落胆した声で告げた。「おフランスに連れていくと誓ぁうのでなければ、われわれといっしょには行かないとさ」街への車中でオマールは数軒の隠れ家の話をしていたが、明らかにその計画に遙かなるパリは含まれていなかった。

マーティンは口を閉ざしていた。数年前にある記事のためにインタビュウしたクエッタ（パキスタンのバロチスタン州州都）の密出入国屋数人の電話番号はまだ手もとにあったが、オマールには紹介しないことに決めた。その密出入国屋たちにはイランの依頼人に対処した経験もあったが、たとえブルカで完全に顔を覆っていてもショークーがバロチスタンを安全に旅できるかは疑問だ。どちらにしろ、マーティンはこの一件の取材をしたいのであって、お膳立てをするつもりはなかった。

「なにか方法があるはずだ」オマールが考えこみながらいう。自分でも信じていないように聞こえたが、そのあとに決然と続けた。「やるなら、急がなくては。みんなが目ざめて、なにを逃《のが》したかに気づく前に」オマールはまたショークーと話をして、ふたりは同意に達したようだ。オマールはマーティンに、「借りてくる――」と松葉杖を使う身振りをして、看護師を探しに出ていった。

「イングリシー・バラディン？《英語は話せますか》」マーティンはショークーに尋ねた。

「とても少し」ショークーは答えた。「パルレ・ヴ・フランセ？《あなたはフランス語を話せますか》」

「ユヌ・プティット・プ《少しだけ》」ハイスクールで教わってはいたが、いまではマーティンのフランス語はペルシア語よりもひどいだろう。

ショークーの視線が床に落ちた。マーティンは挫折感を脇に追いやった。もしオマールがこの奇跡を成就できたら、パリ支局のサンドラ・ナイトがショークーと一対一で、ふたりともが流暢《りゅうちょう》に話せる言葉でインタビュウしてくれる。仮にベフルーズがいま隣にいてくれても、事態はほとんど変わらなかっただろう。マーティンがどれだけ言動に気をつけると約束しても、ショークーはイラン国内にいるあいだは、正気を失いでもしないかぎり、あれやこれやをこまごまと暴露するという自殺同然の行為をすることはないだろうから。

オマールが二本の松葉杖を持って戻ってきて、マーティンとふたりでショークーに手を貸して立たせた。事務手続きが少し残っていたが、ショークーの治療はすっかりすんでいて、退院することに問題はなかった。

病棟を出ようとしたところで、看護師に呼びとめられた。少しやりとりをしてから、廊下を進んでいく。看護師の姿が視野から消えると、オマールは作り笑いを掻き消して、一行に先を急がせた。

「なんの話だったんだ？」マーティンは尋ねた。

「ハノム・ジャバリのいとこが受付に来ていて、面会を求めているそうだ。受付で会うと伝えてくれといった。だが、たぶんそいつは待っている気はないだろう」

「わかった」マーティンはいまの知らせを咀嚼《そしやく》した。「少なくとも、また別の夫があらわれたわけじゃない。そうだったら、バツの悪い思いをしていただろうな」

片廊下との交差部分に来た。オマールが頭を傾けて方向を示し、マーティンはショークーの腕を取って、右に急カーブするのを補佐した。

車椅子を拝借してくればよかった、とマーティンはいまさらながらに気づいた。これでは見こみがない。駐車場までの半分も行かないうちに、〝いとこ〟は病棟に行って、引き返してきて、三人を見つけるだろうし、もし仲間を連れてきていて出口を押さえていたら――

「打つ手なしだ」マーティンはいった。

「まだ早い」オマールは断言した。

マーティンはちらりとショークーを見た。足を引きずりながらの全速力を出しているが、顔は苦痛で強ばっている。三人は病棟の区画を離れて職員エリアのようなところに入りこんでいき、そこは天井の電球が三つにひとつしか点いていなかった。

オマールは並んでいるドアを順に試していき、やがて狭い道具置き場の入口を見つけた。中にはモップやバケツや清掃用具と小さな流しがあった。オマールとショークーが短く言葉をやりとりした。

マーティンはいった。「どうするんだ？　三人でひと晩中ここに隠れているわけにはいかない」

「あなたは隠れているんだ。あとでだれか寄越して連れださせるから」

「ぼくが？　連中が探しているのはぼくじゃない」

「あなたの衣《い》服が必要だ」オマールが説明する。「変装のために」

マーティンは腹が痛いほど引き攣《つ》れるのを感じた。「無理、無理、無理！」ショークーを身振りで示して、「うまくいかないよ！　あの眉毛を見てみろって！」

オマールがペルシア語で話しかけると、ショークーはスカーフと肩掛けを脱いだ。事故現場でしていたイヤリングはとっくになくなっている。流しのところに行くと、床洗浄剤数滴の力も借りて、化粧をきれいさっぱり洗い落とした。それから濡れた指で豊かな黒髪を梳《す》いて、手早く髪型を変えた。あらわれ出《い》でたのは、少し時代遅れな男性ペルシア人ポップスターの容貌で、ばさっと垂れた切り下げ前髪が額をほとんど隠していた。引き抜かれた眉毛をペンシルで黒ずませていないと、間近で見た彼女はほとんど火傷の被害者にしか見えなかった。

マーティンはいった。「彼女を捜しているやつらは皆、彼女が男性で通るのを知っているだろう」

「だがこちらの動きが速ければ」とオマールが反論する。「あちらはまだそこに考えが及ばないかもしれない。看護師からは、女性ひとりと男性ふたりと聞かされるだろうからな」

すばやい変装が勝算を高くしたかもしれないことは、否定できなかった。テヘランでは毎晩何十件もの交通事故が起き、病院には怪我人が朝まで出入りする。この棟から抜けだすところを見られさえしなければ、男友だちといっしょに駐車場を松葉杖で歩いていく若い男は、目立つ標的にはならないだろう——そして、ジャバリに注目を浴びさせたくない連中は、病院のまわりに非常線を張って、いちいち性別を確かめてから通過させるような真似はできまい。

マーティンは覚悟を決めた。オマールに、きみが自分で服を取りかえろというわけにはいかない。ふたりのうち、どちらの服のサイズが近いかは明らかだ。イランの病院の女子棟トイレに半裸で隠れているのは、リスクを伴わない計画ではないが、マーティンが心配なのは現実の身体的危害より、恥をかくことのほうだった。

「わかった」マーティンはいった。

オマールはふたりを残して部屋の外に出た。服を脱ぐあいだ、マーティンはショークーに背中をむけていた。服を手渡すとき、彼女の胸の膨らみがどうしても目についたが、マーティンのセーターはぶかぶかで、ショークーが着るともっとぶかぶかだった。これならまだうまくいく見こみはある。ショークーにズボンとマントを手渡されて、少しためらってからマーティンはそれを身につけた。暖かくしていられるというだけでも着ている価値があるし、その衣服にはぞっとするほど露骨に男らしさを欠くところはなにもなかった。じっさいマーティンは、こういう服装でパキスタンのどこの通りを歩いても平気だと思った。男女共用の南アジアの民族衣装、サルワール・カミーズとほとんど変わらない。

マーティンはドアをあけた。マーティンの姿を目にしたオマールは、拳で口を押さえて笑いをこらえたが、すぐに平静を取り戻した。

「車のキイを」とオマールがいい、マーティンはそれを手渡した。

「友ぅ人に衣ぃ服を届ぉけさせる」オマールは早口言葉のような英語を苦労してたどたどしくしゃべった。

ショークーが流しに立てかけてあった松葉杖を手に取った。「メルシ《ありがとう》」彼女はささやき声でいった。

「ボンヌ・ションス《幸運を》」とマーティンは言葉を返した。

マーティンはドアを閉め、暗闇の中で、ショークーが松葉杖の音を立てて廊下を歩いていくのを聞きながら、病院の清掃係の勤務時間のはじまりが夜明け前ではないことを願っていた。

3

「監督者評議会メンバーのハッサン・ジャバリ氏は」とベフルーズが翻訳しながら読みあげる。「三夜前の自動車事故で負った怪我から回復して、本日退院した。警察はもう一方の車輛の運転手からの事情聴取をすませているが、だれにも落ち度はなかったと判断した」ベフルーズはマーティンがこのプレスリリースをどう受けとめているかを見ようと、コンピュータの画面から振りむいた。

「目撃者への呼びかけはないのか？」マーティンは集中しようと苦労しながら、そういった。テヘランの外れにあるこの窮屈な支局は、パン屋の真上にあった。毎日三、四回、竈《かまど》から立ちのぼってくる香りが、とても無視できなくなる。

「ないようですね。必要なものは全部YouTubeで入手したんでしょう」

マーティンは笑みを浮かべた。YouTubeはイランではブロックされているが、ショークーのパリでのインタビュウは、匿名の野次馬が撮影した事故現場の動画とともに、何十ものほかのウェブサイトに投稿されていた。当局のブラックリストが更新されてそのサイトが国内で閲覧できなくされるたびに、ファイルはほかのどこかにあらわれた。イランではインターネットのダウンロード速度は非常に制限されている――法律によってということであり、インフラの問題ではない――が、過去二十四時間にマーティンが会ったテヘランの成人で、両方の動画を見ていない人はただのひとりもいなかった。

けれど、いまのところ、政府は浮き足だってはいなかった。マーティンは三つの別々の省庁に電話してコメントを求めたが、だれも公《おおやけ》に発言しようとはしなかったし、ショークーの話を中傷だと非難することさえなかった。「売春婦が政治家を得意客だと名指しするたびに政府が公式声明を出すと、本気で思っているんですか？」官僚のひとりは信じがたいというように尋ねた。

「事故現場の動画があるでしょう？」マーティンは問いつめた。「あれは彼女が話している事情を裏づけているのでは？」あの夜の救急隊員たち――公開版では顔にモザイク処理されている――を見つけだそうかとマーティンはしばし考えたが、彼らがすでにさらされている危険の度合いを増す権利は自分にはないと判断した。

「仮にそんな動画が存在するなら、シオニストの捏造です」

「いまの発言を記事に引用してもいいですか？」マーティンはこの陰謀理論に心引かれたが、もう少し工夫が必要だった。たとえば、ショークーはモサドのエージェントで、純粋にイラン政府を悩ませる目的で女の大切なものを捧げたということにするとか。あるいは、じっさいそうだったように、それを捧げたわけではないが、そのほうがいっそう政府を困らせているとか。

ヘリコプターや暗視ゴーグルを備えた秘密オペレーション救出チームがいなかったので、オマールはなんとかしてショークーに偽造パスポートと新しい偽の夫――彼女を国外へ連れだし、その際に彼女自身の書類から注意を逸らせるのが役目――を用意した。結局ショークーが空港をうまく切り抜けたことは、病院に来た〝いとこ〟がジャバリただひとりのために動いていたことを示唆していた。情報省《VEVAK》は、幸いにも、一連の事態のあいだじゅう居眠りをしていたようだ。

マーティンの携帯電話が鳴った。カンビズという、選挙準備期間に出会った学生からのメッセージだった。それにはこうあった。「フェルドウスィー広場へ行ってください」

一階に下りると、パン屋の外には昼食時で人々が列を作って混雑していた。列は男性と女性で別々に並んでいる。積み重ねたフラットブレッドを商品渡し口から熱冷まし用テーブルに運んでいる人たちがいて、嗅覚をいっそう刺激する。マーティンは香りを楽しもうと足をゆるめたが、ベフルーズに肘《ひじ》をつかまれ、人混みを縫って、車が駐めてある路地に引きずっていかれた。

ふたりがフェルドウスィー広場に着いたのは、ちょうどデモがはじまったときだった。三十人ほどの若い男女が、広場名の由来となった高名な詩人の像を囲む安全地帯の芝生に集まっている。彼らはプラカードを手にし、そのすべてに同じスローガンが書かれていた。『ハーラー・エンテハーベ・ターゼ！』文字が装飾過多でなければ、マーティンはペルシア語の手書き文字を――アルファベットがウルドゥー語とほとんど同じなので――難なく読めたし、また今回は個々の単語がこの上なくなじみ深いものだった。『いますぐ新しい選挙を！』プラカードそのものには英訳はまったくついていなかった。英訳は西側メディアでより広く報道されるためには有効だっただろうが、抗議者たちを、こいつらはイギリスかアメリカの手先だといういいがかりにさらすことにもなりえただろう。またジャバリへの言及もいっさいなく、名誉毀損の告発を呼ぶようなこともなかった。けれど、スローガンは適切なものだったようだ。フェルドウスィー広場は街でもっとも交通量の多い環状交差路のひとつだが、通りすぎていく車のドライバーの大半が、往来の喧噪を圧して車の警笛を鳴らしたり声援を送ったりしていた。

マーティンはカンビズがいるのを見つけたが、目が合っても、この若い男性はマーティンを無視した。外国のジャーナリストがここにいる理由として名指しされたくないという相手の気持ちを、マーティンは尊重することにした。まだ警察の姿はなく、ほかに記者はひとりだけ――改革派の週刊誌〈エムカーナ〉のザハラ・アミン――しかいないが、デモ参加者の中に密告者がいるかもしれないとカンビズが心配したとしても、それはパラノイアとはいえない。ザハラとインタビュウがかちあわなくてすむよう、マーティンは集団の反対側に行った。マーティンとベフルーズは質素な服装の若い女性に近づいて、自己紹介した。彼女はファリバという名で、テヘラン大学でエンジニアリングを学んでいる。マーティンはインタビュウを携帯電話に記録する許可を求めた。音声録音専用機はもう持ち歩いていない。ファリバが最初しりごみしたので、マーティンは操作画面を見せて、画像は記録しないことを納得させた。

「あなたがたは新しい選挙を要求しています」とマーティンは切りだした。「実施されたばかりの選挙に、どんな問題があったのですか？」

「二千人の候補者が参加を禁じられました」ベフルーズが翻訳する。「それは公正な選挙ではありません。人々はその二千人の候補者の多くに投票したかったのですが、機会がありませんでした」

「ですが、いまになって不平をいうのは遅すぎませんか？　投票前に抗議したほうがよかったのでは？」

「わたしたちは抗議をしました！　わたしたちは無視されました。政府はまったく耳を貸しませんでした」ファリバがしゃべっているあいだ、マーティンは相手の顔に視線を据え、彼女の口調にじゅうぶん注意して、思い入れ抜きのベフルーズの言葉は別の経路で心にじわじわと入ってくるようにした。

「では、もし新しい選挙が実施されるとしたら、あなたがたはどのような条件を要求しますか？」

「それは、立候補を望むあらゆる人に対してひらかれたものであるべきです。監督者評議会の承認が不可欠とされるべきではありません」

「ですが、その役割は憲法に書かれているのでは？」マーティンは質問した。「一夜にして捨て去ることはできません」

ファリバは躊躇《ちゅうちょ》した。「それはそのとおりですが、監督者評議会は不偏不党で職務を遂行するという立場を堅持し、じっさいの犯罪者だけを資格なしとすべきです、異なる政治的思想を持つ人ひとり残らずを資格なしとするのではなしに。それは誠意の表明であり、自らの国民を信頼していることを示す手段となるでしょう。わたしたちは子どもではありません。彼らは自らをわたしたちの上に置いていますが、彼らはわたしたちより上ではありません。彼らはほかのだれとも変わりがない、ふつうの人々です」

マーティンはファリバに、ジャバリのスキャンダルについて直接意見をいうよう迫るべきでないことはわきまえていた。最後の遠まわしな一文でじゅうぶんだろう。さらに、予想どおり西側メディアはジャバリのあやまちをいい気になって笑いものにしている――オマールがいだいたいちばん夢のような願いが、CNNから〈サタデー・ナイト・ライブ〉に至るあらゆる場でかなえられた――が、「彼らはわたしたちより上ではありません」というフレーズの政治的波及効果は、ジャバリの十五分の名声のはるか先まで続く潜在的寿命を持っていた。

マーティンはファリバに礼をいうと、もう数人のデモ参加者から意見を聞くことにした。三人目の、マジドという山羊鬚の会計学の学生にインタビュウしている最中に、ベフルーズが文章の途中で言葉を切った。緑色のパトカーが、車体の片側を道路にはみ出させたまま安全地帯に乗りあげて止まり、三人の制服警官がおりてきた。

年長の警官が拡声器を手にしている。それを口に当てて、「警察局長から退去指示が出ている」ベフルーズが翻訳した。「この集会はドライバーを混乱させ、公衆の安全にとっての脅威となっている」

「公衆の安全なら、おれたちは大歓迎だ！」デモ参加者のひとりが叫び返した。「ドライバーはいつだって道路から目を離さず、両手をホイールから離さずにいるのが当然だ！」マジドやほかの参加者は笑い声をあげ、ふたりの若い警官も笑いだすのをこらえていることにマーティンは気づいた。

「解散指示が出ている」年長の警官は呼びかけを継続した。「これは穏当かつ合法的な要請である」それは大して熱心にも、従う人がいるという自信が大してあるようにも、聞こえなかった。

「人々はおれたちのプラカードを気に入ったんだ！」マジドが声をあげた。「おれたちはだれも混乱させていない」警官のひとりがマーティンに近づいてきて身分証を見せてほしいといったが、突っかかるような態度ではなく、事務的にベフルーズと会話してから、英語をしゃべってみようとした。

「アイ・ライク・オーストラリア《わたしはオーストラリアが好きです》」警官はマーティンのパスポートを返しながらいった。「ウィ・ビート・ユー・アット・フットボール・ラスト・イヤー《去年わたしたちはサッカーであなたたちに勝ちました》」

「ムバラク」とマーティンは答えた。おめでとう。まったく見ず知らずの人に、自分はなんであれスポーツに興味がない、と話してもだいじょうぶな国が世界のどこかで見つかるという望みを、マーティンはとっくに捨てていた。

ふたり乗りの小さなオートバイが芝生に乗りあげてきて、すぐあとにもう三台が続いた。バイクに乗った若い男たちは黒眼鏡にアーミーブーツ、緑色と茶色の迷彩ズボンといういでたちだった。髭もじゃの者もいるが、ほとんどはきれいに顔を剃っている。小火器は目に入らなかったが、少なくともふたりの男は警棒を手にしていた。

「バシジか、アンサーレ・ヒズボラか？」疑問が声に出た。ともに準軍事的団体で、デモがあると姿をあらわすのを常としている。マーティンはベフルーズから答えがあると思っていたが、返事をしたのは警官だった。「バシジ」

ふたりのバシジが大股にデモ集団の正面に出た。警官たちはなにもしなかったが、マジドは仲間たちのいるところに行った。ザハラの姿はもう見つけられない。安全地帯は定員超過でひしめいていた。マーティンは携帯電話を撮影モードに切りかえ、バッテリーが保ってくれるよう願った。

「プラカードをおろせ、売国奴どもが！」バシジのひとりが口をひらいた。「われわれは選挙をおこなったのだ！　誠実なるイラン国民は意見を表明したのである。われわれは貴様らのごとき寄生虫に、どう考えるべきかを教えてもらう必要などない」小さなエンジンの騒音がまた聞こえてきた。さらにバシジがやってくるのだ。

数人のデモ参加者が、語気荒く野次りはじめた。ベフルーズがいちどに訳すのは無理な人数だったが、英訳された断片の大半はよくある慣用表現か意味不明瞭かで、ひと目でわかるボディランゲージにつけ加えるものはなにもなかった。マーティンは緊張した。次になにが起こるかは知っている。パキスタンでは、発砲や爆風や死体保管所への訪問で終わりを迎えた抗議行動をいくつも取材したが、マーティンの感受性は鈍らなかった。その経験のどれひとつとして、より軽い暴力行為にマーティンを慣れさせることはなかった。最初の拳が振るわれもしないうちに、マーティンの内なる声は、バシジにむかってやめろと叫んでいた。

バシジはやめるのではなく、暴力行為に取りかかった。拳で、警棒で、ブーツで。狙いはプラカードだったが、行く手にあるものを手あたりしだいに叩きつけ、引き裂いた。デモ参加者たちは人数で負けているわけではなかったが、四方八方から取り囲まれていた。デモ参加者たちは小集団を作り直して女性を守ろうとし、同時にプラカードを死守し、抵抗の徴《しるし》それを掲げつづけようとした。小集団のまわりを固めている男たちは殴られて、たちまち意識朦朧として血まみれになったが、その同志たちが彼らを前線から引き戻そうとすると、陣地を敵に明け渡すことになってしまった。

ブレーキの悲鳴が聞こえた。マーティンはぐるりと振りむいた。防水シートに覆われたトラックが道路で急停止して、ぞっとする一瞬、マーティンは自動火器を持った兵士たちがどっとあらわれる光景を想像した。だがトラックの荷台からはだれも出てこず、運転手とふたりの連れが運転台からおりてきただけだった。三人は、制服ではなく作業着姿の固太りした中年男性で、乱闘に身を投じ、その断固として一歩も引かないようすに、マーティンは三十年前の親族の集いのとき、野獣のようになったいとこたちを引き離したおじたちのひとりを思いだした。その三人のうちのひとりが、警棒を振りまわすバシジを羽交《はが》い締めにすると、ジャガイモの袋を持ちあげるようにして芝生に投げ飛ばすところを、マーティンは撮影した。

蚊がぶんぶんいうような音を立てて数台のオートバイが到着したかと思うと、間を置かずに道路から怒声があがって、新たな市民の一団が乱闘に加わった。なんとか第三者の立場を保って、詳細を記録するだけでいようとする心の底で、マーティンは賞賛と恐れが入り混じった気分になっていた。大部分のイラン人は、無防備な人々が打ち負かされるのを黙って見ていられないし、暴漢に立ちむかうことにも気後れしない。だが、フェルドウスィー広場での乱闘一回は、なにごとの解決にもならない。政府内部のだれかが政治的解決を提案しないかぎり、自分たちが直面している抑圧と偽善に対する人々のフラストレーションは、増大しつづけるだろう――唯一の可能な対応策が、全国規模の血なまぐさい弾圧になるところまで。大統領選挙のあった二〇〇九年の二の舞だ。

もはや目の高さでは、スクラムを組んだ小集団と荒れ狂う肘しか見えなかったが、小集団のずっと内側で、外から見える高さまで仲間たちに持ちあげられただれかが、まだプラカードの一枚を握りしめて、人々の頭上に掲げていた。その光景を撮影しようと携帯電話をかざしたとき、ひとりのバシジが振りむいて、マーティンをねめつけた。

「おい、マザーファッカー！　それを渡せ！」バシジの男はオマールが扱っていたDVD――おそらく、ムジャヒディン《イスラム教徒ゲリラ》に好意的な『ランボー3／怒りのアフガン』――で英語を学んだのだろう。彼が警棒を手に近づいてくるのを見て、マーティンは携帯電話をおろし、逃げ道を探してきょろきょろしたが、路肩に停められた乗物と芝生じゅうに広がって揉みあう暴徒に囲いこまれてしまっていた。

ベフルーズと視線があった。この大騒動の中でふたりは離ればなれになり、ベフルーズは二十メートルほどむこうにある広場の人工池の端近くにいた。ベフルーズが片手を上に伸ばしたので、マーティンはそこめがけて携帯電話を放ったが、生まれてこのかたキャッチボールの練習になど見むきもしなかった報いで池に落ちてしまうだろう、と半分あきらめていた。だがベフルーズはちゃんとキャッチし、一瞬も躊躇せずに車の走る道路に飛びだすと、走ってきたトラックのむこうに消えた。マーティンは体が凍りつく思いで、不吉な急ブレーキと衝突音を待ちうけたが、それが聞こえてくることはなかった。

「フーブ・バジ《ナイス・プレイ》」警官が感心したようにつぶやいた。バシジの男は顔をしかめて地面に唾を吐いたが、ベフルーズを追いかけてはいかなかった。マーティンの心臓はばくばくいっていた。車は数百メートル離れたところに駐めてあって、ベフルーズも自分でキイを持っている。携帯電話を安全な場所に置いてから、戻ってくるだろう。

マーティンは警官のほうをむいた。「さて、自分のすべき仕事を、通りすがりのトラック運転手に代行してもらわなくてはならないのは、どんな気分ですか？」

警官は傷ついた顔をした。彼は手首をくっつけて両手をさしだした。わたしたちは介入できないのです。両手を縛られているので。

4

ナシムは病欠の電話連絡を入れ、その日一日を家ですごす準備をすると、噂や断片的なニュースが衛星チャンネルとペルシア語のブログ圏のあいだを跳ねまわるのを見つづけた。同情を買うようなしゃがれた鼻づまり声の演技をする必要はなかった。学部の新しい人事システムのおかげで携帯電話のメニューからオプションを選択すればすんだし、一日だけの欠勤なら診断書も不要のはずだ。

じつのところ、彼女はほんとうに風邪の引きかけで、それは寝不足のときはいつものことだったが、ふだんなら風邪の徴候を無視して、研究室《ラボ》で同僚たちに加わっていただろう。彼女の母親は、もっと真面目だった。ナシムの隣でチャンネルサーフィンをしながら、いっしょに夜半すぎまで起きていたが、それでも出勤していった。学生たちが待っているから、と力強くいって。世界を半周した彼方で国の未来のために闘っている人々がいるからというだけで、日常生活に急ブレーキはかけられない。

ナシムはラップトップをかたわらに置いて居間に腰を据え、情報マイニングソフトのニュース配信音に気を配りながら、テレビでBBCとアルジャジーラとイラン・イスラム共和国《IRI》

放送《B》を順に見ていった。イラン政府は国内のインターネット・プロバイダーに、国内の全アカウントとインターネットカフェの停止を命じていたが、まだビジネスアクセスや国際電話回線は不通にしていなかったので、ジャーナリストと一部のブロガーはいまもニュースを国外に発信していた。政府はじつのところそんなことは気にしていないのではないか、とナシムは疑っていた。国際世論への憂慮より、自国民を無知のままにとどめておくことのほうに、はるかに大きな関心があるのではないかと。

　国営放送のＩＲＩＢは不穏な情勢に知らんぷりはしていなかったが、それを雇用の悪化が原因で生じた一種の社会不安として扱った。経済状態の劣悪さは言及せずにいられる問題ではなく、放送局の解説者たちは、国民は辛抱強く、新しい国会《マジュレス》にこの問題に取りくむ時間をあたえる必要がある、という決まり文句をさえずっていた。

　ナシムは居眠りをしそうになったが、ＩＲＩＢの定時ニュースの短い締めの部分ですっかり目がさめた。「監督者評議会メンバーのハッサン・ジャバリ氏は、麻薬問題に関する氏の調査が、悪意ある一部の外国メディアによって誤った報道をされていると語りました」ナシムはリモコンで音量を上げた。「ジャバリ氏は今日午後、テヘランで声明を発表し、それによると氏は最近、麻薬使用者が多く集まる市内のある地域を訪問し、その目的はこの悲劇的状態に関する洞察を得るためでした。そこで、緊急に精神的勧告を要する混乱したひとりの若い男性と遭遇したジャバリ氏は、その男性を車で氏自身のモスクに連れていき、そこで法学者《ムッラー》からの助言を仰がせることに同意しました。不幸にも、ジャバリ氏の車は事故に巻きこまれ、その結果、氏の博愛的行為は一部方面から不道徳的行為呼ばわりされています。ジャバリ氏は、誠実なイラン人のあいだでの氏の名声はそのような虚偽に影響されていないので、中傷者たちに対する訴訟を起こすつもりはないと述べました」

ナシムは文化的に混乱した異様な感覚を味わった。いまのニュースは、ワシントンの上院議員が当初の全面否定と、最終的に不可避な、配偶者同伴で涙ながらに、更正施設への入所とイエス様を見出すための休養を発表する記者会見との中間段階として流そうとする言説そのものだった。ナシムは、ハッサン・ジャバリが妻を隣に演壇に立って、すべてを処方箋の必要なピルのせいにし、続いて、自らの霊的内面と触れあうために六カ月間、シーア派の聖地コムに出かけると発表するところを思い描こうとした。

玄関のベルが鳴った。相手がエホバの証人でかんたんにあきらめてくれるのを期待して、ナシムはそれを無視したが、来訪者はしつこかった。テレビを消音して、玄関に足を運ぶ。

ドアをあけると、センスのいい服装の中年女性が問いかけてきた。「ナシム・ゴルスタニさん？」ナシムがうなずくと、相手は言葉を続けた。「わたしはジェイン・フランプトンという科学ジャーナリストです。少しお話しさせていただきたいのですが」

「ジャーナリスト？」

フランプトンはナシムの警戒した表情を、名前に聞き覚えがないか思いだそうとしているかのように勘違いしたに違いなく、助け船を出すように、「わたしの名前は、〈ニューヨーク・タイムズ〉でベストセラーリスト入りした『「ザ・シンプソンズ」の社会生物学』や

『「メルローズ・プレイス」の形而上学』などでご存じかもしれません」

「わたし……専門外の本を読む暇があまりなくて」ナシムはなんとか如才なく返事をした。

「入ってもよろしいですか？」

「なんの話をされたいんです？」ナシムの母が応対していたなら、この女性はもう居間に落ちついて、お茶をすすりながらギャズ《ソフトキャンディ》を口にしていただろうが、ナシムはもてなしというものを過大評価されすぎの美徳と見なしていた。

フランプトンは微笑んで、「HCPについて。もちろん、オフレコで」

ナシムはきっぱりと返答した。「申しわけありませんが、その件についてはなにもお話しできません。ご質問はすべて、マサチューセッツ工科大《MIT》の広報を通してください」

「ご迷惑はおかけしません」フランプトンは粘った。「情報源の秘匿の仕方は心得ています」

「わたしは情報源じゃない！　情報源になる気はない！」ナシムは当惑していた。わざわざわたしを見つけだそうとするジャーナリストがいるなんて。ナシムは学問上の言論の自由を全面的に支持してはいたが、財源確保待ち中の、費用がかかり、政治的に微妙なプロジェクトに一枚嚙みたいと希望するポスドクのだれも彼もが自任のスポークスパーソンとしてふるまいはじめたら、そのプロジェクトが離陸することは決してないだろう。

ようやくのことでフランプトンに、自分が提供できることはなにもないと納得させると、ナシムは居間に戻ってラップトップを膝に載せ、最新のブログの書き込みを読んでいった。

ジャバリの声明はすでに、何十人もの国外在住のイラン人たちに非難されまくり、イラン国内のブロガーにも、国外のサーバー上に冷笑的な反応を発表することに成功した者が数人いた。取り憑《つ》かれたようにそうしたポストをスクロールしながら――そのすべてが同じわずかな情報を引用しているだけだった――ナシムは自分が病的な行動をしはじめていることに気づいていたが、どうにも止められなかった。彼女はこの闘争になんの貢献もしていない。一日じゅうここにすわってブログを読み、いくつかの意見を支持したりほかの人々と議論したりはできるが、彼女がなにをしたところで、テヘランやシーラーズで現実に起きている状況を変えはしないだろう。ナシムがすべきは、仕事に出かけ、抗議活動のことはいったん忘れ、帰宅してからすべてのニュースに追いつくことだ。

　壁に掛かった父親の写真をちらりと見あげる。時の中に凍りついて、ありえないほど若い。(父さんならわたしになにを期待するだろう？)　たぶん、だれであれ他人になにを期待されるかなど気にしないことを、だ。だが母親という分別ある実例を無視して自分の直観に従ったいま、ナシムはマゾヒスティックな麻痺状態で、訓練されたラットのごとくキイを打ち、届けられることのありえない報酬を切望するハメに陥っている。

　また玄関のベルが鳴った。ラップトップから体を引き剝がしたナシムがドアをあけると、今度は痩せた若い男性が立っていた。

「どういうご用でしょう？」頰のこけた相手の顔からは、食べ物を恵んでくれといって一軒一軒訪ねてまわっている姿が容易に想像できたが、男はデザイナーズブランドのジャケットを着ていて、それはたぶん小型車並みの値段のはずだ。

「ナシムさん？」

「ええ」

「ぼくはネイト・キャプラン」男が手をさしだし、ナシムはそれを握った。ナシムが当惑した表情のままなのを見て、相手は続けた。「ぼくはIQ百六十。体も心も完璧に健康。そしていますぐ五十万ドル払える、きみの指定するかたちで」

「それはそれは」風邪薬の飲みすぎが幻覚を引き起こすことはあるんだろうか、とナシムは訝《いぶか》りはじめていた。

「痩せっぽちに見えるのはわかっている」キャプランは話しつづけた。「でも神経組織学的な異常につながりうる脂質欠乏はなにもない。それは生検で確認ずみ。その分の報酬を払ってもらえるなら、カロリー制限をやめる意志もある」

ナシムはこれがなんの騒ぎかを悟った。こういうことが起こりうるから彼女の連絡先は非公開になっているはずなのだ、たとえ、ヒト《H》・コネクトーム《C》・プロジェクト《P》が、ブログ圏の渾沌とした誇大宣伝に取り巻かれた一連の野心的な計画の段階にとどまったままだとしても。

「どこでわたしの住所を知ったの？」ナシムは問いただした。

キャプランは共謀者の笑みをナシムにむけて、「きみが慎重になるのはわかる。でも、誓っていうけれど、きみをだましたりはしない。きみは金を手に入れて、それは跡をたどるのが不可能な金だ。見返りにぼくが望むのは、その時が来たらぼくこそがその対象になるという保証だけ」

どこから話をはじめたものかとナシムは迷った。「もし仮に、HCPにゴーが出るとして、最初のうちのマップは完全に一般的《ジェネリック》なものよ。脳の数十の領域内および領域間の代表的な経路を複写して、次にそこから外挿する。それに、数百人のドナーの脳を使うわ、異なる領域や異なる複写技法のそれぞれのために。もしあなたが本気で、自分の器官を科学に提供するために自殺する気なら、どうぞおやりなさい、けれど、仮にわたしが賄賂を受けとって、あなたの脳をプロジェクトで使うように手配できたとしても……あなたが電脳空間《サイバースペース》で目ざめる確率は、腎臓を提供した場合と変わりがない」

キャプランの返事は不快感よりとまどいが大きかった。「ぼくはそんな間抜けなやつに見える？　それはいま現在の計画の話だ。でも、十年経って、きみたちがバグをすっかり取り除いたときには、ぼくが第一号になりたい。シナプスの完全な細部まで記録して、脳全体の高解像度スキャンがはじまるとき――」

「十年で？」ナシムは吹きだした。「それがどんなに非現実的か、あなた少しでもわかっている？」

「十年、二十年、三十年……何年でもいい。きみはスタート地点に立ったところで、ぼくにはこれが、きみといっしょに目標に到達するチャンスなんだ。それを早いうちに確実にしておく必要がある」

ナシムはきっぱりといい渡した。「あなたからお金は受けとりません。それより、どこでわたしの住所を知ったか、いいなさい！」

それまで確固としていたキャプランの自信が揺らいだようだ。「それは、あの兎はきみの発案ではないということ？」

「兎ってなに？」

キャプランはポケットから携帯電話を取りだして、この地区の地図をナシムに見せた。角帽を被った兎の小さなアイコンが、ナシムの家の所在地に位置している。キャプランがアイコンをタップすると、インフォメーション・オーバーレイがポップアップして、ナシムの名前と所属および研究対象を表示した。ＨＣＰへの明示的言及はなかったが、事情に通じた人なら、このプロジェクトへの参加を望んでいるグループにナシムが所属していることを見抜けるだろう。

「あれをあそこに置いたのは、ほんとうにきみじゃない？」とキャプランは尋ねた。裕福な拒食症患者からの賄賂をさりげなく求める手段としてナシムがケンブリッジの名所・イベントマップに自分を載せた、という最初の憶測をどうにも捨てる気になれないらしい。

「ほんとうよ」とナシム。「いまのわたしの気分を表現するなら、かわいいウサちゃんじゃ全然ないの」そしてドアを閉めようとしたが、キャプランが痩せこけた腕の片方をあげて、ドアの縁をつかんだ。

「きみはまちがいなく、あとでこの件について話をしたくなる」キャプランはいった。「もういちど考えなおしたなら」

「わたしはまちがいなく、そんな話をしたくならないわ」

「メールアドレスだけでも教えて」

「絶対にお断り」ナシムがもっと強くドアを押すと、キャプランは押し戻されはじめた。

「ぼくのブログ経由でいつでも連絡がつくから！」キャプランは息を切らしながらいった。

「オーバーパワリング《圧倒的な》・ファルスフッド《欺瞞》・ドットコム、未来に関する理性的考察でのナンバーワン・サイト――」

キャプランはドアと脇柱にはさみつぶされる寸前に手を離した。ナシムはドアに鍵をかけると、キャプランがあきらめて歩み去るのを覗き穴越しに確認するまで玄関にとどまった。自室に入って、自分の携帯電話でケンブリッジの地図を呼びだす。キャプランが見せた画像は捏造ではなかった。馬鹿げた兎は、さっきとまったく同じに、そこにいた。どうもマップの公開データベースに書きこまれているらしい。

（わたしをこんな目に遭わせているのは何者？　方法は？　理由は？）悪ふざけなのか、もっとタチの悪いものなのか？　ナシムは心の中で名前を列挙して動機を考えはじめたが、そこではっとして思いとどまった。パラノイア的妄想にハマりこんでいる場合ではなく、必要なのは確実な情報の収集だ。

ナシムは携帯電話を手に、通りを三ブロック歩いた。一分かそこら遅れて、マップ上の兎のアイコンが移動してナシムの新しい居場所と一致した。ナシムはさらに歩いて、小さな公園に来た。兎が追いつくのを待って、ナシムは携帯電話の電源を切った。自宅に戻って、自分のラップトップからあらためてマップを確認する。兎はまだ公園にいた。

つまり、だれかがナシムの自宅の住所をバラした、ということではないのだ——だが、ナシムの携帯電話がナシムの現在位置をリアルタイムで世界に発信する役を果たしていた。

電話線のみを使って、ナシムは学部のITサポートに電話した。

「担当のクリストファーです、どういうご用でしょう?」

「わたしの名前はナシム・ゴルスタニ。レッドランド教授のグループの者です」

「確認しました。どのような問題ですか?」

ナシムは状況を説明した。クリストファーは考えこむような沈黙に入って、それは三十秒ほども続いた。そして、「〈アク・トラック〉をご存じですか?」

「いいえ」

「ご存じのはずです。それはリアリティ・マイニング・プラグインで、物理的接近や、あるいはメールや通話パターンを通してアカデミックなネットワーキングについての情報を得ます。学部では前の学期に、全員の携帯電話にそれを搭載しました」

携帯電話は学部からの支給品で、全員が互換性のあるソフトウェアを確実に持つようにするためのものだった。ナシムは学部が送ってきたアップグレードをすべて、なにも調べることさえなく単に受けいれていた。

「わかった」ナシムはいった。「つまりわたしは〈アク・トラック〉を走らせている、と。〈アク・トラック〉を走らせているほかの人たちもみんな、Googleマップに表示されるの？」

「いいえ」クリストファーは認めた。「〈ティンクル〉はご存じですか？」

「いいえ」

「ベータ試験中の新しいフェムトブログ・サービスです」

「フェムトブログっていった？」

「マイクロブログのようなものですが、ただもっと即時的です。それは同じネットワーク内の全員に、あなたがどこにいて、いまどんな気分かを、一分にいちど伝えます。〈ティンクル〉は気分や接触可否のデータを非侵襲性の生物測定法《バイオメトリックス》で自動的に抽出する方法を研究していますが、その点はまだ実現されていません」

「だけど、いったいなぜわたしがそれを走らせていて」ナシムは疲れを感じながら尋ねた。「そしてなぜそれは、見ず知らずの人にわたしの居場所を教えているの？」

「ああ、あなたはじっさいには、〈ティンクル〉のクライアントを走らせていないと思いますよ」クリストファーはいった。「でもサーバー側では〈アク・トラック〉と〈ティンクル〉はどちらも、〈マーマー〉という下位レベルのプラットホームで走っているアプリケーション・レイヤーです。〈マーマー《つぶやき》〉でなにかのグリッチがあった可能性はありますね——たぶん、サーバー・クラッシュの不適切な復旧の結果、いくつかのファイルを壊したんでしょう。〈ティンクル〉はGoogleマップに接続してしまい、公開データベースにはだれであれ掲載してはいけないことになっているのに、〈ティンクル〉クランのどれにも属していない人がいた場合にデフォルトでその人の情報を公開してしまったんだと思います」

ナシムはその情報を咀嚼《そしゃく》した。「それで、解決方法は？」

「わたしから〈マーマー〉を管理している会社に連絡して、先方が問題を解決できるか確認しますが、それには時間がかかります。その間、あなたは〈アク・トラック〉を停止してください。それでもマップの表示は消えないでしょうが、現在位置の更新は止まるはずです」

クリストファーの指示に従ってナシムは、携帯の通常のブートシーケンスを中断してセットアップモードに入り、〈アク・トラック〉を無効にできた。再度マップを確認する。兎はまだ存在して、ナシムの個人情報をいい触らしているままだった——だが、携帯電話の電源が入っているにもかかわらず、アイコンはナシムの家の裏手にある公園から動いていなかった。もうこれ以上、ドアがノックされることはないだろう。

ナシムはクリストファーにお礼をいって、電話を切った。さっきからの奇怪な出来事のおかげで気分はさんざんだ。テレビやブログは催眠術のような魅力を失っていた。ぴりぴりしながら居間を歩きまわる。十五年前、学校の教室でナシムのまわりにすわっていた人たちがいま、警棒や放水砲や銃弾を目の前にしている。ナシム自身がかかえている悩み事のあまりの空虚さに、自分の人生が紛《まが》い物のように思えた。

では、なにをすればいいのか？　テヘランへの飛行機に飛び乗って、空港で逮捕される？　ナシムと母は違法なかたちで出国していて、ふたりはもう、イランのパスポートを持ってさえいない。そしてナシムにわかるかぎり、彼女が帰化した国はすでに最上の道を進んでいる。この件については、その薄汚れた指をいっさい触れないようにしているのだ。仮にそれが事実でないとしても、ナシムにはCIAが自分に助言を求めるつもりがあるとは思えなかった。ナシムにはなんの貢献もできない、というのが真実だった。どんなことが起こるにせよ、それはすべてナシム抜きで展開するだろう。

ナシムは携帯電話を手に取って、『思ったほど具合が悪くないので、やはり出勤します』のメニュー・オプションを見つけた。

通知完了を知らせるいつもの心安らぐ音色のかわりに、責めるようなブザー音が鳴って、アラート表示が出た。

『〈アク・トラック〉プラグインが無効になっています』とそこには書いてあった。『この操作を完了できません』

ジョン・レッドランドのグループは、四十六号棟の十二階丸々を独占していた。ラボでナシムのいる片隅からは、スタタ・センター前のヴァサー・ストリートをうかがうことができる。スタタ・センターはおとぎ話のカートゥーンから出てきた幻影で、そのファサードは傾いた壁面が目まいを起こさせるような角度で交わっている。建築家のスケッチかコンピュータ・モデルとしてなら、うっとりするようなものだったに違いないが、現実世界においては、このけばけばしい建物はあらゆる種類の雨漏りとひび割れと雪の落とし穴を生みだしていた。

ナシムがコンピュータの画面に目を戻すと、そこでは錦花鳥《キンカチョウ》の脳の一部の仮配線マップがゆっくりと形を取りつつあった。マップは鳥の一個体に基づくものでも、どれかひとつの技法の産物でもなかった。マップに寄与している錦花鳥の中には、紫外線を当てるとニューロンが蛍光を発するように遺伝子工学的処置を受けている鳥たちがいて、その際に細胞体のそれぞれがばらばらな色で輝くので、隣接する細胞体とはっきり区別がつく。これが有名なリヒトマン-リヴェット-セインズの〝ブレインボウ〟技法で、ハーヴァード大学で開発された。ほかの鳥たちは、脳を合成分子——特徴的な放射性同位体でタグ付けされている——の溶液に浸されていたが、その分子は特定の神経伝達物質の受容体を持つ細胞にしか吸収されなかった。それとはまた別の鳥の一団は、ひとつのニューロンを別のニューロンと結合する細胞接着分子の単クローン抗体で選択的標識付けされてから撮影された。さらに別の鳥の一群はなんの化学的操作の対象にもならず、単に脳をATLUM——自動切片回収機——で細い薄片に剝かれて電子顕微鏡で撮影されたあと、三次元に再構成されている。

総計で千羽近い錦花鳥の生と死によって、ナシムの眼前にあるマップは作られていた。ナシム自身が鳥たちの頭の羽毛に手を触れることはなかったが、ほかの研究者たちが手術したり溶液を注入したり解剖したりするところには立ち会っていた。生きている鳥に施される処置には痛みが続くものは皆無のはずだし、適切な広さの鳥籠の中で餌もつがいとの接触もじゅうぶんにあたえられて、鳥たちは野生の状態でいた場合と大して変わらないストレスのもとで暮らしていたはずだ。けれどもナシムは、自分がどこを限界だと考えることになるのか、明確な考えが持てずにいた。もし実験対象が——人類にとってなんら火急の必要性がない点では同様のプロジェクトにおいて——鳥ではなく千匹のチンパンジーだった場合、自分がそれに合理的な理屈をつける方法を探そうとするのか、それとも立ち去ろうとするのか、わからない。

画面に表示されているマップは、鳥の発声システムの後部下行経路《PDP》をあらわしていた。データを提供したのはすべて雄の成鳥で、各個体は錦花鳥の雄の成鳥に固有の歌を歌ったが、それは個体ごとにほかの個体のものとはなんらかの違いがあった。レッドランドがPDPを研究対象に選択したのは、そのふたつの特徴が理由だ。PDPは各個体において、錦花鳥の雄の成鳥に固有の歌という単一の、正確に反復可能な行為をコントロールしているが、同時に、合成結果に混ぜこまれたデータを提供した鳥たちのあいだには、差異のあることがわかっている——どの二羽も、まったく同じ歌を歌うことはない。もし、研究チームのマッピング技術がそのレベルの差異にじゅうぶん対応できるものでなかったなら、別々の迷路を走ることを学習した鼠どうしの脳と同程度に複雑なものを意味をなすようにするのは、見こみのない課題だっただろう。

ナシムはヘッドホンをはめて、錦花鳥マップの最新の叩き台《ドラフト》を、鳥の声道の生体力学的モデルであるソフトウェア鳴管とリンクさせた。自分の仕事の進捗状況を評価するには、もっと奇抜で、もっと定量的な方法もたくさんあったが、仮想ニューロンが生みだす歌に耳を傾けるのが、出来具合を判断する適切な方法に思えた。データを提供した個々の鳥が生きていたときの歌は録音されていて、ナシムはそのすべてを聞いていた。錦花鳥の成鳥の速くてリズミカルなさえずりがどんな風に聞こえるものかが、ナシムにははっきりとわかる。タッチスクリーンのPLAYボタンをタップすると、期待で両肩に力が入った。

歌はまとまりがなく、弱々しくて混乱したもので、自信に満ちた成鳥が歌う歌というよりは、幼鳥の試行錯誤中のさえずりという感じだった。ナシムはひと組の模擬電気的測定値を示すヒストグラムを一瞥《いちべつ》した。その数値は、いまだに、本物の成鳥の脳に埋めこんだ微小電極が測定する信号とは似ても似つかないことをはっきり示していた。

各々が神経組織の特定の一面を明らかにすることに秀でた、異なるマッピング技法が相互に補完しあってはいるが、意味のあるかたちで結合されたデータを得るためには、ナシムは照準点として使える共通の指標を見つける必要があった。たとえば、千枚の顔写真の目や鼻の位置を特定してから、目と鼻をではなく確実に目と目をマージすることで、人間の顔を合成して作りあげることはかんたんだ。しかし、千の異なる歌を頭の奥深くにコード化された千羽の鳥の場合、指標となるのはニューラルネットワークの微妙な側面であり、それを各個体のマップが提供する部分的で不完全なデータからうまい具合に導きださなくてはならない。ナシムには現時点の歌は、一羽の鳥の音の高低《ピッチ》を別の鳥のテンポとマージさせて、うまくピューレ状になっていない音楽的混ぜ物料理を作りだしたように聞こえた。

気合いを入れ直して、マップ統合ソフトのコンピュータ・コードにふたたび没頭する。課題は予想していたよりもむずかしいことが明らかになったが、見こみがないとはナシムは思わなかった。正しい立ち位置、正しい数学的視点さえ見つけられれば指標は明白になる、とナシムは確信していた。

いつもは弁当持参なのだが、本日のナシムの日課はなにひとつ通常運転ではなかった。午後二時になると集中力が衰えてきて、ナシムは建物の下の階の〈ハングリー・マインド・カフェ〉に行った。ヴェジタリアン・ラグー《シチュー》を買って、同じラボの三人がすわっているテーブルにむかう。

「革命はどんな状況？」ジュディスが訊いてきた。

「昨日、シーラーズで大規模なデモがあった」ナシムは答えた。「現場にいた複数の人によれば、一万人規模。ゼネストには遠いけれど、いまや学生をはるかに超えて広がっている」

「いまもイランに親戚がいるの？」マイクが尋ねた。

「ええ、でももう全然連絡を取っていないわ」ナシムは打ちあけた。父親が処刑されたとき、父方・母方双方のおばたちやおじたちはナシムの父を殺した連中を非難するのを拒み、ナシムは親類たちにひどく腹を立てて、母親と亡命する以前からいっさいの関係を断っていた。十五年後のいま、ナシムは親類たちをそこまで厳しい目で見る気はなくなっていたが、つながりを復活させようとしたことはいっさいないし、この件では罪のない、かつていっしょに遊んだいとこたちも、いまでは赤の他人だった。

話題を変えるきっかけを探して、ナシムはテーブルの上の空《から》のプレートに手を振った。

「みんなしばらくここにいたみたいね。わたしが来る前にどんな噂話をしていたの？」

「マイクがガールフレンドと別れた」シェンが教えてくれた。マイクはひどく落ちこんでいるようすはなかったが、否定もしなかった。「お気の毒様」ナシムはいった。

「ほかにどうしようもなかったことだから」マイクは平然と答えた。「おれたちは哲学的に相容れなかった。彼女は『真の愛はいつまでも待てる』派で……おれは『真の愛はそのうち萎《しお》れる』派だった」

「この悲劇を忘れさせてあげるには、わたしたちはなにをしたらいい？」ナシムは訊いた。

シェンがいった。「それで現におれたちは、三十秒ＰＲごっこをやっているところだったんだ。お題を選んでみる？」

「うーん」なにも考えてはいなかったが、間を置いてナシムはいった。「マイク、三十秒で自分が……Ａｍａｚｏｎに不可欠な人材だと証明して」

「Ａｍａｚｏｎかよ？」マイクは嫌そうに顔をしかめた。「それくらいなら国税局《ＩＲＳ》の仕事をするよ」

「残り二十五秒」

「わかったわかった」マイクは目をつむって、深呼吸した。「おれは、テキスト用心理言語学的圧縮アルゴリズムを書く、と申してる。書き言葉版のＭＰ３だ」

「圧縮？」ジュディスが疑わしげに割りこんだ。「Ｋｉｎｄｌｅが帯域幅問題に直面していると思わないんだけど」

「帯域幅のための圧縮じゃない」マイクが説明する。「読者の時間を節約するための圧縮だ。アブリッジってやつ。〈リーダーズ・ダイジェスト・コンデンスト・ブックス〉みたいなので、ただし完全自動化されていて、読者がじっさいに記憶にとどめている内容の精密な科学的分析に準拠している。音楽については、ほかの音に遮蔽されてしまう特定の音を抜きとっても問題ないことがわかっている……それなら、メルヴィルやプルーストのやたら分厚い本から、読者の心に残す印象を変えることなくどの単語を割愛できるかを弾きだせることは、確実だ。散漫で脱線だらけの小説を読みふけるには、現代人は忙しすぎる……けれど、八時間かけて読んだのとまったく変わらないプルーストな気分に二時間でなれるなら、失われた単語ひとつひとつが獲得された時間を意味する」

「『白鯨』にはなんの印象も残らなかった」ジュディスがいった。「読まないほうがマシだったわ。でもほかの人たちはあの小説を一語一句正確に長々と暗唱できる。これって圧縮というアイデアを根底から崩すんじゃない？」

マイクは口ごもってから、「いいや、それが意味するのは単に、この圧縮は個々人の脳マップに基づいて各人ごとの調整が必要だということだ。だとすると、脳マップ作成の経験者以上にベゾス氏が雇うべき人物がいるか？」マイクはナシムのほうをむいて、「証明を終わります」

ナシムは微笑んだ。「上出来。雇用を決定します」

シェンがいった。「その作業をしながら、あの会社のおすすめ商品アルゴリズムを改良できる？」

「その人の脳が会社のファイルに載りさえすれば」とマイクは返答し、「あそこがその人に対してすることには、なにひとつ非の打ちどころがなくなるよ」

ナシムは、ディネシュが有頂天の笑顔で近づいてくるのを目にとめた。開封した封筒と手紙を手にしている。

「HETEの資金が手に入りました！」ディネシュは叫んで、手紙をひらひらさせた。「ラボの部屋と設備と十人の人員！　三年間！」

「おめでとう！」ナシムはほかの三人をちらりと振りかえり、一瞬のいらだちがマイクの顔をよぎるのを目にした。

ディネシュは四人と同じテーブルにすわった。「信じられません」彼はいった。いつもなら心のこもらない抗議であるその言葉だが、いまは心底茫然としている口調だった。「こんなことってあるんですね」

マイクがいった。「じゃあ、HCPにはすっぱり見切りをつけるのか？」

ディネシュは笑顔をやめられなかった。「このことでHCPはなにも変わらないでしょう？　こういうことは起こるか起こらないかのどちらかで、それはわたしの責任ではないです」

ジュディスがいった。「その資金の出どころは？」

「ビル＆メリンダ・ゲイツ財団——彼の粗悪で独占的なソフトウェアに感謝を」

「ウンチ財団のまちがいじゃないのか？」マイクがつまらない皮肉をいった。

ジュディスが顔をしかめて、「なに七歳児みたいなことといってるの？」

マイクは、「下水工事をがんばればいいさ。むずかしいこと《ロケット・サイエンス》じゃないだろうよ」といって立ちあがると、歩き去った。

ディネシュは当惑した表情で、「わたし、なにかいいましたか？」

「マイクはガールフレンドと別れたんだよ」シェンが役に立つ説明をした。

「わたしはこの先二カ月はまだここにいます」ディネシュがいった。「その間はなにがあれ、レッドランドが資金を出してくれます。わたしは契約期間が終わる前に辞めるわけではありません」

ナシムはいった。「だれもあなたがわたしたちを見捨てるだなんて非難はしないわ」それに、ディネシュが手にすることになる資金をうらやむのは馬鹿げていた、HCPはその一万倍の額を必要とするのだから。

HETEはディネシュが学部生時代から温めてきた、彼の夢のプロジェクトだ。ヒト排泄《Human Excrement》物処理生態系《Treatment Ecosystems》。一般的な堆肥化トイレも便をその場で処理できるが、貧弱な下水設備のせいで慢性的な疾病《しっぺい》のリスクに直面している人々——もちろん、洪水や地震の余波のさなかにいる人々も——の大半にとって大いに助けとなるには、まだきわめて高価だし、取り扱いが厄介すぎた。HETEプロジェクトの目標は、ほとんどどんな状況でも、絶対的最小限の労力で、かつ高価なインフラをいっさい必要とせずに、便を安全なものに変えられる微生物群の、完全なポートフォリオを開発すること。病気の予防が最優先事項だが、大半のケースでは、肥料や固形燃料、バイオガスといった有用な副産物も生む。ディネシュがざっと披露したことのあるもっとも野心的なヴァージョンは、各種微生物の個体数比を少し変えるだけで、ひとつの生態系が三つか四つの異なる平衡状態を作りだすことが可能になるというものだった。これによって、被災地で壊れたり部分的に浸水したりしたトイレを、可能なかぎり迅速な病原体の破壊に専念するように作りかえることがかんたんに――それどころかたぶん自動的に――でき、そしてその後、緊急事態が終息したときにはもっと生産的なモードに戻すことが可能になるだろう。

昼食時間をとうに超過していたシェンとジュディスも席を立った。ナシムはディネシュに、ラグーを分けあわないかと尋ねた――予想以上に量があったので――が、ディネシュは興奮していて食事どころではなかった。

「わたしの曾祖父《そうそふ》は、共同便所の掃除をして生涯を終えました」ディネシュはいった。「十の歳から、死んだその日まで。今日《こんにち》でもまだ、同じ仕事をしている人たちがいます。人間が糞を拭いて下水溝に落として川まで一直線」

「わたしはまだ食事中なんだけど」ナシムは指摘した。

「すみません。気持ちのいい話題でないのはわかっています。わたしはただ、そんな吐き気のするような仕事に縛りつけられている人はどこにもいない、とわたし自身の孫たちがいうことができるようにしたいんです」

「そうね。わたしもそう望むわ」

「これはとてつもなく困難な仕事になるでしょう」ディネシュは冷静に認めた。「そもそも人間の消化管には、人間の体細胞を十対一で上まわる数の微生物が棲《す》んでいます。そしてわたしたちはそのシステムを、模倣し、拡張し、改良しなくてはなりません、人体の外で、安全かつ頑強なかたちで。何十もの種《しゅ》、何千もの遺伝子、何百万もの相互作用」顔をあげてナシムを見ると、微笑んで、「わたしたちには、探しだせる最高の生命情報科学の専門家が必要になるでしょう」

「なるほど」ナシムはフォークを置いた。今日はだれも彼もが、彼女を待ち伏せ攻撃しようとしているらしい。

「もちろんわたしは、標準的な手順を踏まなくてはなりません」ディネシュはまるで弁解しているかのように説明した。「この仕事の広告を出して、応募者全員と会います。ですが、ここでのあなたの経験だけからいっても、ほかのだれにも可能性がないのは確実でしょう」

「その……」

ディネシュは笑い声をあげた。「だいじょうぶ、フェイスマスクをしなくても平気な仕事ですよ。あなたは心地よいきれいな仕事場にすわって、一日じゅう代謝ネットワークを分析していればいいんです。だれもあなたに、汲み取り便所を掘れなんて頼みません」

「考えさせてもらっていい？」ナシムは頼みこむようにいった。あのキャプランとかいう馬鹿の賄賂を拒否するのはかんたんで、それはそもそもナシムには相手が望んでいるものをあたえる力がなかったからだ。けれど、ディネシュのプロジェクトは立派なものであるだけでなく、ナシムにはそれが自分の手に余るというわけにもいかなかった。

ディネシュはナシムを仲間に引き入れそこねかけているのを感じたらしい。「腸が脳よりセクシーになることがないのはわかっています。わたしだって、自分がレッドランドと仕事をするチャンスは逃しませんでした。けれども、テクノロジーを用いて人間が自らを改良することになるとすれば、これが出発点です。地面に据えられた新たな消化管を遺伝子工学で作りだし、コレラを撲滅し、排泄物を燃料や肥料に変えることが。それはそれで、脳インプラントと少しも変わらないすばらしいことだと思いませんか？　それをHCPのリハーサルだと考えることだってできるでしょう——深いところで基礎をなすネットワーク力学には、まちがいなく同じ部分がありますから。これはあなたを現在の進路から遠く引き離すことにはなりません。すべてがその後に経験として活き、これまで学ばれてきたこともなにひとつ無駄にならないでしょう」

そこでディネシュはガスが抜けたように急に話しやめると、ナシムの返事を待った。ナシムはいまの話になんの異論もなかったし、自分に白羽の矢が立ったことにまだいささか混乱した気分ではあったものの、ディネシュがこうして打診してきたのを責めるわけにはいかない。過去にディネシュとこのプロジェクトについて議論するたびに、ナシムは自分がこのアイデアをいかに評価しているかを話してきたのだから。

けれど、がむしゃらに働いていまいる場所に到達したナシムにとって、まわり道をするのはリスクが大きすぎた。すべてが経験として活きるというのは、原則論としては正しいが、HCPに関する競争がどんなものになるかをナシムはわかっていたし、自分の履歴書を書類の山の頂上にむかわせるのがHCPとHETEのどちらのプロジェクトで、山の底にむかわせるのがどちらかも、ナシムはわかっていた。

ナシムはいった。「ほかにもその仕事をできる人が見つかるわ。あなたと同じくらいにそのプロジェクトに熱中できる人が」

ディネシュはわざとらしくテーブルに突っ伏して、いかにもがっかりしたふりをしようとしたが、プロジェクトが進展していくことに違いはないのだと思って相変わらず意気揚々なのは明らかだった。「わかりました。あなたがイエスといってくれたら完璧だったのですが、多くを望みすぎでした」

ディネシュが立ち去り、ナシムはすわったまま、もう食べる気のしない冷えたラグーをもてあそんだ。自分がその一端を担った真剣な活動が数百万人の命を救ったことを知るというのは、どんな気分なのだろう、と考える。もちろん、そうした功績は最初から保証されているものでないが、そこになんらかのかたちで参加する道を自ら断《た》ったいま、軽い後悔を感じずにいるのはむずかしかった。最高指導者《アヤトラ》たちに怒りを爆発させるチャンスをナシムから奪ったのは、運命と距離だ。コレラや赤痢と闘う絶好のチャンスを逃したのは、あくまでも自分自身の選択だった。

それでもやはり、脳はナシムを引き寄せる。千羽の死んだ錦花鳥のスナップショットからなるぼやけたジグソーパズルを、その歌の物真似ができるなにかに変えるのは、なんとも異様な仕事だが、ナシムはそれがいずれなにかの役に立つという希望をいだきつづけなくてはならなかった。

5

マーティンは、正午に国会《マジュレス》前で予定されている抗議行動の取材のために、午前十時に支局を出たが、ベフルーズとふたりでバハレスタン広場に着いたときには、すでに通りは群衆でいっぱいで、集会の中心から百メートル南のセパフサラール礼拝堂より先へは進めなかった。マーティンのシーラーズへの旅行許可が届いたときには、意外なことではないが、先週の大規模行進を取材するには遅すぎたが、現状はまるで、テヘラン市民たちがシーラーズの同胞たちをしのいで、一九七〇年代末の国王《シャー》失脚以来の最大のデモの記録を更新すると決意したかのようだった。通り沿いに並んでいる警官は数ではるかに圧倒されていたし、これまでのところ干渉もしていなかったが、ほんの三年前にまさにこの場所で民兵が繰りひろげた暴力と発砲を意識していない抗議者は、ひとりもいないだろう。いまここにいるだけでも、大変な勇気を必要とするのだ。

セパフサラール礼拝堂はイスラム神学校も兼ねていて、マーティンはその門にむかって群衆を押しわけていく数人の若い男性を引きとめて話を聞く機会を得た。こうした敬虔《けいけん》なイスラム学生の大半は、抗議行動に怒りをこめて反対しているというより、立場をあいまいにしていることがわかった。「この人たちは多くの正当な不平をいだいている」学生のひとりが勇をふるっていった。「わたしは彼らといっしょに行進はしないが、彼らの声は耳を貸されるに値する」反乱はすでに、売国奴やスパイの陰謀として片づけられないところまで大きく広がっていた。政権への批判をいっさい受けつけようとしない筋がね入りの政府支持者の強固な中核を別にすれば、多くの保守的なイラン人は、現状を維持することについて大いに僻《ひが》んだ見かたをしはじめていた。自分の子どもたちが十年も仕事に就けず、街はヘロイン浸しで、道徳の監視者たち自身が偽善者だと判明するというときに、透明さを説き、経済についての新しい考えを提供する改革派を恐れる理由が残っているだろうか？

まちがいなく、抗議者の顔ぶれには変化が生じていた。この群衆には、スーツの上着を着た白髪の男性がちらほら混ざっていたし、相当数の中年女性がいた。後者の大半はインタビュウを拒否したが、マーティンは五十代とおぼしきひとりの女性からかろうじてコメントを取った。「わたしはかつてシャーに対してデモ行進をした」女性の言葉をベフルーズが翻訳する。「なぜなら、シャーは彼自身の国民にむけて発砲し、敵対者を投獄したから。そのわたしが、同じ方法で論争を鎮められると考えている聖職者服の殺し屋に対して、デモ行進をしないはずがないでしょう？」

この女性はこれだけ長くしゃべる気になっているのだからと、マーティンはあえて、ジャバリをどう思うか訊いてみることにした。

相手は微笑んで、「じつのところ、あんな愚かな男のことはどうでもいい。圧制者がズボンを足首まで下ろしたところを見たら、わたしたちみんなにとって少し励ましになりますが、一回見れば、あとは立ち止まってじろじろ見る必要はありません」

マーティンは人々の声を拾いつつ、群衆の中をゆっくりと国会にむかって進もうとしていたが、ほかの各方向から人の流れが絶え間なく割りこんできて、議事堂の特徴的なピラミッド型の建物はまだちらりとも見えなかった。その象徴的意味が意図的であるにせよないにせよ、イランの民主主義の心臓部である建築物は、その脇にそびえる、政府機関でいっぱいの長方形の高層ビル数棟の陰に縮こまっていて、真正面に立ったときだけしかきちんと見えない。

それでもマーティンは、プラカードや横断幕がとくに密な、抗議の中心部が見えるところまでやってきた。そもそものスローガン――『いますぐ新しい選挙を！』――は入れ替えられて、単語ひとつになっていた。『国民投票《レファレンダム》！』この言葉は外国人には迫力を欠くか、単に謎めいたものに聞こえるだろうが、イラン人でそれが意味するところに少しでも疑いを持つ人はいないだろう。一九七九年の国民投票が現在の体制を承認したのだ。新たな国民投票を要求することは、政治組織全部の変更を要求することだった。

マーティンの携帯電話がわびしいブザー音を立てた。それをポケットから取りだしながらバッテリー切れの表示を予想していたマーティンだが、画面のメッセージは、『圏外』だった。

マーティンはそれをベフルーズにかざして見せて、「きみのはどうだ？」

ベフルーズは自分のを確認して、「同じです。政府が携帯電話を使えなくしたんでしょう」

マーティンはみぞおちのあたりに寒けを感じた。インターネット・アクセスのブロックによって抗議者たちの組織化は困難の度合いを増していたが、使えるのがテキストメッセージや電話連絡網だけでも、ないよりはマシだった。だがいま、事態への可能なかぎり早急な対応が必要とされているまさにそのときに、抗議活動はすべての通信手段を失ったのだ。

拡声装置からハウリング音が響き、続いて音声が聞こえてきたが、おんぼろのアンプに歪められた上に周囲の建物からのエコーが重なって、マーティンにはいつもの三語に一語の割合ですら聞きわけられなかった。ベフルーズが最善を尽くして同時翻訳をしてくれた。もとの音声を聞きとろうと神経を集中させているまわりの人々の邪魔にならないよう、ベフルーズはマーティンのすぐそばにとどまって、声を小さくしている。

抗議活動の組織者が群衆に歓迎の言葉を述べ、その勇気を讃え、それに応えて人々から賛同の叫びが起こった。「バレ《そうだ》！」

「そしてわれわれは勇敢であるがゆえに、われわれは平和的手段を取る！」

「バレ《そうだ》！」

「そしてわれわれが平和的手段を取るがゆえに、人々はわれわれに耳を傾ける！」

「バレ《そうだ》！」

「そして耳を傾けた人々は、われわれの仲間になる！」

「バレ《そうだ》！」この最後の歓声は耳を聾せんばかりで、マーティンは陶酔的な楽観主義の波が群衆を洗うのを感じた。（突進して、ひと突きすれば、国は自分たちのものになる、とでもいうのか？）政府の支持者はいまも何千万人もいるし、政府に忠実な民兵が前回同様の粗暴さで、政府への異議に対処しようと準備を整えている。しかし心の一部がこうした気の滅入る事実から離れられない一方で、数十万の人々がいっせいに叫ぶのを聞いていると、マーティンは不可能なことなどないという気分にさせられた。

ここまでのすべては前座にすぎなかった。無名の組織者は、これから著名な演説者が集まった人々にむかって話をすると発表した。その紹介が終わらないうちに、演壇の近くで拍手喝采が巻き起こるのが聞こえた。

「よく来てくださいました、ヘズベ・ハーラーの創設者、ミスター・ダリウシュ・アンサリです！」

群衆をさっと眺めると、歓迎ぶりに熱意のないのが明白なひと握りの人々が目にとまったが、その数はたぶんマーティンが予測していたほど多くなかった。アンサリが表明している懐柔的な外交方針のせいで、現政権にうんざりしているだけの人々がひとり残らずアンサリを好ましく思っているわけではないが、彼はこの種の集会のひとつで演説をした最初の政治家であり、たぶんその点は人々から正当に評価されていた。三十人の学生リーダーと二百人以上のデモ参会者がすでに投獄され、民兵との衝突で七人が死んでいる。アンサリのこの行為に伴うリスクは、決して小さくない。

「憐れみ深く、慈悲深い神の御名《みな》において」アンサリが話しはじめた。ビスミラー《神かけて》の言葉はよく知っていたので、訳してもらうまでもなかった。「今日この場で、わが同胞たるイラン国民の平和的集会において話をするよう招かれたことを、わたしは光栄に思う。わたしは先週、シーラーズにいた――話をするためではなく、ただ耳を傾けるために――だから、ある種の新聞になんと書いてあろうとも、あの街の人々も平和的だったとわたしはみなさんにお伝えする。ショーウィンドウを壊された商店主が請求書を送るべき先は、内務省である（Ministry of the Interiorと室内装飾＝インテリアのダジャレ）」

それは群衆からいくらかの皮肉な笑い声を誘い、警官でさえ数人がバツが悪そうに笑みを浮かべた。この時点で警察は、ずらりと並ぶほとんどそっくりな紳士靴専門店の前に防御的な人間の鎖を作り終えていた。自分たちも官憲側の破壊工作の罪を被せられる可能性がある、と気づかされることで気が楽になる人がいるとは、マーティンには思えなかった。しかしまた、もしかすると先手を打って真実を告げることは、そのような避けがたい誹謗中傷に直面している人々のいらだちを、やわらげるのかもしれない。

アンサリはこういう控え目な調子で話しつづけた。彼はまったく扇動的ではなかったが、とりとめもなく話しているわけでもなかった。マーティンの注意力がほんの数秒逸れかけたところで、アンサリは本題に入った。

「もしわたしの弟がわたしの悩みの種となるようなふるまいをしたら、わたしは法学者《ムッラー》と話をして助言を求めるだろう。もしわたしが商取引を計画して、それがだれにとっても公正かをわたしの良心が判断できないときは、たぶんムッラーの助力が得られるだろう。なんといっても、ムッラーの仕事は、コーラン《聖典》とハディース《言行録》を研究し、多くの複雑な道徳的問題について深く考え、同じ立場の者たちとの議論を通じて自分の考えを精緻《せいち》にすることなのだから。しかし、これはまったく違う話だ——ムッラーに機関銃を、軍隊を、刑務所をあたえて、もしあなたの権力に疑義を唱える者がいたらその者を沈黙させなさい、と告げることは。そうした結果がどうなったかを、三十年以上、わたしたちは自分自身の目で見てきた。大量の武器と特権の重さに引きずりおろされて、いまやムッラーがほかのだれかより神に近いということは、まったくない。

わたしは信じる、わたしたちが神の御前《みまえ》で自分自身の人生に責任を負うべき時が来たのだと。本物の学者の助言はいつでも歓迎されるべきだが、彼らには王のような支配をさせるのではなく、学者のような暮らしをさせよう。わたしたちは、あらゆる変化の可能性から身を守っているこの閉ざされた体制をこじあける必要が——」

アンサリの声が途切れた。なにが起きたのかマーティンには見えなかったが、見えている人々が騒ぎださずにいるので、アンサリが引きずりおろされたのではないようだ。

一分ほどして、ふたたびアンサリが話しはじめた。ベフルーズが翻訳する。「いま聞いたところでは、先ほど大統領がテレビに出て声明を発表したそうだ。ハッサン・ジャバリ氏は監督者評議会の評議員を辞任した、その理由は——以下は引用だ——『破壊分子とその外国の支援者から嘘にまみれた攻撃手段を奪うことによって、国家の利益を計るためである』」

ベフルーズは自分も辟易としつつ、申しわけなさそうだった。ペルシア語の表現がどんなにもったいぶっていても、ベフルーズはつねにそれよりは仰々しくない英語に訳してみせるのだが。

「さらに大統領は、いかなる些細な不正もなかったことを保証するために、ジャバリ氏の検察官時代のすべての判決を再調査するよう、首席判事に指示したと語った」

マーティンはこの奇妙な処置に考えをめぐらせた。ジャバリを告発したら厄介な事態になるだろうし、告発内容が認められるとも思えない。この処置は、ジャバリに対する非難を信じた保守派をなだめるためのものだろう。ジャバリはやはり、以前の地位を悪用して性倒錯者の秘密結社を守ってなどいなかった、と政府の干渉を受けない裁判官があらためて保証してくれるという寸法だ。

「最後に」アンサリは続ける。「大統領は、これでこの問題は終わりになるであろうと断言した。政府機関に対する不平は、どのような架空のものであれ、いっさい残っていない。そして人々は通りから身を引いて、通常の営みに戻るべきである、と」

落ちつかない沈黙があとに続いた。マーティンは抗議者たちの顔を見まわした。そのニュースをどう受けとめたらいいか、はっきりわかっている人はいなかった。監督者評議会のメンバーを退位させたことは、もしそれが政治抗争――たとえば政府と革新派議会の交渉の行き詰まり――の結果としてもたらされたものだったら、大勝利と見なされたはずだ。けれどジャバリが辞めさせられたのは、民意の不満によるものではないし、彼の後任は今度も別の保守派だろう。次の選挙でも、以前とまったく同様の候補者が資格を奪われることになるだろう。なにひとつ変わってはいないのだ。

アンサリが沈黙を破った。「わたしは尊敬すべき大統領閣下に謹《つつし》んで反対申しあげねばならない。わたしにいわせれば、多くの不平が残っているし――それは架空のものなどではまったくない」

それは単なる事実だったが、人々の反応は電撃的だった。歓呼と喝采が少なくとも一分間は止まなかった。もしジャバリの辞任発表のタイミングが、デモの高揚感を萎《しぼ》ませることを狙っていたとしたら、それは大きな判断ミスだった。逆に、その発表は群衆のひとりひとりに、不平分子仲間のあげる声に支えられて、反乱の勢いが衰えていないことを確信する機会をあたえていた。

組織者がマイクロホンを持って、行進に関するくわしい指示を出しはじめた。行進するルートを全員に思いださせてから、彼はつけ加えた。「いちばん重要なのは、緑色の肩帯《サッシュ》をつけた誘導係の指示に従ってもらうことです」あたりを見まわしたマーティンは、数メートル離れたところの女性が茶色いマントの一方の肩から幅広の緑色の布帯を掛けているのを見つけた。

群衆が北へ動きはじめた、ジョンフリ・エスラミ《イスラム共和制》通りにむかって。行進者たちは交通係警官の協力はいっさい期待していなかったが、抗議行動の告知が行き渡っていたので、ほとんどのドライバーは行進のルートを避けたし、そうでない場合でも、純粋に数の力が徒歩で移動する人たちに通行の権利をあたえた。密集状態の群衆は一貫してのろのろ歩きになり、午後の暑さも厳しくなりはじめていたが、雰囲気は明るく、絶え間なくリズミカルに唱えられる、レフ・アレン・ダーム――実質的にそのままペルシア語に輸入された英語の外来語――が異なるグループ間を戯れるように行き交うことで、退屈を解消し、叫びっぱなしで人々の喉が嗄《か》れるのを防いでいた。

ジョンフリ・エスラミは幅の広い優雅な通りで、バハレスタン広場と出合うところには荘厳な噴水が列をなしていた。この通りは、テヘラン中心部の大半を襲って進行中の道路工事の奔流――至るところで建設中の立体交差やトンネルが街路にあふれさせるコンクリートの粉塵は、マーティンのズボンの折り返しにたまり、マーティンの鼻粘膜をずたずたにした――を免れていた。行進のルートにある金持ち相手の衣料品店のなかには、休業してシャッターを下ろしているところもあったが、ほかの店は抗議行動支持の横断幕をショーウィンドウに掲げ、何軒かは店主が、店によっては一家総出で入口に立って手を振ったり声援を送ったりしていた。マーティンは二〇〇三年を思いだした。イラク侵攻の直前、彼とリズが反戦デモでシドニーを行進したときのこと。結果を考えれば、それは力づけられる比較では到底ないが、マーティンは政治的な類比がしたいのではなかった。ただ、整然かつ断固とした群衆の雰囲気や、前進する人々のしっかりしたリズムや、肌に感じる音や感情の全体が、あのときと同じだった。

マーティンは急に孤独の痛みを感じた。リズがいま自分の隣で行進するのを望むのは無理だが、夕方帰宅して、いっしょにすわった彼女にこういえれば、それだけでいいのに。『今日、ぼくがなにを思いだしたか、わかる?』だがいま、ふたりが分かちあった記憶はなにも意味しない。

「すまない、ぼくは──」

「あれが見えますか?」ベフルーズが訊いてきた。

「彼女の携帯電話」マーティンはベフルーズの視線をたどった。緑色の肩帯《サッシュ》をした誘導係が、携帯電話でだれかと話している。マーティンは自分の携帯電話を確かめた。圏外のままだ。

「それのことを彼女に訊いてみてくれないか?」マーティンはいった。「ぼくたちが密告者じゃないと納得させられればだが」

女性が通話を終えると、ベフルーズは近づいていって自分たちを紹介した。女性はマフヌーシュと名乗った。

彼女はマーティンに直接、英語で話しかけた。「政府がインターネットを遮断する前に、あなたの記事をいくつか読んだわ」

マーティンの自意識がうずいた。彼のレポートは、朝食の席で海外の政治記事数本を流し読みするオーストラリアの読者むけに書かれたもので、事態のどまん中にいる見識あるテヘラン市民用ではなかった。マーティンはいった。「ぼくの記事にまちがいがあったら、大目に見てもらえるとうれしいのですが。ここに来てまだ数カ月なので」

マフヌーシュはかすかに微笑んだ。「いいわ」

「あなたの携帯電話がどうやってつながっているのか、お訊きしてもいいですか？」

「これは基地局を経由しないの」マフヌーシュはいった。「ほかの携帯電話に直接つながる」

「よくわからないのですが」

マフヌーシュはベフルーズにむかって話し、「わたしたちは網目状《メッシュ》ネットワークを構築しました」とベフルーズが翻訳した。「それは電話会社のいかなるインフラにも依存していません。携帯電話はそれどうしのあいだでデータを送るだけです。メールも、テキストメッセージも、音声通話も、ウェブサービスも」

マーティンは感心した。まちがいなく政府は早晩、このシステムをブロックする手段を見つけるだろう――政府はすでに衛星テレビをジャミングしている――が、いまのところ抗議者たちは予想外のかたちで一歩先んじていることになる。「ぼくもこのネットワークに接続《プラグイン》できますか？」

マフヌーシュが手をさしだし、マーティンは自分の携帯電話を渡した。数秒間調べてから、マフヌーシュはそれを返した。「ごめんなさい、ダメだわ。いちばんいいのはここの製品――」と自分の携帯電話をポケットから取りだして、マーティンに見せる。メーカーのロゴはマーティンがはじめて見るものだった。同じデザインのSの文字三つで作られた三角形。

「なんというメーカーですか？」

「スライトリー・スマート・システムズ」と答えたマフヌーシュの目には、すばらしく自嘲《しだけ》気味な名前を面白がっている気配があった。「ソフトウェアはインド製、ハードウェアは中国製。でも、わたしたちは独自の変更を少し加えている」

マーティンはマフヌーシュの携帯電話を返した。家電販売店を経営するオマールはこれがどれほど役立つことになるか知っていただろうに、マーティンに売りこもうとしたことがないのは驚きだった。とはいえ自動車事故の夜以来、ふたりはおたがいの関係に用心深くなっていた。サンドラ・ナイトはパリでショークーの話を公表したとき、マーティンの名前が決しておもてに出ないようにしたが、当局は自動的に全外国人ジャーナリストの監視を強化しているだろうからだ。

群衆はシネマ・エウロペの、続いてシネマ・ハーフェズの前を通過した。屋外看板から冷静に見おろすイラン人映画スターたちは、激励も非難もしてこなかった。行進者たちの前方に長く延びるアスファルト道路はまったく人けがなく、目の届くかぎりの彼方まで車もいなかった。スローガンを唱える群衆に取り巻かれていても、マーティンは一瞬、世界の終末が訪れたかのように鳥肌が立った。警察も行進とともに移動しているが、道路の端にとどまり、挑発するように群衆を押しやるところもマーティンは目にしていない。たぶん当局は、人々が最後一回の抵抗ショーで、邪魔されずに鬱憤《うっぷん》晴らしをするのを認めることにしたのだろう。そのあとジャバリの辞任を利用して、それまでに起きたあらゆることの幕引きをする。

マーティンとベフルーズは群衆の中を移動して、コメントを集めた。「ジャバリの辞任は無意味だ」ひとりの男性が意見をいった。「それで家賃が下がるわけじゃない。息子が職に就けるわけでもない」

「ですが、国民投票《レファレンダム》で経済がよくなりますか？」

「すぐにではない」男性はそう認めてから、「だがそれは、違う発想への扉をひらくだろう、来る年も来る年も同じ集団が権力を握るのでなくなれば。強硬派は自分たち以外のすべてを非イスラムと呼ぶが、アンサリは非イスラムではない。わたしは自分で彼に質問したことがある、トルコがしているように、場所によってはヘッドスカーフの着用を禁止するのかと。彼の答えはノーだった。それを着用したいかしたくないかは、それぞれの女性しだいだと」

ほかの人々も同様の見かたを口にした。自らが説く敬虔さを盾にして権力の座にいつまでもしがみついている腐敗した派閥に、皆がうんざりしていた。監督者評議会からの拒否権の剝奪――あるいは評議会自体の廃止――が変化のための唯一の道すじだというなら、そうすればいい。国に害をなすだろう候補者は、投票者たち自らがきちんと退けられる。ある女性がいったように、「わたしたちは、自分が食べるものから骨を抜いておいてもらう必要がある幼児じゃない」

「ラスト！　インジャー・ラスト！」マフヌーシュが両腕をあげてジェスチャーをしながら、切迫したようすで叫んだ。右へ、ここで！　マフヌーシュはジョンフリ・エスラミを外れて脇道へと行進を導いていった。彼女はとくに背が高くはないが、声がよく通り、彼女の指示は注意を引いて、列の中をこだまするように伝わっていった。群衆が狭い道に押しこまれたところで、マーティンはマフヌーシュに近寄った。

「なにか起きたんですか？　フェルドウスィー通りに直進する予定だったのでは」

マフヌーシュがかざした携帯電話には、民兵を詰めこんだ地下鉄車輛の客車の画像が表示されていた。銃を持った兵もいる。車輛脇のプラットホームの表示には、イマーム・ホメイニ駅とある――サーディ駅のひとつ南だ。行進が当初予定のルートを守っていたら、サーディ駅にさしかかったちょうどそのとき、武装したバシジが地下鉄から姿をあらわしていただろう。

マーティンはベフルーズと視線を交わした。行進から離れて、サーディ駅のようすを見にいくか？　マーティンはその気になりかけたが、群衆といっしょにいて成り行きに立ち会ったほうがいいと考え直した。

マーティンはいった。「では、その携帯電話を持った人々のネットワークができているのですね……すべての地下鉄駅や街角に？」マフヌーシュの答えは、こういいたげないらだったしかめ面だった。〝もちろんよ、でもくわしく話して聞かせるなんて思わないで〟

マフヌーシュは、「仕事があるので失礼するわ」というと人の流れから外れて路肩に立ち、叫び声で指示を出して、混乱して迂回路に入りそこねる人が自分の担当範囲からひとりも出ないよう万全を期した。さっきの車輛の写真のコピーをもらえないか、あとでマフヌーシュに訊くこと、とマーティンは心の中にメモした。いまはそんなことを頼んでいる場合ではないが、その画像を手に入れずじまいになったら、編集長に殺される。

迂回路のサフ通りは歩行者専用なので、行進者たちは車やオートバイを気にする必要がなく、仰天している買い物客グループやひと組のアニマルバルーン売りがいるだけだった。国会のむかい側に紳士靴店が軒《のき》を連ねていたのに対して、この通り全体が婦人靴とハンドバッグの専門店街に見える。前進する群衆は、のんびりとウィンドウショッピングをしていた客たちの多くにそうした店舗のドアをくぐらせ、もしかしてその日の売上を倍増させたかもしれない。

数百メートル進んだところでベフルーズが振りかえり、不安げにいった。「あと三十分したら、あの角を曲がってくる人がいなくなっていればいいんですが」行進が先頭から最後部まで通過するには長い時間がかかる一方、バシジは十分とかからずに交差点に到着できるだろう。

マーティンは道路ぎわまで人を押しわけていくと、電気の接続箱の上にあがった。そこからだと、後ろの列がはるかジョンフリ・エスラミ通りまで延びているのが見えたが、マーティンが見ているうちに列の終わりが視野に入ってきた。マーティンはいった。「組織者たちは行進をふた手に分けたらしい。迂回路を設定しておいただけじゃないんだ。この列より後ろにいた人たちは、南に迂回したに違いない」バシジは飛んで火に入る標的をひとりも見つけられず、行く手には延々と人けのない通りを見るだけだろう。

「どんな手を打っていても、そのあとをついてくる警官や密告者がいるはずです」ベフルーズがマーティンの注意を促した。「ヘリコプターを使うような目立つことはしないでしょうが、政府はやはり監視しています」

「そうだな」警官は専用無線機を持っているから、スライトリー・スマート・フォンは必要ない。それでも、ふた手に分かれるのは、待ち伏せされているところへ全員が闇雲に進みいるのよりはマシだったし、少なくともバシジはすでに不意打ちの有利さを失っていた。

「チャップ、チャップ《左》、チャップ！」マフヌーシュが群衆に指示を出した。歩行者優先のサフ通りは終わりになって、その先の通りは細くて車でいっぱいだった。マーティンは行進者たちとドライバーたちの激しいいがみ合いを予想して緊張したが、クラクションと怒声を伴った短い意地の張り合いの結果、群衆側が勝利した。数人のドライバーはなんとか車をバックさせて道を空け、残りはその場に停車したまま、抗議者たちがまわりにひしめくにまかせた。

マーティンはマフヌーシュを視野から外さずにいて、民兵に関する最新情報を尋ねるタイミングを見計らっていた。二、三分するとマフヌーシュがマーティンに、またこっちへ来てという身振りをした。

「わたしたちはサーディ駅の改札を鎖で封鎖した」とマフヌーシュは明かした。「でも、ダーヴァゼ・ドラット駅は封鎖に失敗して、現在、バシジの半分はそこにむかっている」ダーヴァゼ・ドラットはこの方向のひとつ先の駅だ。行進がこのまま北に進みつづけたら、また も危険の中に突っこんでいくことになる。

「国会議事堂に引き返す手もあるのでは？」

「バハレスタン駅にむかっているバシジの一隊もいる」

いま行進している通りは、サーディ駅とダーヴァゼ・ドラット駅を結ぶサーディ通りとの

T字路で終わっていて、現在位置は両方の駅からほぼ等距離だ。マフヌーシュは停止を命じてから、行進者たちに横断幕を道路に置いて、スローガンはいっさい口にせずに、三人以下のグループで解散するよう指示を出した。

マーティンの後ろで若い男がひとり、大声で異議を唱えはじめ、おれは尻尾を巻いて逃げるために外に出てきたんじゃないとか叫んだが、ほかの人たちはだれもそれを支持する声をあげず、男の友人たちが必死で男をなだめた。行進に参加した人のほとんどは、自分たちがトレードオフを達成したと感じているようだった。国会議事堂前で人数を誇示してから、大統領命令に逆らって行進してみせた自分たちは、怯えてなどいないが、無謀な真似もしない。

抗議者たちが散りはじめると、ベフルーズがいった。「公衆電話を探して、妻に連絡を入れたいのですが」

「わかった」テレビが全面的に口をきわめて抗議者たちを非難し、携帯電話のネットワークは落ちているいま、ベフルーズの奥さんがどんな気持ちでいるかは察せられた。マーティンは思いだした、パキスタンのペシャワールで軍がデモに対して発砲をはじめたとき、リズに彼は死んだのか生きているのかと数時間心配させっぱなしになったのだった。マーティンはいった。「一時間後に車のところで落ちあおう」駐車した場所までは約三キロだったが、マーティンはもう少しこのへんにとどまり、マフヌーシュからなんとかして例の写真と追加の裏情報を手に入れたかった。

ベフルーズが立ち去った。見まわすと、マフヌーシュの姿はどこにもなかった。しばらく曲がり角で通りを眺めわたしながら、小声で毒づく。マーティンはマフヌーシュを見失っていた。

南にあるサーディ駅にむかうことにした。バシジを詰めこんだ列車を読者に見せられないとしても、連中が一団となって地下鉄駅から姿をあらわす場面はまだ撮れるかもしれない。商店や喫茶店の前を歩いていると、行進のときに見た覚えのある人々がまだ目についた。ほとんどの人は少人数に分かれろという指示を踏まえていたが、同時に若い男性たち——何人かはヘヴィメタルTシャツを着ていて、それは現政権がもっとも嫌っている服装だ——が集団で歩きながら談笑しているのも目立つ。その気持ちはよくわかった。同志に知らんぷりをして人混みの中にこっそり姿を消せと指示されるのは、どこか威厳に関わるものがある。

通りのかなり先で怒声の叫びがあがった。マーティンには言葉は聞きわけられなかったが、なにが起きているかは疑いの余地がなかった。マーティンの前方にいたショッピングバッグを持った女性グループが、まわれ右をして急いで道を離れた。同時に、争いに身を投じに走っていく人々の姿もあった。心の一部は、安全な店内か裏通りに潜りこみたがっていた——（だれにもわからない、だれもおまえを責めたりしない）——が、マーティンは無理をして歩きつづけた。不意に、パキスタンにいたときは自分はこんなに臆病ではなかったという思いに打たれた、逆が当然なのに。当時はリズのことを考える必要があったのだから。けれど当時は、どんな正気とは思えない状況に巻きこまれたときも、必ずリズにその話をしている自分を思い浮かべていた。リズがいて自分の体験を分かちあってくれるというだけで、危険から守られている気分になれた。リズに話してきかせるまで、なにひとつのほんとうのことにならないなら、その話のすじに世界が干渉して壊せるわけがあるまい？

　叫び声の出どころが視野に入ってきた。通りの反対側で五人のバシジが三人の若い男性と揉みあい、容赦なく警棒で打ちすえている。バシジのひとりが自動拳銃を振りかざして売国奴がどうのとわめきながら、近寄ってくる相手に見境なく武器をむけ、かなりの規模の怒れる市民たちを押しとどめていた。

　争いの中心にいる若者のひとりが酔ったようによろめき、頭の傷から血を流して、明らかに危険なようすだ。マーティンは携帯電話をチェックしたが、相変わらず表示は圏外だった。周囲に目を走らせると、店の入口から心配そうに見ている店主がいた。マーティンは受話器を持つ仕草をしながら叫んだ。「救急車？」

「カルダム」店主の返事は簡潔だった。もう呼んだ。固定電話はまだ生きていた。

　マーティンは争いの現場に戻って、写真を数枚撮った。携帯電話をポケットにしまっていると、遠くでもっと大人数のバシジが通りのこちら側をサーディ駅から北へむかってくるのが見えた。後ろをむいて自分も逃げようとしたとき、別のなにかが目を捉えた。茶色いマントの肩に掛かった緑色の肩帯《サッシュ》。マフヌーシュは十五メートルくらい離れたところにいて、南へ歩いていた。

　マーティンは困惑した。マフヌーシュが自ら危険に身を投じようとする殉難者タイプとは思えなかった。そこでマーティンは気づいた。マフヌーシュは抵抗の徴《しるし》としてサッシュを掛けつづける選択をしたのではない。自分がそれをしているのを忘れているだけなのだ。全力を尽くして自分の担当範囲の行進者を安全に導いてから、マフヌーシュもそこを離れようとしたのだ、ひとりで、自分は人目につかなくなっていて、ヒジャブ《ベール》を被ったほかの女性と同じで標的にはならないと思いこんで。

マーティンは、彼女からもバシジからも注意を引くことなく、かつ手遅れになる前にたどり着ける速さを意識しながら、マフヌーシュにむかって歩きはじめた。あとからあらわれたほうのバシジの集団は、進路の人々にむけてスローガンを叫んでいるが、まだだれも殴ったりはしていない。連中がラムシュタイン（ドイツのロックバンド）Tシャツの男でも見つけて気を取られてくれないか、という不謹慎な願いをマーティンは抑えこんだ。

マーティンの行く手には引き返しはじめる人もいたが、マフヌーシュはだれにも引きとめられずに進みつづけた。いったいなぜ彼女は南へむかっているのか、むこうからなにが来るか知っているのに？　もしかすると、ここでの事態の推移を見たいのかもしれない――たとえそれを防ぐために自分にできることがなにもないとしても、暴力行為があればその証人となるために。

あと三十秒もかからずにマフヌーシュの一歩後ろを歩けるところまでようやく来たが、マーティンの心臓は全力で走りとおしてきたかのようにばくばくいっていた。声でだれかはわかってもらえると信じて、名乗る時間も惜しんで小声の英語で話しかける。「振りむかないで。あなたは肩帯《サッシュ》を掛けたままだ」

一瞬、自分の声が小さすぎたのかと思った――まわりの買い物客たちから物珍しげにじろじろ見られたくなかったので――そのとき、マフヌーシュが体の左に手をやって、腰のあたりで結ばれていたサッシュをほどいた。一連のすばやい動作で、マフヌーシュはそれを肩にすべらせながら包帯のように巻きあげてまとめ、すっかり両手の中におさめた。

マフヌーシュがサッシュをマントのポケットに突っこんでから、マーティンはようやく目をあげて、こちらを見ているバシジがいないか確かめる気になったが、彼女の早技が気づかれることはなかったようだ。そしてむきを変えて北へ戻ろうとしたちょうどそのとき、バシジのひとりと一瞬目が合ったマーティンは、いま自分はマフヌーシュに近づきすぎていて、注意を引かずに離れられないことに気づいた。マーティンは中年で、服装は控え目、顔立ちを見ればたぶん外国人だとわかるが、少なくともビデオカメラは手にしていない。疑われるようなふるまいをするより、知らん顔で押しとおすほうがはるかにいい。

マーティンは足早にマフヌーシュを追い越すと、近づいてくるバシジのあいだに踏みこみ、ほかの歩行者をよけるのと少しも変わらないようにすることで心にやましいところがないようすを見せ、タイミングの悪いときにホテルを出てきてしまったにすぎない分別を欠く外国人ビジネスマンのペルソナを降臨させようとした。バシジは十人で、全員が同じ緑色の警棒を、三人が拳銃を持っていた。汗がつんとにおった。敵に裏をかかれて恥をかいた彼らは、たとえ人混みの中から確実に抗議者を見分けられる見こみがいまやまったくないとしても、ほんのちょっとしたことでだれかを鬱憤晴らしのいい相手と見なすだろう。

バシジのひとりの肩がマーティンに軽く触れた。マーティンは、「ベバフシード《すみません》」といって歩きつづけた。次の曲がり角まで進んでから、振りかえる。マフヌーシュも問題なくバシジとすれ違っていた。一瞬、マフヌーシュのところに行こうとしたが、街じゅうにバシジがいる状況では、それはまだ危険すぎた。彼女はもう、抗議者としてマークされてはいないが、無関係な外国人男性と口をきく権利は持っていないのだ。

アパートの部屋へ階段をのぼりはじめたところで、オマールの妻のラナが彼らの部屋のドアをあけた。ラナは礼儀正しく挨拶したが、問題が起きているのは明白だった。

「オマールからなにか連絡はありませんでしたか？」ラナが訊いた。

「いいえ。もしかして、行進に参加していたんですか？」マーティンはあそこでオマールに会うかもしれないとは思っていなかった。プラカードを振りまわすのは、オマールのスタイルではない。

ラナは頭を横に振った。「でも店から戻ってきていないし、店に電話しても出ないんです」

「車が故障したんじゃないんでしょうか？」携帯電話サービスはまだ復旧していない。マフヌーシュが使っていたメッシュ・ネットワークのことを話しそうになったが、それが選択肢にあればラナはすでに試しているだろう。たぶんあの機械は郊外のここでも接続可能なほどには普及していないのだ。

マーティンはいった。「車で店まで行って、覗いてきましょうか?」

「お願いします、さしつかえなければ。わたしたちもいっしょにまいります、ビザマト《ぜひとも》」

「もちろん」

マーティンはドアがあいたままの玄関で、いっしょに行く義父のモーセンをラナが連れてくるのを待った。この一家はマーティンと親しくしてくれたが、マーティンがラナとふたりきりでどこかへ行くのは問題外だった。ズボンを引っぱられるのを感じた。オマールの三歳の息子が、マーティンの膝をぎゅっと握っていた。

マーティンはしゃがみこんで挨拶をした。「サラーム《こんにちは》、ファルシード・ジャン《くん》」

ファルシードはむずかしい顔で、「ババ《パパ》・コジャスト《はどこ》?」

「ナミドゥナム《わからない》」マーティンは正直にいった。「ズド・ベ・ハネ・ミアヤド」すぐに帰ってくるよ。

モーセンとラナが出てきて三人は車にむかい、ファルシードは祖母とアパートに残った。モーセンの英語はマーティンのペルシア語並みにカタコトだったが、モーセンがまだあまり心配していないことはマーティンにもわかった。オマールはたぶん仕事で呼びだされただけだ、電話がかけられないどこかに。

街にむかって車を走らせながら、マーティンはニュースをやっているラジオ局を探した。国営通信は行進後に二十七人が入院したとすでに伝えていた。各病院が人数の公表を拒んでいるので、民兵の行為を揉み消すために被害者数が控え目に報じられているのか、それとも人々への警告として水増しされているのか、マーティンにはもう見当がつかなかった。

店に着いてみると、鍵が掛かって、明かりは消えていた。オマールの車は裏手に駐められたままだ。ラナが店に入って見てまわった。モーセンはマーティンといっしょに外で待ちながら、車にもたれて煙草を吸っていた。モーセンはイラクとの戦争で両脚を失っていた。義肢をつけているが、歩きまわるには松葉杖が必要だ。数分して出てきたラナは取り乱していた。義父に話しかけ、一枚の紙切れを見せてから、マーティンに説明した。「オマールはレジの機械の中にメモを残していました。何者かがあの人を拘束して、連れ去ったのです」

「いったいだれが?」

ラナは頭を横に振った。「オマールは相手が何者かわかりませんでした。あるいは、それを書く時間がありませんでした」

もしショークーの国外脱出でのオマールの役割を情報省《VEVAK》が突きとめたのだとしたら、どういう事態になるかマーティンは考えたくなかった。「警察に行って、訊いてみましょう」マーティンはいった。ほかに打つ手はなにも考えつかない。夜のこの時間に弁護士を探すのは、よほど切羽つまった場合だ。ラナがマーティンの話を伝えると、モーセンは同意した。

中央警察署はマーティンが前に見たときより混みあっていて、身内の安否を気づかう人々の列が外の道まであふれ、ブロックの途中まで続いていた。行進自体では一斉逮捕はなかったし、バシジとの騒動も拡大しなかった——マーティンが考えつく唯一の説明は、行進後の数時間になんらかの手入れがあって、反体制派の小物が一斉検挙されたというものだった。

その場合の前むきな解釈を考えてみる。もしオマールが、密告者に盗み聞きされた軽率な発言のせいで逮捕されたにすぎないなら、告訴されずに一日か二日で釈放されるだろう。

マーティンたちが列に並んだとき、すぐ前にいた数人がモーセンに順番を譲ると申しでた。モーセンはていねいに辞退したが、人々はぜひにといいつづけて、最後にはモーセンも受けいれた。それならなぜモーセンが列の先頭に並ばせてもらえないのか、マーティンにはまるで理解できなかった。いまモーセンより前に残っていることを気にしていない数十人も、モーセンの退役軍人という地位への敬意に少しも変わりはないようだ。たぶん、これは一種のトレードオフで、度がすぎて恩着せがましくなることなしに敬意を表明するための行為なのだろう。

ラナは地面から視線をあげず、マーティンが世間話や楽観的な予測で気分をまぎらわせてあげようとしても効果がなかった。マーティンは自分の想像が暴走しないようにしていた。エヴィン刑務所でなにがおこなわれているかは知っていたが、密輸品のアクション映画を仕入れたことのあるイラン人をひとり残らず狩り集めて拷問したりは、だれもしないだろう。万一、ショークーの偽造パスポートの出どころがオマールまで遡って突きとめられたときだけは、オマールは現実に危険にさらされることになる。

マーティンは列の先にいる女性が携帯電話で話しているのを目にとめた、その女性も機械を袖に隠しておこうとできるだけ努力はしていたが。マーティンの知るかぎり、スライトリー・スマート・フォンは非合法ではなかったが、たぶんすぐにそうなるだろう。

女性は通話を終えると振りむいて、動揺したようすで隣の人と話をした。話題がなんにせよ、それは個人的な事柄ではなかった。数分のうちに、知らせが列を行き来していることにマーティンは気づいた。ひょっとすると、当局がやはりジャバリを告発する決定を下したのかもしれない。ジャバリが辞任しても保守派の支持を取り戻すに至らなかったなら、いっそのこと見せしめのための裁判をひらいて、法より上に立つ者などいないことを示すというのはどうか？

だが、ジャバリの名前が出てきたなら、少なくとも何人かの苦笑を引き起こしたはずだ。この知らせを聞いた人は、だれも笑みを浮かべていなかった。

伝言がようやくモーセンとラナにも届いた。マーティンのペルシア語はほとんど役立たずになっていたが、アンサリの名前が話に出てくるのを耳にしたとき、マーティンにはふたつの可能性しか考えられなかった。

「アンサリが逮捕されたんですか？」マーティンは尋ねた。

「いいえ」ラナが答えた。「彼は撃たれたのです。病院に運ばれましたが、今夜いっぱいもちそうにありません」

6

ナシムはコンピュータ画面の前にうずくまって、自分が書いた神経マップ統合ルーティーンのコードのあるセクションを一心不乱に見つめていた。

どの二羽の錦花鳥《キンカチョウ》も、まったく同じ歌を歌うことはない。どの二羽も、脳はそっくり同じではない。なのに、どうやったら千羽の異なる錦花鳥の脳の部分的で不完全な画像を使って、なんらかの意味のある合成物を作りあげられるというのか？

総体的レベルでは、脳内の同じ構造はだいたい解剖学的に同じ位置に見られるが、個々のニューロンのレベルにズームインしていくとき、もっとも重要な手掛かりは細胞の生化学的特徴やその接続パターンだ。問題は、接続パターンという概念が無意味に漠然として、無益に厳密で、気が狂うほど循環論法的なものにならないようにしておくところにあった。もし、生化学的タイプAの細胞一万個が、生化学的タイプBの細胞一万個に軸索を送りだしているとしても、それは必ずしもその全部に互換性があることを意味しない。だからといって、共通の特徴があるものとして扱えるのは、同一性のある隣接細胞に同一のかたちで配線されているニューロンのみだ、などといいだしたら、一致するものはまったくなくなってしまう。

もっと悪いのは、ニューロンというニューロンを、まずそれが連結されているニューロンを特徴づけることでしか特徴づけできない場合で、そのときはなにもかもを果てしない自己言及という兎の巣のトンネル《迷路》の奥深くに押しこむ危険をおかすことになるだろう。すべての努力は、不完全な——さらに部分的に矛盾する——かたちで千の未知の外国語に訳された霊歌「ドライ・ボーンズ」（預言者エゼキエルが枯れた骨でいっぱいの谷へ赴き、神の言葉で骨をつなげて生き返らせたという聖書の記述を題材にする）から、人間の骨格を復元しようと試みるのに似ていた。「fifflezerm は girglesprig に接続する……」

　この問題に取りくんで費やしてきた数カ月間、ナシムは抽象的ネットワーク・トポロジーのあらゆる種類の強力な統計技法と分類体系を試してみたが、最終的に成果の兆候を示したアプローチでは、接続パターンそれ自体によるのではなく、機能による特徴的なサブネットワーク探しが必要だった。エンジニアなら回路図をじっと見れば、部品を数種類の機能ブロックに分類できるだろう——たとえば、そっちの数個は振動器になって、残りの数個は濾波器を作る、というように——その際、そうしたメタ部品それぞれの絶対的に厳密で不変のデザインは必要ない。振動するものはなんでも振動器だ。教科書で最初に出合ったものと完璧に一致する必要はない。同様に、もし、あるニューロンの塊が、別の塊と同じ総体的影響をインプットにあたえるとしたら、一方の塊には三十九本のニューロンがあって、もう一方は四十五本だとしても、それはまったく問題ではない。「同じ総体的影響」と口でいうのは、それを定義するよりかんたんだが、ナシムはその概念の精緻化に取りくんで数週間になるいま、自分がついに、ひと組の意味のあるカテゴリーに近づきつつあると確信していた。

コードの二、三の定義を微調整してから、それをふたたび走らせはじめる。全データ・セットの処理には数分かかるはずだ。ナシムは画面から目を逸らして、ラボを見まわした。今日はみんな不自然に静かだ。レッドランドが下院特別委員会で議論の的のヒト《H》・コネクトーム《C》・プロジェクト《P》について証言するためにワシントンに出かけていて、ジュディスが同行していた。委員会はすでに一カ月にわたって公聴会をひらいていて、レッドランドは証人として呼ばれた数十人の科学者のひとりにすぎないが、彼の出張をきっかけに、自分たちの資金源が、そして自分たちの未来が、まだどうなるとも決まっていないことを、ラボのだれもが思いだしていた。

合成マップが画面にあらわれた。ナシムはヘッドホンをつけようとして、衝動的ないたずら心にとらわれた。ヘッドホンのプラグをジャックから抜いて、コンピュータの音声回路をスピーカーに切りかえる。そして、ソフトウェア鳴管を始動し、錦花鳥脳の発声経路の最新シミュレーションを走らせた。

以前の試作品が発した幼鳥のさえずりは、徐々にもっと整った歌に姿を変えつつあったが、今回、ナシムはうなじの毛が逆立った。成鳥の鳴き声に特徴的なリズム——スタイルの全体、構造の全体——が、ついに姿をあらわしていた。

歌を流したまま、ナシムはシミュレーションの仮想脳波図《EEG》をチェックした。波形はファイルにある生きた鳥の記録のどれとも完全には一致しなかったが、統計値はすべて母集団の範囲内におさまっていた。もしナシムが波形《トレース》の記録を神経生物学者に渡したら、人工のものを生きた鳥のものと区別できないだろう。

マイクが作業台を離れてあたりを見まわし、いらだって、「鳥を動物舎から出したのはだれだ？」と尋ねた。ヘアネットと、ビニール製シャワーキャップに似たなにかを被っている。「おれの培養細胞に落とし物でもされたら、一カ月分の作業が廃棄処分だ！」マイクはとうとう音の源を突きとめると、ナシムのほうをむいて腹立たしげににらみつけた。「どこにいる？」

一瞬、マイクが冗談をいっているのではないとわからなかった。ナシムはいった。「落とし物はないわ、マイク、だいじょうぶだから」

マイクとシェンとディネシュがナシムの机のまわりに集まって、ナシムがさらに一連のテストを次々とおこなうのを見守った。ナシムは鳴管に歌わせつづけながら、自分が鳥たちの死体を縫いあわせて身の毛のよだつなにかを作りだし、いま目ざめたその産物が自分の手の中で翼を羽ばたかせるのが感じられる、という薄気味悪い気分を振りはらおうとした。

シェンがいった。「これを雌《めす》の鳥に聞かせて、魅惑されるか確かめてみるべきだね。チューリング・テストの錦花鳥版」

「いや」マイクが反論する。「やるべきなのは、雌の鳥の聴覚中枢をシミュレートして、そのシミュレーションが魅惑されるか確かめることだ」

「ひとつのプログラムが別のプログラムをだます？　それのどこがテストになる？」シェンが問う。

「それはテストにはならない」マイクは認めた。「だが、ふたつのプログラムにとって、このほうが関係を持つのにずっとやさしいはずだ」

シェンはそれを聞いて熟考し、「メディアラボなら、わたしたちが純ソフトウェア製の交尾可能な雌を作るのよりも速く、鳥用遠隔操作張形《テレ・ディルドニクス》を組みたてられると思う」

「『フラン錦《キン》シュタインの花嫁』の話はやめにしない？」ナシムは頼みこんだ。「そこには発声後部下行経路《DPP》しかないんだから。もしそれが完全に自力で性欲を感じることができるなら、カシオのキイボードにだってできるわ」

ディネシュがいった。「そこには性欲を感じることのできるものはありません、いまはまだ。ですが、異なる画像化技法からマップを統合できるいま、そうですね、十八カ月もあればわたしたちには錦花鳥の脳まるごとが作れるのでは？」

「その〝わたしたち〟っていうのはだれだ？」マイクが応じる。「じっさいにここにとどまって、ＨＣＰのために闘う人たちのことかな？」

ナシムはヘッドホンをジャックに挿《さ》しこんで、スピーカーの音を遮断した。「リサイタル終了」ナシムはいった。「仕事しなくちゃ」

昼食時間にナシムは、ほかの人たちといっしょに会議室のワイドスクリーン・モニターのまわりに集まって、レッドランドが特別委員会で証言するのを見た。公聴会がおこなわれたのは数時間前で、そのあと録画がウェブにポストされていた。

レッドランドはいつもどおりの大きな達成目標に話を絞った。統合失調症、自閉症、鬱《うつ》病、アルツハイマー病。ヒ《H》ト・コ《C》ネクトーム・プ《P》ロジェクトは、とレッドランドは宣言した、そのすべてに光明を投じるでしょう。それは長期的にはほぼまちがいなく真実で、大衆に売りこむのが比較的やさしい目標だったが、ナシムはこの戦略が賢明かどうか、疑問を拭えなかった。大して考えるまでもなく人々は、そうした病気に取りくむもっとすぐれていて、安あがりで、手っ取り早い手段はないのだろうかと思いはじめるだろう。脳を隅から隅までマッピングすることは、人間の自己認識にとっては勝利だ——ゲノムを最終的に日の当たらない場所に置き去りにするという結末付きで——が、その目標のために数十億ドルと何十年もの重労働を投じようとしているのであれば、それを〈今月のお悩み〉かなにかの治療法として売りこむというのは、その役割を不要にする治療薬が登場したとたんにプロジェクト全体が肥大した無用の長物と見なされるリスクをおかすことでしかない。

録画の再生ウィンドウを閉じていたシェンが、サイトにライブ映像の小さな画像が表示されているのに気づいた。「おい、委員会でザッカリー・チャーチランドがしゃべるぞ！」シェンはライブ映像をフルスクリーン・モードにした。

八十代の石油王であるチャーチランドは、政府の努力と競争するかたちで、自分自身の脳マッピング・プロジェクトに資金提供する可能性をいだしていた。マスコミは彼を〝HCPのクレイグ・ヴェンター〟と呼びはじめていたが、ゲノム研究に関わるヴェンターが分子生物学者であるのとは違って、チャーチランド本人にはなんのバイオテクノロジーのスキルもなかった。ヒト《H》・コネクトーム《C》・プロジェクト《P》を唱道する神経科学者たちは、パトロンになる可能性があるだれに対するのとも同様に、チャーチランドを腫れ物に触るように扱ったが、チャーチランドが公言している目標と神経科学者たちの目標は、アップルパイがアルツハイマー病のリスクを高めるという話と、それに対する神経科学者たち自身の慎重な声明と同じくらいに、かけ離れたものだった。

「議員、わたしのプロジェクトの究極目標は、万人の不死といえるだろう」チャーチランドは宣言した。ナシムは彼の声に、彼女のお気に入りのダンストラックのひとつに声がサンプリングされていた作家のウィリアム・S・バロウズを思いだした。堅苦しくて退屈なんじゃないかと思って、バロウズの本を探す気には全然なれなかったが、話しかたがとてもすてきだったので、ナシムはこの作家を二十世紀上流階級の典型と考えるようになっていた。「その過程で公衆衛生のためになることがあれば、それはけっこうなことだが、デジタル移住という観点から見た場合、すべての公衆衛生はマイナーな副次的問題となる」

特別委員会議長のフィッツウォラー下院議員は、この回答についてしばらく黙ったまま考えていた。過去六カ月間、頭を紙袋に突っこんでいたのでもなければ、議員がチャーチランドの意見をなにも知らなかったということはまずありえないが、チャーチランドが、本人自らが目の前のそこにいて、議員たちの前で証言しているいま、フィッツウォラー議員は自分の耳に入ってくる言葉がどうにも信じられないようすだった。

「チャーチランドさん、これまでこの委員会に来た科学者たちは全員が、きっぱりとこういいました。ヒト・コネクトームは、どのひとりの人間個人のマップにもなることはないと。それはいかなる個人の記憶も、人格も、目標も記述しない、と。あなたはこの専門家証言に異議を唱えられるのですか、サー？」

チャーチランドはため息とも、肺気腫の徴候とも取れる音を発した。「いいや、議員、そうではない。わたしは一般的《ジェネリック》マップが、個人のマッピングへの途上の必要な中間段階であることは認めている。その地点に到達しても、マップの個人化を達成するには大量のなすべき作業が残されているだろう。しかし、その地点に到達したらそれで終わりだと主張するのは、単に馬鹿げている。われわれはその先を続けるだろう。それがわれわれの本性だ」

フィッツウォラーがいった。「そのような進展があるまでに、どれくらいの時間を要すると予想されていますか？　あなたのいわれる〝個人化〟達成までに？」

「わたしは専門家ではない」チャーチランドが答える。「だが、わたしがその点に関して意見を聞いた人々は、二十年か三十年以内に可能になるだろうという考えだった」

「そうすると、この進展は、あなた自身がそこから恩恵を受けることを望めるものではありませんね、サー？」

「その逆だよ、議員」チャーチランドは歯切れよく答えた。「わたしは今年が終わるのを見届けられそうにないが、わたしが死んだら、死体は冷凍される。もしわたしがこの研究を維持するための信託を設定するなら、その信託証書には、研究目標にわたし自身のデジタル復活が含まれることが明記されるだろう」

フィッツウォラーは視線を落として書類をいじっているが、そこには悪い知らせをいだしあぐねている医者のような雰囲気があった。ナシムは議員の悩みに同情した。アップロードは未来のいつかの時点——たぶん今世紀末まで——には可能になるのではないかとナシムは思っていたが、こんな風に死にかけた男性が藁《わら》をつかんでいるのを見るのは、ひたすら苦痛だった。

　フィッツウォラーが口をひらいて、「チャーチランドさん、あなたはこのテクノロジーを、ほんとうにそこまで信じておいでですか？　わたしたちは医療専門家たちの業績や創意にとても感謝していますが、人類ごときに可能なことに限界があるのも確かなのです」

　チャーチランドは画面の外に手を伸ばして、酸素マスクを手にすると、それを口と鼻に被せて三回深呼吸してから、答えた。「そのとおりだ、議員。そしてわたしはこの委員会に、われわれがいま議論している類《たぐい》のプロジェクトに資金提供することをわたしがすでに決断ずみだ、という誤解をさせたくない。じっさいには、わたしは過去ひと月ほどのあいだに、そのプロジェクト《HCP》は最良でも無益で、最悪ならいまのかたちで進めるのはきわめて危険だと信じているグループから、大変に説得力のある数度の説明を受けている」

「くわしく話していただけますか、サー？」

「わたしは、〈恵み深き超知性ブートストラップ・プロジェクト〉の名で知られる計画への資金提供を請われた」チャーチランドは説明した。「その計画の目標は、オリジナルが持っていた全技能の上級ヴァージョンを装備しているそれ自身の後継者を設計および製作できるほど鋭い自己分析能力を持つ人工知能を作ることだ。そしてその後継者は、より秀でた第三ヴァージョンを作りだし、という風に続いていき、指数関数的に増大する能力の連鎖に至る。ひとたびこのプロセスが発動したら、数週間以内に——あるいは数時間以内に——真に神のごとき力を持つ存在があらわれるだろう」

ナシムは両手で顔を覆いたくてたまらないのをこらえた。画面上で繰りひろげられている光景がどんなにシュールでも、それは、こうなってみると、必然的な結果といえた。デジタル復活はいまにも実現するとチャーチランドに売りこんでいたアップロード提唱者たちは、批判的に物事を見る能力を完全に失ってはいなかったにせよ、にもかかわらず、〝単なる技術的問題〟など大したことではないふりをしてタイムテーブルを前倒しにするような彼らの傾向は、知性を蝕むものなのだ。その結果、提唱者たちの話を聞かされてきたチャーチランドには、その次の一歩がもはやさほど大きな跳躍とは思えなくなってしまった。すべての実際的な問題を存在しないものとして片づけてしまい、実証されずにガタがきていたサイバー終末論者たちの仮説の足場を、天国への鋳鉄製の階段に変容させる、という一歩が。

フィッツウォラー下院議員が咳払いをした。「チャーチランドさん、その問題がこの委員会の議事とどのように関係するのか、わたしにはどうもはっきりしないのですが」

チャーチランドがいった。「われわれが論じてきた脳マッピング・テクノロジーを人類が完成させると信じるより、人工神の手に自分の運命をゆだねるほうに、わたしは傾きつつあるのだ。人工神には、そんなテクノロジーの完成などものの数にも入らない。〈恵み深き超知性〉は、見識と思いやりを持ってこの星を支配し、戦争や、病気や、不幸や、そしてもちろん死を排除するだろう。わたしの聞かされたところによると、それはもしかしてわれわれの太陽系のほとんどの物質を分解して、太陽の全エネルギーを利用する巨大コンピュータを建造するかもしれない。その際、地球は使わずにおくかもしれないし、あるいは地球は、そのコンピュータ化された領域の中でより完璧なかたちに再建されるかもしれない」

カメラはフィッツウォラーの態度が困惑から嫌悪へ移り変わるようすを捉えていた。

「『この星を支配する』？　法治国家たる合衆国の転覆を唱える団体への資金提供をあなたがお考えだと、理解してよろしいか？」

チャーチランドは返答前に、さらなる酸素供給を必要とした。「落ちつきたまえ、議員。この件は争う余地がないし、ほかの選択肢ははるかにひどい結果になるだろう。わが国の敵のひとつが先にこれを実現したら、と想像してみたまえ。アルカイダがどのような専制的超知性を作りだすことか、想像したまえ」

「チャーチランドさん」フィッツウォラーが抑揚のない声でいった。「こうお考えになったことはありませんか、この星に住むほとんどの人々は、自らの営為をいかなる人工知能にも指図されないほうを望むだろう、と」

「だとしたら残念だ、議員」チャーチランドは切り返した。「なぜなら、わたしが信じるようになったところでは、われわれには選択の余地などまずないのだから」

ジュディスが会議室に飛びこんできて、ブリーフケースをテーブルに叩きつけた。一瞬ナシムは、ジュディスも同じ中継を見ていたのだなと思ったが、ジュディスのボディランゲージから、HCPの潜在的資金の半分が羽を生やして逃げ去りつつある光景など眼中にないのが明らかになった。かんかんに怒っているのは、チャーチランドが死を前にして〈超痴性〉を信奉しているのとは無関係だ。

「いったいだれがこんなこと考えついたの？」ジュディスは息巻いた。「全っ、然面白くもないいいいいっ、んともないからっ」

ナシムはいった。「だれがなにを思いついたって？」

「なんで今朝のレーガン空港だけで、五人もキモいやつにナンパされなきゃならないの？」

「香水を変えたからとか？」マイクがいった。ジュディスは黒板消しをつかんで、マイクに投げつけた。マイクは横に身を逸らせたが、肩に命中した。

ディネシュが潔白を示すように両手を広げて、「なぜわたしたちの仕業だと思うんです？わたしたちが悪ふざけのつもりで、男たちにお金を渡してあなたに嫌がらせをさせたというのですか？」

ジュディスはポケットから携帯電話を取りだした。「だれかが、どうやってか知らないけど、わたしを登録したの……〈遊ぶ気満々〉だか〈お相手募集中〉だかなんだか知らないけど、わたしが視界に入ったとたんに赤の他人の携帯電話にメッセージが――」気がとがめているような表情がナシムの顔に広がっているのに気づいたに違いなく、ジュディスはナシムの前にぬっと立って、問いただした。「思いあたるフシがあるのね？」

ナシムはたじろいだ。ナシムは、いまごろはもうITサポートのクリストファーがなにもかも解決ずみだと思っていたが、〈アク・トラック〉を再作動させて自分の問題が消え去っているかを確認している時間がなかった――まして、〈マーマー〉が異様な交差感染を起こしがちなシステムを改良したかどうかという、根本的な問題のその後を調べることなど。

「すぐにでもみんなに話しておくべきだったんだけど」ナシムはおろおろしながら打ちあけた。「兎を公園に置いたまま、すっかり忘れていたの」

ジュディスは、頭がおかしい人を見る目でナシムを凝視した。

シェンがいった。「ブヒぃ。そういうの、ブヒぃっていうんだろ。聞いたことある」シェンはナシムの隣にすわっていて、シェンの椅子が鈍い機械振動と共鳴しているのが床を通して伝わってきた。

7

冷凍トラックのコンプレッサー奥の暗がりにうずくまったマーティンは、この旅に出るとき音楽を持ってくればよかったと思った。耳栓ははめているが、それでもコンプレッサーの容赦ないどんどんいう音は頭に浸透してきて、マーティンはそのノイズからさまざまな歌の一節が聞こえてくる幻聴を起こしはじめていた。それも気晴らしになるはずというのは理屈で、歌はどうしようもないものばかりだった。陰気なヒーローとキーキー声のヒロインによるベタベタのインド映画の愛のデュエット。八〇年代の不当なヒット曲の単調なエアロビクス教室用リミックス。ヘンな目玉が描かれたコンタクトレンズを自慢顔ではめた変人が物憂げに歌う気の抜けたパンクメタル。テヘランを出発する前に、こんなにたくさんのひどい音楽が自分の頭の中に埋もれていると知っていたら、ドライバーを鼻の穴の片方に突っこんで、なんとかしてその音楽全部を掻きだそうとしていただろう。

ベフルーズはコンプレッサーの反対側に押しこまれていて、トラックの移動中なら大声で叫びあってもおそらく危険はないはずだが、叫び声で冗談をいったり無駄話をしても大して時間つぶしの足しにはならないだろうとマーティンは思った。それに、〝二十の扉〟をやっていて検問所で捕まったら、さぞバツが悪いだろう。

マーティンは反幻聴を導こうとした。自分がじっさいに聞きたい歌の数小節を心の中で思い起こして、ノイズを音楽に変換しているなんらかの奇怪な神経プロセスが、それをきっかけに使うのを願う。ザ・ザに〝感染〟すれば完璧で、その叩きつけるようなリズムならマーティンはいつもなら随意に呼びだせるのだが、コンプレッサーはそのリズムをぶち壊して、フィル・コリンズのカバー版の「恋はあせらず」に変えた。ハンターズ＆コレクターズ「ラン・ラン・ラン」はＡＢＢＡ「ダンシング・クイーン」にモーフィングした。ザ・スミス「ラショーム・ラフィアンズ」がエルヴィス「テディ・ベア」になったとき、マーティンはうまくいっているうちに打ち切りにしようと決めたのだが、そこでキング自身《エルヴィス》がストレイ・キャッツなるひどいロカビリー芸人に劣化した。

音楽で楽しめる望みもなく、どうやって時間をつぶすか、マーティンは途方に暮れた。オマールのことで――二週間経っても、当局のだれもオマールを収監したとさえ認めないのは、なにを意味するのか――考えこみたくはなかったので、マーティンはマフヌーシュのことを考えないことに全力を注いだ。脳はその策略に引っかかり、それを追いはらおうという心にもないマーティンの努力に逆らって、マフヌーシュの顔が闇の中から浮かびあがりつづけた。マフヌーシュを見たのはあの一日かぎり、デモ行進でだけだったが、マーティンは記憶や想像から、頭の中に彼女のスナップショットの膨大なライブラリを作り、ムード別にカタログ化していた。落ち着きと内省、いたずらな感じ、無慈悲――質素な薄黄緑色のヘッドスカーフに縁取られ、強調された千の微細な表情。

トラックが停まり、運転手がエンジンを切った。燃料補給か、また別の検問所か？　緊急命令が出されて、現在、全イラン人は都市間の移動に許可証が必要だった。外国人ジャーナリストは以前からそうだったのだが、マーティンは規則を破らずにいられないと思ったことはいちどもなかった。それまでの、かんたんに破れただろうあいだは。腕時計を確かめて、現在地はアフヴァーズに近いどこかだろうと推測する。だとすれば目的地から百キロメートル以内にいることになるが、この隠れ場所に這いこんで以来、マーティンの携帯電話はGPS信号を受信できない状態だった。

後部ドアがひらいて体重のある何者かがトラックによじ登るのが聞こえた。荷下ろしがはじまったかのように、積み重ねた木枠がでこぼこの金属製の床をこすったが、運転手はマーティンたちに、途中での配達の用事はないと請けあっていた。足音が近づいてきて床が震えるのを感じた。本能のひとつは、侵入者からできるだけ遠ざかれと命じていたが、マーティンはそうはせず、ミリメートル単位の自由を利用して体を反対方向にすべらせると、積み荷区画と彼の居場所を仕切っている堅いプラスチックの薄板に体を押しつけた。なにか堅いものが仕切り板を殴った。警棒か、もしかするとライフルの台尻。間があったあと、立てつづけにさらに二度。マーティンは怯《ひる》まなかった。彼の体重がかかっているのでプラスチックは折れずに、エネルギーを吸収して殴打音を鈍らせていた。ここの空間は断熱発泡剤が詰まっていることになっている。マーティンが文字どおりあいだに入らなかったら、ドラムのように中空の音を立てただろう。

だが、それは発泡剤のように聞こえただろうか、それとも肉のような音だっただろうか？　マーティンは怒った叫び声や緊急命令を待ちうけた。プラスチックを突きとおす刃や、銃弾を。

床がまた震え、侵入者は出ていった。ドアがバタンと閉じた。

やかましい倉庫で荷物を下ろしたあと、運転手は近くにトラックを駐車し、追加の積み荷を隠していた薄板を外した。ベフルーズが先に解放されたが、マーティンが隠れ場所を出て足を引きずりながら目をすがめたときには、ベフルーズはまだ体をふたつ折りにして足を揉んでいた。マーティンはコンプレッサーの機械油のにおいに慣れてしまっていたが、そのにおいは不潔な冷蔵庫のような積み荷区画自体の特徴的なにおいを覆い隠していた。マーティンはベフルーズに視線を投げて、「十五分以内に熱い風呂を見つけてきたら、百ドル出すよ」

ベフルーズは鼻を鳴らして、「今度はツアーガイドをやれというんですか？　泣き言いってないで、仕事にかかりましょう」

「歩けそうなようすでそういったなら、ずっと説得力があったんだが」

不安げな運転手は急《せ》きたてるようにふたりをトラックから暗い脇道に下ろすと、耳を聾するほどタイヤを軋《きし》ませて走り去った。重いコートを着てウールの帽子を被ったマーティンたちふたりは、冷凍車を出てしまうと、こんな南の夏の夕方には厚着にすぎた。アバダンはペルシア湾から五十キロメートル内陸の、川にはさまれた島の都市で、西のアルヴァンド川——対岸ではシャットゥルアラブ川と改名——を越えてしまうと、イラク南部だ。バスラは上流に遠くない。

ベフルーズはアバダンの地図を持ってきていた。先に立ってトラックサービスエリアにむかい、そこにはファストフードと、なにより緊急を要した、トイレがあった。食堂でマーティンは、コートを肩から引っかけるだけにしたが、帽子は被ったままでいた。さわやかな気候にもかかわらず、客の多くは帽子を被っていたし、明るいところですぐ近くから見ればマーティンは外国人だと一瞬でわかるが、街なかでは適切な格好をしていれば、あまり振りかえられずにすむのではという期待がまだあった。

精油所が数マイルにわたって続いているのが見え、照明に浮かぶコンビナートはNASAの発射場のようだ。一九八〇年にサダム・フセインによる爆撃で破壊されつくしたが、戦後再建され、いまではふたたびイラン最大の生産量を誇り、一日五十万バレル近くを生産する——稼働していれば。

コンビナートに近づくにつれ、道が混雑してきた。スト破り防止のピケットラインそのものはまだ視野に入らないが、とても多くの人が行き来していて——ストライキ中の労働者たちに食料や消耗品を運ぶ支援者もいれば、単なる野次馬もいる——それ目当ての露天商の店がすでに数軒出ているほどだ。マーティンは兵士の一団が列を作って政府の建物の前を守っているのを目にしたが、兵たちは脅迫的というより気まずげだった。

ダリウシュ・アンサリは精油所労働者の息子としてアバダンで生まれ、自身も同じプラントに短期間、エンジニアとして勤務した。父親はその後退職したが、アンサリの以前の同僚たちは十日前に弔《とむら》いとして精油所の操業を休止し、それ以降、職場に復帰していなかった。いつもなら、テヘランの政府は軍を出してピケを収拾させ、国じゅうから労働者をバス輸送しているところだが、そんなことをしたら街が炎に包まれる結果になる、という事実を認識していた人が政権内にいたに違いない。

群衆の半分はアラビア語をしゃべっていた。マーティンのアラビア語の語彙はないに等しいが、ペルシア語との区別はかんたんについた。精油所労働者の多くは、アラビア語を話すイラン人だった。アンサリはその民族の出身ではなかったが、この土地の人間であり、地域方言――イランの高校で教えているアラビア語とはまったく違う――を流暢《りゅうちょう》に話し、この地で演説するときは積極的にその地域方言を使おうとしたことが、支持者獲得に寄与した。だが、民族的緊張を煽《あお》ったり、この地域への特別待遇を要求したりするよりも、アンサリは汚職や縁者贔屓《びいき》に対する、断固たる全国規模の批判に焦点を合わせた。この地の人々は、自分たちの富がくすねられて浪費されているのを知っていたが、それに対するアンサリの答えは透明性と公正であり、分離主義ではなかった。

ピケットラインが見える場所まで来ると、恒例の『国民投票《レファレンダム》!』のプラカードに、アンサリの写真と、新しいスローガンがつけ加えられているのがマーティンの目に入り、そのスローガンをベフルーズは『人殺し、失せろ！』と訳した。その非難と勧告の対象とされているのが政府であることを考えれば、兵士たちがそのプラカードを人々の手からもぎ取らないのは、そこに書かれていたのがもっとも冒瀆的な言葉だったとした場合に劣らず、驚きだった。マーティンは新しい携帯電話を取りだすと、兵士に目撃されるのを避けたいという強烈な願いと、こそこそしすぎていたらまわりの人たちにたれ込み屋だと思われるだろうという恐れとを天秤にかけながら、ピケの写真を数枚撮った。現に怖い顔をしたひとりの若い男がマーティンに近づいてきたが、ベフルーズが割りこんで事情をささやくと、それで満足したようだ。

マーティンは写真をチェックし、それをシドニーへの長くて複雑な旅に送りだすために、順に並べた。テヘランの支局にいてさえインターネットはもはや使用不能で、紙にプリントアウトしてからファックスする必要があった。ダイアルアップ・モデムを使って新聞社のコンピュータにファイルを直接アップロードするのも試してみたが、政府は国際電話回線の性能も低下させていて、モデムはハングアップを繰りかえすばかり。送信したファックスさえ全体に雑音混ざりで着信し、読みとれるのはマーティンが非常識に大きなフォントを用いたときに限られた。従来の携帯電話サービスはいまや国全体で使用不能だし、あらゆる大都市には、マフヌーシュがテヘランのデモのときに見せてくれたメッシュ・ネットワークを可能にしていた周波数を妨害する発信機が設置されていた。

だが、スライトリー・スマート・サービスは、最後のひとつの選択肢を自由に使用できるようにしていた。赤外線だ。スライトリー・スマートの携帯電話は、見通し線経路沿いに赤外線でたがいにデータをやりとりすることが可能で、政府もスタジアムや公共広場のような限定された空間でなら原理的にはこのシステムに干渉可能とはいえ、国全体をストロボフラッシュする青いディスコライトで照らすのが無理なように、国じゅうのあらゆる場所での干渉は無理だった。

赤外線二地点間バーストがメールやニュースを伝達するやりかたは、インターネットが当たり前になる以前、大学のコンピュータがごく散発的に短時間の深夜電話経由でリンクされていた時代に、その種の伝達サービスがやっていたのとほとんど同じだ。ただし、スライトリー・スマートによる現代の化身は、固定された電話線を使うのではなく、付近の携帯電話に〝ポーリング〟して、どれがデータを交換できる位置にいるかを見つけだす。都市間移動の制限が実施される前、スライトリー・スマートのメールはおよそ数日間で国じゅうに、さらに国境を越えて拡散した。マーティンはテヘランから編集長宛てにテストメッセージを送り、四日かかって、たぶんトルコ経由で、返信を受けとっていた。まちがいなく、すぐにも政府のプログラマーがシステム全体をスパムで詰まらせる手を打つだろう――さらに私服警官が巡回して、彼らの発信したポーリング信号に反応した人を片っぱしから逮捕するだろう――が、いまのところは便利さのために危険をおかす価値があり、アンサリ支持の群衆は適切な通信開始場所といえた。マーティンは携帯電話をポーリング・モードに切りかえてから、赤外線トランシーバーの小さなレンズが外に出るようにしてシャツのポケットに入れ、通りすぎる大勢の他人と携帯電話が随意に秘密の握手を試みるにまかせた。

ここでインタビュウを試みるのが賢明かどうか判断しようと群衆を見まわしていたマーティンは、ベフルーズが先ほどよけてくれた若い男が、堂々たる体格の四人の友人を連れて戻ってくるのに気づいた。

「ぼくたちはトラブルに巻きこまれるのかな？」マーティンはベフルーズに尋ねた。

「その〝ぼくたち〟ってだれのことです、ビーガーネ《外国人》さん？」とベフルーズが返事をした。

さっきの男はマーティンを無視してまっすぐベフルーズのところに行き、そのあいだレスリング・チームはいかめしく謎めいた雰囲気で後ろに控えていた。

「いっしょに来てほしいそうです」ベフルーズが告げた。

「お茶へのご招待かな、それともぼくは大使館に電話すべきだろうか？」

ベフルーズは笑みを浮かべて、「それはあなたしだいですが、もしアンサリの弟さんにインタビュウしたいなら、連れていってもらえますよ」

一行は半時間以上歩いて、精油所から遠く離れた小さくて静かな道の迷路に入りこんでいった。貧困地区だが、とくに荒れた雰囲気はなく、自動車修理工場や食料雑貨店や香辛料売りでいっぱいだ。路上で幼い子どもたちが遊び、ぶらついているティーンエイジャーたちは気性が荒そうにも、びくついているようにも見えなかった。マーティンは神経質になるのをやめた。だまされている可能性もなくはないが、有名でない国から来たジャーナリストは、この純粋にイラン人たちのゲームにおいて、交渉の取引材料としてなんの価値もない。マーティンは不意に、リズの友人が『マイティ・ハート／愛と絆』のDVDをご親切にも郵送してきて、イスラマバードのアパートでリズの隣にすわって、アンジェリーナ・ジョリーが体を震わせてジャーナリストの夫の死を悲しんでいるのを見なくてはならなかったときのことを思いだした。マーティンはその映画に星四つをつけてリズの友人の女性にメールを送り、その結果、彼女の「二度とクリスマスカードを送らない相手」リストの座を確保した。

一行は少々みすぼらしいテラスハウスに到着し、ボディチェックに加えて携帯電話と財布も確認することを譲らなかった用心深い玄関番に、中に通された。家の中にはほかの男たちがうろついていたが、まだただのひとつも武器を目にしていないことにマーティンは心励まされた。

マーティンが写真を撮っているのを目にとめた若い男性、カリムはふたりの客を中年男性に引き渡した。その男性はメフディと名乗り、お茶とハルヴァ《甘物》を勧めた。断るのは不作法だったし、なによりマーティンには糖分供給は大歓迎だった。マーティンたちは靴を脱いでカーペットにあぐらをかき、メフディはベフルーズとよどみなく話し、マーティンに礼儀正しく健康と家族について尋ねた。

「ヒッチ・ザン・ナダラム、ヒッチ・バッチェ・ナダラム」マーティンは正直にいった。わたしに妻はいません、わたしに子どもはいません。メフディは驚きと同情が混ざった顔でマーティンを見た。

「ご両親は？」メフディは英語で尋ねた。

「ふたりとも数年前に亡くなりました」メフディにはその文章はむずかしかったので、ベフルーズが通訳した。メフディは、戸口に訪ねてきた孤児になにもしてやれないのがかわいそうだというかのように、舌打ちして一瞬頭を横に振った。そのあとメフディはベフルーズに注意を戻し、ふたりでサッカーのスコアの話をはじめた。部屋の片隅でテレビが点いていて、イラン・イスラム共和国放送《IRIB》のチャンネル・ワンが流している、ミニシリーズの人気歴史ドラマ『振りむく余地なし』の再放送が映っていた。その番組――ナチ占領下のヨーロッパでのイラン人学生とユダヤ人女性のラブストーリーが売り――は、窮地のユダヤ人ヒロインを同情的に描く一方、彼女のシオニストの親類を戯画化している単なるプロパガンダだという意見をマーティンは聞いていたが、自分の意見を持つほどには見たことがなかった。いずれにせよ、ペルシア語を上達させる方法としては、メフディによるサッカーの試合の事後批評を拝聴するより、この番組のほうがずっと楽しかった。

ほとんど一時間が経ったころ、続き部屋であわただしい動きがあった。マーティンは正面玄関のドアがひらく音を聞かなかったが、どうやら少人数の一行が、おそらく別の入口から到着したようだ。メフディがリモコンを手に取って、テレビの音量を下げた。マーティンが立ちあがるよりも早く、クーロシュ・アンサリがひとりで部屋に入ってきた。

クーロシュはマーティンには英語で、ベフルーズとメフディにはペルシア語で挨拶した。

マーティンはいった。「お兄さんが亡くなられたことに、心からお悔やみ申しあげます」

「ありがとう」クーロシュは目の下を深く窪ませ、数日分の顎鬚がもっと長い口髭と張りあっていた。「お兄さんが演説するのを数回聞きました」マーティンは言葉を継いだ。「感動的でした」

クーロシュが同意の言葉をつぶやいた。

そこで気づまりな沈黙が降りた。すぐに用件に入るのが不作法にあたるのか、マーティンはよくわからなかった。ダリウシュのインタビュウを取ろうとしたことはいちどもなく、それは少しばかり悔やまれたが、理由はちゃんとあった。アンサリ兄弟の兄には外国の聴衆の支持を得ようとする必要などなにもなかったからだ。マーティンがクーロシュについて知っているのは、彼も化学工学を学んだことだけだった。三十代後半に見える。

メフディが、みなさん腰をおろしましょうといい、お茶のお代わりを取りにいった。「アバダンでお仕事をされているのですか？」マーティンは質問した。

「いいえ、イスファハーンで」クーロシュが答えた。「ですが、あそこでの職は辞めました。これからはヘズベ・ハーラーで仕事をします」

「どんな役割で？」

「わたしは党の幹部会議で臨時党首に選出されました。現状、正式な党首選挙をおこなうには運営面の問題があるので」

「適切な対応だと思います」いまだに、ヘズベ・ハーラーの党員というだけで非合法とされていないのは、些細で、たぶんつかの間の奇跡だろう。「それで、ここから事態はどう動くと思われますか？　ストライキはいつまでも大目に見られてはいないでしょう」

「もちろんです」クーロシュはためらった。「しかし、わたしはまだ、政府がなんらかの譲歩をするという期待を持っていると政府は道理をわきまえていると思われたがっている。人々の怒りに応えたと見られることを望んでいます。だからこそ、ジャバリを辞任させたのです」

「ですが、政府にどれほどの譲歩が可能でしょうか？　あなたはどんな期待をされているのですか？」

「一年以内に国民投票をおこない、次の大統領選挙にまにあうように監督者評議会の拒否権を廃止すること」

マーティンはいった。「それは現実的でしょうか？」

クーロシュは目の上を手でこすった。「わかりません。けれどそれが、人々が決して侮辱されたのではないと受けとる、最低限の線でしょう。イランの歴史はどれくらいご存じですか？」

「少しだけ」マーティンは、ではサファヴィー朝の皇帝の名前をあげなさい、といわれたりしないよう強く願った。

「アバダンはかつて大英帝国によって、アングロ・イラニアン石油会社によって支配されていました。英国は利益を公平に分けるのを拒否しました——サウジアラビアが受けとっていたのと同じ分配率をイランにあたえさえしなかった——が、石油産業を国有化するのに必要な勇気を国会《マジュレス》にあたえたのは、労働者たちによるストライキにほかなりませんでした」

「その国有化によって、モサデクは最後には首相の座を追われました」

「そうです」クーロシュは同意した。「チャーチル氏はアイゼンハワー氏に、わが国の首相が危険な社会主義者だと説得し、CIAはそのクーデター計画第一号を成功させました。けれど、もしモサデクが国王《シャー》のもとで統治を続けていたら、わが国民が二十六年後に、法学者《ムッラー》に政権を握らせることはなかったでしょう」

「かもしれません」マーティンは応じた。モサデク自身は完璧な民主主義者からはほど遠いし、当時の聖職者たちはモサデクとのあいだに独自の問題をかかえていた。

「いまわたしは、わが国が当時以上にアメリカから干渉される危険に直面していると危惧しています」クーロシュはいった。

「それはなぜ？　アメリカがヘズベ・ハーラーに接触してきたのですか？」

クーロシュは顔をしかめた。「そうです、でもそれは旧聞に属することで、だいぶ前に兄が、自分たちに近づくなと返答しました。しかしいま、アメリカは新しいゲームをはじめようとしています。イラクにいるわたしの友人たちからの連絡によると、MEKを解放し、国境を越えて送りこむ計画があるそうです」

MEK——ムジャヒディン・ハルク、イスラム人民戦士機構——は、国王《シャー》に対立して組織された民族主義者集団だ。そのメンバーは一九七九年の革命でイスラム教徒によって追いやられ、最終的にイラクに亡命した。自分たちの祖国にサダム・フセインが長い血みどろの戦争を仕掛けているさなかに、MEKがその男からの厚遇を受けていたことは、史上最高のPR活動とはいえない。一種の亡命会議の要請に応えて行動していると主張しているが、いまではイラン国内での支持はほぼ皆無で、二〇〇三年のイラク侵攻以来、MEKの大半はイラク国内で、難民と捕虜の中間のどこかの、奇妙な朦朧状態ともいうべき生活を送っていた。

「ワシントンがほんとうにそんなことをするとお考えですか？　騒ぎを起こすだけの目的で、MEKに再武装させ、解き放つと？」ブッシュ政権は、イランのいくつかの武装抵抗集団――MEKのほか、バルーチーのテロリスト集団ジュンダラーを含む――に資金提供して、政府による流血沙汰の弾圧が誘発されるのを期待し、それを全面戦争の口実に利用しようとしたが、その種の計画は政権交代の際に破棄されたとマーティンは考えていた。「オバマが大統領就任後まもないカイロでの演説で、モサデク・クーデターでCIAが果たした役割を認めたのは、お聞きになったでしょう？　イスラム世界に手をさしだし、アメリカの干渉主義の終焉を告げたのを？」

クーロシュはいった。「この計画が大統領の承認を得ているか、あるいは政府内のどこかほかの部門が大統領に無断で主導権を取っているのか、わたしは知りうる立場にありません。しかし、もしMEKが国境を越えてきたらなにが起こるかは、正確にお話しできます。まず、イラン軍がほとんど苦もなくMEKを一掃し、次に、イラン国民が現政権のもとで結束して、改革運動は最低でも今後二十年間、野《や》に押し戻されるでしょう。ヘズベ・ハーラーも、ほかのだれも、状況を自らの益になるよう利用しようとはしないでしょう。わたしたちは売国奴ではありませんし、愚か者でもありません」

「MEKはいまもアメリカ政府からテロ組織指定されていませんでしたか？」

「されています」クーロシュは答えた。「なので当然、これはこっそりおこなわれようとするでしょう。それがわたしが、こそこそしていたくない理由なのです」

マーティンはようやく、なぜ自分が群衆の中からわざわざ引っぱってこられたかを理解した。クーロシュは自分の名を重要人物として広めることになど興味はない。彼が必要としているのは、アメリカ人をあわてふためかせて考え直す気にさせるような記事なのだ——あるいは、この一件がじっさいには最上部から発しているのではまったくない場合、統制を外れた構成分子を指揮系統に引きずり戻すような記事。『殺害された改革家の弟、合衆国がテロリストを支援と糾弾』という見出しは、即座にマーティンの新聞のウェブサイトから拾いあげられて、アメリカじゅうの一流新聞の紙面に躍るだろう。

マーティンはいった。「この記事のある程度の部分はぼくが書けますが、ワシントンとバグダッドの同僚に連絡を取って、あなたの主張の裏を取る必要があります」

「アバダンにはいつまで滞在の予定ですか？」

マーティンがちらりと視線をむけると、メフディがいった。「今夜はこの家にお泊まりなさい」

「ありがとうございます」

クーロシュがいった。「送信する必要のあるものが書きあがったら、なんでもカリムに渡してください。あなたのメールは二時間以内に船でクウェートに届きます」

「了解しました」船で届くメールはもはや奇妙に響かなかった。いまとなっては、鳩がフラッシュドライブを運んでいても、マーティンはうろたえないだろう。

ベフルーズがテレビに目をやり、マーティンはその視線を追った。最高指導者が全国民にむけて話している。メフディが音量をあげ、四人はすわって、祖父のイメージの、黒いターバン、白い鬚、丸い眼鏡の男を見つめた。

ベフルーズは翻訳する手間を取らなかった。今日という一日は長かったし、その話にこれまで四人がまったく聞いたことのない内容がなにかあるとは、マーティンは思わなかった。マーティンは話の中から、いつもどおりの訓戒をなんとか聞きとった。ストライキやデモに参加してはならない、勤勉に働くことで神と国への汝の愛を示せ、売国奴や外国の敵たちの嘘にだまされるなかれ。

マーティンが外に出ようとしたちょうどそのとき、最高指導者の話のなにかがクーロシュの表情を激しい嫌悪感で強ばらせ、そしてマーティンは通りじゅうの近所の家から野次が湧きあがるのを耳にした。ベフルーズのほうをむく。

「最高指導者はいま、彼の最愛の子どもたち、バシジに感謝を表明しました、自制心を見せ、国じゅうで治安を守ってくれていることに対して」とベフルーズは説明した。ダリウシュ・アンサリは走行中のオートバイに狙撃された。殺し屋がじっさいにはバシジでなかったとしても、極力模倣しようとしていた。警察は殺人として捜査中だが、いまのところだれも告発されていない。

クーロシュが立ち去り、マーティンはすわりこんで、インタビュウ記事を携帯電話で書いた。タッチスクリーン上のちっぽけな仮想キイボードには気が狂いそうだったが、それでも音声認識を使ってから全部のエラーを修正するよりは早い。書きあげたのは夜の一時近くだった。編集長以外のだれ宛てのPGP暗号化キイも持っていないことに気づいたが、彼女はマーティンが自分でCCするのと同じくらいにすばやく、同僚たちに記事を転送するだろう。カリムを探すと、隣の部屋にいた。データがふたりの携帯電話間をジャンプし、そして若者は夜の中に出ていった。メフディがマーティンを客間に案内した。すでにベフルーズが眠っている場所から数メートル離れたマットに横になったとたん、マーティンは自分が馬鹿げたウールの帽子をいままでずっと、インタビュウのあいだでさえ被りっぱなしだったことに気づいた。

次に気がつくと、ベフルーズに揺り起こされていた。マーティンは横目で腕時計を見て、天井照明のまぶしさに目を細めた。「これが午後の四時半じゃなかったら、おまえを殺さなくちゃならない」叩きつけるような頭痛がして、胃には未消化の食べ物の塊があった。体を起こしながら気づいたが、痛む場所はすべて、前日に冷凍トラックに閉じこめられていたのが原因だった。

ベフルーズが自分の携帯電話をマーティンに渡し、そこには、非常に大規模な群衆が、あるビルの入口に詰めかけている画像が表示されていた。写真は夜間に撮られたもので、マーティンはその場所がどこかわからなかった。「なにが起きている？」

「それは内務省です」ベフルーズが答えた。「真夜中直前の」

「内務省が襲撃された？」

「わかりません。それが送られてきた時点では、包囲はされていましたが、占拠されてはいませんでした。三人が撃たれ、それでも群衆は解散しませんでした」

「ニュースはすぐ広がる」だがこれは、行き当たりばったりの情報伝達《ヒッチハイク》の結果ではなかった。ヘズベ・ハーラーが都市間に広がるなんらかのデータ中継を稼働したに違いない。「起こしてくれてありがとう」

「帰りの車は手配ずみです」

「途中でコーヒーは飲めるかな？」マーティンは請うように訊いた。

ベフルーズはあいまいな表情で、「先方には五時までに待ち合わせ場所に着くといってあります」

暗い通りを急ぎながら、マーティンは不意に気づいた。ベフルーズがマーティンの分の仕事もやらない唯一の理由は、イラン市民であるベフルーズが国境を越えて配信される記事を書いた場合、はるかに厳しい罰則にさらされるという現実があるからだ。ベフルーズが書く英語は完璧ではないが、些細な欠陥は原稿整理係が難なく対処してくれる。そして、外国人である分、自分のほうがベフルーズよりジャーナリストとして公正であるはずだという件についても、病院でショークーと服を交換して以来、自分はその徳目《とくもく》を誇れる立場にはないとマーティンは認めざるをえなかった。

（そしてオマールは？　ショーク救出はオマールにどんな代価を払わせたのだろう？）

マーティンは遅まきながら、昨晩、トラックから降ろされた場所に自分たちが引き返しつつあることに気づいた。そこに着くと、同じ冷凍トラックが駐まってふたりを待っていた。

マーティンはベフルーズのほうをむいて、「携帯電話になにかまともな音楽を入れてないか？」

「まともの定義は」

「ヌスラト・ファテー・アリー・ハーン？」マーティンは期待をこめていった。これまでふたりで音楽を話題にしたことはなかった。

ベフルーズはしかめ面をした。「わたしがイスラム神秘主義者《スーフィー》に見えますか？」

「いや、ぼくも違うけど。でも、カッワーリー（スーフィズムと関係ある宗教歌謡）はいいと思うな」

「わたしの携帯電話でいちばんスーフィー的なのは、メタリカ（アメリカのヘヴィメタル・バンド）ですね」ベフルーズは哀れむようにいった。「あとは全部ハードコアです」

「いったいペルシア文化二千五百年の伝統は――」

「はいはい。そのお説教はもう、祖母に聞かされました」

マーティンは運転手にアメリカの百ドル札をそっと渡し、彼に先導されてベフルーズとトラックの後ろに潜りこんだ。マーティンは脳内に「マスト・カランダー」（ヌスラト・ファテー・アリー・ハーンらによって有名なカッワーリー）を流そうと努力したが、コンプレッサー脇に封じこめられたときにはもう、

「エンター・サンドマン」(メタリカの曲)がコンプレッサーのノイズから立ちのぼっていた。

8

ナシムは遅くまでラボに残って、レッドランドと共同執筆している錦花鳥《キンカチョウ》論文のためのシミュレーションを走らせていたので、帰宅したのは十時近かった。母は居間でBBCワールド・ニュース・チャンネルを見ていた。

ナシムは母の頬にキスをして、「知らないといけないニュースはある？」

「食べてきたの？」と母が言葉を返した。

「とはいえない」

「ホレシュト・サブズィ《野菜煮込み》を作ったわ」

「わぁい、いただきまぁす」ナシムはハーブの上品なかぐわしさを嗅ぎとった。キッチンに入って、鍋の蓋を取る。「これが野菜煮込み？」ナシムは嘆き叫んだ。「鶏肉はいつから野菜になったの？」

「喜んでほしいんだけどね」母が抗議するようにいった。「牛肉を使わなかったんだから」

「わたしはヴェジタリアンなの！ 何度もいったでしょ！ 鶏が光合成するのを見たことがある？」幸いにも、米料理の鍋もあった。フォークで丹念につつきまわした結果、干し葡萄は出てきたが、肉類の不意打ちはなかった。米はまだ温かかった。ナシムは小さなひと山分を――鍋底で褐色になったぱりぱりのタディーグ《お焦げ》の残りといっしょに――掬《すく》いとって皿に盛り、居間に運んだ。

「うちの博士課程の学生のひとりがヴェジタリアンよ」母がいった。「彼はしょっちゅう鶏肉を食べている。ひょっとして魚かもしれないけれど」

「鶏肉や魚を食べている時点でヴェジタリアンじゃないでしょ」

母がため息をついて、「おまえは牛肉を食べるべき。女性は鉄分が必要なの。一日じゅう生物学者と話をしているんだから、それくらいは知っているでしょ」

「そして母さんは経済学者なんだから、食肉生産は土地と水とエネルギーの浪費だ、くらいは知っているでしょ」肉をやめたのはほんの三カ月前だが、ナシムはすでに、動物の体を食べると考えただけでむかついた。「とにかく、これはわたし個人の選択よ。だれかに豚肉を食べさせられそうになったらどんな気分か、考えてみて」

「いちどだけベーコンを食べたことがあるよ」母が告白した。「偶然に、教授会のパーティでね。味は塩漬けの脂肪でしかなかった。でも、豚肉禁止の規則は完璧に合理性がある。豚の病気は人間に伝染しやすいからね。牛だの鶏だのから人が罹《かか》る病気はいくつある？」

ナシムは口をいったんひらいてから閉じた。これからは自分で食事を作る必要があることを、受けいれればいいだけだ。「イランでなにかあった？」

「アンサリを撃ったやつが逮捕された」

「ほんと?」

「録画しておいた」母はリモコンを手にして、ボタンをいくつか押した。ハードディスク・レコーダーがイラン・イスラム共和国放送《IRIB》の報道の再生をはじめた。

警察はパレスチナ人移民を逮捕し、逮捕された男はすでに殺人を自供していた。自供の録音も放送され、男は、自分は単独で犯行をおこない、だれからの支援も示唆もなかった、と少なくとも五回繰りかえした。男はアンサリが唱えるイスラエル政策に腹が立ったので、AK47を麻薬密売人から購入し、自分のオートバイでアンサリの自宅に行って、自分の意見を教えてやった。警察は麻薬密売人も逮捕ずみで、自供を補強する証人だと触れまわっている。ナシムはこれをひと言も信じなかった。六カ月前だったら、ぎりぎりでありうる話だと思ったかもしれないが、いまとなってはあまりに都合がよすぎた。

イランでも、こんなことで気が鎮まった人はだれひとりいないようだ。ナシムが画面をBBCに戻すと、取り締まりをすり抜けて国外へ持ちだされた映像が流されていて、いくつかの官庁ビルをとてつもない人数の群衆が取り巻いていた。もしジャバリの偽善が、国民規模で心理状態を過熱させる小さなきっかけになって、沸騰寸前のフラストレーションを可視化するところまで持っていったとしたら、アンサリ殺害はなにもかもを沸きあがらせた。アンサリは国民からもっとも愛された英雄というわけではなく、いくつかの穏当な考えを持つ、物静かな品位ある男性にすぎなかった——だが、あの国ではだれもが、品位を罪とされて高い犠牲を払っただれかしらに心当たりがあった。

「殺しきれる人数じゃない」ナシムの母が超然とした冷ややかな声を漏らした。「十分の一の人数だったら、いますぐ銃を掃射して、死んだ全員が外国政府に雇われていたと発表しただろうがね」

「しかしながら」とBBCのアナウンサーが母の言葉をさえぎった。「この改革派の気運は、統一性のあるものとは到底いえません。地方からテヘランにバス輸送されてきた公務員が、抗議者と激しく議論し、監視行動をやめさせているところが目撃されています。解説者たちはこれを、治安部隊によってであれ保守派民兵によってであれ武力対決するよりも、効果的な戦術になりそうだと見ています」

ナシムはいつもの無力感の痛みに胸が締めつけられるのを感じた。「その後、MEKについてなにか？」ナシムは尋ねた。その問題について最後に聞いた情報は、その朝、ホワイトハウスから出たものだった。

「アメリカ国務省、ペンタゴン《アメリカ国防総省》、それにイラクは、口を揃えて自分たちの関与を否定している」と母が答えた。「そして、MEKのだれひとりとして武器にも、国境を越えるチャンスにも手を近づけられない、とも主張している」

「それを信じるの？」

母は顔をしかめた。「アンサリの弟に告発されて、〈ニューヨーク・タイムズ〉にでかでかと書きたてられたいまとなっては、そんな主張は通しきれないだろうね。でも、世間の目を引いたことはそれなりに役立つかもしれない。国連はMEKの連中をどこかよそに再定住させざるをえないだろう、イラクやイランで安全に暮らせることは、もう絶対にないだろうから」

「そうね」キャンプ・アシュラーフというイラクでのMEKの拠点には、何千人ものイラン人亡命者がいて、そこには女性や子どもも含まれる――兵士を自称する者ばかりではなしに。二〇〇九年までは、そこは連合軍に監視されていたが、イラクがキャンプの責任を負うようになったそれ以降、現地の状況ははるかに不安定なものになっていた。イラクの首都バグダッドの親テヘラン勢力は、占拠者たちをイランに国外追放しようと一貫して努力している――もし、占拠者たちをイランの刑務所に直接送りこむのを国際的圧力が妨げても、その同じ勢力は全力を注いで、キャンプの存続支持を不可能なものにすることができる。MEK指導部の歴史は確かに血塗られたものだし、昔のようなやりかたは放棄したというMEKの声明が真摯なものかどうかを判断するのも困難だが、この共同体全体は、現状の砂漠の煉獄よりもマシななにかをあたえられてもよかった。

ナシムは皿を脇に置いて、母の横でソファに丸まった。ナシムたちふたりにとって、国連から難民認定されて、さらに受け入れ国が見つかるまで、不法入国者としてシリアで暮らした三年間は、つらいにもほどがあった。ふたりはダマスカスの最貧地区のあちこちで、虫のわいたアパートに押しこめられ、どこも夏はうだるような暑さで、冬は凍えるような寒さだった。ふたりの生活は当局の手をうまくかわすことを軸にまわり、しじゅう引っ越さねばならないか、収監や国外追放を逃れるための賄賂として払うお金を工面する必要があった。ナシムの身の上を見て見ぬふりをしようとする学校もあったが、それはたいてい危険と高額の出費を伴ったので、ナシムの教育の大部分は家でおこなわれた。ときどき母はスラム街の縫製仕事を見つけてきて、そんなときナシムは母のミシンの脇で生地を渡す作業をした。交替時間になるころには、ふたりの耳はやかましく鳴り響いていて、おたがいの話が聞こえないほどだった。しかし、いまでもナシムは、自分たち母娘《おやこ》は単純に飛行機に飛び乗ってテヘランからニューヨークにやってきて、そこで反体制派の父親の話をしたらたちまち、歓迎の花束とブラスバンド付きで市民権をあたえられた、と決めつけている人に会うことがある。

テヘランを去った日、ナシムは父親が絞首刑になった日の二倍激しく泣いた――父がもう死んでしまっていても、自分が父を見捨てようとしている気分になったからだ。とどまって戦いたかった。父を殺した連中の顔に唾を吐きかけてやりたかった。それは無意味で、幼稚な想像だった――スーツケースを詰めている母を、臆病者といって激しくなじった自分を、ナシムは決して許すことがないだろう――けれどいまでさえ、ナシムはあのときの感情を、あっさり退けることができなかった。

なににもまして、父が自分と母のふたりに、最高指導者《アヤトラ》たちの影から逃れて、安住の地を見つけ、元気でいるのを望んだだろうことは、ナシムにもわかっている。だが、自分は父にそれ以上のなにかを負っている、と感じるのをいつまでも止められない気が、ナシムはしていた。

9

エヴィン刑務所包囲の五日目、夜明けの直前、化学処理トイレを焼きはらえるだけの時間のあいだ、破壊工作員たちが抗議者の中にまぎれこんだ。その産物である溶けたプラスチック製の彫刻が黒枠で囲まれている現場を見ながら、マーティンは包囲もこれでついに終わりを迎えるのだろうかと思っていた。人は動物のようには生きられない。

だが、数時間しないうちに、周囲の郊外住宅地からシャベルが密かに持ちこまれて、深い穴が掘られた。テントが徴発されてプライバシーが確保された。マーティン自身が避けがたい欲求に直面して、悪臭を放つ囲いのひとつに入ったときには、その施設はじゅうぶんに試験ずみなだけでなく、落書きで飾りたてられ、その中にはふざけてこの土地訛りの英語で書かれたものもあった。『われわれは、珍棒が陰謀に勝《まさ》ることを証明したハッサン・ジャバリの栄誉を讃える』

エヴィン刑務所はテヘラン中心部から約十二キロメートル、北部の郊外住宅地がいきなりアルボルズ山脈に取ってかわられる線上に位置している。いましがた、混雑した高速道路や金持ち相手のショッピングモール、列をなして白く輝く団地がそこにあったかと思うと、次の瞬間、不毛の岩場が山の斜面に続いている。人気のハイキングコースが近くからはじまり、スキー場のリフトも遠くないが、いまはスキーシーズンではまったくない。岩がちな斜面の麓《ふもと》に刑務所はあり、高い灰色の壁の上部には蛇腹形鉄条網が取りつけられ、独房棟から監視塔がそびえている。刑務所の西には、ティーハウスやレストランもある木陰の多い公園があった。そうした店は現在休業中だが、公園そのものはその真価を存分に発揮して、木々が日射しからの避難所を提供し、さらにいま、柔らかくて穴を掘りやすい地面が、集まった大人数の人々が尊厳を失うのを防いでいた。

抗議者は刑務所を全方向から包囲していたが、岩が剝《む》きだしの刑務所裏手が、もっとも防御困難であることが判明した。三夜連続で警察は放水砲を使って、抗議者に斜面を下って後退するのを余儀なくさせていた。だが警察は毎回、水切れになってしまうか、ポンプの燃料が尽きるかして、抗議者たちは日中にドラム缶と有刺鉄線のバリケードを作り直し、数の力だけを頼みにそれを山腹に押しあげて、警察隊を追い返した。マーティンは山の下から、催涙弾がドラム缶の水の中で無力化されたり、防火用毛布にくるまれたりするのを目撃したが、発射元に投げ返されるのはいちども見なかった。優勢でないがゆえのいらだちを見せる以外、警察はいっさいの挑発行為をしなかった。投石もなく、罵詈《ばり》雑言《ぞうごん》もなく、嘲弄《ちょうろう》もない。

刑務所周辺の郊外住宅地で展開される戦いはもっと複雑で、陣地の一進一退をたまに視野の片隅に入れる以上のことはむずかしかったが、必要物資がまだ届いているという事実は、警察が抗議者とその支援者のあいだに通過不能な非常線を張れていないのを物語っていた。

当局は公園の水飲み場を断水していたが、水のボトルや手作り料理はいまも中までたどり着いていた。

刑務所自体は現在、ゲートを閉ざしていたが、包囲の最初の日、看守たちは外に出てきて対応する気だけはあった。抗議者たちが正門前で縦列に並び、喧嘩腰の、ヒステリー状態に近いひとりの看守に解散するよう命じられると、列の先頭のひとりがそれに対して、「息子がこの刑務所に入れられています。なんの罪も犯していないのにです。謹んでお願いします、いますぐ息子を釈放するか、さもなくばわたしを逮捕してください」男の言葉は、シャツのポケットの携帯電話から赤外線リンクをたどって公園の拡声装置まで運ばれていき、そこからスピーカーが高速道路を越えて響かせた。

男が逮捕されると、次の抗議者が進みでた。「妹がこの刑務所に入れられています。なんの罪も犯していないのにです。謹んでお願いします、いますぐ妹を釈放するか、さもなくばわたしを逮捕してください」

この儀式は四時間近く続き、マーティンは七十六回の逮捕を数えた。その時点で、午後の半ばに、受け入れは終了し、看守たちはゲートの奥に引っこんだ。獣の腹が文字どおり満杯になったか、あるいは当局のだれかが、そもそも相手をしたのがまちがいだったと判断したかだ。

四日後になっても、そのときの七十六人の身になにが起きたかはだれにもわからなかった。噂はいくらでもあったが、マーティンはその最悪のものを信じなかった。自ら監禁されたのだから、七十六人は壁の前に並ばされて射殺されたりはしていないはずだ。しかし、もともと頼りなかった法制度による保護は緊急命令でぼろぼろになっていたし、悲痛な訴えをした親や兄弟姉妹よりも、反体制派の親戚が巻き添えで逮捕された場合のほうがはるかに不吉な結果になる、と思いたがる強い衝動で判断が歪んでいるのかもしれない。自分はスパイか破壊工作員だったと自白すれば扱いはマシになるだろうが、エヴィン刑務所での自白は、痣《あざ》かもっと悪いものを伴うのが通例だった。役人たちがストレスにさらされ、自分たちのあいだでもいい争っているという状況下で、常日頃から非人間的な組織に、いつ暴発するかわからない危険が加わっていた。

トイレの横の男性用入浴テントの中には、水のボトルの大きな山があったが、補充待ちの空《から》のボトルのほうが多かった。マーティンは洗面器に少し水を注ぐと、石鹼で入念に手を洗い、顔と首の汚れを拭って、外の地面に洗面器を空《あ》けた。それ以上のことをしたくてむずむずしたが——体の何カ所かは、文字どおりむずむずしていた——正午の祈禱の時間がもうすぐで、その前後は水の補給量が大きく減る。これでだいじょうぶと自分で思うよりはるかに清潔にするのは、利己的というものだ。

テントを出て公園を見渡したマーティンは、板を打ちつけたティーハウスの近くの芝生にベフルーズがすわりこんで、両手で顔を覆っているのを目にとめた。マーティンは近寄りながら声をかけた。ベフルーズは顔をあげたが、返事はしなかった。

「いとことは連絡が取れた?」マーティンは尋ねた。

「ええ」スライトリー・スマート・メールは、穴だらけの封鎖線をすり抜け、騒然とした都市を横断して拡散していたが、ベフルーズは、所有が罪となる携帯電話を自分の妻は持ち歩いたりしないし、どのみちそれは品薄で手に入っていないのだろうといっていた。「彼はスーリーと話をしました。彼女はだいじょうぶです。ただ心配しているだけで」しゃべりながら、ベフルーズは袖の染みを神経質にいじっていた。

マーティンは隣に腰をおろして、「ここを出る必要があるなら、そうしろ。きみがいなくても、ぼくは二日くらい生き延びられる、と思う」

ベフルーズは疑わしげに見つめかえしてきた。マーティンは、マフヌーシュが群衆の中をきびきびと歩いているのを目にした。かかえている段ボール箱には、密かに運びこまれた必需品が詰めこまれている。「必要なものはあるか？」マーティンは訊いた。

「いいえ」

「すぐ戻る」マーティンは携帯電話のケースをスライドオープンしながら、小走りにマフヌーシュを追った。

「あなたはあっというまに使い切っちゃうのね」充電されたバッテリーと交換してもらうために使用ずみのをさしだしたマーティンに、マフヌーシュがいった。

「かもしれない」マーティンは答えた。「でも、絶対に無駄づかいしているんじゃない。つまり、ぼくはゲームはしないんだ」

マフヌーシュがいった。「そういうタイプの男の人は好きよ」

マーティンは再充電されたバッテリーを、まず前から持っている携帯電話で試してみた。悪意やなんらかの手落ちで欠陥の生じた代替《だいたい》製品のせいで携帯電話が故障する事例が、いくつか起きていたからだ。携帯電話は無事起動していつもの『圏外』メッセージを表示したので、マーティンはトリプルS《スライトリー・スマート・システム》にバッテリーを入れて、群衆のあいだを漂っている自分宛てのデータがないかを確かめるためにしばらく待った。

ベフルーズのところへ引き返す。まだ元気のない彼に、「さっきいったことは本気だ」とマーティンはいった。「家族のところに行きたかったら、行けばいい。警察の目をかすめて五本のシャベルを運びこめたんだから、きみをこっそり外に出すこともできるはずだ」じっさいには、警察が抗議活動からの脱落者を逮捕するとはマーティンは思わなかったが、そういうことをいいたくはなかった。

ベフルーズは頭を横に振った。「気にしないでください。なにも問題はありませんから」

勤行時報係《ムアッジン》が近くの展示センターから呼びかけをはじめた。ふたりのすわっている場所から光塔《ミナレット》が見える。ベフルーズがいった。「礼拝の時間です。あとでまたここで会いましょう」

「わかった」マーティンは群衆が芝生に集まってきて、礼拝用敷物を広げるのを眺めた。政府は過去長きにわたって、良きイスラム教徒《ムスリム》を名乗る敵を——あらゆる政治的相違をイスラム教に対する罪だと誇張して——〝偽善者〟と非難してきたのだが、ジャバリがその言葉の影響力を奪ってしまっていた。何十万人という平凡で、穏健に信心深いイラン人が公然と抵抗するのを前にしては、政府が敵の宗教的誠実さを侮辱するのにも限界があったし、慈父としてのもっとも穏やかな訓戒でさえ、もはやあまり重要視されなかった。

マーティンの携帯電話がチャイムを鳴らした。個人宛てのメールは届いていなかったが、マーティンはいくつかのニュースフィードに登録していた。もちろんシステムはスパムだらけだが、マーティンは信用ある発信人のホワイトリストにあるデジタル署名された掲示板だけを購読していた。情報省《VEVAK》が量産してノード詰まりを起こす偽情報はネットワークを遅くしていたが、マーティンの目的に関してはほとんど無害だった。

前日の金曜礼拝に関する報告が国じゅうから届いていた。携帯電話の英訳は文法的なまちがいだらけだった――さらに、原文の同綴異義語《どうてついぎご》の判断をまちがえた結果だろう、シュールな感じの部分も数カ所――が、マーティンにとってはペルシア語の原文を解読するよりも早い。要約すれば、テヘランやほかの大都市の十人以上の聖職者が、憲法改正支持を公に表明したのだった。二カ月前なら、それによって彼らは投獄されていただろう。その有力そうな現時点の代替手段が暗殺ではない、といえる自信はマーティンにはなかったが、いずれにせよ、率直な意見表明は波のように伝播していた。かつて宗教学者たちは、ヴェラヤテ・ファキーフ――社会の監視者という役割――は、必ずしも社会的・政治的生活の隅々まで及ぶものではないと言明するにやぶさかでなく、ゆえに政府の立場は、すべてがそれぞれの信仰と伝統を持ち平等に共存できる、あくまでも多くの中のひとつの意見という地位にとどめられていた。そして、その同じ学者たちが、政府はその権力を悪用していると――いかにやんわりとであろうと——示唆する気になったいま、変化は単に熟考に値する可能性ではなく、明確な義務となったのだった。

　イラン全土のストライキや監視行動の数はいまや数百にのぼり、一般の人々は突発的な略奪や暴行を、すべてバシジの工作員の仕業と見なすようになっていた。警官の配備は手薄になったが、路上で放火される車はなかったし、もっとも厳しい対応策の正当化を要する本物の無政府状態になったわけでもないのに、非武装の抗議者たち相手に革命防衛隊を出動させたら、全面的な内戦になる危険があるだろう。

　したがって問われているのは、現政権が自分かわいさに、どれだけ必死で権力にしがみつこうとするか、だった。選択肢が、マルクス主義でもなければ、堕落した西洋の快楽主義でもなく、伝統や宗教に、たとえばトルコよりも、はるかに忠実でいられる非同盟社会民主主義である場合……何万人もの死と国土の炎上を必然的に招いてでもそれを忌避することは、宿命なのだろうか？

　その問いを大統領とその側近に直接ぶつけられればいいのだが、最近の彼らはそもそもインタビュウに応じていなかった。そこでマーティンは芝生に腰をおろして、その問いを「テヘラン日記」に書きこみはじめた。クーロシュ・アンサリとの千載一遇《せんざいいちぐう》の会見への報奨として編集長があたえてくれた、日に五百語のコラムだ。マーティンはこういう大仰な表現が嫌いだったが、今回は救いがひとつだけあった。この問いが紙面に出るときには、読者がすでに答えを知っている可能性があることだ。

その日最初の食事は、日暮れに届いた。ベフルーズといっしょに列に並んだマーティンは、急ごしらえの町のゴミに寄ってきた野生の猫に、食べ物のかけらをあたえている人がいるのに気づいた。

「あれは動物愛護なのかな、それとも毒味役にしているのかな？」マーティンはいった。

秘密の輸送屋がどんな苦労を相手にしているにせよ、彼らが配るプラスチック容器入りのシチューはまだ温かかった。自分がどれほど腹ぺこだったか、マーティンは食べはじめるまで気づいていなかった。ふた切れのフラットブレッドを杓子《しゃくし》がわりにするとスプーンやフォークは不要で、二分ほどで食事を平らげてしまった。

「ヘイリ・ホシュマゼ《とてもおいしかった》」マーティンは満足していった。

ベフルーズが、「この味に慣れすぎると、イラン人の奥さんを見つけなくちゃになりますよ」

マーティンは一瞬、言葉に詰まった。不用意な性差別的発言はベフルーズのスタイルではない。なにかに気づいてこんないいかたをしたのだろうか？　マーティンは強く責めるのは避けようとした。「ぼくが料理を習っても、このレベルになるのは無理だと思うのか？」

「無理ではないでしょう」ベフルーズは譲歩した。「でもそれは、かかり切りの仕事になります。これを作るためにハーブを刻むだけで、だれかが二時間かけたんです」

「ぼくはパック入りのハーブでも平気だと思う」

ベフルーズは笑った。「なら、わざわざ料理を習うことはないでしょう？　あきらめて、ピザでも食べればいいのに」

「限度ってものがある」イランのピザほど不味《まず》いものを――現地のティーンエイジャーには大人気なのが謎だが――マーティンはよそで食べたことがなかった。

そのあと、ふたりは公園を歩きまわって、群衆の雰囲気を読もうとした。だれもが不安げでくたびれていたが、反体制派聖職者のニュースはみんなが読んでいた。趨勢はまだこちら側にある。マーティンは二、三のコメントを取ったが、しつこくは訊かなかった。状況を評価し、さらに再評価したり、ずっと最高と最悪の可能性を説明してはオッズをコールしたりするよう強要されるのを、人々は嫌がっていた。

マーティンとベフルーズは刑務所の監視塔のひとつが見えるところに来た。マーティンはライフルを持った制服の人影をふたつ見分けた。そのふたりの頭上で投光照明が自動的に首を振って公園と抗議者たちを照らし、同じ頻度で、刑務所の恐怖の中庭が壁のむこうに隠しているものにも光を落としていた。マーティンは、その同じ光と同期して鉄格子の影が横切っていく独房の中で、オマールが独房の寝台にすわっている姿を想像した。もしオマールをショークーの国外脱出と結びつける証拠が見つかっているなら、確実にそれは公にされて、オマールは告発されているはずだ。だが一方、疑いはあるが証拠がないなら、その代わりに自白を引きだす試みがなされているだろう。

「わたしのおじはあそこで絞首刑になりました」ベフルーズがいった。「八八年に」

「なんてひどい《ジーザス》」マーティンは衝撃を受けた。その話は初耳だった。

「そのときわたしはほんの子どもで、だれもその話をしてくれませんでした」ベフルーズは視線を地面に据えたまま話しつづけた。「でも、父と祖父が話しているのを耳にしました」

「おじさんが逮捕された理由は知っているのか？」一九八八年、数千人が法手続きを踏まずに殺された。裁判はおこなわれず、政治と宗教の問題に関する型どおりの尋問があったのみで、そこでの誤った答えは死につながった。

「おじはなんらかの左派グループに属していました。そのグループは人を殺したり、なにかを爆破したりはしなかった——ただ反法学者《ムッラー》のパンフレットを発行しただけです。じっさい、おじは軍に徴兵され、休暇でテヘランにいたときに逮捕されました。それから一年ほど、いったいなにが起きたのか、確かなことはだれにもわかりませんでした。それから祖父が、おじはハヴァラン墓地の共同墓所に埋められたと耳にしました。殺されたとき、二十二歳でした」

マーティンはいった。「ひどい話だ」ここへ来てからベフルーズが暗くなっていたのも不思議はない。「なあ、ここから離れたければ——」

ベフルーズはかぶりを振った。「仕事をするのにさしつかえはありません。あなたがもうそれをいわなくなるように、この話をしたんです」

「わかった」マーティンは理解した。「ぼくはもうそのことはいわない、そしてふたりともひたすら仕事をする」

「それでいいです」

ふたりで歩を進めながら、マーティンは怒りがこみあげるのを感じたが、どうにもしようがなかった。ベフルーズにいちばん必要ないのは、マーティンが圧制者たちを声高に非難するのを聞かされることだ。

「ところで、もしぼくがイラン料理に病みつきになったら」とマーティンはいった。「中年で無神論者の外国人がイラン人の妻を探すには、いったいどこからはじめたらいい？」

ベフルーズがいった。「離婚裁判所の外でしょ」

マーティンの浅くて不安な眠りをさましたのは、数機のヘリコプターが接近してくる音だった。ふらふらと立ちあがり、くるまっていた毛布を肩から落とすのを一瞬ためらう。音がするのは刑務所の方角からで、公園をなぎ払うように横切るいくつものスポットライトの光線を引き連れていた。それを六つまで数えたところでそのひとつを目に浴びて、目が眩《くら》んだマーティンにはそれ以上のものが見えなくなった。

しゃがんでベフルーズを揺り起こす。人々はすでに、公園に散在する木々のまわりに集まっていた。スポットライトのどれかの奥に銃が据えられているのを目にした人がいたなら起きていただろう類《たぐい》の、パニックの気配はない。マーティンの心の一部もまだ、政府が自国民を集団殺戮《さつりく》するかもしれないと思うのを拒否していた――一九八八年でさえ、政府は非武装の群衆にあっさりと発砲するのではなく、手間をかけて尋問という儀式をおこなったのだ――だがもし、公園を軽く機銃掃射して、数千人の抗議者のうちの十数人を殺したとしたら？

政府はそれを、秩序回復のために必要なトレードオフだったと、政治的にいい張る覚悟をしたのだろうか？　そして、これまで争いに関わらずにいた大多数のイラン国民に、こういって決断を迫る覚悟をしたのだろうか――若干の不可避の犠牲者は出たが、われわれを選ぶか、さもなくば売国奴を支持して、通りが血で染まったときになって自責の念に駆られるしかなくなるか？

マーティンはいちばん近くの木陰に寄り集まった人々に加わった。この状況下では、避難所という概念はほとんど無意味だったが、広い地面でスポットライトを浴びて立っているよりは、なんだってマシだ。ベフルーズをちらりと見ると、真っ青な顔をしていた。いま気づかう言葉をかけるべきでないのはわきまえていたが、自分たちのあいだの差異に罪悪感がうずくのは抑えられなかった。マーティン自身もこの状況に平然としているわけでは当然ないが、もし自分が小さい子どものいる家族持ちだったら、いまここにいるのは確実に十倍はつらかっただろう。

数分が経過するにつれ、この作戦が抗議者への単純な空中攻撃でないことがはっきりしてきた。スポットライトは依然、公園の上に尾を引いているが、ヘリコプターは距離を保ったままで、なにか不愉快なものをまき散らす気配も見せていない。銃弾も、催涙ガスも、高圧放水すらも。

光線がまぶしくして、刑務所の上空から目を離さずにいるのは困難だったが、マーティンは地上の明るさに微妙な変化が生じているのに気づいた。すぐ隣のエリアを洗っている光に変化はないが、公園に隣接する地区のひとつがさっきより暗くなっている。その意味を理解するのに、数秒を要した。

ベフルーズのほうをむいて、「ヘリコプターの一機が刑務所内に着陸したようだ」

「ええ」

「どういうことだろう？」

何人かが怒りの叫び声をあげ、人々は隠れ場所を出て、協議をおこなうために芝生を走りだした。ベフルーズがいった。「どういうことかはわかりませんが、刑務所からの立ち退きがおこなわれるようだ、といっている人がいます」

「なるほど」マーティンはこの推測について考えてみた。弾丸の雨は最悪の事態であり、もしかすると政府側も、血の雨を降らせることなく敵の裏をかくゲームを演じられるのかもしれない。国内の遠隔地には、近づくのも困難な刑務所が多数ある――それに、たとえそこがすべて満杯でも、政府は数日もあれば、蛇腹形鉄条網で囲われた仮兵舎を建てて砂漠の収容所《キャンプ》を作りだせる。もしエヴィンの収容者が全員連れだされて、所在地不明か到達困難な施設に移されたら、エヴィン刑務所包囲は無意味な道化芝居に落ちぶれてしまう。

ベフルーズがマーティンの注意を促した。「あそこ」公園のあちこちにあるコンクリート製ベンチのひとつを、四人の男性が持ちあげて、ひっくり返したカヌーのように頭の上に掲げた。コンクリートは上空からの発砲にはある程度の防護になるだろうとマーティンは思ったが……どんな安全性の備えも、四人が刑務所そのものへむけてまっしぐらに進んでいるという事実が帳消しにしていた。

四人が一本の木の陰に姿を消したとき、ベフルーズが立ちあがった。「行きましょう」

マーティンの肌が凍りついた。「正気か？」

「すぐそばまで近づく必要はありませんが、視野から外さないようにしておかなくては」

マーティンは一瞬冷淡に、ベフルーズはむこうみずな賭けに出てマーティンの上手《うわて》を取ろうとしているだけではないのかと思った——家族のもとへ戻りたいのではという単純な示唆に、プライドを傷つけられたかのように。だが、そんな風に考えるのは不当だ。ベフルーズの提案は理にかなっている。マーティンは立ちあがってベフルーズのあとに続き、木から木へとジグザグに芝生を走りながら、上空からの観察者がいたら、コンクリート製カヌー乗りのあとを足早に追う自分たちをなんだと思うだろう、と考えていた。

マーティンたちは公園の角で立ち止まった。ふたりで一本の木の陰に隠れ、そこから見晴らせる道路は、公園の前をすぎて刑務所敷地の外壁沿いに走っている。ベンチを持った男たちは、二十メートルほどむこうで刑務所の正面まで来ていた。外壁自体が監視塔からの射線をさえぎっていたが、ヘリコプターの一機が刑務所のゲートの真上でホヴァリングしている。マーティンには男たちの目的が想像できなかった——ベンチを破城槌《はじょうづち》に使おうとしているのでなければだが、それがいい結果で終わるとは思えない。

ゲートにたどり着く前に、男たちは立ち止まってベンチの下から抜けだした。ベンチを逆Vの字型に地面に下ろす。そして後ろをむくと、歩いて公園に戻っていった。

「わけがわからない」マーティンは正直なところをいった。「囚人がトラックで移動させられると思っているのか？」

ベフルーズがいった。「総収容人数は約一万五千人ですが、千人かそこらの政治犯を運ぶのでさえ、とんでもない数のヘリコプターが必要になります。だからおそらく、ヘリコプターは高級幹部用で、下っ端職員と囚人たちはトラックで連れだされるのでは」

「なるほど、でも公園のベンチでどうやってそのペースを落とすんだ？」

ベフルーズは両手を広げた。さっぱりわかりません。

まばゆいスポットライトを直接浴びることがなくなって、マーティンはヘリコプターの布陣をさっきよりはっきりと見てとれた。ゲート上空にホヴァリングしている一機のほかに、刑務所のむこう側から東へ一列に四機が並んでいる。マーティンが見ているあいだに、別の一機が視野に上昇してきて、山の斜面沿いに高度を上げて北へ飛び去った。続いて、残っていた四機の列の先頭の一機が刑務所の壁の内側に降下した。まるでタクシー乗り場だ。

新たな男たちのグループふたつが道路を進んできて、公園のベンチをさらにふたつ運んできた。公園のベンチが全部でいくつあるのかマーティンにはわからなかったが、じゅうぶん大きな山に積みあげられれば、数秒で撤去できる些細な障害物以上のものと化すだろう。男たちが刑務所のゲートに近づいていくと、見張り役のヘリコプターから自動火器が発砲された。マーティンは縮みあがり、男たちは足を止めたが、だれも弾を浴びたようすはなかった。

マーティンはシュールな活人画を凝視した。灰色の壁、ホヴァリングするヘリコプター、新聞紙を傘がわりにして雨をよけている会社員のようにベンチを頭上に持ちあげて、明るい光の輪の中に立つ八人の男性。いまさらながら、マーティンは携帯電話をかざして録画をはじめた。

先を進んでいたグループが、また歩きはじめた。再度の発砲があり、男のひとりが倒れた。いっしょにいた男たちはベンチを地面に放りだし、そのうちのふたりが倒れた男を抱きあげると、男は自力で両腕を仲間たちの肩にまわして体を支え、全員が公園に引き返しはじめた。二番目のグループは数歩前進したところで、やはりベンチを下におろして退却した。

負傷した男が公園の端に近づくと、男性と女性がひとりずつ駆け寄って診察をした。ズボンの右腿が黒く血に染まっていたが、男性はまだ意識があった。男たちのひとりがTシャツを脱ぎ、女性がそれで傷のある脚を締めつけて、止血帯にする。マーティンは抗議者の中に医学生がいるのは知っていたが、救急処置の備品はもっとも基本的なものしか見ていなかった。公園に退却するグループを追っていくか、眺めの利くいまの場所にとどまって当局が次に打つ手を待つかで、マーティンは迷いに迷った。マーティンは、いつ看守がふたりほど出てきて、頓挫した妨害工作の残骸を撤去してもおかしくないと思っていた。そしてその時点で、もしゲームのルールがすべて変わって抗議者たちが看守を暴力で攻撃する覚悟を固めるのでなければ、それが結末になるだろう。

ヘリコプターの執拗《しつよう》なうなりに、新しい音が押しいってきた。振りむいたマーティンは、白い国産車ペイカンが両側のフロントドアをいっぱいにひらいたまま、公園脇の道を引き裂くように走ってくるのを目にした。車は刑務所目ざして、マーティンの前を飛ぶように走りすぎた。マーティンが携帯電話を掲げて、車をフレームにおさめたまさにそのとき、ドライバーが——オートバイのヘルメットを被り、レザージャケットを着て、膝と肘に布を分厚く巻きつけて——車から跳びだして地面に転がった。ヘリコプターの銃手が発砲をはじめたが、照準が車なのかそこから離れたドライバーか、マーティンには判断できなかった。どちらにせよ、車は直進を続け、右の車輪が逆さまのベンチのひとつにぶつかって進路が横に逸れ、刑務所のゲートに突っこんだ。

マーティンは火の玉を半分予期しつつ、緊張して待ちかまえたが、なにも起こらなかった。車は爆発物を積んでおらず、それがもたらした損害があるとすれば、運動量のみによる物理的なものだった。保護柱が門への真正面からの衝突は防いだが、にわか作りの傾斜面が長い助走と、それに続く不意の鋭いカーブをもたらした。ドライバーは刑務所のむかい側の道路脇で藪《やぶ》の中に隠れていた。たぶん無傷で脱出はできなかっただろうが、被弾していないかぎりはたぶん致命傷を負ってもいないだろう。衝突音の反響がマーティンの耳の中で止む前に、別の車が接近してくるのが聞こえた。ヘリコプターが持ち場を離れ、公園にむかって急行する。マーティンはベフルーズに飛びつくと、朽ちた木の葉の根覆いの中にうつ伏せにして、地面にぴったり押しつけてから、方角が合っているのを願いつつ腕をあげて、携帯電話を構えた。

発砲音に続いて、脇を通りすぎる車のエンジンの轟音が、急にピッチを変えるのが聞こえた。二度目の衝突音は最初のよりはるかに大きかった。マーティンはぶるぶる震えていた。ヘリコプターはマーティンたちがいる木の至近距離にホヴァリングしている——下降気流と、吹き散らされた木の葉がやさしく降りそそぐのを肌に感じる。数秒してから、マーティンは右腕を体のほうに引き寄せると、携帯電話の画面を親指で操作して、いま記録した場面を再生した。第二の車が最初のに激突して、道路を四、五メートル進み、二台で刑務所のゲートに穴を穿《うが》つようすが捉えられていた。

左腕をベフルーズの肩にまわしたままだったマーティンは、ベフルーズが立ちあがろうとするかのように動くのを感じた。

「だめだ」マーティンは強くいった。「ヘリコプターはぼくたちの真上にいる」

「じゃあどうするんです？」ベフルーズが尋ねた。

刑務所に被害が出るのを防ぐことに失敗した銃手はおそらく、埋め合わせのために、動くものにならなんでも発砲するという強い衝動にとらわれているだろう。マーティンたちふたりの姿が、頭上の枝の隙間からすでに目視されている可能性はあるが、両手を上にあげて立ちあがれとだれかがハンドマイク越しに金切り声をあげるまでは、知らないふりをしているのが断然最高の戦略だ。

「ヘリコプターが移動するのを待つ」マーティンはいった。

「どのくらい待つんです？」

「わからない。永遠にあそこにいられるわけじゃない」木の上にヘリコプターがホヴァリングし、銃手が扉のひらいた貨物室に腰掛けているところを思い描いた。銃手は暗視ゴーグルをつけているが、マーティンたちが幸運に恵まれれば、接近する脅威を探して公園や道路をスキャンしていて、真下を見ることはないかもしれない。

ふたりの頭上の枝が危険なほど軋んだ。下降気流が木の葉より重いなにかを押しのけることはないのだろうか、とマーティンは気になった。ベフルーズも同じことを考えたのだろう。押さえつけていたマーティンの腕を押しやり、なにが起きているか確かめようと転がってあおむけになる。ベフルーズが自分から説明してくれなかったので、マーティンも自分で見ることにした。

男がひとり、木の枝のあいだにいて、枝の一本の上を横むきに歩いていた。片手でバランスを取り、もう片方にはなにかを持っている。枝と葉の隙間にヘリコプターの機体は直接には見えなかったが、下降気流とスポットライトからこぼれる光でその位置はじゅうぶんにわかった。ヘリコプターは木のてっぺんからほんの数メートルのところにいて、マーティンたちの樹上の仲間はそこに近づきつつある。

ベフルーズがいった。「ヘリのパイロットがあの男に気づいたら、どの方向に移動するでしょうね？」

「刑務所のほうに後退して、銃手が男をもっとよく狙えるようにするだろうな」

「でも、もしわたしたちが反対方向に、公園にむけて走ったとしたら、射線の真上にくることになりますよね？」

「そうだ」マーティンは同意した。「いい指摘だ」

「だからわたしたちは……横方向に走ればいい？」

「そう思う」

ベフルーズはしゃがんだ姿勢でむきを変えて、走る準備をし、マーティンも同じことをした。マーティンはまだ、樹上の男に注意を引かれていた。いまでは、男の手の中の物体が、トイレを掘るために運びこまれたシャベルの一本であることが見てとれた。もしかすると、男は日暮れ時からそこに隠れていて、もしバシジの新たな破壊工作員が廃棄物処理設備をダメにするために忍びこんできたら、その顔にシャベルを叩きこんでやろうと待ちかまえていたのかもしれない。

男は一方の肩を後ろに引くと、一、二秒その姿勢を保ってから、槍投げのようにシャベルを投げつけた。なにが標的かはマーティンには見えなかったが、ばしっに続いて、壊れた機械ががちゃがちゃいう音がした。ベフルーズが一方に、マーティンが反対方向に走りだしたが、槍投げ選手はその瞬間を選んで木から飛びおりてマーティンの上に着地し、ぺちゃんこに押し倒した。

「なんなんだよ！」もつれあった体をほどいて顔をあげたマーティンは、ヘリコプターがぐるぐる回転して公園から後方へ遠ざかりつつ、地面にむかって螺旋《らせん》降下しているのを見た。シャベルは尾部回転翼と支持架のあいだにはさまって、柄が折れて落下するまでに深刻な損害を被害をもたらすのにじゅうぶんだったに違いない。

マーティンは四つん這《ば》いになって立ちあがった。背中を痛めていて、右膝が危険信号を送ってきていたが、なんとか歩けた。槍投げ選手がどこへ行ったかはわからなかったが、十数人ほどの男たちが木の枝やほかの即席の棍棒を持って、公園を駆け抜けた。彼らが手負いのヘリコプターに近づくのを、マーティンは不安な思いで見守った。無事に着陸させようというパイロットの奮闘もむなしく、ヘリコプターは下降しながらでたらめな回転と縦揺れを続けた。

ヘリコプターは二十メートルほど離れたところで、どしんと音を立てて地面にぶつかった。ほぼ同時にスポットライトが消えたが、男たちが機内へ突入するあいだも、主回転翼はまわりつづけていた。マーティンは発砲音を待ちうけたが、エンジン音を圧して聞こえてくるのは叫び声だけだった。携帯電話を探してあたりを見まわし、ようやく数メートル離れた芝生の上で見つかった。拾いあげて、この場の録画をはじめると、チャイムが鳴った。携帯電話の赤外線トランシーバーが、最新ニュースを伝えているだれかの視野内に入ったのだ。

マーティンは掲示板を無視して撮影を続けたが、ヘリコプターのまわりの暗がりでなにが起きているのか、ほとんどさっぱり判然としなかった。エンジンがようやく止まり、叫び声を聞きとりやすくなったが、それでも概して好戦的な調子だという以外はなにもわからない。

そのとき、騒然とした人の波の中から制服を着た三人の男が姿をあらわし、両手を頭の後ろで組んで、自動小銃を持ったひとりの抗議者の先に立って歩いた。捕まえた側は三人を芝生にひざまずかせ、ヘリコプター内のハーネスを切りとった細長い革紐とマーティンには思われるもので、両手を縛った。

ベフルーズが近寄ってきた。「だいじょうぶですか？」

「ああ、きみは？」

ベフルーズはうなずいた。マーティンは自分の携帯電話を手渡した。「読んでもらえるかな？　いまはスライトリー・スマート翻訳を我慢できそうにないんだ」

ベフルーズはニュースフィードをチェックして、いった。「内務省が占拠されました。七人の役人が市民逮捕されました」携帯電話を上にむけて、ぶすっとした官僚たちが両手を縛られてひざまずいているという、芝生の上の光景のほとんど繰りかえしのような集合写真をマーティンに見せる。

マーティンは刑務所のほうに目をむけた。タクシー乗り場はいまでは空《から》で、ヘリコプターの最後の一機が山脈の上を北へ飛んでいた。マーティンはいった。「管理者が避難し終えただけのことだよ、これは」もしかすると、収容者の移動は計画すらされなかったのかもしれない。ただ、潮目の変化があまりにも急で、群衆からの報復をもっとも恐れる理由のある刑務所の役人と情報将校が、自衛と先手を取っての退却を選択したのだ。

マーティンとベフルーズは、ヘリコプターのまわりに群がった男たちに近づいた。マーティンは、フェルドウスィー広場での最初の抗議活動を秘密で知らせてきた学生のカンビズの姿に気づいた。上着は破れ、神経質なにやにや笑いを浮かべて、歓喜と不安を同時に表現するのに成功している。

「これからどうするんだ？」マーティンはカンビズに尋ねた。

カンビズはヘリコプターを手で示して、「無線で刑務所内のだれかを呼びだそうとしています。情報省《VEVAK》が逃げ去ったので、たぶん残っている看守たちと交渉できるでしょう。おれたちがここにいるのは、泥棒や殺人犯を解放するためじゃありません。でも、法廷に立ったことさえない人は、だれひとりこの中にいるべきじゃない」

マーティンはいった。「きみたちは一丁の銃と三人の捕虜を手に入れた。交渉なんて必要ないだろう？」

カンビズは頭を横に振った。「武器の問題じゃないです。国王《シャー》が打倒されたとき、おれは生まれてもいなかったけど、腐ったなにかが落ちはじめるとき、それに埋もれる場所に立っていたくないってことは、みんなが理解しています」

マーティンは監視塔をちらりと見あげた。あそこにいる歩哨たちはさえぎるもののない照準線を得ているが、ヘリコプター搭乗員を捕らえた男たちを射撃しなかった。だれも現政権に反逆罪で告発されたくはない――だが、その後釜に殺人罪で告発されたくもないのだ。

半時間後、抗議者たちは直接交渉のために五人からなる代表団を刑務所の中に送った。話される内容には、オープンな無線チャンネルではしゃべれないことが確実にある。それに続く緊張した数時間を、マーティンはベンチ／車作戦に関わった人々の何人かにインタビュウして送った。負傷した男性は移送ずみだったが、ほかの参加者たちは機械工学の学生だとわかった。あれと同じようなことを先週、田舎に行ってリハーサルしてきたそうだ――実弾とヘリコプターは抜きでだが。「車はリモコンにしたかったんですけど」学生のひとりがマーティンに話した。「怪しまれずに部品を入手することができなかったので」解体工場から数台のペイカンを安く買って、包囲がはじまる前に公園周辺の裏通りに乗り捨てたのだった。

夜明け直前、代表団が戻ってきた。次のような取り決めがなされた。看守たちは刑務所当局の管理下で独房ブロック——おもに有罪判決を受けた犯罪者を収容している——の管理を続ける。ただし、情報省《VEVAK》の管轄だった政治犯収容棟、エヴィン２０９と２４０でおこなわれることにはいっさい干渉しない。

ベフルーズはこのニュースを訳した最後に、ずけずけとマーティンにいった。「もしあなたがこの取り決めを報じたら、わたしの辞表を受けとることになりますからね」仮に政権が存続したなら、自分が沈黙していたところでだれを救うことにもならないのではとマーティンは思った。刑務所内部のだれかが、山脈のむこうに飛び去った勇敢な上役たちに、看守たちを売り渡すのはまちがいない。しかしながら、委細かまわず紙面に載せるのも、面子《めんつ》を保つために看守たちがなにもしなかったことを不問に付すという決定がなされる可能性を、まちがいなく減じるだろう。

マーティンはいった。「そのことには触れないよ」嘘はついていないかたちで、事態を慎重に言葉にする方法が見つかるだろう。抗議者たちはなおも刑務所襲撃を続行中で、看守たちは引きつづき、もっとも危険な囚人たちの監禁を継続することに注力するため、戦術的に退却した状態にある。シドニーでコーンフレークをむしゃむしゃ食べている読者はだれも、このすべてが流血の惨事なしに起こされるためにいくつかの選択がなされたのを知ることを、必要としていない。

空は薄青色だが太陽はまだ北テヘランの団地の陰に隠れているうちに、抗議者の波がエヴィン刑務所の破壊されたゲートを通り抜けていった。マーティンは百人以上が中に入るのを見送るまで、自分も流れに割りこもうとさえしなかった。前方で予期せぬ抵抗があった場合にはその先頭を目撃できるくらいの近くにいたかったが、マーティンは自分をどんな不必要な危険にさらす義務も感じなかった。これは彼の革命ではないのだ。

それでも、ベフルーズといっしょにゲートを通り抜けて、黙りこくった群衆の中で薄暗い独房ブロックを歩いているとき、マーティンはこの場所の歴史がのしかかってくるのを感じた。ここは国王《シャー》の手下が王の敵を監禁・拷問した場所だ。ここは何千人というホメイニの敵対者が大量粛正で絞首刑になった場所だ。ここは労働運動家やジャーナリストや同性愛者や学者や環境保護論者や女性権利運動家が、独房監禁され、殴打され、レイプされた場所だ。ここは、バハイ教徒がひとりの預言者（バハイ教創設者バハーウッラー）を余計に信じた罪ゆえに、あるいは、改宗したキリスト教徒がひとりの預言者（ムハンマド）をあまりに信じなかった罪ゆえに終わりを迎えた場所だ。ここは一九九九年の抗議活動後に、学生指導者たちが下水溝いっぱいの糞の中に顔を押しこまれて、しまいには破裂しそうな肺が息を吸えと命じることになった場所であり、その十年後に、選挙での不正に抗議してデモ行進した人々が殴打されて、自分たちが反逆罪的な激情に駆られた真の原因は裏で糸を引く外国の干渉とBBCの見すぎにある、というシュールな告白をすることになった場所だ。けれどマーティンはエヴィン刑務所の忌まわしさを、異国文化の異常な側面だとして、自分とは距離を置いておくことができなかった。マーティンはアフガニスタンのバグラムでアメリカの収容所を見たことがあり、そこでは無実の男たちが乱打されて死んでいた。オーストラリアの砂漠で強制収容所を見たこともあり、そこでは難民たちが気が触れて、剃刀で自分の体に切りつけていた。権力と免責の有毒結合は、普遍的な人類の病なのだ。

マーティンは重苦しさを吹き飛ばすような言葉のやりとりを期待してベフルーズのほうをむいたが、仕事仲間があまりに打ちひしがれた表情を浮かべているのを見て、邪魔したくなくてそのまま顔を逸らせた。

監視塔はいまでは放棄されていた。もしだれかが民衆にライフルをむけているとしたら、よほどうまく姿を隠していることになる。ここに収容された経験のある人たちがこの刑務所の建物の配置について書いているのを読んだことがあるが、マーティンはその説明を記憶にとどめておらず、ここを隅から隅まで知っているだれかが一行を政治犯収容棟のひとつに案内してくれているのだと、思うしかなかった。

セクション240はどっしりした四階建ての建物で、壁の細い切れ込み《スリット》が窓がわりだった。だれもドアマットの下に鍵を置いていってはくれなかったようだが、マーティンはドアから遠すぎて、中に入るためにバールやボルトクリッパや電池式工具でおこなわれていることの詳細は見えなかった。

いくつかの正面ドアがあけられると、群衆の波がどっと前進したが、あまり進めなかった。建物内部にはさらなる対処を要する複数の障害物があった。ベフルーズがいった。「もし独房ごとにこんな手間がかかるとしたら、長い一日になりますね」

この建物には約八百の独房があると、マーティンはなにかで読んでいた。「メタリカのチケットの列に並ぶ、いい練習になるな」

人々が押し合いへし合いしながらなんとか建物に入ると、そこは正面ドアと、いまは無人の、閂《かんぬき》をされた金属製ゲートのある検問所のあいだの、ロビーのような場所だった。ホメイニの肖像画が壁から睥睨《へいげい》してくる横に、文字がぎっしりと書かれた巻物があった。マーティンが二、三の単語を発音して訳したところで、ベフルーズが窮状を救ってくれた。「それは一種の心得の宣言で、ここで働くすべての人に高い倫理基準を託しています」ベフルーズの声はくぐもって、侮蔑に満ちていた。「コーランの数節が引用されていますが、それを暗唱しろとはいわないでください、この状況では冒瀆《ぼうとく》になると考えるので」

木材が裂ける音がした。「クリードハ！」だれかが興奮して叫んだ。それを翻訳してもらう必要はなかった。人々はじゃらじゃらと鳴る鍵束をいくつも、人混みの後ろに手渡していった。マーティンのすぐ前の男性が、そのひとつをさしだしてきた。マーティンは頭を横に振りながら詫びた。「ルーズナメ・ネガーラム《ぼくはジャーナリストです》。モムケン・ニスト《できません》」

ベフルーズが手を出して、その鍵束を受けとった。

抗議者たちは散らばって、手もとの鍵でひらく独房を探した。ベフルーズのあとについて、ごった返す階段にむかったマーティンは、ひとりの女性が踊り場でむきを変えるのを目にし、ちらりと見えたその横顔はマフヌーシュのものだった。突然のパニックで胸が痛くなる。マーティンはマフヌーシュに呼びかけて、気をつけてといいたかったが、それはおこがましく聞こえてしまう気がした。

三階にあがると、突破するのに電動工具が必要な新たな金属のゲートがふたつあって、人々が独房そのものの前に到達するには、さらに二十分かかった。マーティンは携帯電話を高く掲げて、その場面を写真撮影した。同一のドアが人々の前方の廊下沿いにずっと続いている。ドアに窓はなく、細いスリットがあるだけだが、それも覆いをボルト止めされているようだ。ここは衛生的にはお粗末で、消毒剤のにおいがきつかったが、その底に流れる排泄物のにおいをほとんど覆い隠してはいなかった。いまでさえ、マーティンは二、三人の収容者のごくかすかな、くぐもった叫び声が聞きとれた。独房はほぼ防音になっているのだが。

はじめて鍵のひとつが合って、最初のドアが勢いよくひらいた。中年男性が足を引きずりながら廊下に出てきた。ぼうっとして、なにが起きたのかわかっていないようすだ。男はだぶだぶの白い布をまとっていて、裸足だった。濃い顎鬚の上の顔は、一面ミミズ腫れと痣だらけ。解放者たちと話す静かな声には、困惑の響きがあった。もしかすると、ジャバリのことや、ストライキとデモ行進のことは、なにも聞かされていないのかもしれない。たぶん何年も、拘束者たち以外のだれとも口をきいていないのだろう。

マーティンは携帯電話を上にあげて、録画をはじめた。

ベフルーズがいった。「わたしはこっちに行きます」手にした鍵束を振って、ここから右側に延びている別の独房の列を指し示す。

「気をつけて」マーティンはあとに続かなかった。いま起きていることを記録はしたかったが、こんなに弱っている人たちの目の前にカメラを突きつけたくもなかった。廊下の先で、また別のドアがひらいた。びくびくしながら前に出てきた長身で骨と皮ばかりの若者は、上半身裸で背中に長く赤いミミズ腫れがある。抗議者たちと話している若者は、おとなしいのは最初の男性と同じだったが、ずっと不安げで、しきりにまばたきし、だれかが近寄りすぎるたびにびくっとして身を引いていた。やがて彼は独房の外の床にすわりこむと、両腕で頭をかかえて揺すりはじめた。

三番目の独房がひらいたとき、歓喜の叫びが起こった。ここの解放者の中にはマフヌーシュがいて、いちばん大きな歓声をあげている。一瞬後、マーティンは解放された囚人が、包囲の最初の日に逮捕された若い男性だと気づいた。顔は痣だらけで、片方の目は腫れてふさがっているが、囚人服ではなく、破れた私服をまだ着ていた。数人の友人たちが彼を肩にかつぎあげて、階段のほうに運んでいった。

その一行を視野から外さないようにとマーティンが振りむいたとき、銃声がした、すぐ近くで。抗議者のひとりが肩から血を流してよろめいている。ぐるりと見まわしたマーティンの耳の中で、静寂が鳴り響く。きれいに顎鬚を切りそろえ、刑務所職員の記章を飾った薄緑色のワイシャツを着た男が、数メートル先で、扉のひらいた用具入れの前に立っていた。

看守はマーティンのほうをむいて怒鳴りつけながら、拳銃でなにかの手振りをした。マーティンは降伏の徴《しるし》に両手をあげたが、看守はまだ金切り声で侮辱だか指示だかを叫んでいる。マーティンは相手がなにをいっているのかまるでわからず、ひねりだせた唯一の反応は、わからないのを謝ることだった。「マアゼラト・ミハーム《すみません》、アガ《サー》。ファルシ《ペルシア語》・バラド《話す》・ニスタム《ダメ》」

マフヌーシュがあわてて叫んだ。「携帯電話を下ろして！　携帯電話を下ろせといっているのよ！」

マーティンは携帯電話を下に落とそうとしたが、指がひらこうとしなかった。鍵をさしだされたとき、受けとっていればよかったと思った。

看守がうめき声をあげて、床に崩れた。だれかが背中めがけて消火器をぶつけたのだ。人々が守衛の上に山をなし、拳銃を奪って拘束した。マーティンは朦朧《もうろう》とした気分だった。床にへたりこみ、あらゆるものを他人事のように眺める。看守は空いたばかりの独房に連れていかれた。負傷した抗議者はその場しのぎの包帯を巻かれ、手助けされて階段にむかった。刑務所施設内には病院もあることをマーティンは思いだした。その病院はあの男性の手当をしようとするだろうかとマーティンは思った。

「おおい、マーティン・ジャン《さん》！」

顔をあげたマーティンは、オマールがこちらへやってくるのを見た。ベフルーズがその後ろにいる。オマールの顔はやつれ、足を引きずって歩いていたが、満面の笑みを浮かべていた。マーティンはすっくと立ちあがると前に出て、安堵の涙をこらえつつオマールを抱擁した。

「なにがあったんだ？　二十キロは痩せたんじゃないか」

「ハンガーストライキをしたのさ」オマールは答えた。「効果はあったみたいだな。二十キロ痩せたら、刑務所の壁が崩れた。もう十キロ痩せたら、大統領にされているかも」

オマールはラナに電話をかけたがった。抗議者たちはつながっている電話線のある事務室をふたつ、明け渡させていたが、その電話にはすでに長い列ができていたので、マーティンたちは下の階を探してみることに決めた。三人が階段をおりていると、マーティンの携帯電話がはじめて聞く音でチャイムを鳴らした。画面をチェックしたマーティンは、一瞬の間《ま》を置いて、いまそこに表示されているのが、国会前抗議のときに使われているのを見た無線メッシュ・ネットワークのアイコンだと気づいた。だれかがこの地区の妨害電波発信機を見つけて、無力化したということだ。

マーティンにそれを見せられて、オマールはいくつかの番号を試したが、まだ市の大半でネットワークは妨害されていた。二階の電話線のひとつが空いていた。オマールが電話をかけている途中で、マーティンの携帯電話がまた別の耳新しい音を鳴らした。ネットワークにいるだれかが、ストリーミング動画配信をしているのだ。

マーティンがアイコンをタップすると、それは拡大して、手ぶれするカメラが撮っている、イラン・イスラム共和国放送《IRIB》のニュース放送のテレビ画面になった。マーティンは携帯電話をベフルーズに渡した。

まわりの人々はすでに、有頂天で歓声をあげている。ベフルーズは顔をしかめて、一生懸命もっと聞きとろうとした。マーティンは辛抱強く待った。画面下部には同じ文章が何度も流れているが、すぐにそれもすべて説明してもらえるのだ。

ベフルーズがいった。「穏健派の聖職者たちが、ある種の協定を勝ちとりました。監督者評議会の拒否権に関する国民投票が三ヵ月以内に実施され、その後、年末までに、大統領と国会議員の新たな選挙がおこなわれます」

これだ、これこそが救いの一手だ。もし協定が守られれば内戦は起きないが、現状に逆戻りすることもない。

オマールは事務室の電話を手にしたまま床にすわりこみ、喜びの涙を流していた。オマールの後ろの大きな灰色のファイリング・キャビネットはだれかに横倒しにされていて、情報省《VEVAK》による尋問の詳細きわまる記録が床じゅうに散乱していた。もしかして、すべてをシュレッダーにかけているだけの時間がなかったのかもしれない。あるいは、糞ったれ野郎どもは、自分たちがここへ戻ってこられると考えていたのかも。

マーティンはベフルーズのほうをむいて、手をさしだした。「ムバラク《おめでとう》」ベフルーズはその手を握ったが、とても信じられないという表情が、茫然としつつ受けとめるそれへとゆっくりと変わっていったものの、勝利を宣言する気にはなれないようだった。

「確実なことはまだなにもありません」ベフルーズは強調した。

「そうだね」マーティンは認めた。

ベフルーズは微笑んで、「しかし、今日がはじまりです。わたしたちが自由になるには、もうあと十年かかるかもしれません――しかし、それは今日、はじまったのです」

10

ナシムはディナージャケットと夜会服の海をむっつりと見渡しながら、また
だれかがイラン・イスラム共和国の次期大統領、クーロシュ・アンサリを讃える偽善的なスピーチをする前に、ホテルの自室に脱出する手段を考えようとしていた。

ナシムは母のほうをむいた。「母さんのなすがままに、ここに引っぱってこられた自分が信じられない。ここにいる連中の半分は、過去三十年を、自分の祖国をアメリカに爆撃させようとすることに費やしてきたのに。そのあとで帰国して、自分たちがこぢんまりした泥棒政治をはじめられるようにするためだけに」

「それは不当ないいがかり！」とナシムの母は返答した。「多くてもここにいる四分の一だよ。どのみち、それは老人たちに限っての話。おまえは連中の息子たちを気にしていればいいんだ」

ナシムは顔をしかめた。「わたしの考えるロマンティックな夕べには、ヘリテージ財団でのドナルド・ラムズフェルドのスピーチは含まれないんだけど」

「今夜、何人とじっさいに口をきいたのさ？」

「ウェイターも入れていいの？」

「会話に混ざってきなさい」母は追いはらうように手を振って、「おまえにそのドレスを買ったのは、ひと晩じゅうわたしの耳に泣き言をいわせるためじゃないんだ」

ナシムは母から離れて、カナッペの皿にむかった。じつに驚くべきことに、ヴェジタリアン用の準備もあったが、そのサイズはほかのメインコースの四分の一で、ナシムはまだ腹ぺこだった。

ビュッフェ・テーブルの脇で、自分の食べられるものが残っていないか——付け合わせ以外に——見きわめようとしていたとき、隣から声がかかった。「お国の新大統領誕生、おめでとう」

「ありがとう」ナシムは刺々しくこうつけ加えたくて仕方ないのをこらえた。「今度の大統領は長続きさせたいから、あなたがたにはぜひ手を出さないでいてほしいわ」振りむいて、声をかけてきた相手と顔を合わせた。痛々しいほど痩せたその若い男性には見覚えがあったが、だれだったか思いだすには数秒かかった。「わたしをストーキングしているの？」ナシムは問いただした。「ワシントンまで追ってきたの？」

キャプランは怒ったようすを見せて、「ぼく宛ての招待状を見る？　ぼくはイラン・アメリカ友好協議会の大口寄付者なんだ」

「いつから？　三日前？」

「六日だ、じっさいは」

「六日？　本物の未来学者ね」ナシムはホテルの警備員を探して見まわしたが、自分の頭がおかしいとかパラノイアとか思われない苦情を申し立てるのは、嘘を交えずには無理だった。「いったい、わたしがあなたになにをしてあげられると思っているの？　ＨＣＰのニュースは聞いたんでしょ？」

「議会はヒト《H》・コネクトーム《C》・プロジェクト《P》に資金提供しないことを決定した」キャプランは冷静だった。「悲しいことだけれど、予想外じゃない。これで、巨大な、統合された連邦政府プロジェクトはなくなったわけだけれど、きみたちはまだ助成金をあちこちで見つけられるはずだ。ぼく自身もその役に立つ基金を設立するつもりでいる。もちろん、チャーチランドみたいな人の代わりにはなれないけれどね」

　ザッカリー・チャーチランドは三週間前に亡くなって、霜に覆われた辺獄《リンボ》、アルコー延命財団の人体冷凍保存庫におさめられた。チャーチランドは最終的に、自分の不死の魂を人間の手にゆだねることはできないと結論し、遺産の大部分を〈恵み深き超知性ブートストラップ・プロジェクト〉に遺した。

「彼の遺言に異議を唱えている人がいると聞いたけれど」ナシムは思いだした。「未亡人だけじゃなくて、最初の奥さんも――」

「三人目の奥さんだ。じっさい、ぼくは彼女の裁判費用を援助している」キャプランは流れるように説明した。

　ナシムはまじまじとキャプランを見た。「ザッカリー・チャーチランドと結婚しておいて、なにかの費用を援助してもらう必要があるハメになるなんて、なにをしたらそんなことに？」

「ラスヴェガスでのパーティ、トラックに満載のコカイン、何人かのプロスポーツ選手」

「訊いたわたしが馬鹿だった。でも、離婚でなにも手に入れられなかったなら、元夫が死んだあとでも、やっぱりなにも手に入らないでしょ？　あるいは、凍ったあとでも？」

キャプランは微笑んだ。「だろうね。でもぼくの見つけた弁護士が、彼女にその逆を納得させたんだ、ひとつにはレオナ・ヘルムズリーの判例を根拠にして――知ってのとおり、この女性は千二百万ドルを飼い犬に遺したあとで、精神的に不適格だと裁定された。現在進行中の訴訟は、〈超知性プロジェクト〉の手をかなり長期間、遺産から締めだしておくのに役立つはずだ」

ペットの犬、ペットの神。もしかすると、犬の判例は失読症の裁判官相手なら有効かもしれない。それでも、ナシムは困惑していた。「チャーチランドの遺産の行方を、なぜあなたが気にする必要があるの？〈超痴性〉のところへ行くか、奥さんたちのところかでしょ。ＨＣＰのものになることはない」

「それはそのとおりだろうね」キャプランは認めた。「でもぼくは、自分がアップロードされる前に、超知性に誕生してほしくないんだ。この恒星系でぼくが最初の超越的存在になることは、ぼくにとってとても重要だ。リソースに飢えたほかの存在と競合する危険はおかせない。最低限木星ひとつの質量分の演算素《コンピュートロニウム》を必要とする、個人的な計画があるんでね」

「ほんと？ わたしは俳優のナヴィーン・アンドリュースと壜一本分のココナッツオイルを必要とする〝個人的な計画〟があるけれど、どっちも手に入るとは思っていないわ」

キャプランは困惑していた。「その敵意の理由はなに？」

「わからない」ナシムは正直に認めた。「もしかすると、だまされて寿命を長引かせようとしている原理主義者の相手をしすぎたからかも」

「とにかく、きみはエネルギーを浪費している」キャプランは尊大に応じた。「どんなかたちであれ、ぼくがいったことはすべて、いずれ実現する。きみはぼくたちに加わるか、取り残されるかだ」

ナシムはいった。「そこの葺詰めの肉パイ《ボローバン》に夢中にならないようにね。線虫の寿命を三パーセント切りつめるそうだから」

ホテルの部屋に戻ると、ナシムの母がいった。「今夜、面白い仕事のオファーがあったの」

「だれかがスカウトしたがっているってこと？」ナシムは興奮した。先方が母をハーヴァードから誘いだせるつもりでいるなら、それは出世の階段を大きくのぼる話のはずだ。「だれ？ ジョージタウンの人たち？」

「クーロシュ・アンサリよ」母はナシムの表情を見て微笑んだ。「彼は経済再編計画を手伝うアドバイザーを探しているの。じっさい、代理人の話だと、クーロシュはわたしの『石油た？」

「おめでとう！」ナシムは唖然としていた。国外移住した人々の一部はぽつぽつとイランに戻りはじめるだろう、とは確かに予想していたが、そういう抽象的なかたちでさえ、ナシムは自分たちの帰還はもっとずっと先だと想定していた。「どうするつもりか、もう決めた？」

「オファーを受けることにすると思う」母はいった。「彼らがほんとうに最後までわたしのアドバイスどおりにする保証はなにもないけれど、再編プロセスになんらかの意見を入れられるこの機会を逃したら、わたしは絶対に自分を許せないだろうから」

ナシムは自分のベッドの上にすわった。枕を拾って、胸に抱きしめる。

ナシムはいった。「わたしもいっしょに行きたい」

「休暇に訪ねてくるということ？　かまわないよ！」母は輝くように笑った。「待ちきれないね！」

ナシムはかぶりを振った。「休暇だけじゃなくて。国へ帰りたい。またイランに住みたいの」

母が隣にすわった。「仕事はどうするんだ？」

「わからない。なにもかもがいますごく不確実だから」じつのところ、もう長いあいだ、ナシムは暗に、HCPは進展することになると決めこんでいた。それは最初のうちは山のような書類仕事を意味するが、その報酬として最低四、五年はそれ以上の中断なしに、科学に集中できる。いま、それはいつものビジネスに戻ろうとしていた。少額の助成金を次から次へと懇願し、その先六ヵ月を超えて続く計画を立てられることは、決してない。「イランにも同じくらいやりがいのある、わたしにできるなにかがきっとある。すべてが変化しているのだから、機会は無数にあるはず」

「もしおまえがここに残っても」とナシムの母はいった。「わたしはもちろん、おまえに会いに戻ってくるんだよ。ずっと離れて暮らすわけじゃない」

「わかってる」ナシムは母の体に腕をまわした。「そのときは、わたしも会いにいく。ふたりあわせて、世界じゅうの石油を燃やしつくしちゃうでしょうね」

「なら、それがそんなに悪いことかい?」母は微笑んで、「おまえから逃げようなんてしていない。でも、ここにひとりで残されたくないからというだけで、おまえのキャリアをまるごとダメにしてほしくないんだ」

ナシムは厳しい声でいった。「わたしは子どもじゃない。これはわたしの計画を考え直すチャンスなの。あまりに長いことHCPに参加したいと望んできたせいで、視野が狭くなってしまっていた。新しいなにかに挑戦することを考えたって、いいはずでしょう?」

「わかった」母も納得した。「とにかくいっしょに来て、ようすを見てから決心すればいい。いますぐ退路を断つのはダメだ」

「そんなことしないわ」ナシムは母を抱きしめた。「さ、わたしの話をするのはここまで。母さんの前途を祝さなくちゃ!」

「なにか考えてることがある？」

ナシムはルームサービスのメニューを探してきょろきょろした。「厨房がおもてむきは閉まっているからといって、ケーキが品切れだということにはならない」

そのあと、暗闇で横になって目ざめたまま、ナシムは心の中で自分の決断を熟考した。脳マッピングの研究に別れを告げることを考えると胸が痛むが、それはファイルを破棄して自分を歴史から消去するのとは違う。ナシムはすでにこの分野にいくらかの貢献をしているし、ほかの人たちはその上に立って先を続けることになる。すでに費やした時間を無駄にしないだけのために、自ら残りの人生をひとつのプロジェクトに縛りつける必要はない。

ナシムはいつも、イランに戻りたいと願っていた。祖国がとうとう生まれ変わったいま、あらゆることが進んでいくのを遠くから眺めているのではなく、自分の目で目撃するチャンスがあるなら、それをつかみ取るべきだ。反乱に参加していないせいで感じていたいらだちのすべては、少なくとも再建に参加することができれば、鎮まるだろう。

ナシムは眠りへと押し流されていった。ナシムの心はまだ混乱していたが、それに慣れていく必要がある。帰還はかんたんなことではないだろうが、これはナシムの人生であり、これは奪われた生活を取り戻すチャンスだった。帰還はかんたんなことではないだろうが、自分が離れたままではいられないことを、いまのナシムは知っていた。

第二部

2027年－2028年

۱۴۰۶

（イラン暦1406年）

11

今日はジャヴィードが入学手続きをする日だ。学校がはじまる一週間前。マーティンは小学校へ行く前にマフヌーシュを車で店まで送って、親子三人でバックルームで入荷品の箱をあけた。新品の本のにおいを嗅いだだけで、マーティンはいつでもリフレッシュして楽天的な気分になる。マフヌーシュはそれほどロマンティックではなくて、それは微量の糊の仕業にすぎないという。ジャヴィードの任務は、バイオフォーム梱包チップを容赦なく拳で叩いて押しつぶし、細切りの新聞紙や空気の詰まったビニール袋を緩衝材にしている荷物に長々と文句をいうことだ。

店を出る時間になると、ジャヴィードは母親にぎゅっと抱きつき、いつもより心持ち長くしがみついていた。「アジザム《ぼうや》、アジザム」マフヌーシュは息子の髪に頰ずりしながら、安心させるようにいった。「だいじょうぶ、あなたは学校が好きになるわ」

「うん」ジャヴィードは元気に返事をした。

マーティンはマフヌーシュにキスをして、「じゃあまた午後に」

小学校には長い列ができていた。手続き用紙に記入して、それからそれが処理されるのを待たなくてはならない。なぜすべてをオンラインですませられないのか、マーティンにはわからなかった。ひと月前、免許証のＲＦＩＤタグを読みとる装置と顔生体認証を使った流れるような処理のおかげで、自宅にいながらにして運転免許証を更新した。それでも、息子にとっては、学校がはじまる前に少なくともいちど、校舎の中を見ておくのはいいことだった。ジャヴィードがトイレに行く必要が生じたとき、列で前に並んでいた女性が、場所をとっておきましょうといってくれたが、マーティンはそこへ行って戻ってくるささやかな冒険にジャヴィードをひとりで行かせた。

事務室では庶務係が、マーティンたちが掻き集めてきた身元確認書類を一瞥《いちべつ》し、スキャナーに通す前に手続き用紙を細かく調べた。

「すみません、シーモアさん」係員がいった。「お子さんの宗教の欄の記入が抜けています」彼女はペンを構えて、この記入漏れを修正する体勢になった。

「息子は無宗教です」マーティンは答えた。「もし空欄だとコンピュータが受けつけないなら、〝無神論者〟と書いてください」マーティンは係員の顔を一瞬の狼狽がよぎるのに気づいたが、彼女はすぐに平静を取り戻した。

「失礼ですが」と係員はいった。「質問の意味がおわかりでないようです。これは父方のお祖父《じい》様の宗教」とマーティンを遠慮なく、値踏みするように見てから、まちがいなくつけ加

えるに値すると判断して、「でなければ曾《ひい》お祖父様の、でなければ、と必要なだけ遡ってい
ただく項目です」
「それはほんとうに確かですか？」マーティンはその件で騒ぎたてたいわけではなかったが、
無神論者などというものは存在しないとする公式の方針があるのか、それとも、この些細な
例外の対処法がわからなくて取り乱している一個人を相手にしているだけなのかを知ってお
くのは、悪くないだろう。
「わたしたちが、お子さんはクルド人ですか、アラブ人ですかとお尋ねするとき」係員が答
えた。「じっさいには、どのお子さんもイラン人であるわけで、わたしたちは単にご先祖の
民族をお訊きしているのです。ですから、同じ理屈を宗教の問題にもあてはめるのは、完全
に論理的かつ首尾一貫しています」
　マーティンは係員の巧みな説明に感心せざるをえなかった。この女性はほぼたぶん、この
問題についてはなんの決定権もなくて、もしコンピュータがこの記載を受けつけなかった場
合に生じるだろうお役所仕事地獄から全員を遠ざけておこうとしているだけなのだ。
「息子の父方の先祖はキリスト教徒です」マーティンは譲歩した。係員はほっとしたようす
で、その答えを用紙に記入した。
「宗派は？」と係員が訊く。
　マーティンはほんとうに知らなかった。「聖コルトレーン教会」マーティンはいった。係
員はそれを書きはじめたが、その途中で手を止めたとき、マーティンが助け船のつもりで

「カーフ、ヴァーヴ、ラーム――」とペルシア語のアルファベットで綴りをいうと、相手は顔をあげて、「コルトレーンの綴りはわかります。あなたのいわれたのが、ジョンのほうかロビーのほうかと思っただけです」（ジョン・コルトレーンはテナー・サックスの聖人と呼ばれることがあるほか、彼を祀った教会がアメリカに実在する。ロビー・コルトレーンは俳優、映画〈ハリー・ポッター〉シリーズのハグリッド役）

事務室を出て小さな運動場を歩いていると、ジャヴィードが尋ねた。「なぜあの女の人を怒らせたの？」

「あの人は怒っていなかったと思うよ」マーティンは答えた。「父さんたちは、書類に記入する正しい内容を決める必要があっただけさ」

ジャヴィードは疑っているようだったが、その話は終わりにした。「ぼくのお祖父さんはどこにいるの？」

「父さんの父さんは、おまえが生まれる前に死んだんだ。父さんの母さんもね」ジャヴィードは少し怯《ひる》んだ。何度も聞かせた話だったが、前より少し深く心が痛むようになったらしい。「ふたりともとてもしあわせな人生だったから、おまえが悲しむ必要はないんだよ」

「ママの父さんは？」

マーティンは心を固めた。「まだ生きているよ。テヘランに住んでいる」これも何度もした話だが、繰りかえすたびに重みを増していく。

「じゃあなぜ、ぼくたちはママの父さんの家《うち》に行かないの？」

「それはママの父さんが、ママに怒っているからだ」

ジャヴィードが顔をしかめたのは、信じられないせいと、心配しているせいだ。「まだ？」

「ああ」

「ママのママは？　やっぱりまだ怒ってる？」

「そうだ」それはもっとつらかったようだ。マーティンはジャヴィードの肩に手を置いた。「そのことで悲しがるな、といっても無理だよな、でもママはそれにとても強く立ちむかっているんだから、父さんとおまえもそうしなくちゃいけない」

ジャヴィードは急に涙ぐんで、マーティンのほうをむいた。「父さんと母さんがぼくのこと怒ったら、ぼくを置いていなくなっちゃう？」

「おい、おい、おい」マーティンはジャヴィードを両腕でかかえあげて、抱きしめた。「そんなことは絶対にしないよ。絶対の絶対に」背中の痛みが大きくなるのを無視して、マーティンはそのまま車までジャヴィードを抱いていった。「ほら、もう泣かないで。さっき約束したのを覚えているか？　オマール小父《おじ》さんの店に行くぞ」

ジャヴィードはたちまち元気になって、見捨てられたらという不安はすっかり忘れ去られた。

車をおりていっしょに歩きだすと、ジャヴィードは手を振りほどいて先に走っていこうとしたが、マーティンは固く握って離さなかった。ふたりの進む先で、三人のバイク乗りがごった返す歩行者を押しわけるように走っていて、大したスピードの出せそうな状況ではまるでなかったが、いつ気が大きくなって、不注意から小さな子どもを轢《ひ》いてもおかしくない。すれ違うとき、脇に追いやられて側溝に落ちそうになったマーティンは、ジャヴィードを引き寄せて、いちばん近くを通ったバイク乗りの顔に肘打ちしてやりたいのをこらえた。

店に入ってドアが閉まると、マーティンはようやく気をゆるめ、ジャヴィードはオマールのところに走っていって大はしゃぎで抱きついた。それからオマールの息子のファルシードがジャヴィードとレスリングごっこをはじめ、頭の上まで持ちあげられて逆さまにされたジャヴィードは喜んできゃあきゃあ笑った。

マーティンはオマールに挨拶して、「ジャヴィードの入学手続きをすませてきた」と説明した。

「ほお、じゃあこれでおまえも重要人物ってわけか？　大学者様？　有名スポーツマン？」オマールはジャヴィードの逆さまの胴体に数発のパンチを繰りだした。ジャヴィードはコンピュータ・ゲームのひとつを真似て東洋武術の奇声を発しながら、オマールにむかって腕を振りまわした。オマールはマーティンにむき直った。「仕事は順調かい、マーティン・ジャ《さ》ン《ん》？」

「悪くはない。イラン人のことなら知ってのとおり、決して本を買うのをやめたりはしないだろう。こっちの店はどう？」店内には数人の客が通路をぶらついている姿しかなかったが、昼食どきに来たときにはいつでも満員だった。

オマールは自慢するように手を振って、新たに陳列した〝サイバー・ケタブ《本》〟を示した。二百枚の電子ペーパーを束ねたもので、見た目も手触りもペーパーバックだ。その装置ひとつが百万冊分のテキストを収容できる。「今月はもう、六十個もこいつが売れたよ」オマールは満面の笑みを浮かべた。「あなたのいうとおり、イラン人は本が大好きだ」

マーティンは興味がないふりをして、在庫処分で値下げされたブルーレイの箱の中身をざっと見にいった。一枚のディスクを抜きだして、それをかざしてみせる。「ヴィン・ディーゼルがカムバックするのは知ってるか？」

「ほんとに？」

「『クーロス年代記』という映画だ。ネゲヴ砂漠で撮影中」

ジャヴィードがファルシードからなんとか逃げだして、決然としたしかめ面で店内を見まわしていた。「五万トマーン（イランの通貨単位）までなら、なにを選んでも買ってやると約束したんだ」マーティンはいった。オマールは顔をしかめて、機嫌を損ねたようにいった。「いくらのでも選ばせてやれ！　金は払わなくていいから」今度はマーティンが顔をしかめた。オマールの気前のよさを疑いはしないが、マーティンはジャヴィードに節度という観念を教えこもうと苦労しているところだった。

ジャヴィードは、『LOLキャット日記』映画のさまざまなスピンオフの大きな段ボール製ポップアップ・ディスプレイをじっと見つめていた（LOLはネットスラングでlaughing out loudの略、日本の「（笑）」などにあたる。LOLキャットは二〇〇〇年代半ばからネットに投稿される、ユーモラスなまちがい英語のキャプションをつけた猫画像）。まちがい英語で書かれたオリジナルのキャプション、

『I CAN HAZ BLOKBUSTR?《わたち大ヒトできるかにゃ》』に、『GAME』という言葉を指している山形記号を足すという、その発想はなかったアレンジが施されている。それが置かれた前に、毛がぼさぼさの猫が肢《あし》をぎこちなく伸ばし、前足の片方をジョイスティックに載せている画像の切り抜きに、『I M IN UR CONSOLE MESSING《おれはおまいらのコンソールの中だおまいらの世界を》 WITH UR WORLD《目茶苦茶にしてるのにゃ》』とキャプションをつけたものが、層になって積まれている。配給業者はこのどれも翻訳する手間をかけていなかった。映画の会話の半分はペルシア語に吹き替えられているが、残りは手つかずで、さながらまちがい英語の授業だ。マーティンはあきらめ気分で眺めていた。いちどでも映画そのものをジャヴィードに見せてしまった以上、自分のほかに責める相手はいない。

けれど、ジャヴィードはマーティンのほうをむいて、すまし声で、『LOLキャット日記』のゲーム買ていいかにゃ？」と尋ねたりはしなかった。あざといくらいキュートな動物が、現在のドリームワークス社の重役世代の人格形成期に使われていたSMSの方言をしゃべるというネタの魅力の半減期は、五歳児にとってさえごく短いようだ。ジャヴィードがかわりに告げたのは、「〈ゼンデギ〉をやってみたい！」

立派なことにオマールはひと言も口をはさまなかった。マーティンはしばらく考えた。マーティン自身は〈ゼンデギ・ベフタル（英語でベター・ライフ）〉に入ったことはいちどもなかったが、レビュウは読んでいた。出来のいいコンテンツがいくつかあり、その多くは子どもにむいている。派手《ハリウッド》なだけのガラクタ部分もあったが、強制参加ではない。

マーティンはいった。「もしオマール小父さんの時間が取れて、おまえと父さん、ふたり分の機械が空いていたら、だ。そうでなければ、また別の日に来る。いいね？」

ジャヴィードは最後の語調が警告であることを理解した。すぐさま、「はい、ババ《パパ》」と答えるとじっと動かずに、評決を待った。

オマールはふたりを二階に行かせた。球形のVR《ヴァーチャル・リアリティ》装置《リグ》——ガールエハ、あるいは城塞という堂々たる呼び名で知られる——のうち八機は丸く膨らんで不透明になっていたが、二機が空《あ》いていた。使用中の機械の中が見えないのは少し嫌な感じだとマーティンは思った。じっさいのゲーム内容はとても無邪気なのに、覗き部屋の個室ブースのような雰囲気になってしまう。とはいえ、機械の中に立って、外のようすが見えず、けれど機械の外の部屋にいる人たちには自分の一挙手一投足が丸見えだとわかっていたら、もっと嫌な感じだ。使用中の城塞のあいだをジャヴィードと歩きながら、ちらりと下に目をやったマーティンは、機械の基部におなじみのロゴを見た。各辺がSの文字でできた三角形。スライトリー・スマート・システムズの製品を好きになれないわけがあるだろうか？

まず、ふたりは無料試用《フリートライアル》にサインオンする必要があった。オマールはふたりをデスクトップ・コンピュータがある部屋の隅に連れていき、手続きをひととおりすませた。マーティンは英語とペルシア語を選択し、現実のファーストネームを登録名とした。独自のニックネームを使う必要はない。

「見た目は自分と同じがいいか？」オマールが訊く。「それともほかのだれかにするか？」

マーティンはためらった。ジャヴィードの外見を変えるべきだろうかと一種の保護本能的に考えたが、聞いた話では、そうするのがふつうというわけではないらしい。オマールは用意されているアイコンの一覧をジャヴィードに見せた——その中にはおぞましいLOLキャットもあった——が、かえってジャヴィードは迷って決めかねてしまった。マーティンは口を出した。「いいじゃないか、この姿のまま入っても」公道でいっしょにいて安全なら、〈ゼンデギ〉で安全のために仮面が必要だったりするだろうか？

オマールはデスクトップ正面の床にペイントされた徴《しるし》の上にふたりを順番に立たせた。ふたりを複数の角度から撮影したカメラは、マーティンの目に見えないほど小さかった。ふたりは十数個の異なる音節を発音し、それから、恐怖、驚き、喜び、楽しさ、悲しみ、嫌悪の表情をしてみせる必要があった。ジャヴィードはそれをひどく大げさにやってみせたが、ここでは、風のむきや強さが変わったせいでずっといちばんひどい表情のまま撮られてしまうようなことは起こらない。ソフトウェアはほかの使用者に対して、手を入れない画像をそのまま吐きだすのではなく、記録された両極端の中間に修正する。

オマールはふたりに合わせてグローヴと広角ゴーグルを調整した。小さなイヤホンとマイクロホン、それにモーション・センサーが内蔵されている。そして、ゴーグルのスクリーンを跳ねあげたまま、マーティンとジャヴィードは各々の城塞の中央にある台座にあがった。城塞は、円形の基部が大きな発泡ビニールシートで覆われているように見えた。

マーティンはジャヴィードのほうをむいた。「フービ《よいか》、ペサラム《息子よ》？」

「バレ《はい》」オマールがいった。「メニュー・システムは気にするな、あとで覚えられるから。急いで離脱したいときは、こんな風にする」オマールは両手の親指をはっきりと下にむけてみせた。

マーティンはいった。「わかった」

オマールはにやっと笑って、「ではお楽しみください」

かすかなシュ一ッという音がして、くしゃくしゃになっていたビニールシートが金魚鉢の形に持ちあがっていき、城塞がまわりに丸く広がりはじめた。ビニールシートの壁はまだ不透明になっていないが、すでに壁越しの光景はぼやけている。まだおたがいの姿がはっきり見えるうちに、マーティンはジャヴィードにむかって手をあげた。「〈ゼンデギ〉で会おう！」

ジャヴィードは少し不安になっているようだが、堂々と呼び返してきた。「ハトマン《きっとね》」

円形の縁がマーティンの肩くらいの高さまで持ちあがったところで、開口部が上昇しながらすぼみはじめた。数秒後、マーティンは切れ目のない幅約三メートルの球の内部にいた。円形の基部の縁近くに厚い金属の輪が球の半透明なビニールの上に浮いていた。輪は磁気的に位置を保っていて、基部のローラーで送りだされたビニールは輪の下を自由に移動できるのだろう、とマーティンは推測した。いまのところ、囲われているという感じは閉所恐怖症的なものではなく、圧迫感のない軽いものだった。通りの音が聞こえなくなったので、内部が防音されているのは確かだが、球は気密ではなかった——窒息せずにいるのは見えないところにある機械のおかげではなく、停電しても一大事にはならないだろう。マーティンは遅ればせながら、〝城塞〟という言葉が自分の想像していたのよりずっと大げさでないものを意味するらしいと気づいた。この装置はじっさい、空気で膨らませる子どものおもちゃのお城のとても近い親類だ。

ペルシア語でしゃべる女性の声が、ゴーグルのスクリーンを下ろすようにいった。マーティンはいわれたとおりにして――一瞬前に見ていた現実の不透明な球とほとんど区別のつかない映像が目に入ってきた。マーティンは顔の前に手をあげた。グローヴは消えていて、自分の手のひらの線が見えた。もしシャツの袖のひだにうまく描画されていないところがあっても、マーティンには見当もつかないだろう――そして指を小さく動かして、そのとおりの反応が目に入ったとたん、眼前の映像の手が自分のものだという感覚は揺るぎないものになった。

マーティンを取り巻く球が拡張をはじめた。壁が遠のき、床が広がって平らになる。やがて、壁に小さな丸い開口部ができ、マーティンの球を隣にあるもうひとつとつないだ。数秒で、ふたつの球は融合して、マーティンとジャヴィードはひとつのドームの内部でいっしょになった。

ジャヴィードが笑い声をあげて駆け寄ってきた。マーティンはうなじの毛が逆立つのを感じた。マーティンに近づいてくるアイコンは完璧ではなかった――足運びは少しぎこちなく、顔の表情は必ずしも自然ではない――が、マーティンはそうした瑕疵《かし》の原因を自分の外部にあると受けとるより、埃か疲れで視野がぼやけているかのように目をこすりたい気分が強かった。もし、目の前の息子がゴーグルをしていないという事実がなかったら、マーティンはこのすべてが、球の内部に隠されたカメラのやっていることに違いないと誓っただろう。いや、現にそういうカメラがあって、補助しているのはまちがいないが、この総合的な離れ業は、どんなものであれ単なるビデオリンクをはるかに超えていた。

　ジャヴィードにむけて数歩踏みだすと、自分たちがそれぞれ別々のトレッドミルの内部にとどめられているという知識――マーティンたちが歩くと、球はその周囲で、全方向性のハムスターのまわし車《ハムスター・ホイール》のように回転する――は、奥に引っこんで気にならなくなった。ジャヴィードが手を伸ばしてマーティンの両脚に飛びつこうとし、それから、さっき記録したいちばん極端な驚愕の表情にとても近い顔になる。マーティンは息子の両手が自分に触れているようには見えず、当然なにも体に感じなかった。好奇心に駆られて、マーティンは片手をジャヴィードの肩に乗せようとした。シャツの生地に手が届く寸前、糖蜜に手を突っこんでいくような奇妙な感覚を触覚グローヴが生じさせた。けれどグローヴはマーティンを止める力をなにか働かせられるわけではなく、そのまま動作を続けようとしたマーティンは、ジャヴィードがなぜあんなに仰天したかを理解した。マーティンのじっさいの手はジャヴィードに触れるはずの地点の下を通りすぎたが、マーティンのアイコンはそのほんとうの動作を演じるのを拒んだのだ。その結果、自分の体が前によろめき倒れようとしているという、強い恐怖心が湧いた。マーティンはあとずさって、訳知り顔の笑みをジャヴィードと交わした。

本物の体の動きが制限されることはないので、もし望むなら、幻想を台無しにするのはたやすいけれど、それではそもそもここに来た意味がなくなってしまう。

ジャヴィードが片手をあげた。マーティンは自分の手を下に伸ばして、息子の手を取った。肌と触れた感覚をグローヴが伝えてきて、それを目安に、手を強く握りしめずにすんだ――じっさいには空気を握っているだけだったとはいえ。そして、息子の腕の重さを伝えてくるような機械装置がなにも存在しなくても、マーティンがもう少しがんばって腕をあげたままにしておく気になったのは、そのときジャヴィードがいだいているなんらかの感情のことを考えたからだろう。ふたりが共有しているのは、ささやかでかりそめの感覚にすぎなかったけれど、相手に触れようとするさっきまでの試みとは違って、それは現実の握手とほとんど変わらない感じがした。

「次はどうなるんだ？」マーティンがいうと同時に、ドームの明るい壁にくっきりした色の断片が浮かびあがりはじめた。壁を作る半透明のビニールがなにかのごく近くに、あるいはたくさんのものの近くに押しつけられたかのように。色の断片は輪郭をはっきりさせて、数十個の窓になり、それぞれのむこうには違う景色が見えていた。

「調べにいってみようか？」

ジャヴィードは「うん」といったが、ひとりで飛びだしてはいかなかった。ドームを横断するあいだジャヴィードはマーティンの手を握ったままで、ふたりともこの繊細なつながりを保とうとしていた。

窓は高くて細く、下はジャヴィードでも楽にむこうを見通せるくらい低い位置にあった。ふたりが最初にたどり着いた窓からは、森の外れの草原が見えていた。子どもたちが興奮して草原を走りまわり、全員が男の子で、ほとんどがジャヴィードより少なくとも二歳上だ。窓から見ている時間が長くなるにつれ、むこうから流れこんでくる音も増えたが、少年たちの叫び声が大きく聞こえるようになっても、言葉は不明瞭なままだった。何人かが槍を手にしていることにマーティンは気づいて、ショックを受けた。これはなんなんだ、『蠅の王』か？

翼のある虎が草原の上にさっと舞い降りてきて、子どもたちにむかってうなり、かっ攫《さら》おうとした。マーティンはジャヴィードのほうをむいた。「ここはぼくたちむきじゃないようだ」家庭用ゲームで自分のキャラクターが様式化されたモンスターに追いかけられるのを眺めるのと、鉤爪のある獣が襲いかかってくるのから息を切らして草原を逃げまわるのは、別物だ。

ジャヴィードは残念がっているというよりは、反論のためだけに反論しようか迷っているかのようにためらっているようすだったが、やがて返事をした。「そうだね」

ふたりは次の窓に移動した。不毛の土地の彼方数百メートルに、色彩に富む抽象モザイクで壁を飾った、低くて無秩序に広がる建物がある。視野に人の姿はなく、マーティンに聞こえるのは、かすかな昆虫の羽音だけだ。窓から覗きこんでいると、ゴーグルのスクリーン上にペルシア語と英語でキャプションがあらわれた。『迷宮』ジャヴィードは単語を声に出して読もうとしたが、どちらの言語のも難物すぎた。

マーティンが単語の意味を教えると、ジャヴィードは興奮していった。「ここにしよう！」

「ほんとうにいいのか？」マーティンは、オマールがシステムの操作方法をもっと教えてくれていればよかったのにと思った。おそらく、この迷路にミノタウロスが待ち伏せしているかどうかを前もって知る手段が、なにかあるはずだ。「楽しそうだと思うんだな？」

「うん」ジャヴィードはいい張る。じれったくなってきたようだ。「もし気に入らなかったら、親指で合図するだけでいいし」

「それはそうだ。さて、むこうに行くにはどうしたらいいんだ？」

ジャヴィードはマーティンからするりと手を離して、両方の手のひらを窓に当てた。なにかの機械の歯止めを外したような鋭いカチッという音がして、窓がガレージの扉のようにさっとひらいた。同時に、窓の下の部分の壁が床と平らになるまで下がった。

「お先にどうぞ」マーティンはいった。ジャヴィードは狭い隙間をまっすぐ通り抜けた。マーティンはためらうことなく、横むきになって通過した。ここのありとあらゆる障害物を現実の物であるかのように扱うのが、すでに第二の天性になっているのを、マーティンは喜んだ。そうならないうちに迷路に入っても、あまり意味はないはずだ。

ドームと迷路のあいだには、灰色の岩肌がゆるやかに下っていた。足もとの台座がこの状況をまったく途切れなく感じさせるように傾いて、しかもジムにあるようなガタピシ動く勾配付きトレッドミルでおなじみの遅れや騒音がないことに、マーティンは感心した。落石や大きな段差はなかった。少なくとも地上の風景には、科学技術が生みだせないものは見当たらなかった。マーティンは澄んだ青空を見あげて、高揚感が体を洗うのを感じ――その直後に、不安のうずきが来た。もしジャヴィードがこれに病みつきになったら、カウチポテト族になる心配だけはないだろう。けれどそのときに、たとえ〈ゼンデギ〉がジャヴィードの健康に悪くないとしても、どんな理由をつけたら息子をそこから引き離して、現実の空の下の現実の冒険へと連れだせるだろう？

迷路に近づくにつれ、モザイクの細部の精緻さにマーティンは気づいた。青と金のタイルの色合いの豊かさは、イスファハーンのモスクを飾るモザイクのどれにも匹敵する。紋様は、交差する格子と星の複雑な体系がねじれながら壁を覆っているというもの。ふたりは建物のまわりを歩いて、壁が途切れているところに――というより、それ自体の壁と外壁が一体化した長い通路の入口に来た。通路は空にむかってひらけていた。壁があまりに高いので、〝建物〟に屋根がないことに、そのときまでマーティンは気がついていなかった。ここは閉所恐怖症的兎の巣のトンネルではなくて、屋外迷路なのだ。

入口近くのタイルに、指示が書きこまれていた。「噴水を見つけ、世界を変えよ」マーティンは声に出して読んで、笑った。「よし、では中に入って、噴水とやらを探そうか？」

「そうしよう！」

「ぴったりくっついていろよ。もし離ればなれになるか、なにか嫌なことが起こったら、すぐに両手の親指を下だ」

「わかってるよ、ババ《パパ》」

マーティンはジャヴィードの顔に少しでも不安の気配がないか探っていたが、目の前の映像を描画する不完全なプロセスの途中でいったいどんな機微が失われていることかと思って、やめにした。けれど、息子の声は変化させられずに伝えられていて、それはじゅうぶんに自信があるように聞こえた。「では行くぞ、ペサラム《わが息子》」

ふたりは横に並んで迷路の中へと歩いた。太陽は高く、通路は広くて、まわりの壁が落とす闇にふたりが包みこまれることはなかった。マーティンは贅《ぜい》を凝らしたモザイクの紋様にちらちらと目をやりつづけ、そこになんらかの手掛かりがコード化されてはいまいかと考えていた。もしそうだとしたら、すぐにわかるようなものではないだろうが、少なくとも牛頭《ミノ》のモンスター《タウロス》像が意匠に忍びこんでいるところはなかった。

最初の十字路に来た。「ラースト《右か》・ヤー《左》・チャップ《か》？」マーティンは尋ねた。

「コインを投げて決めよう」ジャヴィードが提案する。

「うーん。どうかな……」マーティンはポケットに手を入れた。グローヴが触覚を邪魔していたが、ズボンの生地越しに脚に伝わる感触から、自分が千リアル硬貨（リアルもイランの通貨単位）を握りしめたことはまちがいなかった。だが、手を外に出すと、〈ゼンデギ〉はコインの存在を認識できないか、しようとしないかだった。「ダメだな。たぶん次のときには、現地通貨の入手方法がわかっているだろう」球の中に落としてあとでそれにつまずきたくなかったので、マーティンは目に見えないコインを慎重にポケットに戻した。

「ラースト《右》」ジャヴィードがそう決めた。ふたりは右に曲がった。

しばらくして、マーティンは子どもたちの声を聞いた。あまり遠くないどこかから、叫び声がタイルのあいだをこだましてくる。「おい！　ほかにも人がいるぞ」

「その人たちが先に噴水に着いちゃったら？」ジャヴィードのアイコンは完璧に近い〝ぼくたちが勝たないと世界の終わりだ〟顔をしてみせた。

「どうなるんだろうな。もっと速く進みたいか？」

ジャヴィードは熱をこめてうなずいた。マーティンはジョギングで進みはじめ、ジャヴィードも遅れずに走ってついてきた。地面が岩がちでもここでは膝をすりむくことはないと納得するのは、本能的にむずかしかった――現実世界でジャヴィードが友人たちを家に呼んで、部屋から部屋にたがいを追いかけまわすときにはほぼ例外なく起こる、涙が出るほど激しい壁との衝突はなおのこと。悪い可能性ばかり考えて心配したくなかったが、視覚的な手掛かりと体に起きることの不一致は、現実世界で障害物に対処する子どもの本能を阻害しないだろうか、とマーティンは思った。

通路は左に曲がっていて、ここでは選択肢はなかった。足音がして、マーティンは二十メートルくらい前方の十字路を子どもがひとり、矢のように横切るのを見た。その少年か少女は一瞬で姿を消したが、声はさっきより近くなっていて、その響きからすると、いまの子どもは友人のグループからはぐれて追いかけているのかもしれない。ジャヴィードは遅れまいと必死で、さらに懸命に手足を動かしている。マーティンは自分のペースが、無理のないレベルからはっきり汗をかく状態に切り替わったのを感じた。

十字路まで来て、さっきの子どもが去った右のほうに曲がったふたりは、T字路で終わっている短い通路に入った。マーティンはすぐ近くからと思われる笑い声を聞いたが、こだまのせいで方向を判断するのは不可能だった。

「どっちだろう？」ジャヴィードがぶつぶついう。

「右だ」マーティンはきっぱりといったが、とくに理由はない。この迷路に入った当初は、〝つねに右手を壁につけておけ〟ルールを採用すれば、少なくとも同じ場所をぐるぐるまわるハメにはならずにすむ、と漠然と考えていた。だがいまマーティンは、どんな戦略を採用しても、この迷路を攻略するはるか前にフリートライアルの時間が終わってしまうのでは、という疑いが生じていた。

ふたりは右に曲がり、次に通路自体が左に曲がり、それからまた左……に曲がると行き止まりだった。ジャヴィードは壁の前に立って、顔をしかめた。ジャヴィードの口もとはあまり本物らしくなかったが、癇癪を起こしはじめている兆候をマーティンは見てとった。マーティンは息子の横にしゃがんで、「これが迷路の面白さなんだ」と穏やかにいった。「迷子になったり、まちがいをおかしたり」

「父さんが『右』っていった！」ジャヴィードの答えは非難がましくて、この失敗は望ましいかどうかはともかく、受けいれられるものだというマーティンの示唆などまったく耳に入っていないようすだ。

「さあ、さっきの場所に戻って、今度は左に曲がろう」

「でも、もうあの子たちに追いつけないよ！」

「かもしれないな。そのうちわかるさ」

ジャヴィードはマーティンのあとについて袋小路を出たが、急がされるとすねたように逆らった。マーティンは周囲のモザイクをよく調べて、行き止まりになる道すじの目印のようなものが存在した場合に備えて、紋様を記憶にとどめようとした。

T字路に戻ったふたりは、未探検の側にむかって通路を進みつづけた。ほどなくジャヴィードの失望感も薄れて、ふたりはまた走りはじめた——完全には道に迷わないまでも、盛大に道をまちがえつつ。マーティンは叫び声や切れ切れの笑い声をたびたび耳にしつづけ、それはつねに子どもの声だった。遊ぶ子どもたちの声はすれどいっこうに捕まえられないので、マーティンはジャヴィードの耳にこうささやきたくなった。「ここには幽霊が出るとは思わないか？　ひょっとするとここは幽霊迷路で、出口を見つけられずに終わった子どもたちでいっぱいなのかも」けれど、自分の場合に、そんな発想が純粋な恐怖というより楽しめるスリルになったのがいくつのときだったかを、ぎりぎりで思いだした。ここは息子の扱いに慎重になりすぎたほうが賢いだろう。

そして、角をひとつ曲がると、そこは子どもたちだらけで、反対方向からこっちにやってきてふたりにぶつかりそうになった。人数は十人以上、おたがいにとってのマーティンとジャヴィード同様に現実であり、非幽霊的だ。「そっちじゃない!」少女のひとりがペルシア語でジャヴィードを叱りつけた。少年のひとりがいい足す。「そっちはもう行ったけど、行き止まりだった」

ジャヴィードは一瞬うろたえた顔をしたが、そのあとたちまちグループとの絆を結んだ。名前をいいあったり、型どおりに挨拶したりといった大人の馬鹿げたしきたりをなにも必要とせずに、目下の問題を話しあいはじめたのだ。子どもたちはほとんどマーティンを無視していたが、それは意図的な拒絶というより、一種の礼儀としてのことに感じられた。知らない大人の人が自分たちと話をしたがるとは思っていなくて、ましてや自分たちのゲームに参加するなんてなおさら、というだけなのだ。それでも、自分の目の届かないところにジャヴィードをやるのはいい気分ではなかったので、マーティンはジャヴィードの脇にくっついていた。その間《かん》に集団はマーティンたちが来たほうへ通路を進み、何人かの子どもたちがジャヴィードに、これまで自分たちがどこへ行ってきて、これからどこへ行くつもりかを説明しようとした。この子たちが系統立てて迷路全体を調べているところなのかどうか、マーティンには判断がつかなかったが、話に割りこんで自分の質問や助言をしそうになることはなかった。そしてジャヴィードは、いまや自分がどんな競争にも勝てないという事実に甘んじていた。このグループに受けいれられただけでじゅうぶんなのだ。

マーティンはまわりで飛び交う騒々しいおしゃべりは気にしないで、ジャヴィードから目を離さずに、手掛かりを探してモザイクをチェックした。グループがまた別の行き止まりにぶつかると、不平とそれにいい返す声があがったが、集団としての勢いがあふれすぎていて、だれも不機嫌になる気配もなければ、幻滅が殴り合いに発展するようなこともなかった。十分後、マーティンは前に二度見た特徴あるモザイクが際立って集中している場所に気づいた。案の定、そこから数回曲がった一行はまた別の袋小路に出くわした。もしジャヴィードとふたりきりだったら、立ち止まってこの発見を説明しただろうが、いまのところは、マーティンは子どもたち自身の計画に口出ししたくなかった。来た道を引き返しながら、ジャヴィードは隣の女の子と楽しそうにおしゃべりして、学校についての少々楽天的な期待を話して聞かせている。「で、ぼくは模型飛行機を作って、模型自動車も作っ――」

「〈ゼンデギ〉でなら飛行機が作れるよ」少女が口をはさんだ。「中に乗って飛べるくらい大きなのが」

ジャヴィードは驚いて言葉が出なかった。

マーティンは壁の紋様がより単純に、そしてより広い場所を占めるものになっていることに気づき、やがて一行がやってきた交差点では、紋様はほとんど八芒星《はちぼうせい》をひとつだけおさめた正方形の格子の連なりにまで単純化されていた。繊細な複雑さと装飾はすべて剝ぎとられている。子どもたちはこの手掛かりに気づかないで脇を歩いていったが、五分後、その無計画戦略によってそこに戻ってきた。

通路の端に着いて、最後にもういちど、仕方なく角を曲がると、子どもたちは迷路の中央にある中庭にいた。一行の真正面には、白い石を彫って作った八角形の噴水がある。

勝利の叫びが中庭いっぱいに響いた。ジャヴィードは有頂天で、ぴょんぴょん跳ねて大喜びしている。マーティンは息子を宙に放り投げてやれればと思ったが、最近の背中の調子からすると、ここではそれが不可能なことに感謝すべきようだった。

「噴水にコインを投げいれたい！」ジャヴィードがいった。マーティンは空《から》っぽの両手をさしだした。「ここでは外の世界のお金を受けとってもらえないのを、覚えているだろう？」マーティンのクレジットカード番号を運営側が入手しさえすれば、かんたんに修正されるのはまちがいないが。

子どもたちが何人か噴水のまわりに集まって、隠されたご褒美がないか探していた。マーティンとジャヴィードもそこに加わったが、マーティンの興味は、ゲームの戦利品よりもっと基本的なことにあった。プレイヤーが、固体があるのと同じ位置を占めようとしつづけても、〈ゼンデギ〉は協力しようとしないが、水の場合はどうだろう？

マーティンはいった。「父さんに水を跳ねかけてごらん。なにが起こるかな」

ジャヴィードがためらったのは、マーティンの脚に飛びつこうとしたときに体験した嫌な目まいを思いだしていたからだろう。けれども勇気を呼びおこすと、噴水盤の端の水に手を突っこんだ。表情からすると、ジャヴィードがなにかを感じているのは明らかだったが、その感覚を説明してみてくれとマーティンが頼むより早く、さっきの父親の言葉を文字どおりに受けとったジャヴィードが、そちらにむかってその物質をぴしゃりと叩いた。しぶきが飛んでくるのを見たマーティンは、防御本能を閉ざすことができずにまばたきをした。目をひらいて、頬に片手を当てると、指先が濡れているのを感じた。奇妙なことに、その感覚それ自体の説得力がどれくらいか、マーティンには判断できなかった。状況がマーティンに、それがなにを意味するはずであるかを教え、マーティンの脳はパッケージをまるごと受けとるにすぎない。

ジャヴィードは笑いながら、脅かすように手でもっと水を掬《すく》ったが、最後の瞬間にマーティンを勘弁してやることにして、水は地面に捨てた。水が灰色の石に水たまりを作ると、堅い表面が蒸気のようなシューッという音を立て、割れてばらばらになり、粉になった残骸を押しのけて緑の草の葉が伸びあがった。

ジャヴィードが大興奮して叫び、すぐに子どもたち全員がいっしょになって、水を掬って石の上に撒いた。マーティンは子どもたちの楽しみを少しでも奪うことになるのは嫌だった──それは、自意識のせいも少しあった──が、しばらくすると我慢できなくなった。両手で水を掬って、変化を免れたままのわずかな区画のひとつに運ぶ。草も石も靴の下で同じ感触であることは、マーティンの不信の停止をまったく損ねなかったが、しゃがみこんで両手で手触りを確かめると、今度は不気味な感じがした。指先が草の葉と触れたときに触覚グローヴの較正された接触が作りだす適度の弾力性は、幻想を補強するのにじゅうぶん以上だったのだ。

マーティンにはもうじゅうぶんだった。まだ変化させそこねている場所を子どもたちが探すのを、脇に立って眺める。ジャヴィードは両手を水でいっぱいにして噴水のまわりの草の上を走りまわっているが、変化させる石が見つかる前に指のあいだから水が漏れてしまい、それでも不満顔になったりはしない。だれもが楽しすぎる時間をすごしていた。

一羽の青と金色の蝶が噴水の脇で羽ばたいていた。突然あがった興奮の叫び声に振りむいたマーティンは、その蝶の大群が中庭の壁から剝がれるように飛びたつのを見た。だれかが壁に水をかけたのだろう。だが地面に及ぼした変化とは違って、これは持続式のようだ。モザイクのタイルが蝶の羽の鱗粉《りんぷん》になり、その隣のタイルは新たな水を一滴も必要とせずに続いて覚醒する。

ジャヴィードは驚きに口をぽかんとあけていた。その顔は、オマールに渡したもともと演技過剰な見本を超えた表情をさせられているかのようだ。中庭の壁を覆い隠した蝶のトルネードは、宙に伸びあがっていった。何羽かは草の上を飛んでいるが、全体としての群れはそこから距離を置いているので、壮観な光景が圧迫感をあたえずにすんでいる。子どもたちは叫んだり歓声をあげたりしているが、怯えている子はいないようだ。マーティンはジャヴィードの脇に行き、ふたりは無言で、変化の渦が中庭の壁を食いつくしながら進んでいき、周囲の迷路を飲みこみはじめるのを、見つめていた。昆虫たちが空を隈なく覆いつくしはしまいかとマーティンは顔をあげたが、蝶の数が増えるのにあわせてトルネードの漏斗《じょうご》も拡大していき、蝶たちは上昇するにつれて分散していった。

迷路が分解されると、中庭の草が広がっていって、新たにその場におさまった。蝗《いなご》の群れの逆のかたちで、蝶たちはかつての不毛の土地をみずみずしい青葉に変容させている。だがそれよりもなおめざましいのは、前進する大群が、あるものをそのまま残していくことだ。人間である。だれもが中庭に無事たどり着けたわけではないようで、いま落伍者たちが混乱の迷路から解放されつつあった。マーティンは子どもたちの集団が宙に跳びあがって、青と金色の昆虫を捕まえようとするのを見た。

蝶たちは迷路の外縁まで来ると、岩がちの砂漠を越えて飛び去り、噴水を中心にした八角形のオアシスだけが残された。

静けさが訪れ、マーティンは自分の心臓が激しく打つ音を聞いた。高揚した気分だったが、疲労困憊もしていた。ジャヴィードのほうをむいて、「だいじょうぶか、ペサラム《息子よ》？」

ジャヴィードは輝くような笑顔で、「すごかったあっ！　もう一回やりたい！」まわりの子どもたちの何人かはすでに姿を消していた。立ち去るときには文字どおりだんだんと透明になるのだ。マーティンはいった。「今日はダメだ」

「じゃあ、明日また来れる？」

「明日もダメだ」

「また来なくちゃだよ！」マーティンがこの楽園をちらっと見せたのは、門をぴしゃっと閉ざすことだけが目的だったかのように、ジャヴィードは激しいショックを受けていた。

「騒がなくてもだいじょうぶだから。二度と来ないとはいっていないよ」

「いつ来るの？」

「すぐにだ」

「いつ来るの？」

「くわしくは決めていない。考えるからそれまでしばらく待ってくれ」

ふたりはドームに引き返した。来たときの道を戻らなくてもゲームから退場できるのはわかっていたが、マーティンは自分たちをこの体験から唐突に引き離すのは気が進まなかった。

草の上を歩いていると、ひとりの男性とひとりの少年が自分たちの左側数メートルのところを歩いているのが目にとまった。男性が片手をあげて、英語で呼びかけてきた。「やあ！調子はどう？」

「やあ」マーティンは立ち止まって、むこうのふたりが近づいてくるのを待った。「ここにはほかに大人がいないのかと思いはじめていたよ」

「わたしもだ」男のアイコンは青い目で栗色の髪。英語が母国語のように聞こえるが、マーティンは訛りを特定できなかった。

「ぼくはマーティンで、これは息子のジャヴィード。今回がぼくたちの初〈ゼンデギ〉だ」

男性がいった。「わたしはルーク。これはハッサン」

マーティンは手をさしださなかった。グローヴをもっと使い慣れたら、微妙なプロセスにたじろぐことなくちょっとした仕草ができるようになるだろう。マーティンは少年のほうをむいた。「サラーム《こんにちは》、ハッサン。チェトリ《元気かい》？」

「サラーム・アガ《サー》」ハッサンは恥ずかしそうに返事をした。

「〈ゼンデギ〉はすばらしい」ルークがいった。「しかし、そのあとはお腹が減る」

「ああ、〈ゼンデギ〉を運動不足の口実にはできないな」とマーティンは返事をした。「しかも、食べていて楽しいやつ！」

「そのとき必要なのは栄養価の高い軽食だ」ルークは熱心な口調でいった。

マーティンはまじまじとルークを見つめた。西洋風の名前でイラン人の息子がいる別の男性が、同じゲームを同時にプレイしている確率はどれくらいだろう？「あなたはじつは人間じゃないんですね？」マーティンはいった。

ルークは凍りついた笑顔で見つめかえしてきたが、気を悪くした気配は見せなかった。

「わたしが思うに、〈ケバブ・オ・リシャス〉のおいしさだけがほんとうのケバブの――」

マーティンは両手の親指を地面にむけ、自分が城塞《ガールエハ》に戻っているのに気づいた。ゴーグルのスクリーンを跳ねあげ、周囲の球がひらいていくのを目にする。数秒後に、マーティンは本物のジャヴィードの姿を目にした。

「だいじょうぶか？」

ジャヴィードはうなずいたが、なにもいわなかった。息子の態度が少しよそよそしいのが、次にいつ来るかはっきりした日付を決めなかったことへの罰のつもりなのは、わかっている。

マーティンはふたりのグローヴとゴーグルをデスクトップ脇のカウンターに置いて、階下におりた。オマールは客の相手をしていたが、ファルシードは手があいていて、ジャヴィードはさっそく、自分たちの体験を微に入り細を穿《うが》ってファルシードに雨あられと降らせはじめた。マーティンも立ったまま聞いていたが、気が抜けて、少し見当識喪失感があった。映画館から日の光の中に出てきたような、あるいは、明るくて刺激的な国から帰ってきて、飛行機を降りたら目の前にはまたいつもどおりの平凡な光景があったというような。

　オマールも話に加わった。「どうだった？」

「よかったよ」マーティンは、なおも進行中のジャヴィードのより短いヴァージョンを話して聞かせた。「代金を払ってプレイしたら、歩く広告を我慢しなくていいんだろう？」

「ああ。あいつらをつきまとわせていいなら割引になるが、選択は自由だ」

　マーティンは笑った。「安心したよ。またあそこに行ったとき、まわりにいるだれもが本物だと確信できるのはありがたい」

　オマールの笑みがあいまいになった。

　マーティンはいった。「どうした？　確信できないってことか？」

「広告だけじゃないんだ」オマールが説明する。「遊びの部分にもプロキシ《代理存在》を使っている。ゲームによっては、プレイしている本物の人間の数が足らなくて、ゲームが退屈にならないように人数を揃える必要がある。場合によっては、だれも演じたがらない役割もある——必要だけれど、あまり面白くない役だ」

「なるほど」ロールプレイングゲームの中に、下っ端兵や砲弾の餌食役で水増しされているものがあるのは意味をなすが、迷宮の中庭で石に水を跳ねかけていた活気あふれる子どもたちの半分も同様の存在だったのかもしれないとは、マーティンは想像もしていなかった。雰囲気を盛りあげるためのソフトウェア製エキストラ。「だが、それが混乱を招くことはないのか？　もしジャヴィードが、新しい友だちができたと考えたりしたら？」

オマールはせっかちにかぶりを振った。「〈ゼンデギ〉では、望めばいつでもプロキシにタグをつけられる。だが、なんで楽しむのを邪魔する？　ジャヴィードは二万人の観客が見守るスタジアムでサッカーの試合をするかもしれない。本物はあなたとほかの二十人かもしれない。どの観客がそうか、ジャヴィードが知る必要があるか？　ジャヴィードを映画館に連れていったら、上映中にどの人物が本物の人間のエキストラで、どれがCGIかを指さして教えるか？」

「うーむ」その理屈はわかったが、マーティンはまだ晴れ晴れした気分ではなかった。ファルシードに聞かせるジャヴィードの物語は、洗練と修正を加えた三回目の反復に入っていた。マーティンは息子の肩に手を乗せた。「バス《そこまでだ》、ペサラム。オマール小父さんにお礼をいって、それから父さんが昼ごはんを作るのを手伝いにきてくれ」

　ふたりで作った料理がこぼれないよう見張っているジャヴィードを乗せて、マーティンは市街地に車を走らせた。マフヌーシュが店を閉め、三人はバックルームの床にすわって昼食を食べた。というか、マーティンは食べて、マフヌーシュは、ジャヴィードが〈ゼンデギ〉の物語で休むことなく母親を楽しませている中で、食べようとした。マーティンが店をあけにいかなくてはならない時間になっても、ジャヴィードの皿はほとんど手つかずだった。

「だいじょうぶ」マフヌーシュがいった。「家で温め直すから」

マーティンはふたりにさよならのキスをした。マーティンに抱きしめられたとき、ジャヴィードは抱きつき返さなかった。もしすねているなら、身をよじらせて逃げただろうが、これはジャヴィードなりの微妙な冷たい態度で、愛情のお返しを拒みつつ、あからさまな反抗を示すのは避けているのだった。

〈啓典の民〉は午後九時まであけている。マーティンは最初の数時間は平気だが、晩にはくたびれていた。いつかは手伝いを雇って夜番《ナイトシフト》をまかせる金の余裕ができるという希望を、マーティンは捨てていた。店の賃借料はあがる一方だし、売上は落ちてはいないが、額はかんばしくない。収入を増やす唯一の手段は値上げだが、〃サイバー・ケタブ《本》〃——ベストセラー十冊が無料収録ずみ——はすでにハードカバー五冊より安い。

それでもこの店の客たちは、まだマーティンたちを見捨ててはいなかった。マーティンが閉店の準備をしていると、ヘッドスカーフをした年配の女性がカウンターに近づいてきた。

「『ムーア人の最後のため息』（サルマン・ルシュディの長篇）はありますか？」その女性が尋ねた。

「ペルシア語ですか、英語ですか？」

「ペルシア語」

マーティンはコンピュータをチェックした。「プリント・オン・デマンドになります。よろしければ、いま印刷しますが」

「お願いします」

マーティンが画面をタップすると、後ろにある機械がブンブンいいはじめた。「いい本を選ばれましたね」マーティンは女性にいった。「ぼくはあの作家であれがいちばん好きです。それにあの本には、とうとうU2の歌にならなかったという際立った強みがあります」

客は不安そうに微笑んで、だれかが立ち聞きしていないかと心配しているかのようにまわりを見た。けれどこの女性は、そうしたければ、電子版を自宅でこっそり買うこともできたのだ。そうするかわりに、夜中に出かけて、悪名高い背教者の名前で飾られた、永久にインクの染みたページのかぐわしい束を手にして戻ってくることを、選択した。

マーティンは本を質素な茶色い袋に入れた。本は焼きたてのパンのように温かかった。女性は現金で支払った。客が店から出ると、マーティンもエンケラブ通りに出て、防犯シャッターを下ろした。

家に着いたときには、マーティンは腹ぺこだった。マフヌーシュはジャヴィードと食事をすませていたけれど、マーティンにつきあった。

「学校はどうだったの？」最後のタディーグ《おこげ》をこそぎとってマーティンの皿に盛りながら、マフヌーシュが尋ねた。マーティンは手続き用紙のごたごたと、マフヌーシュの両親についてジャヴィードが心配していることを、くわしく話した。「お義父《とう》さんがきみを勘当したことを話したら、あの子は、ぼくが同じことをあの子にすることはあるかと聞いた」

マフヌーシュは同情して顔に皺を寄せたが、それから表情がやわらいで笑顔同然になり、そのすべてが完全に意味をなすかのようにマーティンを見た。「ザールとシームルグ」マフヌーシュはいった。

「なんだって？」

「叙事詩の『シャーナーメ《王書》』よ」

マーティンは頭を横に振った。マフヌーシュがジャヴィードを寝かしつけるときに聞かせるために、フェルドウスィーの叙事詩の子どもむけ版を調べまわっていたのは知っていたが、マーティン自身はその本をひと目見る以上のことはしていなかった。

「ザールは生まれたときから老人のような白髪だったの」マフヌーシュが説明する。「彼の父親はとても迷信深かったので、ザールを荒野に捨てたのだけれど、シームルグ――犬の頭をした巨大な鳥――が彼を見つけて育てた。のちに、少年がまだ生きているという夢を見たザールの父親は、山に入って息子に許しを請い、ザールを連れ帰った」

その話は子どもむきなのかという疑問をマーティンは飲みこんだ。「ヘンゼルとグレーテル」だったら文句をつけたりしただろうか？　それでも、その話がジャヴィードの頭にある考えを植えつけ、自分の祖父母のふるまいを思いだすことでその考えが現実性と脅威を増していったのだろうという経緯はわかった。

「ほんとうに、ご両親がきみと和解することは絶対にないのか？」マーティンはいまだに、自分たち自身の娘とこんなに長く確執を持続できる人がいることを理解できずに苦労していた。「孫の顔を見たがっているのはまちがいないのに」

「孫はほかにもいるの」マフヌーシュは答えた。「あの人たちにとって、わたしは二十七年前に死んでいる。もうひとり孫が増えても、それは変わらないわ」

「何なら変えられる？」

マフヌーシュは考えこんだ。「割れたガラスの上をカルバラ（イラクにあるシーア派の聖地）まで巡礼することと、わたしの信条すべてを放棄するという書面なら、ひょっとするかも」

「ご両親がそこまで狂信的なら、さらにぼくとの離婚も必要だろうな」

マフヌーシュは肩をすくめた。「あの人たちに追いだされたのは、はじめてあなたと会う十二年前よ。それに、あなたも当時わたしがやっていたバンドを見たら、両親に対してあとに引けない状況を作るにもほどがあると、わかるはず」

「録画を持っていないなんて、信じられないよ」マーティンは数枚のスチル写真を見たことはあるが、バンドメンバーのどれがマフヌーシュかわからなかった。じっさい、彼女は心乱されるくらいロバート・スミス（ザ・キュアーのヴォーカル、ギタリスト）そっくりだった。当時のテヘランにアンダーグラウンド・ミュージック・シーンがあったのは知っているが、ゴスメタルのガールズバンド、〈騒がしい墓〉が存在したのは、舗装道路の地下数キロメートルだったに違いない。

「ご両親が見こみなしでも」マーティンはいった。「ほかの家族できみと縁を切っていない人がだれかいるはずだ」

「あてにしないで。姉貴たちはもっとひどいんだから！」マフヌーシュはしばらく考えて、「母のいとこのひとりはOKだったかもしれないけれど、その人はアメリカへ渡ったはずだし、どっちにしろ小さい子どものときに会ったきりだし」ため息をつく。「ねえ、この件を大げさに考えるのはやめましょう。ジャヴィードには甘やかしてくれる"小母さん"や"小父さん"や"いとこ"が多すぎて、わがままにならないか心配なくらい。姉貴たちのチビどもにはいちども会ったことないけど、そいつらよりファルシードが近くにいてくれるほうがずっとラッキーなのは、賭けたっていい」

「そうだな」マーティンは皿を脇にどけた。「で、〈ゼンデギ〉についてはどう思う？」

「ああ」マフヌーシュは微笑んで、「来週、学校のあとで、わたしが連れていくと約束したわ。わたしも自分で確かめておきたいから、会員申込をする前に」

「気に入ると思うよ」マーティンは請けあった。「あれはすごく楽しい。ただ……マーケティング・ソフトが考えるところの信用できるお隣さん、みたいな感じのやつには近寄るなよ。やつらの話を聞いてなにかを買う気にさせられる心配はないけれど、おまえは本物の人間じゃないといってやって立ち去るのは、やっぱり気まずいから」

皿を洗って、軽くシャワーを浴びたあと、マーティンはジャヴィードの部屋に行って、ベッドの足もとに立った。「ジャブ・ベヘイル、ペサラム」とささやく——小声で、けれど聞こえないほど小さくはなく。ジャヴィードは毎日のように、マーティンが帰宅したときの音で眠りを妨げられる。キッチンからの声と皿がカチャカチャいう音、軋む床板、流れる水。もしマーティンがお休みをいいに来ないまま家が静まったら、ジャヴィードは目をさまして、マーティンを呼ぶだろう。

マーティンはベッド脇の本箱のところへ歩いて、目当ての本であることを願いつつ、一冊を手に取った。明かりの点いた廊下に出て、確かめる。それは『シャーナーメ』からのお話の本だった。「ザールとシームルグ」を探しだし、立ったまま壁に寄りかかって読んだ。

アルボルズ山脈――テヘランの通りの半分で目に入るのと同じ山だ――の麓《ふもと》に捨てられて凍死しかけていた幼いザールを見つけると、巨大な鳥はその子を彼女の雛たちの餌にするつもりで巣に運んだ。ところが驚くべきことに、この捕食者一家の全員が、この子を哀れに思った。じっさい、シームルグはお人好しだとわかり、養子であるザールに食べ残しのいちばんいい部分を食べさせ、改悛《かいしゅん》した父親が連れ戻しにきたときには、魔法の羽根を数本、餞別としてあたえさえした。

怖くてたまらないようなことはなにもなく、あらゆる人が最後には仲直りする。もし、マフヌーシュ本人の両親がこのすじ書きに従わなかったことでジャヴィードが動揺しているのだとしたら、マーティンは息子に、ほかの種類のハッピーエンドもあることを納得させるまでだ。

12

アラビア語の話し声と高価なオーデコロンの香りが漂ってくるのとに注意を喚起されて、ナシムがブラインドの隙間から覗くと、ぱりっとしたスーツを着た四人の男性が、ちょうど彼女の部屋《オフィス》の前の廊下をぶらぶらと通りすぎていく姿が見えた。より見慣れた六人ほどの人々が、四人のまわりをたがいにつまずきながら熱心に飛びまわって、大切なお客様の前に邪魔や迷惑になるものがあらわれないよう念を入れている。

この一カ月でこの建物を訪れた融資家は、これが三組目だった。だれもナシムをそうした男たちに引きあわせなかったが、ナシムは彼らが皆、裕福なペルシア湾岸諸国からやってきたものと推測していた――化石燃料の井戸が枯渇するはるか前から、太陽光藻類バイオ燃料に投資している類《たぐい》の連中だ。

ナシムは窓から離れて自分の席にすわり、悲しい気分でノートパッドをいじりまわした。ここに来る客たちが何十億リアルものお金を都合できるのはまちがいない。問題は、最少のおこぼれでも〈ゼンデギ〉のほうに落としてくれるよう、彼らを説得できるか、だ。この会社の重役たちは、もてなしや、まことしやかなデモンストレーションや、楽観的な成長予測などに希望を見出そうとしているが、最大の商売敵《がたき》が急速に成長していることは、公然の秘密だった。

過去六カ月、インドの会社〈サイバー・ジャハーン《世界》〉は中東じゅうで容赦ないキャンペーンを繰りひろげ、既存の利用者をかっ攫っていくとともに、従来は無関心だった何千人もに契約させた。国の人口が問題なのではない。結局のところ、中国のVR市場を支配しているのは韓国企業であり、連中は日本でも順調だ。しかし〈ゼンデギ〉は、ダビデとゴリアテの章を自らなんとかうまく演じきることができたとは、決していえなかった。インドでライバル企業から利用者を奪う段階ではすでになく、いまは自分自身の本拠地ですらよろめいている。巨額の現金注入なしにこの先一年をどうやったら乗り切れるのか、ナシムには見当もつかなかった。

部屋のドアを軽くノックする音がした。ナシムが返事をするまもなく、ドアはひらいた。彼女のチーフ・ソフトウェア技術者、バハドールが部屋にすべりこんできて、後ろ手にドアを閉めた。「すみません、ナシム、でもボスから顔を見せるなといわれたので。わたしはだらしなく見えるそうです」

「だらしない？」どんなふつうの基準から見ても、バハドールの身だしなみは完璧だったが、たぶん、ジョルジョ・オマニスを着た連中からすると、格下のブランドの服は致命的にみすぼらしく見えてしまうのだろう。ナシムは自分のデスクのむかい側の椅子を手で示した。「腰をおろして、パラノイアが通りすぎるのを待てばいいわ」少なくともナシムには自分の部屋があるので、ドアを閉じて、窓のブラインドを閉めることができる。もしナシムがパーティションのない区画で仕事をしていたら、そのときはきっと彼女が〝だらしなく見える〟といわれて女性用トイレに追いはらわれていただろう。

「それで、見学ツアーはどんなようす？」ナシムは声を低くして尋ねた。「なにか耳にした？」

バハドールはうなずいて、身を乗りだした。「城塞《ガールエハ》から出てきたとき、あいつらのひとりがこういいました。『ここにはなにも新しいものがない。これは全部、前にも見た』」

ナシムはこの知らせを、暗い気持ちで受けとめた。「デモ用のプログラムを選ばされなくてよかった。少なくとも、その点では責められずにすむわ」

バハドールはしかめ面をした。「あいつらときたら。わが社《ち》の照明効果はほかのどこよりもすぐれているし、顔面補間もそうだし、歩行ダイナミクスもです。なのにあいつらはここに来て、うちがまったく別のゲームを運営していないといって文句をつける。うち専用にゲームを作るデベロッパーなんてありません。問題になるのは、〈ゼンデギ〉で走らせたときに、ゲームがよりすばらしく見えるか、より自然に感じられるか、なんですよ」

「それはそのとおり」とナシムは同意して、「でも、そういうことはほとんど重要じゃなくなりはじめている。〈サイバー・ジャハーン〉のほうが利用者が多いあいだは、デベロッパーはむこうで最初にリリースしようとする。そして、どんなゲームでもソーシャルな要素が強いものなら、純粋な数の力が体験をよりよいものにしていく」

バハドールから返事はなかった。相手の士気を鼓舞するようなことをいえればいいのにとナシムは思ったが、いまや自分たちを救えるのは大がかりなマーケティング・キャンペーンだけではないか、という気がした。単なる技術的卓越性の面での進歩は、どんなものであっても、船が沈没している最中に舞踏場の飾り付けをするようなものだろう。

「もし、うちにもっといいプロキシがいたら」バハドールがぶつぶつといった。「数なんて大した問題にならないだろうに」

「うちにはいいプロキシが、いるわ」ナシムは断言した。「うちのモデルは世界最高よ」

バハドールはもどかしげにうなずいて、「でもあなたがさっきいったとおり、その類の優位さは重要じゃないんです。プロキシの外見はじゅうぶんに自然だけれど、ふるまいとなると……」

「ふるまいは各ゲームごとの問題でしょ。わたしたちには専門外」

「そこなんですよ」バハドールが言葉を返す。「きっと、それはわたしたちの専門外であってはいけないんです。もしわたしたちが生体力学をベストなふるまいのモデルに追加できたら――そしてデベロッパーにパッケージ全体の自由な改良を許可したら――利用者数のもたらす〈サイバー・ジャハーン〉の優位さは、問題ではなくなるでしょう。一万人の高品質プロキシといっしょにゲームをプレイすることは、じっさいに現実の一万人の群衆に混じってプレイするよりずっといいはずです、なぜなら、頭の切れるデベロッパーは、本物の人間のプレイヤーに合わせて、一万のプロキシすべての個人間ダイナミクスを調整できるから」

ナシムはいった。「なるほど、それは非の打ちどころなく妥当な目標ね――でも、うちはプロキシのふるまいに関する専門技術をなにも持っていない。それに、その方面は前にも目をつけたことがあるの。数年前、ボスがわたしをヘッドハンティングの旅に派遣した。インド、韓国、合衆国、ヨーロッパ。わたしは五十くらいの大学と新興企業を訪問して、雇うに値する研究者や特許使用を許可するに値するテクノロジーを探した。でも、いちばん粗雑なシューティングゲームで使う以外で、人間として通用するまでほんとうにあとちょっというものは、なにひとつなかった」

「〈超知性プロジェクト〉を見学にいったのは、そのときだったんですか？」バハドールが〈ゼンデギ〉に参加したのはその一年後だが、ナシムはその旅の話を前にもしていたに違いない。

「ええ。あそこにはAIはなかった」ザッカリー・チャーチランドの遺産がテキサス版『荒涼館』をなんとか切り抜けたあと、その数十億ドルでなにをなし遂げたのだろうという好奇心から、ナシムは〈超知性プロジェクト〉のヒューストン総合研究所で一日を費やした。けれど、そこで達成されたことの全貌とは、分類学のように粉飾した九百ページに及ぶ〝ほしい物リスト〟、膨大な想像上のヒエラルキーをなすソフトウェア製悪魔と神の、便利だが信じがたい特性に関する白日夢だった。天使の王国全体が、しばしばゲーム世界の架空の生き物に惜しみなく注がれているような詳細さで描写されているが、そうした自己改善するサイバー精霊が生命を帯びる可能性が、『ダンジョンズ＆ドラゴンズ』のモンスター・マニュアルに登場する生き物の場合より少しでも大きいという証拠を、ナシムはまったく目にしなかった。

「それは五年前の話です」バハドールはいった。「最新技術は変わりました。たとえば、『陰謀宮殿』に出てくる大臣たちの――」

「あれは悪くないわ」ナシムは認めた。「でも、あのテクノロジーの権利を〈ゼンデギ〉が独占的に取得することは絶対に不可能。〈サイバー・ジャハーン〉に喧嘩を売る気があるゲーム・デベロッパーなんてないわ」

「では、最新技術はいったん置いておいて」バハドールがいった。「その先へ進む人々を雇いましょう」

「そういう人たちはもう、ゲーム・デベロッパーで働いているのよ！　もしいま、プロキシ研究者を手に入れようとしたら、それは入札戦争を意味して、とにかくうちにはそういうお金はないの」

ふざけて降参というときの仕草でバハドールが両手をあげた。「わかりました、あきらめますよ。万策尽きました。バンガロール（インドのシリコンヴァレーと呼ばれる都市）に履歴書を送って、インド英語《ヒングリッシュ》を復習しておきます」

ナシムは笑った。「本気であっちの会社に自分を売りこむなら、カンナダ語を覚えるといいわ。創設者たちの母語がそれだから」

バハドールは腕時計をちらっと見た。「そろそろ客たちに会議室でお茶を出すころです。

あと一分もしたらお仕事の邪魔はやめて出ていきます」

「もしかして、〈サイバー・ジャハーン〉がこの会社をまるごと手に入れるかも」ナシムは考えこんだ。「株が少し下がるのを待って、それからうちを買いとってこの地域の子会社にするの」

バハドールは無言だったが、目を逸らし、物腰が急に非難がましくなって、心を傷つけられたようにさえ見えた。履歴書のジョークをいったのはバハドールのほうだったが、ナシムは自分がある種の一線を越えてしまったのがわかった。ふたりは——十数人の同僚たちといっしょに——過去四年間しゃかりきになって働いて、〈ゼンデギ〉を世界でいちばんすばらしいVRエンジンにしようとしてきた。なのにそんな敗北主義的なことをいうのか？　なぜ降伏などということが考えられるのか？

帰宅したナシムはバルコニーに出て、鳥籠を覗きこんだ。四羽の錦花鳥《キンカチヨウ》が止まり木にじっとしている。車の騒音に気づきもしないローカルな亜種がテヘランにおいて進化を遂げたのかもしれない。水入れには死んだ虫がぽつぽつと浮いていた。鳥たちがこれで困らなかったとは思えないが、ナシムはとにかく水を替え、鳥たちを騒がせないよう慎重に動いた。

ナシムが二階にあがったとき、母の部屋の明かりは消えていた。母と語りあえればという気分だが、十一時をすぎていて、母の邪魔をするには遅すぎる。食事は二時間前に職場ですませていたが、まだ寝ようとする気になれず、居間に腰を落ちつけて、ノートパッドに命じてニュースサマリーをウォールスクリーンに流させた。

もし〈ゼンデギ〉を失ったら、なにをしたらいいのだろう？　ナシムに雇い先がないということはないはずだ。いまの会社はだれでも名前を知っているところで、もしそこが火の車でつぶれても、人々は自由市場ではありうることだと思うだろうし、技術スタッフに無能の烙印を押したりはしないだろう。問題になるのは——ナシムは新しいなにかにむきあえるだろうか？

〈ゼンデギ〉は、ナシムがイランに帰ってきて以来、五つ目の仕事で、唯一、ほんとうにナシムむきのものだった。最初の仕事——ヘズベ・ハーラーのオンライン地域奉仕ディレクター——では六年近くがんばったが、最後にはとうとう、自分が政治とは相性が悪いことを認めざるをえなかった。二〇一二年に国外にいた人は皆、殉難羨望に苦しんだが、ナシムはそれを克服するのにじゅうぶんな、その余波の平凡な妥協の日々を生き抜いてきた。いまのイランは民主主義国家で、不安定で欠点もあるが、おそらく破滅を運命づけられてはいないし、一方ナシムも、自分にはいまの国の状態を支える個人的責任があるという意識を、少しも失ってはいない。もし〈ゼンデギ〉が取るに足らない道楽だとしても、だがそれは、彼女の同時代人たちが自らの命を賭して取り戻した、ほかのあらゆる美しくて、禁じられたものの横に並んでいるのだ。

「……の名前がノーベル賞有力候補としてあがっているのは、細菌コロニーに関する氏の研究が……」

ナシムは早戻し・再生を手振りで指示した。そのニュースは表面的な三十秒の埋め草だったが、ナシムの情報マイニングソフトは、その話題の人物が彼女の元同僚のひとりであることを正しく識別していた。

ディネシュが笑顔で、自分が天才だと身に覚えのないことをいわれているとはぐらかし、すべては自分のすばらしいチームの功績だと語るのを、ナシムは見た。ヒト排泄物処理生態系《HETE》が成功をおさめたことはナシムはすでに知っていたが、あるとき以降は注意を払わなくなっていた。「おめでとう、ボース博士」心から、しかしなおもうらやみつつ、ナシムはつぶやいた。ナシムがうらやんだのは、ささやかな名声ではない。自分もこの半分でもうまく人生の舵を取れていたら、と思っただけだ。ディネシュは自分の執着を制御して——さもなくば単なる神経過敏で終わっただろうそれを——賞賛すべき目標にむけることで有効活用した。ディネシュが過去十年で一日たりとも、退屈で自分の力がじゅうぶん発揮されていないとか、あるいは、やましくて自堕落だとか感じながら送ったことがあるとは、ナシムには信じられなかった。それだけでも、ほかの人がディネシュの頭を引っぱたきたくなるにはじゅうぶんだ。

近所でトラックのクラクションが鳴り響き、歯を軋らせるようなブレーキの長い悲鳴が続いた。ナシムはバルコニーに出て、大通りを見おろした。接触寸前ですんで、玉突き衝突はなかった。それでも、鳥たちはしっかり目ざめた。ナシムは闇の中でさえずりを聞きながら、鳥たちは自分たちを目ざめさせた奇妙な騒音をなんだと思っているのだろう、と考えた。

居間に戻ると、ノートパッドがナシムの不在を検知して、画像を一時停止していた。ナシムは喉をかき切る仕草をして画面を消したが、寝室にむかうかわりにもういちど腰をおろした。

HETEよりもはるかに大々的にメディアの注目を浴びてきたが、ナシムが目を逸らしつづけてきた別の科学研究がある。もしナシムが真剣に嫉妬と後悔を振りはらうつもりなら、いちばんの大物を相手にしたほうがいいだろう。

ナシムは右手をカップ状にして口の脇に当て、自分の頭がおかしくなってぶつぶつひとり言をいっているのではなく、ノートパッドにむかって話していることを機械にわからせた。

「ヒト・コネクトーム・プロジェクト」

心拍ひとつ分のあとにあらわれた脳マップは多色かつ半透明で、なじみ深い形がもつれあう架空のケーブルで織りあげられていた。ナシムはこの象徴的なイメージを以前にも数回見て、単に見た目が楽しいだけのものと片づけていたが、いまきちんと注意をむけていると、もしかしてこれは本物の局部的連結性の統計に基づいたもので、光沢のある溝が太くなったり細くなったりしているのは、脳の異なる領域を結んでいる神経繊維をトラクトグラフィー法で数えた結果に比例しているのではないか、と思えた。地下鉄の路線概略図のように、それは本物の線路や駅の技術的作業用青写真ではないにせよ、なんらかの真実を明るい色で語っていた。

ナシムは静かに笑った。この作業はそんなに苦痛ではなかった。二カ月前、脳マップの最初の叩き台《ドラフト》が完成したというニュースが周辺視野に入りこんだとき、ナシムは自分が役立たずで愚かだという気分でいっぱいになった。もし、祖国が自分を必要としているという純真な白日夢に圧倒されていなかったら、ケンブリッジかデュッセルドルフでシャンペンをあけ、カメラにむかって歓声をあげていられたかもしれないのに。白衣のその他大勢に混ざったひとりにすぎないにしても、集団としての成果の中で小さな役割を果たしたという満足感に浸って。

いまナシムは、自分自身の怒りっぽさと心の弱さに、皮肉なじれったさを感じるだけだった。ナシムは四十歳。キャリア選択での二、三の失敗を十五年経っても乗りこえられていないなら、それは情けない話だ。結婚していたことだって、それより短い時間ですっかり忘れたというのに。

大げさに書かれた箇条書きや、漫画絵のブルーレイが積みあげられて空に届いているイラスト付きのゼロがずらっと並ぶバイト数の画面を、すばやく通過していく。（ああ、データをいっぱい集めたのね、とっても感心しちゃった）

ドラフトマップそのものが発表された論文は、〈公共科学図書館《PLoS》計算生物学〉誌に載っていた。ナシムはそこへのリンクをたどった。ここで、ナシムの自尊心への衝撃がもうひとつ待っていた。複数の実験材料のデータ統合と画像化の技法に関するナシム自身の研究は、参考文献での引用すらされていなかった。不正行為をした野郎どもを罵って、論文をざっと遡り、だれの仕業かを明らかにする証拠を探す。失望を招いた責任は自身にあるにせよ、それでもこのナシムの功績は、歴史上のちっぽけな脚註ひとつ分の価値はあるはずだ。じっさいにはなかった、という点を除けば。論文の著者たちはナシムがこの分野を去った四年後に開発された、機能的というよりは統計学的な、まったく異なる手法を用いていた。研究者たちが自らおこなった数千の個々のスキャンデータから生成された最終的なマップは、神経下位回路を一致させるというナシムの発想に、なにもまったく借りなどなかった。

ナシムは頭がくらくらしていた。両手の付け根で目をこする。もし、レッドランドのラボで費やした深夜のすべてが、じつは的外れなことをしていたにすぎないとわかっただけなら、たぶんナシムは、そこから早めに手を引いて立ち去っていたことを感謝すべきなのだろう。けれど、もし〈ゼンデギ〉が破滅しようとしていて、なおかつ自分がヒト《H》・コネクトーム《C》・プロジェクト《P》にぼやけたちっぽけな親指の指紋跡すら残せていなかったとしたら、あとにはなにが残る？　四十年生きてきて、自分はなにをなし遂げた？　うまくいかなかった結婚一回と、失敗に終わったふたつのキャリアだ。

ナシムは立ちあがった。頬が熱く、涙の海に沈むのは断固お断りだが、かといってすべてを笑い飛ばすこともできない。ＨＣＰのことで思い悩むのは無益な虚栄心だが、〈ゼンデギ〉の運命は現実であり、差し迫った問題だ。金づるの男たちが立ち去ったあとで、ナシムはボスの顔を見たが、希望を持っているようすではなかった。

画面を見つめているうちに、ナシムの注意は、論文本体からＨＣＰそのもののサーバーにある膨大な蓄積データへつながる一連のリンクへとむいていった。オープンサイエンスの精神にのっとり――また、いくつかの融資の条件として――マップを作るのに使われた生スキャンデータのすべては、マップそのものとともに、ウェブ上で入手可能だ。ＨＣＰの最初のドラフトが物語の結末なのではない。世界じゅうの研究者たちが、さらに多くの脳の画像をつけ加えて結果をより精密にしつづけているはずだ。しかし、提供すべき新たなスキャンデータがなくても、データの再分析をするのはだれにでもできる。

ナシムは論文全体を読んだ。数段落ごとに、読むのを中断してなじみのない参考文献を調べたり、専門的な詳細について熟考するために部屋を落ちつきなく歩きまわりはじめたりする必要はあったが、二時間後にはすべてが理解できはじめていた。

研究者たちが意識的にそれをやったということに、ナシムは気づいた。スキャンデータを結合する際に、ナシムのとは異なる方法を選択したのは、彼女の技法がそれよりすぐれた方法によって時代遅れになったからではなく、異なる種類のマップを目標としたからだった。この種類のドラフトは、神経学者が病理をずっと容易に診断できるようにし、計算生物学者にその分野の多くの根本概念をテストすることを可能にする。けれどそれが、人間の脳の完全な、機能するシミュレーションを生じさせることは、ないだろう。そのドラフトは、不鮮明すぎ、抽象的すぎ、一般的すぎるかたちで設計されていた。だが、それもひとつの選択ではある。同じ生データも、違う方法で処理すれば、異なる種類のマップを生みだしうるだろう。青写真としてはるかに扱いやすいマップを。

そこには死者を復活させられる可能性はない。スキャンの被験者個人の記憶や人格は、回復不能だ。けれど、被験者たちに共通の特性や共通の技能は、復元不能な領域ではないかもしれない。

ほかにも、すでに同じ方向で考えている人々がいるだろう、とナシムは確信していた。〈サイバー・ジャハーン〉？　〈ハッピー・ユニヴァース〉？　ゲーム・エフェクトの下請け業者、たとえば〈クラウド・アンド・パワー〉？　最上のプロキシを作ろうと真剣に考えている人がいるとすれば、その人は二カ月先んじてスタートを切った可能性がある。

けれど、ナシムはこの競走用の訓練を受けていたし、この件についてはよく知っている。細かい点は錆びついているが、これが自分の望むものであるなら、一、二週間で全力が出せる状態に戻るだろう。

外のバルコニーで、錦花鳥たちが歌っていた。

13

計画では、入学初日はマフヌーシュがジャヴィードを学校に連れていき、マーティンが店をあけることになっていた。だがその前夜、マーティンが眠りに落ちようとしていると、マフヌーシュが顔をむけてきて、肩に手をかけた。

「いちどだけ、店をあけるのを遅らせない？」

「ああ。いい考えだね」

マーティンに車まで連れていかれながら、ジャヴィードはかつてなく興奮していた。五時に目をさまし、通学カバンの中のありとあらゆるものを再三再四確かめ、色鉛筆をまるでアクションフィギュアのように数える。新たな体験を目前にして、〈ゼンデギ〉再訪への期待ですら——ようやく——影が薄くなっていた。

「ぼく、両方のアルファベットを知ってるんだ」後ろの席でマーティンにシートベルトを掛けられながら、ジャヴィードが自慢する。「なんにも知らない子もいるのに」

「ああ、でも、いい気になっちゃダメだ」マーティンは注意した。「おまえはほかの子より運がよかったんだろうな。おまえの役目は、その子たちが追いつけるように手を貸すことで、その子たちに自分はダメだと思わせることじゃない」

「ダメだと思って当然だよ」ジャヴィードは口答えした。

マーティンは重ねて強く息子を叱った。

マフヌーシュが車に近づいてきて、マーティンにささやいた。「いま、例の件でオマールに電話したら、城塞《ガールエハ》をふたつ、わたしたちのために空《あ》けておいてくれるって」

「すばらしい」

マーティンは車を走らせながら、ジャヴィードのおしゃべりを心から締めだして道路に集中し、息子の相手はマフヌーシュまかせにした。学校までは一キロメートルもないので、ふだんは歩きにするつもりだったが、今日だけはこうすれば車を取りに家に戻らずにすむ。駐車できる場所を見つけるのに十分かかったが、今日だけは、マーティンがふたりを下ろしたあと、ぐるっとまわってマフヌーシュを拾いに戻ってくる、というわけにはいかない。ようやく学校の門に着いたときには、ベルが鳴っていた。両親もジャヴィードといっしょに運動場を横切って、すでに教室の外に少年と少女がそれぞれ列を作っているところに歩く。

マフヌーシュがしゃがんで、ジャヴィードをしっかりと抱きしめた。

「忘れ物はないわね、アジザム坊《ぼうや》？」

「はい、ママ」

「二、三時間したら戻ってくるから、ここで待っているのよ」

「OK」ジャヴィードが少し身もだえして、マフヌーシュは息子を放した。マーティンがしやがんで、ジャヴィードにキスをする。「行っておいで。またあとでな」マーティンは妻の手を取った。教師が姿を見せて、二列の生徒を教室の中へ行進させるまで、ふたりはそこにいた。マフヌーシュが手を振ったが、教師が子どもたちにまっすぐ前を見ていなさいといいつけたあとだったので、ジャヴィードはその母親の姿を目にしなかった。

「もういいかな？」マーティンは妻に尋ねた。じっさいには、マーティン自身が予想よりも強く、立ち去りがたい思いを味わっていた。ジャヴィードは人生ではじめて、両親のどちらの付き添いもなしに新しいなにかを経験することになる。

マフヌーシュは反論するように顔をしかめて、「もちろんよ。あっ、写真を撮るのを忘れた！」

「あの子を連れにきたときに撮ればいい」マーティンはいった。「それでよかったかもしれないぞ、あの子がきみに見せたいものがあるかもしれないし。お絵描きした大きな絵でも振りまわしているんじゃないかな」

「蝶の迷路の絵ね、きっと」すべての学級がそれぞれの教室に連れていかれて、親たちはのろのろと運動場を引き返していった。

マフヌーシュがいった。「店まではわたしが運転するわ」

「マーティン・ジャン《さん》、目がさめたのか？」

マーティンは目をひらいた。夜だ。見知らぬ部屋がベッドの横の壁に取りつけられた照明で照らされている。オマールが椅子にすわって、マーティンのほうに体を丸くしていた。マーティンは口が渇いて、頭が重かった。

「なに?」と間抜けな返事をする。

「ここは病院だ」オマールが説明する。照明のせいに違いないが、オマールはありえないほどやつれて見え、まるでマーティンがこの前会ってから十年分歳を取ったかのようだ。「あなたは事故に遭った」

「ほんとに? 記憶がない」本能的なパニックが胸に湧きあがる。「ほかに車に乗っていたのは?」マーティンは両脚をベッドの片側に振ったが、シーツがマットレスの奥までたくし込まれていて脚を外に蹴りだせなかった。

オマールが手を伸ばしてきて、マーティンを引きとめた。「じっとしていろ、腕に点滴をしているんだ。ジャヴィードはおれが学校から連れてきた。いまはおれの家《うち》にいて、元気にしている」

「ありがとう」それに続く沈黙の中、自分の苦しげな呼吸が聞こえる。自分の体から出ている音とは思えない。「マフヌーシュは?」

「彼女が運転していた」

「妻に会えるか?」マーティンは目を細めてオマールを見て、表情を読もうとした。「車椅子を持ってきてくれ。いっしょに女性病棟に行こう」

「トラックだ」オマールがいった。「交差点にまっすぐ突っこんできた」

「だからなんだ？」

オマールの片手はマーティンの肩に乗ったままだった。オマールはわずかに目を伏せた。

「彼女は即死だった。助けようがなかった」

「まさか」そんな話はありえないとマーティンは知っていた。オマールはわざと嘘をついたりはしないだろうが、病院のお役所仕事がまちがいを発生させる。「車に乗っていたのが、じっさいはぼくひとりだったとしたら？　物事を決めてかかることって、よくあるじゃないか。店には電話してみたのか？」

「マーティン・ジャン、おれは彼女を見てきた」オマールは正直にいった。「あなたが意識を取り戻すかどうかわからなくて……彼女がだれだかわかる人が必要だった」

マーティンは体が震えるのを感じた。必死で自制を保とうとする。「それを引きうけてもらって申しわけない」

オマールは、やめてくれという手振りをして、反射的につぶやいた。「ホーヘッシュ・ミコナム」そんなこといわないでくれ。

「帰ってもらってだいじょうぶだよ」マーティンはいった。「もう遅い時間なんだろう」

オマールは逆らわなかった。「朝になったらまた来る」

オマールが病室を出たあと、マーティンは自分が静かにすすり泣いているのがわかった。目を閉じて頭の内側の闇に入りこみ、マフヌーシュを捕まえようとする。探すのは、彼女の顔の残像、彼女の声の記憶、たどることのできる糸ならなんでもいい。ほんの数インチ離れたところにすわっていたときに、永遠に引き離されてしまうことになるなんて、そんなことがありうるのか？

思いだした、校庭で彼女の手に触れたのだった。それをもっとしっかり握りしめようとする、そしてふたりがいっしょにいるところを思い描く、そのあとのあらゆることをもういちど、ただし今度は手を振りほどかされることなく、生き直そうとする。

けれど、その場面はどこへも続くことはなく、闇はただ深いままだった。自分たちが最後に交わした言葉さえ、わからなかった。

朝になって、マーティンはマフヌーシュの遺体を見せてほしいと頼んだ。点滴とカテーテルが外され、付き添い係が車椅子でマーティンを霊安室に連れていった。

彼女の顔は紫色に膨れ、ほとんど見分けがつかなかった。マーティンはそれが彼女だと納得できるまで見つめていたが、触れたいとか、話しかけたいとか、抱きしめたいとかいう気持ちに駆られることはなかった。この死体は事故現場で型取りされた、ある女性のぞっとするような塑像《そぞう》の一種で、彼女がそこにいたことを現場写真と同様に確かに証明しているが、それだけのことだ。

病棟に戻ると、医者が顔を見せた。マーティンは内出血を止める手術を受けて、それは成功したようだったが、病院は正式にマーティンを退院させるのではなく、葬儀に出席できるよう特別な準備をしていた。「奥さんとのお別れをされるのは大切なことです、シーモアさん、ただ、二日後に戻ってきていただきます」

オマールがマーティンを連れにきた。家までの無言の車中で、マーティンは葬儀で話すことを考えようとあがいた。

ジャヴィードはドアのすぐ内側で待っていた。両腕でマーティンの脚に抱きついて、顔をズボンに押しつける。

マーティンはそろそろと床に身をかがめて、息子を抱きしめた。数秒間そうしていて、それから無理やり抱擁をといた。あまり長くすがりついていたら、なぐさめを求めているのは自分のほうだという事実を隠せなくなってしまうのがわかっていたからだ。

玄関にはほかに人はいなかった。オマールは家の奥に入っていって、親子をふたりきりにしてくれていた。「どこ行ってたの？」ジャヴィードが責めるように訊いた。

「病院にいたんだ」マーティンはいった。「怪我をしたからね、車で」

「でも、ママはどこに行ったの？」

「ママもいっしょに車に乗っていた」

「ママはいま病院？」

マーティンはそれには答えず、「いいかい、怪我をしたときには、眠ってるみたいになることがあるんだ」

ジャヴィードはうなずいた。「完全にノビちゃうんだね」

「それが父さんに起きたことだ。車にトラックがぶつかって、それは強く押されたみたいなものだった。父さんは丸一日、ノビていた」

ジャヴィードはなにもいわなかった。これまでにやったゲームの中で、だれも三十秒以上意識を失っていたことはなかった。「ママもノビちゃったんだ」マーティンはそういいつづけた。「でも、目をさまさなかった」

マーティンはジャヴィードの手を取った。ジャヴィードは床に目を落として、マーティンの腕を引っぱり、逃げだそうというよりはなにかを試しているかのように、その腕をぶらぶらと振った。

「ファルシードは、ママは天国に行ったっていってた」

マーティンにとっては不意打ちだったが、ファルシードを責めるわけにはいかない。ジャヴィードはファルシードと兄弟のように接していた。ファルシードには大人の威厳がなく、はったりや引き延ばしで返事をごまかす能力もない。ジャヴィードはファルシードがなにかを知っていることに気づいて、白状するまでしつこく迫ったのだろう。

マーティンはいった。「いいや、ママは眠りにいって、目ざめなかったんだ。目ざめられないくらいに、すっかりノビてしまったんだ」

「ママを起こそうとしてみた？」

「お医者さんたちが、できることはみんなしてみた。でも、ママは起きられなかった」

「どこかへ行くなら」ジャヴィードが理屈をいった。「ママはまず、ぼくにいったはずでしよ」

「ああ、もちろんだ。なにもいわずにどこかへ行ったりは、絶対しなかっただろうな」マーティンは片手をジャヴィードの頬に当てて顔をあげさせ、ふたりはまっすぐに見つめあった。

「でも――」ジャヴィードは口ごもった。

「なんだ？」

「ママは死んだの？」

マーティンはいった。「そうだ」

ジャヴィードの目が細まった。「もう絶対によくならないの？」

「ならない。怪我がひどすぎたから」

「でも――」ジャヴィードの努力はもう一瞬だけ長く続いたけれど、そこでほどけない結び目をほどこうとするのをやめにして、床に沈みこむと、声をあげて泣きはじめた。「ママにいてほしい！」

マーティンは腰をかがめて、両腕でジャヴィードを包みこんで揺すった。「そうだね」マーティンはささやいた。「父さんもだよ」

オマールが葬儀の仕切りを手伝ってくれた。マーティンはあれこれ働くのがまだほとんど無理だったし、自分で手配した葬儀はほかには母のものだけ、それもほとんど二十年前の、しかもそこの文化を隅々まで知っている国でのことだった。

遺言でマフヌーシュは、ハヴァラン墓地の名前をあげていた。そこには宗教的少数派や背教者が埋葬されている。オマールは、彼女の家族の悩みの種を少しでも減らすために厳格なイスラム教の葬儀を執りおこなえるのではないかという話をしていたが、数時間後には意見を変えていた。「彼女の父親と話をした」オマールはマーティンに告げた。「場所がどこだろうと、あそこの家族は来ないとさ」

マフヌーシュならこれを聞いても、まるで驚かずに肩をすくめておしまいにしただろう、とは思ったものの、マーティンは怒りで両手の拳が硬くなるのを感じた。「彼はきみになんていったんだ？」

オマールはかぶりを振った。「そんなことは忘れろ」

葬儀は翌朝におこなわれた。マーティンが病院から戻って以来、ジャヴィードがずっとしがみついていて、マーティンはこの短時間の別れでさえ心配でたまらなかった。「父さんは少し出かけて、ママにさよならをいいにくるママの友だちの何人かと会いにいく」マーティンは説明した。「二時間くらいだ。かまわないかな？」

「いいよ」ジャヴィードはそれを受けいれた。

墓地での参列者は十人もいなかった。マーティンはダマスカスのベフルーズにメールしたが、飛行機が着くのは午後だった。オマールの家族のほかには、マフヌーシュの古い友人のファラーとヤルダ、ふたりの元夫、それに、マーティンは会ったことがなかったが、オマールがなんとか見つけだした親戚の母娘。

墓掘人が棺を地中におろすと、オマールが両方の手のひらを上にむけて立ちあがり、アラビア語で祈願の言葉を唱えた。マフヌーシュがここにいたら目を剝いて――そしてマーティンに、オマールが唱えているお花畑な願いをすべてかなえるには、法学者《ムッラー》たちはマフヌーシュの魂を地獄に引き渡して、呼び戻せなくするほかない、とささやいただろう――そしてそれでも、オマールに黙れとはいわなかっただろう。

マーティンは弔辞をなにも用意していなかった。すべてがあれよあれよという間《ま》の出来事だった。「マフヌーシュ・ヌール・ルズハヤム・ブド」マーティンはしゃべりはじめた。マフヌーシュはわが人生の光でした。それは真実だった――そして、こういうかたちでそれを言葉にすることを求められているのはわかっていた――が、しゃべっていてさえ、マーティンは、ここにいる人々に対してこの話題についてひと言でも語る義務があるという考えに辟易した。こうしたことについてマフヌーシュ以外のだれと話をするのも、自分の愛を確認することではなく、その価値を下げる行為の一種だった。

けれど、マーティンはマフヌーシュについて、沈黙しているだけではいけないのも確かではないのか？　ふたりだけのものである出来事がどれだけあろうと、友人たちといっしょにマフヌーシュの美点を数えあげることはできる。「ぼくが知る人の中で、いちばん恐れ知らずで」マーティンはいった。「いちばん誠実で、いちばん親切で」先を続けることができず、墓の中をじっと見つめた。マーティンは、銃を頭に突きつけられて、そいつらが彼女を彼から奪い去ろうとしているところだと知りながら、無理やり効力のない呪文を唱えさせられているような気分になった。ヤルダが前に出て、マフヌーシュの寛大さとユーモアのセンスを讃えた。

オマールの家に戻ると、花で飾られたマフヌーシュの写真がテーブルの上に立てかけられていた。ジャヴィードが――六年間の体外受精後に――生まれてまもないころに撮られたもので、マフヌーシュの目に宿る挑戦的な勝利の光と、謙虚で愛情のこもった雰囲気の両方を、マーティンは見てとることができた。それは美しい写真だったが、乱れ髪の二十歳のゴスの写真を一枚発掘することを思いついていれば、その横に並べられたのにとマーティンは思った。

ラナと彼女の義母のナヒードは明け方から料理をしていた。マーティンはジャヴィードを脇に置いて、居間のカウチに奉られていた。弔問者たちは料理を食べ、自分たちだけで話をし、そしてマーティンのところへ来てお悔やみをいった。マーティンは放心状態で疲労し、最小限のレベルの社交性を保つのに必要な努力でさえ頭痛を生んだ。心の一部は、静かな自宅のベッドでジャヴィードを両腕で抱いて丸まり、闇に飲みこまれるままになりたいと切望していた。けれど、そこまで落ちてからふたたび光の中に出てこられる自信はない。少なくとも、いらだたされる儀式や的外れに思えるしきたりのすべてには、ひとつの意味がある。脳震盪の患者を叩いたりつついたりして起こすように、自分の意識が漂い去っていかないようにしてくれているものには感謝しなくてはならない、とマーティンにはわかっていた。

ベフルーズが到着すると、マーティンはようやく茫然自失の状態から現実に引き戻された。

この友人とは三年間顔を合わせていなかったので、とりとめのない言葉を二、三交わしてそのまま目をどんよりさせるだけではいられなかった。

ベフルーズはマーティンを抱きしめた。「心からお悔やみ申しあげます、マーティン」そしてかがんでジャヴィードにキスしたが、少年はびくっとして体を引いた。「わたしのことを覚えてない？」

ジャヴィードは首を振った。

「きみのお父さんといっしょにいろいろ冒険したんだよ、ふたりとも若かったころに。竜が空から落ちてくるのを見たこともある。もう少しで押しつぶされるところだった」

ジャヴィードはマーティンの脇腹に顔を埋めた。

「仕事はどうだ？」マーティンは尋ねた。いまのベフルーズは〈ウォール・ストリート・ジャーナル〉の通信員だが、最近の通信員の仕事は文章とともに映像ジャーナリズムも意味するらしい。

「悪くはないです」ベフルーズはかすかに微笑んだ。「〝実業家〟は現実のニュースに残された、採算が取れる最後の市場かもしれません。客観的な情報を不安なく入手できると思っているあいだは、実業家たちは金を払いつづけます――ほかの人々が皆、そんなことに関心を持つのをやめて、コンセンサスで形作られるお気に入りの現実に逃避する一方で」

マーティンは小さく笑い、少しながらほんとうの会話といえるものをしていることを意識しつつ感謝していた。落とし穴から脱けだす命綱だ。「つまり、〈ニュース5.0〉のファンではない、と？」

「どきっとするようなことをいわないでください。〈高位部族〉のほうがもっとひどいですが、どっちもビョーキですからね。濾過もされていないし遠心分離器にかけられてもいないものなんて、完全なでたらめからの捏造《ねつぞう》にすぎません」

「ああ」噂話の寄せ集めや集団浅慮のサロンがジャーナリズムに取ってかわっていることは深刻な問題だったが、マーティンはすでに、そういう専門的な話に熱が入らなくなっていた。

「シャーディはどうしてる？」

「彼女はいまカナダです。博士号の研究中」

「なんと。どこの子どもも、あっというまに大きくなるなあ」

ベフルーズはジャヴィードを見おろして微笑んだ。「わたしたちは先にスタートを切っただけですよ。あなたには、これからいちばんいい時期を待つ楽しみがある」

マーティンは平静を失うまいと必死になった。ジャヴィードが大人になっていき、勉強し、活躍し、自分の道を歩んでいくのを、マフヌーシュが見られないなんてまちがっている。この不当な仕打ちへの怒りをどこにぶつければいいのかわからなかった。まわりの人たちが訴訟についてこっそり話すのは耳にしていた。トラックの運転手は入院中だが、まもなく退院予定だ。男はたぶん収監されることになるだろうが、マーティンはその過程にいっさい関わりたくなかった。

「いつまでこっちにいられる？」マーティンはベフルーズに訊いた。

「今夜の飛行機で戻らなくてはなりません、申しわけないんですが」

「かまわないさ」マーティンは急に、どっちにしろ自分は病院に戻っているはずだと思いだした。もてなしができる立場ではない。ベフルーズの手を握る。「来てくれてありがとう」

無気力状態から脱けだして、マーティンは弔問者たちのあいだを歩きまわった。ジャヴィードがほとんど無言で、しっかりくっついてくる。マフヌーシュのまたいとこのナシムと、その母親のサバは墓地にも来ていたが、マーティンはふたりがそこにいるのをほとんど意識していなかった。マーティンはいまはじめて、サバが引退した経済学者だと知った。ナシムはコンピュータ科学者だ。

「合衆国から戻ってきたあと、いちどもマフヌーシュと連絡を取ることもなかったの」サバが後悔するようにいった。「わたしたちがイランを出たとき、彼女は十代だった。でもわたしたちも彼女と同様、家族とは軋轢《あつれき》があったから」

マーティンはいった。「彼女はあなたがたのことを、いい人たちだといっていましたよ、ほんの数日前に」

「まあ」サバは取り乱したようすになり、娘がなぐさめるように腕を肩にまわした。ナシムがいった。「国を出たとき、わたしは十歳でしたが、当時でさえ自分が彼女の両親とは仲がよくなかったと認めざるをえません。もし彼女もあの人たちと闘っていたことに気づいていたら、もっと一生懸命、彼女と連絡を保とうとしたと思います」

ジャヴィードがナシムを見あげた。「ぼくのお祖母ちゃんと闘うの？」当惑しているというより、興味をそそられた声だ。

ナシムは気まずそうにマーティンを見た。「すみません、こんなことをいうべきじゃ――

――」

「気になさらないで」

ナシムはジャヴィードに話しかけた。「ほんとうに闘ったりはしないわ、でも、いいお友だちじゃないの」

「どうしてアメリカからお戻りになったんです?」マーティンは尋ねた。

ナシムがいった。「母はアンサリ内閣で仕事をしていたんです。わたしは、自分も同じ波に乗るつもりで戻ってきたんですが、結局そこまで高い野心は達成できずじまいで」

マーティンは前にもその手の話は聞いたことがあった。「帰国したかたはどなたも、なんらかのかたちでこの国の力になったのだと思いますよ。スパムメールを発信しているのでなければね」

「じつのところ、わたしは〈ゼンデギ〉で働いているんです」

引っ込み思案に戻ってしまっているジャヴィードのかわりに、マーティンはいった。「息子が大ファンです」

「ほんとに?」ナシムはジャヴィードのほうをむいた。「なんのゲームが好きなの?」

「一回やっただけ」ジャヴィードはいった。「ママが連れてってくれることになってた」

マーティンはいった。「父さんがまた連れていってあげるよ、行けるようになったらすぐ」

ナシムはハンドバッグからノートパッドを掘りだすと、残像が生じるような速さの親指の動作でなにかをした。それに応じてマーティン自身のノートパッドが小さくチャイムを鳴らした。「この認証を使って」ナシムがいった。「無制限アクセス。無料でプレイできます」

「こんなものをいただくわけには」マーティンはいった。

「どうか、ぜひ」ナシムは頑固だった。「そういうことで」

「ありがとうございます」マーティンはジャヴィードのほうに視線を下げた。「ナシムおばさんにありがとうをいいなさい」

「ありがとう、おばさん」


日暮れ時、マーティンはオマールの家の客間で、ジャヴィードの横に寝そべっていた。

「話したいことがあるんだが、気を悪くしないと約束してほしい」

「話って？」

「まず約束してからだ」

「約束する」

「父さんは明日、病院に戻らなくちゃいけないんだ、お医者さんが完全に父さんをよくすることができるようにね」

ジャヴィードはうれしそうではなかったが、約束は守った。「ぼくもいっしょに行きたい」

「ダメだ、ペサラム、おまえはここにラナ小母さんと残るんだ。ファルシードやオマール小父さんと店に行ってもいいぞ」

「でも、父さんはきっと帰ってこないんだ！」ジャヴィードは泣きじゃくりはじめて、鼻水が顔に垂れた。マーティンはティッシュを取りだして、それを拭いとってやった。「シーッ。もちろん父さんは戻ってくる」

「みんなぼくをひとりぼっちにしようとする」ジャヴィードは涙声でいった。

「そういうことをいっちゃいけない」マーティンは声が震えないように努力した。「ママがおまえを置いていきたくなんてなかったのは、わかるだろ。ここに残るためなら、ママはなんだってしたはずだ。父さんが病院に戻るのは……お医者さんたちは父さんの体の中の怪我にバンドエイドみたいなものを貼ったので、今度はそれがＯＫかどうかチェックする必要があるんだよ」

「体の中になにかを入れたの？」好奇心をそそられてきて、ジャヴィードは鼻をすんすんいわせた。

「そのとおり」マーティンはためらった。これをいうともっと怖がらせてしまうだろうか、それとも理解の助けになるだろうか？「お医者さんたちはそれを入れるために、父さんの体を切ってあけなくちゃならなかった」シャツをめくって体をひねり、脇腹の縫い目を見せる。

ジャヴィードは怯んだりせずにそれをじっと見つめた。「痛かった？」

「いいや、父さんはそのとき眠っていたからね。そして今度は、お医者さんたちは全部がOKだと確かめる必要がある。おまえが怪我をしたときと同じだ。そういうときはバンドエイドを二、三度貼りかえるよね、それが清潔で、傷口がよくなっているのを確かめるために、だろ？」

ジャヴィードはこの説明を聞いて考えこんだ。「父さんによくなってほしい」ジャヴィードは結論を出した。

「じゃあ、父さんはお医者さんのところに行ってもいいかな？」

ジャヴィードはいった。「行っていいよ」

闇の中で、マーティンはマフヌーシュが自分たちの隣の、手で触れられるくらい近くにいるのを感じた。もしいまマフヌーシュとふたりきりだったら、マーティンは悲しみにわれを忘れて、彼女の思い出と踊りながら半ば狂気に陥っていただろう。

けれどマフヌーシュは、自分がすわっている岩に体当たりすることを求める奔放な水の精ではなかった。マーティンは穏やかな気持ちで、自分たちの子どものゆっくりした寝息の中に彼女の声を聞きとった。そして彼女はただ、自分にはできないことをマーティンにしてほしいと頼んでいた。

マーティンは夜明け前に目をさまし、ジャヴィードを起こさずに出かけることができた。オマールが病院まで車で連れていくといい張った。病院の受付で別れるとき、マーティンは事故以来オマールがしてくれたことに、いちいち礼をいおうとした。

オマールはそれをさえぎって、「当然じゃないか？　だれが刑務所から救いだしてくれたか、おれが忘れたとでも思っているのか？」マーティンはいちばん冴えた状態とはいえなかった。自分はそんなことはなにもしなかったんだと反論しようと口をひらきかけて、それが自嘲気味のジョークだと気づいた。オマールは、当たり前の人づきあいだと思っていることで賞賛されたくないのだ。

医者が姿を見せるまで、マーティンは病室のベッドの脇に一時間すわっていた。医者は縫い目のようすを確かめて、傷口のあたりを揺すった。数分ですべてが終わった。

医者はペルシア語で話しかけてきた。「ほかにも話し合いを要することがあるのです」医者はマーティンに名前を告げたが、マーティンはすぐに忘れてしまった。

「なんでしょう」手術後の傷口のケアについての説明だろうくらいにマーティンは思った。

「事故のあと、あなたは出血していました。われわれは出血場所を特定するためにスキャンをして、その結果、お気の毒ですが、あなたの背骨にも問題が見つかったのです」

マーティンは笑った。「問題？　背骨なら何年も前から問題ですよ」エヴィン刑務所包囲のとき、木から飛びおりたあの男に押しつぶされた後遺症は、完全に治ってはいなかった。

「できるかぎり気をつけてはいますが、椎間板《ついかんばん》の手術をするほどではないと聞かされています」

医者はとがめるようにマーティンをにらんだ。「椎間板の問題などという小事の話をしているのではない。あなたの背骨の横にできた塊の話をしているのです」

マーティンは言葉を返さなかった。疲れていて、ジャヴィードのところに戻りたかった。なぜ人々が彼の行く手に不必要な障害物を置くことに固執しつづけるのか、理解できなかった。

「いまの時点では」医者が話しつづける。「肝臓の癌《がん》からの二次成長だとわれわれは考えています。直ちに手術して、背骨近くの腫瘍を完全に切除し、原発腫瘍の一部切除も試みる必要があります」

「どれくらいかかるんですか？」

「たぶん四、五時間。手術は今日の午後です」

「それでそのあと、帰れるんですね？」マーティンは医者に迫った。日暮れまでにマーティンが家に帰らなかったら、ジャヴィードは気を揉みはじめるだろう。

医者は英語に切りかえた。「わたしのお話ししたことが、おわかりになりましたか？」

「もちろん」マーティンはむっとした。「わたしを観光客だとでも思っているんですか？わたしはこの国に十五年住んでいる。妻はイラン人だ」

「あなたの体には癌があるのです、シーモアさん。われわれはあなたの肝臓とあなたの脊髄を手術する必要がある。その手術からの回復にどれくらいの期間を要するか、わたしには申しあげられません」

マーティンは恐怖で肌がひりついた。正面にすわっているしわがれ声の中年男が、たったいま顔の前にナイフを振りかざしたかのように。最初の説明のときは、ペルシア語の語彙が不足していて内容が理解できなかったのではなく、サターンという単語からは英語の同義語の持つ恐ろしい響きが、マーティンにはまったく伝わってこなかったのだった。

「ぼくは癌だ、と？」

「はい」

「でもそれは手術可能だ、と？」

「手術は役立つでしょう」医者は安心させるようにいった。

「どれくらい？」ろくな診断も受けないうちに確実な答えを求めるのは馬鹿げているとわかってはいたが、マーティンは口を閉じていられなかった。「治してもらえるんですよね？見つかったものを切りとって、そのあと薬や放射線も使えば、それで片がつくんですよね？」

医者はいった。「とにかくやってみましょう」

14

〈ブランク《まっさらな》・フランク〉が再構築されるのをナシムが待っていると、突然、水族館のプールの縁に立って、二百トンの白長須鯨《シロナガスクジラ》に鼻先でボールの輪くぐりをやらせようとしている自分の姿が思い浮かんだ。問題のキモは、どんなに賢くて、外洋ではどんなに機敏にせよ、この動物があたりの物を片っぱしから壊すことなく動ける方法を見つけることだった。

ナシムはこのプロジェクトを、クラウドからすでにリースしている計算リソースになんとか押しこんでいた。そうしていてさえ、ナシムが扱うペタバイト単位のデータは、割りあてられたレーストラック型メモリを窒息寸前にしていた。お金でストレージをもっと手に入れるという選択肢はない。この突飛な発想が結果を出すかどうかわかるまでナシムに好きにやらせておくことに、ボスは同意したが、それはこの件全体が請求書の中で目立たないようにしておければの話だ。

はるか何年も昔にナシムが錦花鳥《キンカチョウ》データに用いていたモデル構築アルゴリズムは、尺度がうまく合わず、ナシムとバハドールはそれを改良しようと二週間を費やして無駄に終わっていたが、ナシムはそれでも地道に前進することに決定した。一刻も早く投資家たちになんらかの成果を見せる必要がある。エレガントさや効率はあとからついてくるだろう。

バハドールがノックして部屋に入ってきた。彼が挨拶やらなにやらを省けるよう、ナシムはドアを半びらきにしておくのが常になっていた。

「東南アジアのゲームセンターからのデマンドが著しく急増しています」バハドールがいった。「まだ致命的なラグは下まわっていますが、タイトな状況です」

「わかった」ナシムは歯ぎしりした。「もし必要になったら、かまわないから……わたしの分は全部止めて」

「そうなりそうです」バハドールは来たときと同様、静かに去っていった。

(反論してくれたっていいじゃない)ナシムはいらいらと考えた。(わかりきった答えでも、受けいれる前に反論するふりくらいは)自分のタスク六つのプログレスバーが、完了にむけてのろのろと進んでいるのを眺める。ふつうならナシムは、そんなにも多くのインドネシアやマレーシアの人々が、〈ゼンデギ〉で一、二時間をすごすことから週末をはじめることにしたのを喜ぶところだが、そのゲーマーたちとシェアしているレーストラックは、ナシムが計算の中間結果を保持しておける唯一の場所だ。もしゼンデギがストレージを必要としたなら、ナシムがオフライン・バックアップに持っているものを残せる可能性はない。これだけ大量のデータをホログラフィック・ダイ・キューブに書きこむのは数時間かかる。だがナシムはそのスペースを即座に引き渡すほかはなく、一日分の作業を虚空に投げ捨てることになるだろう。

ヒト《H》・コネクトーム《C》・プロジェクト《P》は、四千以上の被験体の脳を前例のない詳細さでスキャンした。大半のスキャンは解剖用死体を対象におこなわれたが、生きている神経繊維を流れる水分子を追跡する拡散テンソル画像法も使われた。全データ・セットには同数の男性と女性が含まれていたが、ナシムが構成しようとしている種類の合成モデルにとっては、性別に分析してヴァリエーションの原因のひとつを取り除くことには意味があった。脳の解剖学的構造や有機的構造がより似通っているほど、最終的な画像もより鮮明になるはずだから。ナシムは男性の脳から取りかかったが、それはもしデモンストレーション用に女性を選択したら、みんなから理由を教えろといわれるのがわかっていたからだった。だが、モデル構築アルゴリズムは、あらゆる対のスキャンについて一時データを生じさせる必要があった。男性の被験体だけを使ってさえ、それはほぼ二百万の組み合わせの処理を意味した。

ひとつのタスクが終点に達し、結果を保存して作業ストレージとプロセッサ割り当てを解放した。（〈ゼンデギ〉じゃなくて映画に行ってちょうだい）ナシムはクアラルンプールのティーンエイジャーたちに願った。（今晩だけは）

ナシムはラグのヒストグラムを呼びだした。表示は致命的ぎりぎりのところでちらついていて、それはごく一部の利用者が、自分の動作とそれが仮想世界に引き起こした変化とのあいだに、些細で散発的な遅延を体験しているということだった。たとえば、単なる頭の動作なら城塞《ガールエハ》内でローカルに処理されるので、〈ゼンデギ〉サーバー内がどれだけ混雑しようと、ユーザーの視線とゴーグルにレンダリングされる画像のあいだの関係を乱すことはない。けれども、城塞《ガールエハ》に提供される物体描写は、流れるように反応する世界という幻想を維持できる迅速さで更新される必要がある。ラグが数ミリ秒余計にかかっても、火星の砂漠をのんびり散歩するには害がなさそうだが、仮想卓球ゲームはたちまちひどいことになるだろう。脳は瞬間的な知覚上の異常をなかったことにするのが得意だが、異常が一定の限界を超えてしまうと、脳にできるのは、感覚的混乱を求めて危険なふるまいにふけるのをやめるよう、その人に強く促すことだけになってしまう——できれば、まず混乱の原因として疑われる胃の内容物を体外に出してから。

また別のタスクが完了した。そしてまたひとつ。ナシムは高負荷のゲームのひとつにちらりと目をやり、この六百人のインドネシア人をしょうもないと思った。嫌らしい目つきの悪魔軍団と対決するために、ひとつきりの、ごった返す戦場に集まっている連中。筋肉ムキムキのありえない体格に加えて、善玉の大半は魔力や特別な力を——罰ゲームのような探求の旅でようやく手に入れたか、戦場で盗みとったか、ひょっとして現金でこっそり買っただけかもしれない——持っていた。だが、地獄の死者の役でサインアップしている人は、ひとりもいなかった。敵はまるごと、シミュレートされていた。ゲームデザイナーは特定の型の巧みな剣さばきを自動的に演じさせる仕組みを持っていて、〈ゼンデギ〉のフレームワークが悪魔の動きを解剖学的にもっともらしいものにするが、おまえの心臓を引っこ抜いてやると敵を脅す以外には、悪魔にはレパートリーが乏しい。

たぶん、『悪魔イブリスの手下ども』をプレイして浮かれ騒いでいる若い男女のだれひとり、悪の機械的なカリカチュア以上の敵を本気で望んではいないだろう――また、強く感情移入したキャラクターの首が斬り落とされるような展開をお願いします、などと要望事項に書く正気の人間もいない。しかしほかのゲームではプロキシが、戦友やチームメイト、指導者や恩師、つまらない役のエキストラ集団や天地を揺るがす神々を演じていた。プロキシのレパートリーを、現在のようなしかめ面で舌をべーっと突きだす操り人形の範疇をはるかに超えて拡張すれば、プレイヤーは群れをなして〈ゼンデギ〉に押し寄せるだろうし、商売敵《がたき》たちの世界が白黒同然に色褪せてしまうこともまた確実だ。

ナシムの四番目のタスクが終了した。バハドールに、とにかくタスクを止めるのはあとにしろ、そのせいでどんな大惨事になってもいいから自分にあと十分くれ、と連絡しないでいるには、奮いおこせるありったけの自制が必要だった。数人の利用者が吐き気か目まいを覚えただけでも、高すぎる代償になってしまうはずだ。そうした出来事の噂はあっというまに広まる。たとえすべてが、腹いっぱいに食ったあとでジョギングなんかしたからそうなったのだという事実を理解できない、大馬鹿者どものせいである場合でさえ。

五番目のタスクが完了した。ナシムはもういちど、『悪魔イブリス』の戦場に目をやった。地面は緑色の血でびしょ濡れで、敵はほぼ打ち負かされていたが、ナシムの記憶が正しければ、悪魔の中には生き返って、自分自身の首をくっつけ直す習性のあるやつがいた。もしナシムがじゅうぶん冷酷な気分だったら、そういうモンスターどもを倒されたままにしておく隠しレバーを見つけだしていただろう――けれど、もし彼女の介入が万一外に漏れたら、いくつの城塞《ガールエハ》がゲロまみれになるのよりもひどい悪臭を放つことになるだろう。

六番目のプログレスバーが終点に達して消えた。ナシムはぼうっとなった。自分の運が最後まで続いてくれたのは、思いがけないことだった。これで神経モデルが再構成されて安全に保存されたので、それを作るのに必要だった膨大なデジタルスクラッチパッドは、もう使わなくていい。ナシムはいつでも都合のいいときに、最終結果をテストできる。

バハドールが戸口に姿を見せ、期待するように尋ねた。「よろしいですか――?」彼もナシム同様、競走場《レーストラック》でのレースをしっかりと見守っていたに違いない。

ナシムは笑顔で、「もちろん。すわって」ナシムのデスクトップの画面は背中あわせになっている。ナシムは裏側の画面もスイッチを入れ、それが主画面をミラーするように設定して、デスクのバハドールの側でも見られるようにした。

ナシムは数回深呼吸した。テスト一回ごとに鯨をクレーンと吊り網で所定の位置に移動させる厄介な操作のすべてには、時間と労力がかかりすぎるので、ナシムはときどき、テストそのものについてももう少しいろいろな下らない手続きがあればいいのにと思うことがあった。けれどナシムはすべてを自動化していて、複雑な設定全体をひとつの身振りですませることができた。画面のアイコンを指さして、それをタップする身振りをする。

数個のウィンドウがすばやく連続でひらいた。最大のウィンドウには、一瞥《いちべつ》しただけでは、生きている人間の脳のリアルタイムＭＲＩ画像のように見えるものが表示されている。もういちど目をむけると、ひどくたくさんの仮想脳組織が欠けてることがわかり、この被験体が生きていることがありうるとはとても思えなくなる。ともかく、スキャンされた領域のいくつかが明るくなり、神経学者ならなにを意味するかわかるだろう、正常で健康な活動のパターンを表示した。

男性の声が英語でしゃべりはじめた。

「あれは最良の時代であり、最悪の時代だった。叡智の時代にして、大愚の時代だった。新たな信頼の時代であり、不信の時代でもあった。光の季節であり、闇の季節だった」（『二都物語』加賀山卓朗訳。新潮文庫）

声はつっかえつっかえで単調だった。先生に指されて四苦八苦しながらもクラスメイトを面白がらせようと変な訛りで声に出して読んでいる、やる気がなくてあまり頭のよくない十歳児の声、という感じだ。いちばん安いノートパッドの文章読みあげ機能でも、これに比べれば完璧な発声法と明瞭さのお手本になる。

けれどもこの声は、辞書編集者や言語学者が集積した音声辞書や明確な文脈上の規則によって駆動されたのち、数百万の訓練セットと比較して微調整されたものではない。この声は、仮想的な成人の脳におけるいくつかの領域の精密な神経配線についての、モデル構築アルゴリズムによる最良の憶測の産物以外のなにものでもない。ＨＣＰでスキャンされた二千人の男性に機能的に最適合する脳だ。

「『不信の時代』」ナシムは声の真似をした。「最少公分母の語彙としては悪くないわ」

バハドールは不安げに微笑んだ。「もう少し先まで進めてみますか？　順調に続くかどうか確かめるために？」以前おこなったテストは二番目の〝時代〟まで読んだところで、文章に注意をむけるのをやめて、不安を呼ぶような必ずしもランダムではない言葉のサラダ（コンピュータが自動生成した、文法は正しいが支離滅裂な文章）を吐きだしはじめたのだった。

ナシムはサンプル文章の続きをあたえた。シミュレーションには手がないので仮想ページをめくることができないし、頭がないのでそれを振って視角を変えることもできないが、仮想眼球を動かして段落をなぞることはでき、その視野内に入りこんできたものをなんでも読む気になるよう設定されている。

「希望の春であり」声は続けた。「絶望の冬だった。人々のまえにはすべてがあり、同時に何もなかった。みな天国に召されそうで、逆の方向に進みそうでもあった。要するに、いまとよく似て、もっとも声高な一部の権威者が、良きにつけ悪しきにつけ、最上……最上……最上級の形容詞でしか理解することができないと言い張るような時代だった」

「いちどつっかえた」それはナシムも認めた。「ただし、百語以上読んだあとで。しかも、頭蓋骨の中いっぱいに空き空間があっての、この結果よ」ナシムは、タスク別の活性化領域を示した脳マップのライブラリを使って、モデル化する脳の領域を選択していた――そして現在の化身では、〈ブランク・フランク〉は自分の前に置かれたものを朗読するのに必要な最小限度の脳しか持っていなかった。彼には、このディケンズからの引用の意味を考え、イメージを思い浮かべ、含意を追求する能力はない。いま読んだ言葉を数秒後に思いだすことさえできない。彼にあるのはワーキングメモリのみ、センテンスひとつの構文解析に必要な以上の深さのない、転がりゆくいまこの時だけだ。仮想テレプロンプターを読むことはできるが、それ以上はいっさいが能力外だった。

けれど、原理の証明としては、彼はめざましいものだった。HCPでスキャンされた二千人の男性のだれもが、彼らの語彙にある各単語を、異なる状況下で獲得してきたはずだ。さらに時を経て、そうした言葉は大きく異なる含蓄を持つようになっていただろう。希望？　絶望？　それらの文字列は、いったいどのような胸張り裂ける個人的意味あいを、かつて二千人の男性ひとりひとりに伝えたのか？　だがアルゴリズムは、もつれあった特異性を引き剝がし、単純な共通基盤を目標にすることに成功した。

「それで、彼にどうやってペルシア語を教えるつもりですか？」バハドールがいった。「それとインドネシア語やアラビア語を？」

「彼は生まれて十分そこそこなのに、多言語を話すことを期待するの？」

「結局はそうならなくてはいけないわけでしょう？」バハドールが穏やかに指摘した。

ナシムはこめかみをこすりながら、半ば喜び、半ばこんなにも早く現実に引き戻されたことにいらだっていた。これで自分たちは、どれくらい潜在的出資者をその気にさせられるのだろう？　レッドランドのラボにいた当時なら、同僚たちは畏《おそ》れかしこまっただろうが、ジョルジョ・オマニス族を口説き落とすのは別の問題だ。

「退屈しきった藻類石油王どもに、どうやったら納得させられるかしらね――現状の〈ゼンデギ〉でさえ評価していない連中に！――脳足りん単一言語ゾンビが、VRの次の大当たりの鍵だなんてことを？」ナシムはしばらく考えてから、「もしかして、わたしたちに必要なのは正しいメタファーを見つけることだけなんじゃない？　これを〝脳の露天掘り〟といって売りこむのはどう？」

バハドールは落ちつかなげに、「わたしたちが話しているのは、良きイスラム教徒の男たちであることを忘れないでください。彼らは、たまにならウィスキーは楽しむでしょうが、死体泥棒めいたことをにおわせたら、神経過敏になりますから」

ナシムは顔をしかめた。「臓器移植はイスラム教でも完全に許容されているのに、わたしにはさっぱり――」

バハドールは疑うような目つきでナシムを見すえた。「これがそんな単純な話だと、本気で思っているんですか？　もし、この問題を十年か二十年かけて検討する気になってくれる聖職者がいたら、最終的に好意的な裁定をもらえる可能性がないとはいいませんが、ほかの人が皆、これをあなたのようにありふれたものだと思うとは考えられないですね」

「ドナーは全員、無制限の承諾をあたえくれた」ナシムは意固地になっていった。「だからもうなにも問題はないはずよ」

「それはよかった。じゃあ、出資者が必要なら、同じ考えかたの人を見つけてください。あなたは昔、不信心なアメリカ人ビジネスマンと何人か会っているに違いないですね、死人の脳を〝露天掘り〟することをなんとも思わないような」

「アメリカにいたころのわたしは学生だったの！」ナシムはいい返した。「わたしの友人たちもみんな学生だった。アメリカにいる人すべてが大富豪というわけじゃない」

　ババドールは両手を広げた。「ともかく、わたしには期待しないでください。富豪様《シーク》がお茶に見えたら、わたしは隠れなくちゃならないんですから」ババドールは腕時計に目をやった。「インドのデマンド急増を監視にいったほうがよさそうです、あの国に残っているうちの忠実なファンたちを失わないように」

　ナシムは上の空でうなずいた。ババドールが出ていくと、ナシムはすわったまま考えこんだ。個人的な伝手《つて》がなければどうにもならないというものではなく、会社がいつもつきあっているアラブ人やイラン人の後援者たちの輪を離れて、二、三の技術系ベンチャー・キャピタリストと連絡を取るのは、そんなにむずかしくはないだろう。東アジアやヨーロッパ、北アメリカのどこででも、ナシムのMITでの実績があれば、少なくとも話は聞いてもらえるはずだ。だが、たとえナシムが、HCPのドナーをこういうかたちで利用することに倫理的あるいは文化的に反対しない潜在的出資者を数人見つけられたとしても、そのうちの何人が〈ブランク・フランク〉を新奇な演し物《だしもの》以上のものだと思ってくれるだろうか？　ディケンズを読む死体の脳のデジタル・モザイクの有望さは、ほとんどの人の目には、ガルヴァーニの痙攣する蛙の脚に基礎を置く自動車エンジンと同程度に映るのではなかろうか。

　ナシムに必要なのは、この技術が持つ可能性について、少なくとも自分と同じくらい楽天的になってくれるだれかだ。〈フランク〉のたどたどしい朗読に耳を傾けつつ、頭の回転が速くてはきはきとしゃべるプロキシの大群が〈フランク〉と同じスキャンデータから生まれてくるのを思い描けるだれか。ヒト・コネクトーム・プロジェクトは二、三の神経系疾患の治療に役立つ以上のことをするように運命づけられていると、ずっと以前から確信していただれか。

とはいえナシムは、たぶんもっとふつうの資金源にまずあたってみる必要があり、キャプランは最後の手段として残しておくべきなのだろう。キャプランが市場の隙間《ニッチ》なテクノロジー事業の小帝国をまとめあげたのは知っていたが、それがどんな運命を歩んだかはまったく追いかけていない。いま、うなるほどのお金を持っているのかどうかさえ、よく知らなかった。キャプランが〈超知性プロジェクト〉との法廷闘争に遺産を浪費して、自分はザッカリー・チャーチランドの私生児だと証言する気になる健忘症のホームレスを世界じゅうで探しまわっている、ということもありえた。

しかし、選択肢を心の中で考えまわせばまわすほど、キャプランに連絡しない理由をいろいろあげているのは、単に自分のプライドを守るための逃げ口上だという気がどんどんしてきた。最後に顔を合わせたときに自分がキャプランにいったことを、一言一句思いだすことはできなかったが、そのときナシムがキャプランを徹底して冷たくあしらって、これだけの歳月ののちに彼の援助を請いにいくのが気まずいことなのはまちがいない。

まったく、やれやれだ。最有力出資候補をリストの最後にまわしている余裕は、ナシムにはない。選択肢は、十数人の警戒気味の起業家から儀礼的で冷ややかな笑みを集めて六カ月を浪費するか、かつてケンブリッジの地図上の兎のアイコンに導かれて、五十万ドルをナシムの手に押しつけようとしたことのある、偉そうな大口叩きのところに直行するかだ。

ナシムは役員会議室に入ると、ドアのそばのキャビネットから拡張ゴーグルを手に取った。ゴーグルを快適にフィットさせようと、三十秒ほどストラップをいじりまわす。会議室にはクライアントを感じ入らせるための技術が装備されていたが、ナシムにはこれまで、自分でそれを使う理由がほとんどなかった。

ナシムはひとりきりで会議用テーブルの前にすわって、待った。

キャプランはナシムの真むかいにすわっているかたちで、時間ぴったりにオンラインに入ってきた。じっさいにふたりの前にあるふたつのテーブルはサイズがかなり近いらしく、ソフトウェアがすべての大きさを修正してふたりが正確に重ねあわされるようにしたので、視覚的な不都合はそんなに生じなかった。キャプランが姿を見せるだろうと思ったあたりのスペースをナシムは意図的に空《あ》けてあり、キャプランも同様の気づかいをしていたが、テーブルのまわりのほかの場所では二カ所の椅子がでたらめに交差していた。キャプランのいる部屋はナシムのより若干小さかったので、キャプラン側の壁がナシムの周囲に幽霊のように投影されて、ナシムにそこを通り抜けないようにしなくてはと思いださせた。

「元気そうだね、ナシム」キャプランがもの柔らかにいった。

「あなたもね」じっさいキャプランは、最後に会って以来ほとんど歳を取っていないように見えた。これが単に虚栄心とソフトウェアのなせる業《わざ》でないとするなら、結局、カロリー制限プログラムには価値があったのだろう。ナシムはほとんどそのままの自分の姿を見せていた。日常のあれこれのせいでナシムは会議用アイコンを十八カ月更新していなかったが、そんな些細な怠慢がなくても自分を二十五歳に見せられたわけではないのは、確かだった。

「きみの提案は読んだ」キャプランがいった。「これまでにきみたちがなし遂げたことには感銘を受けたよ」

「ありがとう」ナシムは口が渇いた。キャプランに送ったメールですでに少し卑屈なことを書いていたが、ナシムは、今度はむこうがあのときの仕返しをしてほくそ笑むことになるかも、と覚悟していた。

「ぼくの理解が正しければ」キャプランが続ける。「この作業から生まれるときみたちが考えている主要な成果は、ひと揃いの独立型モジュールで、それはきみたちのゲーム・デベロッパーたちが限定された範囲のプロキシのふるまいをプログラムする際に、アシストとして用いることができるものだ」

「完璧な理解ね」ナシムは答えた。「社会的知能には——空間的知能にさえも——人間がまだ、わたしたちの最高のアルゴリズムをしのぐ側面が存在する。もし、HCPデータからひと揃いの基本的技能を分離して、それをデベロッパーが最小限の面倒で接続できるライブラリとして提供できれば、それはとてつもなくデベロッパーのためになる」

「でも、プロキシのほとんどの側面は、従来のソフトウェアの管轄のままになるんだろう？」キャプランが問いつめる。「経歴の細部、長期にわたる文脈、戦略的配慮——」

「それはもちろんよ」とナシムは相手の言葉を認めた。「たとえ長期記憶を維持するのに必要な神経ダイナミクスを含む〝全脳〟モデルを構築できたとしても、そしてたとえプロキシの想像上の過去の人生をモデルに結線する方法を見つけだせたとしても……それは野心的にすぎるにとどまらず、役立たずで、とても不便なものになるでしょう。デベロッパーが必要としているのは、ゲーム世界の地勢データベースと同じ容易さで扱える、ノン《N》プレイヤー《P》キャラクター《C》についての事実の単純なデータベースよ。もちろんデベロッパーは、人間のプレイヤーに対する特定の反応がより自然になるようにしたいと思っているけれど、それは予定されたスクリプトに従ったり、明確にプログラムされた戦略を採用したりする能力を犠牲にしてまでのことじゃない。あまりに多くのことを神経モデルの一部として実行しようとすると、それをより困難にするだけなの」

「ふうむ」キャプランはテーブル表面に表示されているなにかのメモに視線を下げた。「きみの提案には、プレイヤーの顔の表情を読む話があったよね？」

ナシムは自分のゴーグルを手で示した。それはキャプランには見えていないはずだが、それがそこにあるのはふたりとも知っている。「一年と経たないうちに、これはコンタクトレンズに取ってかわられているはず。プレイヤーの顔がさえぎられずに見えるのが当然になるのは、そんなに先じゃない」

キャプランがいった。「なるほど、しかし、表情を読むという人間の技能は、すでに微細表情の分析に超えられているんじゃないか？」

「たぶんね」ナシムは認めた。「だけど、犯罪科学的には劣るものでも、デベロッパーには役立つかもしれない、たとえば、ポーカーであなたを負かしたり、殺人事件の裁判で痛烈な反対尋問をくらわしたりするキャラクターじゃなくて、思いやりがあったり、同情してくれたりするように見えるプロキシがほしいときには」

「でも、ほかの技能の多くは言語関連だね、だろ？」とキャプランは指摘した。「言語を扱うことにどれだけ意味があるか、ぼくにはまだいまひとつはっきりしない」

「ああ」そこが自分のいちばんの弱点だとわかっていたが、ナシムは真正面から対応した。「明らかにHCPデータ自体は、スキャンされた人々の性質上、英語の知識のみをコード化することになる。予想される最悪のシナリオだと、それが意味しうるのは、わたしたちが言語モジュールを英語に限定しなくてはならなくなり、その結果として英語を使う大人数の利用者層ベースでデベロッパーに使用を許諾する、ということ。たとえそうなっても、その市場は巨大だから、歳入という観点からはしかるべき見返りを期待できる。たとえ、それと同じモジュールを〈ゼンデギ〉そのものの中で一般的に使うことはできないとしても」

「そして、最悪まで行かない場合だと？」

「もしかすると英語ベースのモジュールを、ある程度までは非英語シナリオでも利用できるかもしれない、インプットとアウトプットを既存の翻訳ソフトウェアに通すだけで――いま現に、共通言語を使っていないプレイヤーに対してやっているのと同様にして。でも、それより一歩進んで、少なくともいくつかのモジュールを訓練してバイリンガルにできると期待したいわ」

「モジュールを膨大なデータ・セットにさらして、正しい反応をするように微調整する？」キャプランが推測をいう。

「そう」

「そのニューラルネットワークを、同じ方法で作られた頭の悪い翻訳ソフトウェアより役立つものにしている、まさにその技能を消し去らないよう願いつつ？」

ナシムは答えた。「まあ、そうね。試してみて、結果がどうなるか見るしかない。ほかにやりようがある？」

キャプランがいった。「〝サイドローディング〟って聞いたことある？」

「いいえ」ナシムは正直にいった。

キャプランはかすかに微笑んで、「ぼくのことを調べつくしてはいないようだね？　まだ脈拍と預金残高があることを確かめただけか」

ナシムは顔が少し赤らむのを感じたが、アイコンがその反応を伝えてしまうわけではないという事実に少しほっとした。「掘りさげかたが足らなかったならごめんなさい。あなたが〈サイバー・ジャハーン〉に島をひとつ所有していると知ったときに、動揺してしまったんだと思う」

「みんな持っているだろ？　あんなに安いのに」キャプランは手を振ってその話をおしまいにすると、「それはいいとして……十年前、ぼくは〈イコノメトリクス〉というスイスの会社を手に入れた」テーブル上に書類をすべらせて寄越す。ナシムはちらりと視線を落とした。それはその会社が前事業年度におこなった研究についての報告書だった。縁が柔らかな青で輝いて、それが物理的な紙束ではなく、キャプランが共有データスペースに挿入したファイルであることを示している。

「この会社は、サブリミナル画像分類に着手していた」キャプランが説明する。「特徴的な脳波シグネチャーをちょうど得られるあいだ、花やワンワンちゃんや交通事故現場をぱっと見せて、インターネット・ユーザーの脳パワーを収穫する、という計画だった。ほんとに馬鹿げたアイデアだ。人工視覚はある側面では、まだそれに相当する人間の技能に劣るかもしれないが、ソフトウェアはとっくの昔に、そんな安っぽい手段で手に入る類《たぐい》の結果を達成している」

「じゃあ、なぜそんな会社を買いとったの？」

「事業計画はどうしようもなかったが」とキャプランがいう。「この会社は神経情報処理に関するいくつかの本物の洞察に到達して、ＥＢＬＤ——証拠に基づく虚偽検出《Evidence-Based Lie Detection》——に手を広げはじめていたからだ。嘘発見器《ポリグラフ》の信頼性は水責めで魔女を発見するのと似たようなものだから、二十一世紀の脳スキャン技術がそれをしのぐ可能性がある、といっても大法螺にはならない。証人をＰＥＴスキャナーかＭＲＩマシンに突っこんで、証言についてやりとりしているとき、あるいは特定の画像を見たときに、脳のどの部位が明るくなるかを見る。それは二〇一〇年代に一時的に流行して、〈イコノメトリクス〉はいくらかの補助金を得て、若干の興味深い研究をおこなった。だがそのあと、現実の状況においては例外なく、反応を解釈するには問題が多すぎることが明らかになった——さらに、ほとんどどこの裁判所でも、プライバシー面から、また技術的理由からも、それを禁止しはじめた。その結果〈イコノメトリクス〉の株価はどん底を打って、もしそこに飛びつかなかったらぼくは頭がどうかしていたんだろうね」

「なるほど」ナシムはこの話がむかう先に薄々気づきはじめていた。「それで、サイドローディングだけど……？」

「サイドローディングとは」とキャプランが応じる。「活動中の脳の非侵入性スキャン多数のデータに基づいて、特定の有機脳をニューラルネットワークに模倣させる訓練過程のことだ。それは両極端のあいだの中道といえる。古来《クラシック》のアップローディングでは、脳の解剖学的構造を顕微鏡的な細部まで観察して、それをなにからなにまで再現しようとし、一方、古来のニューラルネットワークの訓練では、利用できるのは刺激と反応だけ、感覚を入力してその結果のふるまいが目に見えるだけで、脳はブラックボックスだった。

　サイドローディングでは、そのブラックボックスを分解はできないまでも、内部を覗くことができる。ATLUM《自動切片回収機》で脳を細く剥いたときのような解像度は得られないが、生きている脳をあらゆる種類の刺激にさらして——言葉、画像、音、味、におい——それが頭蓋骨の内側でどんな風に跳ねまわるかを見られる、という利点を得られる。外面的なふるまいがほとんど生じなくてもなんの問題もない、石を投げいれるたびに波のように広がる内部での変化のパターンを観察できるんだから」ナシムはいった。「理論的にはとてもうまくいく話に聞こえる。でも、現実の成果はどこまであがっているの？」

キャプランは〈イコノメトリクス〉の報告書を指し示した。「六ヵ月前、ある特定の迷路を解くよう訓練されたラットを入手した。ランダムな感覚的合図《キュー》の集中砲火に対するそのラットの脳の反応を観察することで、もともとはその現実のラットと無関係だった仮想ラットを修正して、同じ迷路を走らせることに成功したんだ」

「どうやって脳を観察したの？　一万本のニューロンに微小電極をくっつけたってこと？」

キャプランは頭を横に振った。「全然違う。純粋に非侵入的な方法でだ。多《マルチ》モードMRIと表面電極」

いまやナシムは強く関心を引かれていた。これは期待していたものを上まわっている。

「で、人間については？」

「人間については」キャプランがいった。「問題は、出発点として使えるいい一般的な仮想脳がまだ手に入っていないことだ。HCPが成果を公表したとき、その構築に取りかかってみたんだが、これまでのところ、きみたちのほうがぼくたちよりずっといい仕事をしているようだ」

皮肉も込みなのだろうが、この率直な評価についてナシムは考えた。ナシムが錦花鳥の脳で使ったアルゴリズムは公開された知識ではあるが、だれかが突然、いい結果が出ると予期してそのアルゴリズムをHCPスキャンに適用するほどありふれたものではない。つまりナシムは、キャプランが強く望んでいるなにかにむかう道を、先に走りはじめていたのだ——だが、ここで強く出すぎて、自分が不可欠だと主張するのは、まちがいだろう。

「ではあなたは、わたしのプロキシ・モジュールに言語をサイドロードする方法を〈イコノメトリクス〉が見つけられる、と考えているのね？」

「試す価値はある、と考えている」キャプランはいった。「それがきみにとって絶好のチャンスだ、とも考えている。さらに、同じ方法で、きみはほかの有用な技能をプロキシにあたえることができるはずだ」キャプランは微笑んだ。「きみのメールを受けとってから、そのことをいろいろ考えてみた。もし、数人の一流スポーツ選手から運動能力をサイドロードできたとしたら。有名なサッカー選手数人と雇用契約したら、中東はまたきみたちの会社の天下だ。有名なクリケット選手も追加したら、〈サイバー・ジャハーン〉なんて過去の遺物さ」

ナシムは言葉を失った。運動能力は、想像できるかぎりもっとも単純な事例だろう——第二言語のサイドローディングより困難が少ないのは確実だ。そして、キャプランは正しい。有名選手が宣伝する家庭用ゲームがこれまでひとつとして到達する気配もなかった本物らしさに心とらわれて、何百万という人々が、各人の英雄スポーツ選手と〝並んでプレイする〟ことへの支持をクレジットカードを使って表明するだろう。

ナシムがキャプランに期待していたのはせいぜいで、商品化できるかどうかがわかる程度まで研究を進められる機会をあたえてくれるような、そそこの現金注入だった。だがその代わりにいまキャプランは、〈ゼンデギ〉が市場制圧に至る、ありえそうな道すじをさしだしたのだった。

ナシムは冷静に反応するよう、自分に無理やりいい聞かせた。「わたしたちはどちらも、相手が利用できるものを持っているようね」

キャプランはうなずいて同意を示した。

ナシムはいった。「わたしはこの件を上司たちと話しあう必要がある」もし〈イコノメトリクス〉の研究がキャプランの話の印象どおりの有望なものだったら、ナシムはスポーツという切り口ひとつだけでも、上司たちを釣りあげられる自信があった。「それから、複雑な合弁契約の細かい検討が――」

キャプランがいった。「わかっているよ。弁護士を呼んできてくれ！　でも今回は、逃げだして姿を消すなよ。忘れないでくれ、この取引の中心は、きみなんだ」

ナシムは声をあげて笑ったが、キャプランのもの柔らかで若々しいアイコンを不安な思いで見つめた。キャプランは会社の利害と大きな関わりを持つだろうが、これは両社の技術の相乗的結婚が生みだすキャッシュフローにとどまる話ではなかった。

この会合をセッティングすることで、ナシムはきっと自分の仕事を、自分の雇用者たちを、自分のキャリアを救ったのだろう……だが、プロキシがどれほど商業的に成功しようとも、キャプランにとってはじゅうぶんではないはずだ。キャプランにとって唯一の価値ある最終目標がなにかを、ナシムは知っていた——そしてナシムはいま、自分がキャプランの大義に結びつけられることに同意したのだった。

15

マーティンはトレッドミルの上を二キロメートル走った。所用時間は十五分で、走り終えたときには汗びっしょりだったが、それがエクササイズの目的だ。

ジムの隅に積んであるマットを一枚つかんで、タオルでくるむと、その上にひざまずいた。目から汗を拭い、理学療法科のコンピュータに接続されたゴーグルをはめる。見おろすと、着ている服が、体の大半といっしょに視野から消えていた。皮膚、脂肪、血管、生殖器、内臓。残っているのは、筋肉と骨と腱。下に置いたタオルも消えている。マーティンは透明なクッションに膝をついて、カーペット敷きのジムの床の一部と入れかわった鏡張りの表面の上に支えられているように見えた。

右足を前に出し、左に動かし、胸を下げて鏡の表面に近づけつつ、左脚を平らになるまで後ろに伸ばしながら、右脚は曲げて体の下に敷く。自分の仮想反射像を見おろしたマーティンは、腰の後ろの右の臀部《でんぶ》を横切る梨状筋《りじょうきん》が、わかりやすいよう青くハイライトされているのを見た。

背骨の腫瘍を切除する手術は、脊髄の神経に影響し、一ヵ月間の耐えがたい痛みを引き起こした。痛みは筋肉の中で生じているように感じられたが、じっさいには筋肉はまったく傷ついていない。その痛みは幻であり、虚報だった。けれどマーティンの体にはその違いがわからず、筋肉は感知したと思っている傷から自らを守ろうとしてきつく固まった。そして神経のほうが落ちつくと、固まった筋肉はもともとの幻痛を自己達成的な予言に変えた。いまでは梨状筋は大きな問題で、それ自身の防衛的反応によって損傷を受けているばかりではなく、正常に動くのを拒むことによって、周囲のほかのあらゆるものを巻き添えで不調にしていた。梨状筋をなんとか本来の仕事に戻すことが必要だったが、一ヵ月のあいだ脅《おびや》かされぶるぶる震えてきたあとでは、いうは易《やす》しおこなうは難《がた》しだ。

マーティンは精いっぱい体を前に倒した。体の下で曲げていた右脚を圧迫していた力が梨状筋に移動して、それを少し伸ばした。その姿勢のまま二十まで数えて、体を楽にする。休憩しながら、鏡に映った脚の後ろ側にある、優美さにはほど遠い網状の肉の縄を見おろした。縄は引っぱりあって釣り合いを大きく崩し、そのせいでマーティンは鎮痛剤なしでは眠ることもできなかった。癌そのものは、これまでのところ、まったく痛みを感じさせず、癌を標的とする最新の薬剤も、長年にわたってメディアに植えつけられてきた化学療法の患者のイメージからマーティンが覚悟していた副作用を、ひとつも起こしていない。しかし、マーティンはまさに驢馬《ろば》に尻を蹴られたような気分を味わっていた。

もういちど体を前に倒して、今度は三十までストレッチを続け、愚かな筋肉に、縮こまっているとかえって悪くなるばかりだぞと納得させようとする。それから体を休めて結果を吟味すると、ストレッチ開始時より、青い繊維の束がすでに数ミリメートル長くなっている、と断言できそうだった。だが、いま見ている画像はそこまで精密ではないだろう。魔法のMRIヴィジョンで自分の解剖学的構造をリアルタイムで見ているわけではないのだから。これはすべてが経験から割りだした推測であり、ひと月前のスキャンデータに、ジムの天井カメラとゴーグルが捉えたマーティンの体表のテラヘルツ映像から抽出した姿勢の手掛かりを継《つ》ぎ接《は》ぎしたシミュレーションだ。それは人間の理学療法士が注目するのと同じ情報を指摘して、マーティンがエクササイズを正しくおこなう助けにはなってくれるが、それだけのことだ。マーティンが画像を見おろしても、自分で新たな二次性腫瘍を探せるわけではない。

マーティンは梨状筋ストレッチを五回おこなってから、今度は右脚を伸ばしてセットを繰りかえした。左半身は問題なしなのだが、目標はすべてを対称にしておくことにある。そのあと、腰のエクササイズをほかに五、六種類、念入りすぎるほどにおこなったが、さっきほど熱は入れなかった。そのすべてが有益で、理学療法士のアドバイスを一瞬でも疑ったことはないが、膝腱がほんの少し強ばっているといわれて緊急性を感じるのは、むずかしかった。この日課はなにひとつ、少なくとも直接には癌に影響しないが、痛みのない日々と薬を使わない眠りを取り戻せるなら、それ自体が勝利であり、また、全体としての健康に恩恵をあたえるだろう。

マーティンはシャワーを浴びると、病院を去った。道に出て三歩と行かないうちに、おんぼろの白い車が脇に寄ってきて、二十代の男が声をかけてきた。「タクシー？」車のどこにも会社のマークはない。イランではだれもが、自分でその気になればタクシー運転手だ。

マーティンはうなずいて、助手席に乗った。マーティンの家までの料金について合意に達する。会話のきっかけを作ろうとしてもマーティンがそっけない返事しかしないので、運転手がステレオの音量をあげ、イラン版セリーヌ・ディオンのような女性ヴォーカリストに、ぱっとしない男性ラッパーがちらちらはさまる曲が轟いた。

マーティンは耐え抜こうとしたが、歌は聞こえないことにするには大きすぎ、無視するには最低すぎた。「頼む、音を下げてもらえないか？」マーティンは頼みこんだ。

運転手に腹を立てたようすはなかったが、片手を突きだして、「追加料金」

マーティンはいった。「じゃあいいよ。車を停めてもらえるか」

若者はこの新しい要請を思案した。「おれに手間かけさせた分、払ってもらわねえと」

マーティンは動じなかった。まだ百メートルも走っていない。「最低料金でも払ってほしけりゃ、タクシー免許を取るんだな。いいから車を停めろ」

「払えってんだよ！」男は激怒して繰りかえした。「警察呼んでもいいのか？」

「好きにしろ」マーティンはドアをあけた。運転手はあわてふためいて、甲高いブレーキ音とともに車を急停止させ、マーティンがおりられるようにした。

マーティンは叩きつけるようにドアを閉めると、エンケラブ通りを歩き去りながら、バス停の場所を思いだそうとした。立ち止まって、ニューススキオスクの側壁に寄りかかって体を支え、歩行者のあいだを縫っていくオートバイの音に耳を傾ける。トレッドミルはストレッチの前の準備運動として欠かせなかったが、それで半日分の体力を持っていかれた。

我慢しなくてはならない。六ヵ月すれば、マーティン自身の改変された皮膚細胞から培養された完璧な新しい肝臓が完全に成長し、原発腫瘍を切りとられたボロ臓器と交換する準備が整う。十年前なら、ステージ4の胆管癌は死刑宣告だった――そして治療法はすべて、精も根も尽きるような試練だった――だろうが、マーティンの週いちどの注射にはなんの副作用もなかった。一日二十四時間、毒素を付加された人工抗体が、マーティンの体じゅうに散らばった癌細胞に出くわして、副次的損害を出さずにさっさとやっつけている。絶対確実といえることはないが――転移する細胞が耐性を獲得する可能性はつねにある――マーティンの癌専門医は、五年後生存率は三十パーセントだといった。昔の治療法ではゼロだったのだから上昇しての、三十パーセントだ。

マーティンはバス停を見つけた。家に着くと、目ざまし時計をかけてから服を脱ぎ、ベッドに潜りこんだ。驢馬の蹴りが燃えるように痛かったが、夕方まではこれ以上コデインを使わないことになっている。目を閉じて、かたわらにマフヌーシュの姿を思い浮かべた。

「きみが恋しい」マーティンはささやいた。罪悪感がうずくのを感じる。マフヌーシュがそこにいると思うことは、時として、一種の不貞を働いているかのように、不誠実で、道を踏み外しているように感じられた。

「なにがいけないというの？」マフヌーシュがいった。「わたしは忘れられたくない」

（きっとそうだろう。それともぼくは、自分の望む言葉をきみにいわせているだけなのか?)

「わたしがそうさせているみたいないいかたね」軽蔑するような答えが返ってくる。

マーティンは突然、マフヌーシュが彼のところで住みはじめてからまもなくの、ある夜を思いだした。彼女がベッドに入る前に服を脱いだとき、彼はしわがれ声で唱えはじめた。「ヌーシュが脱ーぐ!」マフヌーシュはベッド脇のスタンドを投げつけて、マーティンの鼻を折った。

マフヌーシュがいった。「手を貸して」

マーティンが浅い眠りに漂っていくあいだ、マフヌーシュはその手をしっかりと握っていて、三時間後に目ざましが金切り声をあげたときも、彼女はまだマーティンのもとを去っていなかった。

マーティンは終業ベルの五分前に学校に着いた。ほかの子どもの親たちは会釈するだけで、近寄ってはこなかった。過去には話しかけようとした人も二、三いたが、その人たちがマーティンの家庭の悲劇に思いやりを持って接するのを義務のように感じている一方、マーティンは他人のことに嚢ったれな口をはさまないでいてほしがっているという点で、最初から根本的な乖離があった。

ジャヴィードが地面を見つめたまま教室から出てきた。ようやく顔をあげて、マーティンがそこにいるのに気づいたときのほっとした表情には、怯えがあり、長くは続かなかった。

今日は、父は来てくれた、だがつねに明日がある。マーティンはジャヴィードが埋もれるほどに、力強い約束を降りそそがせたいという本能と闘った。父さんはおまえを置いていったりしないよ、ペサラム。おまえは決してひとりぼっちになることはない。だが、たとえマーティンがその言葉を自分で信じているとしても、ジャヴィードがそれを本気で受けとったりするだろうか？　光り輝く彼の母親は、前触れなしに死んだのだ、完全に健康だったというのに。白髪混じりで足を引きずる、黄疸《おうだん》にかかった父親が、なにをいったら不死身のオーラを取り戻せるというのか？

マーティンがジャヴィードの手を取って、ふたりは運動場を歩いていった。「今日はなにをした？」

「いつものこと」

「とくに面白いことはなかったのか？」

ジャヴィードは返事をしなかった。

「父さんに絵を描いてくれた？」

ジャヴィードは立ち止まって、バックパックのファスナーをあけた。そして、マーティンがいつも包肉用紙を連想する紙を巻いたものを取りだし、父親にさしだした。マーティンがそれを広げると、色鉛筆で描いた絵があらわれた。

犬の頭をした鳥が、山腹の巣の上を舞っている。細かく見ると、巣は何本もの木の幹でできている。巣の中では、金髪の少年が立ちあがって両手を上に伸ばしている。鳥、シームルグは死んだ子羊を両足の鉤爪でつかんでいる。

「シームルグがザールに食べ物を運んできたところ？」マーティンは尋ねた。

ジャヴィードはうなずいた。

「じゃあ彼女はやさしい鳥なんだな、じつはおっかなくはなくて？」

「シームルグはザールにはやさしいんだ」ジャヴィードはいった。「でもザールは、シームルグといつまでもいっしょにはいられない。お父さんが来て、家に連れて帰るから」

「いい絵だね」

マーティンは絵を巻いて、ジャヴィードはそれをまたバックパックにしまった。マーティンはいった。「今日はタクシーはやめて、バスに乗ろう」ジャヴィードは驚いた顔をしてから、うれしそうな笑顔になった。街へのバスはゆっくりと複雑なルートを走っているが、乗ろうとすると滅多に来ないので、ジャヴィードにはまだ物珍しさを感じさせた。

バスの旅の途中で書店の前を通過した。防犯シャッターをおろしてあってショーウィンドウを覗けないので、人々は店の前を素通りしていく。マーティンはそれを見て、少したじろいだ。賃借料は、マフヌーシュの保険金を少しずつ切り崩して、まだ払いつづけていたが、店員を雇って店を再開するか、売却先を探すか、決心すべき時期だった。〈啓典の民〉。賃借契約にサインした日、マーティンはマフヌーシュに——真面目くさった表情を半時間近く保ちながら——彼女が提案した控え目に皮肉なこの店名は臆病者の選択で、自分たちが自称すべきは〈最高にナイスな呪われし者《ザ・ナイセスト・オブ・ザ・ダムド》〉だと力説したものだ。

目的地に着くと、マーティンはオマールに謝った。オマールは毎回、城塞《ガールエハ》ふたつを親子のために空《あ》けておいてくれるのに、三十分遅刻したからだ。「きみがこれで損した分を、払わせてもらえないか」

「週にいちどのことだ、なんでもない」オマールはにべもなかった。「ああ、偉大な戦士のお出ましだ」オマールはしゃがんでジャヴィードの頰にキスをすると、ギャズ《ソフトキャンディ》の四角いひと切れを手渡した。

「ファルシードはどこ？」ジャヴィードがそわそわと尋ねた。

「客が車にテレビを積むのを手伝っているよ」オマールがいった。「心配するな、おまえさんがゲームを終えるころには戻ってきているから」

マーティンとジャヴィードはふたりで二階に行った。ふたりとも毎回の手順はなじみになっていた。父子でグローヴとゴーグルをつけてから、マーティンは自分のノートパッドを順にふたつの城塞《ガールエハ》にむけた。機械がナシムの認証を読みとって、〈ゼンデギ〉への接続をおこなう。マーティンとジャヴィードは、中に足を踏みいれるだけだ。自分の城塞《ガールエハ》の縁が上昇していくとき、マーティンはまわりで使用中の球のひとつが猛然と回転しているのを見た。防音になっていても、その球の現住人のあわただしい足音はくぐもった響きとなって、マーティン自身の球が閉ざされるまで聞こえていた。

ゴーグルのスクリーンを下ろすと、城塞《ガールエハ》の単調な白い空間はたちまち消滅して、マーティンはジャヴィードの横で、砂漠のオアシスの縁に立っていた。ゆるやかに段階を踏んだ移行せていたので、準備段階はすべて省略された。

ジャヴィードは目を丸くして、前方遠くの建造物を見つめていた。「ザッハーク王の宮殿だ！」ふたりはこの物語を選択したとき、薄茶色の泥煉瓦で築かれた要塞の絵を目にしていたが、その世界に没入している感覚、絵の中にそのまま足を踏みいれているという知識だけでも、すでにその光景はきわめて迫真的なものになっていた。建築材料にもかかわらず、要塞は見るからに小ぎれいで、矢狭間が並んだ壁の上はほぼ完璧なスカラップ形で飾られている。角のそれぞれにそびえる円柱状の塔も、壁は同様のスタイルだ。装飾的な狭間胸壁はここにはない。

砂の上を大きな歩幅で歩きはじめたジャヴィードは、父親がついてこられているか確かめているのを気づかれたくないというように、なるべくこっそりとマーティンのほうを見ていた。ふたりとも服装は、伝統的なアラブ人のローブであるディシュダーシャだった。この物語は『シャーナーメ』の一部分だが、舞台はペルシアではない。マーティンは軽く一日分以上のトレッドミルでの運動をしてきていたので、歩幅を増幅表示するよう、目立たない手の動きで〈ゼンデギ〉に指示した。その結果、童話に出てくる魔法の七里靴を履いたほどではなかったが、マーティン本人の側でほとんどなんの努力もしなくても、アイコンが元気いっぱいに歩けるようになった。

オアシスの中に入りこむ埃っぽい小道は、椰子の木が並び、白い小石をちりばめられた広い通りに変わっていった。馬や駱駝《らくだ》が道端の木陰になった草の上で休んでいる。いくつもの流れが地面から湧きだして、ひと連なりの浅い池に注いでいた。いつもは人見知りするジャヴィードが、動物たちの世話をしている年上の少年のグループに、「サラーム！《こんにちは》」と声をかけ、少年たちは愛想よく手を振りかえした。その歓迎の笑顔の裏に人間はいるのだろうかとマーティンは思ったが――そんなつまらない役を引きうける気になる人がいるか？――雰囲気の一部としての少年たちの温かい挨拶それ自体には、好意が持てた。絵画や、映画や、本の中に出てくるだれひとり、現実世界に戻れば友だちではいられないが、だからといってそれに接した体験が、欺瞞や不誠実なものに変わったりはしない。

宮殿に近づくにつれ、道は人であふれはじめ、やがてふたりは混雑した市場《バザール》の人混みを縫って歩いていた。ふたりのために、周囲の人々は皆ペルシア語を話していた――ただし、日常での現代口語ではなかったし、またマーティンの耳には、「v」の代わりに「w」、「p」の代わりに「b」が使われてアラビア語っぽく聞こえたが。買い手は商人たちと、一《いっ》反《たん》の布や、宝飾品や、果物や、穀物や、香辛料の値段でやり合っている。マーティンは、この無駄ともいえる背景世界の豊かさに、刺すような罪悪感を覚えた――このすべてをソフトウェアが難なく呼びだせるわけがない。細部が適切なものになるよう、何人もの人間のデザイナーが何日もこき使われたのは、まちがいあるまい？――が、たぶんこれはすべて、ひとつの舞台から次の舞台へと、多少の修正を加えて使いまわされているのだと判断した。こういうバザールが出てくるゲームや物語は何千とあるだろう。いちどすべての要素を設定してしまえば、人の顔を変えたり、商品を入れ替えたりするのは、きっとごくたやすいのだ。

ジャヴィードはとまどったようすで立ち止まった。「ぼくたちに仕事をくれる男の人はどこ？」

「このバザールを通り抜けて、宮殿の脇に行く必要がある。忘れたのか？」

「ここにはその人の仕事場はないの？」

マーティンは微笑んだ。「ないと思うよ」王の複雑な国内統治組織がバザールに求人事務所をひらいていて当然だというのは、たぶんすじが通っているが、ウェブサイトの注意書きは、ふたりが自ら宮殿の厨房にむかうよう指示していた。

マーティンに促されて、ジャヴィードは絨毯《じゅうたん》売りに道を尋ねた。ふたりにはこの迷路で無駄にできる時間はない。売り手の女性の説明に従っていると、いかにも悪臭を放っていそうな見かけのゴミ捨て場の脇を通った。においを伝えることが不可能なのは幸いだったが、蠅のうなりだけでもマーティンに吐き気を催させるにはじゅうぶんだった。

厨房に出入りする戸口には玉すだれがかかっていて、空気の流れをさえぎることなく虫を締めだしていた。マーティンは両手で玉すだれを掻きわけながら、玉がひとつでも顔や肩に触れて彼の不信の停止を損なうことのないよう、〈ゼンデギ〉が物理現象を微調整しているのだろうか、と一瞬考えた。午後の日射しの中から入った室内は薄暗く感じられた。目が慣れてくると、麻袋に入った米や豆類、棚に積まれた陶製の瓶が見えた。

途方に暮れたようすの中年男性が、隣の部屋から入ってきた。男性はアミールと名乗り、ふたりにていねいに挨拶したが、ふたりがすみやかに用件を説明するよう期待しているのは明らかだった。妥当と思われるあらゆる文化規範に反して、アミールが直接相手をしたのはジャヴィードのほうだった。

「ぼくたちは仕事を探しています」ジャヴィードは説明した。

「ほお？　なにができるのかな？」

「ぼくは床掃除ができます」ジャヴィードはいった。「父さんは荷物を運べます」

　アミールは疑わしげな顔をした。「背中は丈夫なのか？」とマーティンに尋ねる。

「はい、サー」現実世界では、それは白々しい嘘だっただろうが、朝のエクササイズで現実にも柔軟性があるような気分になっていた。重さのない食料を扱うことになるなら、たぶん小さな軍隊を食べさせるくらいの量は運べるだろう。

　アミールはジャヴィードのほうをむいて、「そしてきみは熱心に働けるかな？　新しい料理人は塵ひとつ落ちていても許さないだろう」

「立派な仕事をします」ジャヴィードは請けあった。

　アミールはじっくり考えているという感じの複雑なパントマイムをした。顎鬚を手で梳《す》き、損得を天秤にかけているかのように顔をしかめる。だが物語のこの部分は、あらかじめ定められていた。

「きみたちは直ちに仕事に取りかからねばならん」やがてアミールはいった。「今夜、大宴会がある。王と三百人の客だ。料理人はどこにも汚れひとつないことを期待するだろう」

「ありがとうございます、サー」マーティンはいった。「ご期待は裏切りません」

マーティンは手を下げて、ジャヴィードの手の甲を叩いた。

「ありがとうございます」ジャヴィードも続けてそういった。アミールも自宅のコンピュータの画面から笑顔をむけてくるガイドやアシスタントと同様に本物ではない、と息子が理解したのは喜ばしいことだった――けれど、物語に真剣に取りくむつもりなら、ジャヴィードには礼儀正しくふるまってもらいたかった――悪い癖を身につけないようにするためだけでも。

アミールは仕事部屋に戻り、そこで請求書を前に頭をかかえるらしい。プロット生成プログラムは、厨房の管理人が無能なギャンブル狂いの義理の弟を厄介払いするために使い込みをする、というところまで話を広げられるだろうか、とマーティンは思ったが、機械の限界を試すためにジャヴィードの重大な任務を邪魔するつもりはなかった。

マーティンは箒《ほうき》を見つけて、ジャヴィードに手渡した。触覚グローヴはじっさいの力をまったく作用させられないが、それが作りだす感覚は軽い物体を気味悪いほどに実体のある物だと感じさせた。ジャヴィードが本気で仕事に取りかかったが、マーティンは息子をうらやましいと思わなかった。床は汚らしく、存在しない塵や食べかすを掃き集めるのは、現実に同じことをするのとほとんど変わりなく疲れる仕事だろう。

ジャヴィードが貯蔵室の掃除を終えると、ふたりは厨房そのものにより近い調理準備室に移動した。六人の厨房係――十代の少年五人と、ハイダルという名の年長の監督係――が、鳥の羽をむしり、魚のはらわたを抜き、野菜を刻んだり剝《む》いたりしている。その作業で出る屑用の籠はあったが、大半の屑は床に落ちていた。少年たちは、ジャヴィードをチビ助と呼んだり、ジャヴィードがこれでちょっと休めると思うたびにひと握りの羽を床に落としたりしてからかった。息子の顔を注視していたマーティンは、精神的な重圧がジャヴィードには強くなりすぎはじめたので、箒を息子から引き継いだ。いまきれいにしたばかりのところに、アーメドという少年のひとりが、剝いた皮を全部払い落とすような動きをしたとき、マーティンは厳しくとがめた。「少しは他人を尊重して、自分の仕事をちゃんとやれ」アーメドは応援を求めるようにハイダルを見たが、年長の男はいった。「そのとおりだ。おまえはごたごたを起こしている暇なんてないほど忙しいはずだ」アーメドはしばらくむっつりしていたが、剝いた皮は屑籠に払い落とした。

ハイダルがマーティンにむかっていった。「あなたには米を十袋運んできてほしい」

マーティンはジャヴィードに箒を渡した。最初の四袋を肩に担いで戻ってくると――健康なふりをするつもりなら、中途半端なことをしても意味はない――ジャヴィードの姿がなかった。

「息子はどこだ？」ハイダルに訊く。

「厨房を掃除しているよ」

マーティンは不安な思いで戸口に目をやった、まるで竈《かまど》や深鍋いっぱいの熱湯がジャヴィードに深刻な害をなせるかのように。急いで残りの米を運んできて、自分も厨房にすべりこむ。

ジャヴィードは箒を雑巾に持ちかえ、四つん這いになって、一心に油の溜まりをこすっていた。マスタードのボトルを水鉄砲がわりにして、後始末は他人まかせで反省の色もなかった男の子が、だ。三人の料理人助手が竈にかかり切りだった。三人の汗まみれの顔に反射したまっ赤な輝きを見ているだけで、マーティンは自分でも拷問じみた熱さが感じられる気がした。

「料理人はいつ来るんだ？」マーティンは、巨大な深鍋の中身をかきまわしている助手のひとりに尋ねた。

「もうすぐ」男は無愛想に返事をした。

「その料理人はもう、王様を感心させたと聞いたぞ。ここに来てから、まだ三日にしかならないのに」

「あのかたの腕前は達人だ」助手は傲然といい放った。「さあ、自分の仕事だけして、わたしたちを邪魔しないでくれ」

いまや鍋のほとんどがゆっくりと煮立ってきて、料理人助手たちは厨房係以上に神経をとがらせ、まもなく準備室がまた手のつけようのないあわただしさになり、ハイダルが自分の領地にマーティンたちを呼び戻した。ジャヴィードは立派に仕事をこなしていたが、疲れてきているのがマーティンにはわかった。マーティンは、ジャヴィードには見えない個人メニューを片手の動作で呼びだし、物語の総所用時間を十五分短縮した。ジャヴィードは週末のゲームを選択するとき、いつも一時間フルのプレイをおねだりしたが、中世的労働をこれ以上させられるのを略したからといって、息子がひどくだまされた気分になるとは、マーティンには思えなかった。

激した声が厨房から飛びだしてきた。だれかが料理人助手たちに有無をいわさぬ口調で話している。「もっと熱を、もっと水を、もっと塩を。全部、昨日説明したことだろうが。いったいなにがむずかしいというんだ？」料理人は口汚く罵っているのではなかったが、もっとも穏やかな注意でさえ、打ちひしがれた沈黙に迎えられた。ハイダルと厨房係は目を伏せ、その表情は怯えと畏敬の念のあいだをさまよっていた。

ジャヴィードがささやく。「あれが彼だね、ババ《パパ》」少し怖がっているように聞こえる。マーティンは、先に進む覚悟はあるかと問いつめて雰囲気を台無しにしないよう、自制した。「ああ、彼だ、まちがいない」マーティンは重々しく同意した。ジャヴィードは、いつでも自分の好きなときに手を引けるとわかっている。いつまでもいちいち面倒を見てやる必要はない。

痩せた黒と白のぶち猫が部屋を駆け抜けて厨房に入っていき、悲しげに鳴いた。料理人が笑い声をあげ、それから猫を呼んで、舌を鳴らすのをマーティンは聞いた。「食べ物がほしいのか？」料理人がいった。「分けてやれるものはないと思うが、まあ見てみよう」

ジャヴィードは部屋の片隅に立っていた。マーティンもその横に行く。戸口からちらりと猫の姿が見えた。なにかくれそうな身振りをしているだれかの足もとにまとわりついているかのように、期待に満ちてぐるぐる歩きまわっている。猫が大きな音で喉をごろごろ鳴らしはじめると、手がおりてきて頭をなで、長くてほっそりした指が耳を掻いた。「ちっ、ちっ、ちっ」料理人が舌を鳴らす。「おまえにあげられるなにがあったかなあ？　なにがありまちたかぁ？」料理人の早口が赤ちゃん言葉に近づいていくにつれ、マーティンは寒けが背骨を下るのを感じた。

猫は頭を指にこすりつけながら、どんどん小さな輪を描く。もう一本の手もおりてきて、まるで猫を急《せ》かすように脇腹をなでると、猫の動きはさらに速くなり、速くて姿がぼやけ、黒と白の模様が混ざって灰色になった。

料理人の長い両手が、陶芸家が粘土を成形するように、ぐるぐるまわる猫を愛撫する。猫の期待に満ちたごろごろいう声が大きくなっていき、皮膚に指が押しつけられるのに合わせて脈を打つ。と、回転する体を両手がきつく絞りあげ、急に動きを止めさせてから、視野の外に引っこんだ。ぼやけていた猫の毛は、静止してまたくっきり見えるようになったが、猫の形は変化していた。尻尾と尻が、頭と胸の鏡像複製に置き換わっている。哀れな生き物は結合双生児に変容させられ、腹を空かして不平をいう口が、ひとつではなくふたつになっていた。

ふたつの頭は、顔を歪めて威嚇しあっている。両者のひとつきりの体は相手に飛びかかるふりをするが、慣れ親しんできたやりかたで戦うには、この生き物はあまりにも不安定で、数秒後にはじたばたする不格好な毛の輪になりさがり、ぐるぐるまわりながら脇腹を蹴ったり、自分自身を嚙んだり引っかいたりしていた。

料理人は冷やかに、「これで手の届くところに食べ物がたっぷりだ」というと、騒々しい生き物を見えないところに蹴り飛ばした。

マーティンは部屋を見まわしたが、だれひとりこの忌まわしい所行を目にしたようすはなく、都合よく目を逸らしつづけていた。一瞬、本物のいらだちと怒りに駆られそうになる。（この〝達人〟は見かけとは違う人物なんだぞ、なぜわからない！）だがジャヴィードただひとりが——あとマーティン自身も、主人公の相棒として——わかっているということこそが、このゲームのキモだった。料理人は人間などではない。彼は人の姿になった悪魔イブリスなのだ。彼の料理の技能は、ここの意志薄弱な王をたぶらかすためのもの。もし大宴会が上首尾に終わったときには、めざましい新たな使用人にザッハーク王が示す感謝は、猫の場合と同じくらい恐ろしく、そしてはるかに破滅的な変形で締めくくられることになるはずだった。

ジャヴィードは怯《ひる》んでいた。マーティンは息子の手に触れて、「これからどうしたらい？」とささやいた。「もしザッハーク王が料理を気に入って、料理人を抱擁——」

「鳥の羽だ」ジャヴィードが告げた。「料理に羽を混ぜればいい」

マーティンは微笑した。「いいアイデアだ」自分では、ゴミ捨て場から腐った屑を数つかみ分持ってくることを考えていたのだが、羽も同じくらいに効果がありそうだ。それに羽を使えば、赤痢を蔓延させるのを息子に奨励するのはいかがなものかといって悩まずにすむ。

ハイダルと厨房係が作業を終え、雉子《きじ》は残らず羽をむしられ、香草は残らず刻まれ、野菜は残らず賽の目に切られた。ハイダルは床にゴミがないか点検したあと、ジャヴィードに約束した。「ボスにおまえのことは誉めておいてやる。きっとおまえを雇いつづける気になるはずだ」

ジャヴィードは礼儀正しくしようとしたが、その言葉をそのまま受けいれるのはちょっと不誠実だと気づいたらしい。「明日ぼくは、別の仕事で忙しいと思います」ジャヴィードは正直にいった。

ハイダルは少し驚いたようだが、彼のソフトウェアは気の利いた反応をなにも提供できず、ふたりにお休みをいっただけで立ち去った。

「せいぜい楽しめ、チビ助」アーメドがいって、茄子《なす》の皮をひと山、床に払い落とした。

「そのつもりだよ!」ジャヴィードがいい返した。

マーティンとジャヴィードは準備室でふたりきりになった。マーティンも手伝ってジャヴィードは床掃除を終えたが、最後のゴミを集めてゴミ捨て場に運ぶとき、ふたりは籠をひとつだけ脇によけておいて、それをむしられた羽でいっぱいにした。

ふたりは厨房の戸口に立って耳を澄まし、ジャヴィードはだれかにたまたま見とがめられたときに備えて箒を握ったままでいた。やがて、料理人助手たちがいくつかの料理の大皿を宴会場に運びはじめた。料理人自身も、配膳に目を光らせ、そのあとご満悦の王の賛辞に浴するために、それについていった。

マーティンは厨房を覗きこんで、「よし、だれもいないぞ！　急げ！」ジャヴィードはずらりと並んだ竈の前を通って、羽入りの籠を運んだ。籠は重さがないはずだったが、ジャヴィードはその大きさ自体に苦戦していて、無理やり広げた両腕がつらそうだ。まだ火にかけられている深鍋は、厨房のむこう端にふたつだけあった。

マーティンはその深鍋のひとつの蓋を取って、羽をシチューの中に掻き落としはじめた。羽が手のひらをくすぐるのを感じ、それがぐつぐつ煮える液体の中に沈んでいくのを見守る。「これを食べたらたまらないだろうな」マーティンははしゃいだ気分になった。人々が口から羽を引っぱりだし、不快げに顔をしかめるところを思い浮かべずにいるのは、不可能だった。あるいはジャヴィードとふたりで宴会場に忍びこんで、その不快さの饗宴を見物できるかもしれない。〈ゼンデギ〉は細部をごまかしてしまうだろうが、それはなんとも残念なことだった。

ジャヴィードが焦《あせ》ったように、マーティンの空いているほうの手を叩いた。「パパ、あいつら戻ってきた！」

マーティンは大あわてで深鍋の蓋を戻した。足音は近い。ふたりがここに入ってきた戸口は遠すぎた。見まわすと、小部屋の入口が見つかった。扉は半びらきになっている。片手で籠を、もう一方の手でジャヴィードをつかんで、その小部屋に連れこんだ。

ふたりは扉の裏に立った。ふたりの横には、木の棚に金属製の深鍋《アジャー》と陶製の瓶《ジャー》が積みあげられている。

ふたりの助手がぶつぶつぼやきながら厨房に入ってきて、また出ていった――たぶん残りの深鍋ふたつを運んでいったのだろう。マーティンが扉の陰から頭を突きだすと、ちょうどだれかの影が近づいてくるのが目に入った。すばやく頭を引っこめる。

「ザッハーク、ザッハーク、ザッハーク！」料理人は夢見心地でため息をついた。「わたしが感謝の徴《しるし》に望むのは、王がいちど抱擁してくれることだ」マーティンはジャヴィードの本でこの物語を読んでいた。大変すばらしい料理に感謝して、王が悪魔の料理人を両手で抱きしめると、その謙虚な臣下は王の両肩にいちどずつ接吻した――するとそれぞれの肩から蛇が一匹ずつ生えてきた。王の外科医が蛇を切り落としたが、蛇はたちまち生え戻った。蛇を鎮めるには、人間の脳を毎食あたえるしかなかった。

料理人は上機嫌で口笛を吹いた。足音からすると、料理人は厨房をワルツで踊りまわっているようだ。マーティンはジャヴィードを見おろして微笑んだ。もうすぐ宴会場から激怒の叫びがあがり、イブリスが予期してきたのとはまったく違った王からの呼び出しがあるだろう。だが、斬首はない。マーティンはナシムにメールまでして、自分がその種の暴力を除外するために正しい欄に印をつけたことを確認していた。もとの物語では、イブリスは蛇を生やしたあと、あっさり姿を消す。失敗を突きつけられても、同じようにするだろう。

口笛が突然止まった。

「このにおいはなんだぁ？」料理人はいった。「雉子の血、それも生《なま》のじゃないか？ なにもかもが手はずどおりにいったのに？」獣のようにふんふん鼻を鳴らす。マーティンは籠に目を走らせた。まだ完全に空《から》になってはいなくて、血のこびりついた羽の残りが底に突き刺さっている。「かわいいチビ助が床をきれいにしていったんじゃなかったか？　見たところ汚れはない。だというのに……」

こちらへむかって静かな足音が三歩。

「だというのに……」

マーティンは相反する衝動に引き裂かれて、固まった。これは遊園地の乗物や、幽霊列車みたいなものでしかない。子どもがみんな期待でわくわくになる、短時間の安全な恐怖を強引に奪いとって、ジャヴィードを過保護で嫌がらせたいのか？

「瓶《ジャー》のある部屋のドアが役に立たないのは」料理人が英語に切りかえてなぞなぞを出した。「どんなときでしょう？」もうアラビア風の訛りはない。いまは、『死霊伝説』のジェームズ・メイソン（スティーヴン・キングの『呪われた町』を原作とするドラマのミニシリーズで、メイソンは骨董店を開業した謎の男を演じた）のように聞こえた。

マーティンはジャヴィードの手を握って、目を見つめ、だいじょうぶだよという自分の表情を、ゴーグルをしていても〈ゼンデギ〉が推測し、再構成できるよう願った。マーティンはジャヴィードに、もし怖かったら逃げても全然かまわないのだと――この見せかけの世界に、下にむけた両手の親指を見せつけてやって、かんたんにモンスターを追いはらっても全然かまわないのだと、知らせる必要があった。

「答える人はいないのかな？　ほんとうに？　でも答えはとてもかんたんなのに！」マーティンは数インチしか離れていない息づかいを聞き、そして指の長い手があらわれて、扉の横を握った。

「答えは、ドア《アジャー》が半びらきのとき！」

小部屋に足を踏みいれて姿を見せた料理人は、背が高く、笑顔で、ジャヴィードにむかって前かがみに手を伸ばした。マーティンはパンチを食らわせようとしたが、やすやすとかわされた。その間に、ジャヴィードは扉をするっとまわりこんだ。「走れ！」マーティンは興奮して、息子の背中に叫んだ。

料理人はまた背中をぴんと伸ばして、にこやかにマーティンに微笑みかけた。その顔には髭がなく、この世界での変装としてはおかしな選択のように思えたが、もしかすると悪魔には髭が生えないのかもしれない。

「気にするな」料理人はいった。「チビ助は取り逃がしたが、父親は倍の料理になる」

「そうそう」マーティンは言葉を返した。「ぼくは付き添いでここに来ただけだから、ぼくを楽しませようとして全力を出してくれなくてもいいよ」

料理人の肌が黄疸《おうだん》の黄色に変わり、顔がげっそりとして、目が落ちくぼんだ。それを見てとったとき、驢馬に蹴られたような痛みを感じた。一瞬、マーティンは病院のジムに戻っており、見つめている仮想鏡が今回映しだしているのは、未来のマーティンの予想画像だった。

悪魔の笑みはずらりと生えた鋭い牙に姿を変えながら、マーティンの肩めがけておりてきた。マーティンは悪魔の頭にパンチを打つふりをした。悪魔が体を引いて、怒った鎖蛇のようにシューッという音を発する隙に、マーティンはすばやく体をねじ込んでその脇を通り抜け、扉をまわりこむと、血まみれの羽が入った籠を拾いあげて、その縁を悪魔の顔に叩きつけた。黄色い皮膚が裂け、傷口から蛆虫がうようよと湧きだした。

マーティンは振りむいて逃げた。もし化け物がマーティンに追いついて、感染させ、もし、い、い、い、い、い、い、い、い、い、

ジャヴィードがマーティンの体から蛇が生えるのを見たら——。

増幅ブーツのスイッチをすでに入れてあったのは、ラッキーだった。

ジャヴィードは戸口で待っていて、マーティンを急きたて、震える手を父親にむかって伸ばしていた。「ババ！　早く！」マーティンは息子の手を握ると、決して振りかえることなく、いっしょに準備室を、貯蔵室を駆け抜けて、光の中に出た。

ふたりは並んで地面に倒れこみ、ヒステリックに笑った。イブリスがどの時点で追跡をあきらめたのか、マーティンにはわからなかったが、幽霊列車はプラスチック製モンスターで頭を殴ったりはしなかったわけだ。ゲームはゲームにすぎない。引き際をわきまえている。

ふたりは立ちあがると、足を引きずってバザールに引き返しながら、げらげら笑いを数歩ごとに繰りかえした。

「あいつの歯を見た？」ジャヴィードが訊いた。

「気持ち悪かった、だろ？」

「ピザ屋の男の人よりひどい。あいつにはぼくの夕食を作らせたくない」

マーティンは自分のお腹をつかんだ。走るのはなんの苦もなかったが、笑いすぎで息切れしていた。

バザールの端まで来ると、人が大勢集まって、遠くの騒ぎを眺めていた。数十人の立派な身なりの貴族が、間断なく宮殿から出てきて、自分の馬にむかっている。大宴会は大失敗だった。料理人は恩寵を失った。ザッハークが、隣国ペルシアを千年にわたって支配する〈蛇王〉にはなることはないだろう。

「おまえが物語を変えたんだ」

「うん」ジャヴィードは放心状態のようだ。なし遂げたいことはずっとわかっていたが、成功は決して保証されていなかった。

「ムバラク、ペサラム《おめでとう、息子よ》」マーティンはジャヴィードの横にしゃがみこんでから、抱きしめたり、キスしたりできないのを思いだした。「よくやったな！　さあ、オマール小父さんとファルシードに報告しにいこう」

ジャヴィードは両手の親指を下にむけて姿を消し、いっしょにまわりの風景も消えた。マーティンはゴーグルを跳ねあげ、城塞《ガールエハ》がふたりを解放するのを待った。

ジャヴィードと階段を下りる途中で、マーティンはオマールとファルシードがカウンターの脇に立って、通路のひとつを一心に見つめているのに気づいた。もう数歩下りると、その興味の対象がマーティンにも見えた。短いショーツとホルタートップの若い女性がボーイフレンドにもたれかかって、片手は男の手と絡ませ、反対の手は男の首すじをなでている。それを凝視する人がいても、マーティンは責められなかった。女性がそんな服を着ているのも、そんな行為をしているのも、テヘランではいまでも滅多に目にしない——いまではもう、それが罰金も投獄ももたらさなくても。マフヌーシュとふたりでオーストラリアを訪れたとき、マーティンがその手の眺めにぽかんと見とれていて、肘で鋭くつつかれたことが二、三度あったのを思いだす。昔はまったく当たり前に思っていたこの種の人前での肌の露出は、マーティンにとって異質で、ほとんど催眠術的なものになっていた。

オマールが自分の息子に小声で話しかけたが、マーティンに聞こえないほど小さくはなかった。「ああいうのとファックしたいと思ったら、遠慮するな、むこうからせがんでくるから。ただし、その生ゴミを家に連れてきて、母さんに恥をかかせるのだけはダメだ」

マーティンはちらりと後ろに目をやったが、仮にジャヴィードがなにかを耳にしていても、なんのことかわかったようすはなかった。マーティンは振りむいて、息子を肩車した。ジャヴィードは信じられないというようにきゃっきゃと笑い転げた。マーティンが肩車をしてやったのは、少なくとも三年ぶりだ。前回のことは、幼い記憶の霧の中に失われているだろう。

一瞬の歓喜の見返りは、たちまち支払わされた。腰の筋肉が攣《つ》って、マーティンはよろけた。ファルシードが飛んできて、ジャヴィードを無事に下ろすのを手伝ってくれた。

ジャヴィードがファルシードに冒険の報告をしていると、オマールがマーティンに近づいてきた。「タクシーを呼んでやるよ」

マーティンはいった。「バスを待つつもりだ」

「正気か？　ファルシードに車で家まで送らせる。ファルシード——？」

マーティンはそれを止めようとして片手をあげた。オマールはその意味を了解した。「わかった、わかった」オマールは片手をマーティンの肩にかけた。「ハステ・ナバシ、バロダラム」文字どおりの意味は、〝あなたが疲れませんように、兄弟〟——だが、そこには、単語三つに盛りこめるかぎりの、親切心と、励ましと、連帯感がこめられていた。

別れ際、マーティンはオマールと目を合わせられなかった。自分の考えていることを恥じていたが、それを考えるのをやめられなかった。

（おまえにぼくの息子を養育させるのは、ごめんだ）

16

一週間にわたって毎日、三時間のセッション二回で、サッカーのイラン・ナショナルチームのキャプテン、アシュカン・アジミはMRIマシン内部に横たわって、何千もの試合の断片を目ざめたまま夢見た。そのうちのあるものは、詳細な記録のある彼のキャリアのハイライトを要約したものだった。ほかのものは、これからプレイするかもしれないゲーム、現実にはまだ直面したことのない難局の予想だった。そして、その断片が古い記憶の弦をかき鳴らすものであれ、新たな即興演奏を要するものであれ、コンマ何秒の決定的な決断を何千とおこなうアジミの脳を観察する機会は、試合データやビデオ映像や生体力学分析をどれだけ集めても決して匹敵できないかたちで、アジミの才能を浮かびあがらせていた。

キャプランは〈イコノメトリクス〉チューリッヒ支社から五人を派遣して、スキャナーの操作とサイドローディングのプロセスの監督にあたらせた。たまたまアジミはドイツ語がぺらぺらだった――クラブ・ホッフェンハイムで二年間プレイしたことがある――が、ボスはナシムがすべてに目を光らせて、〝文化的行き違い〟がひとつも生じないようにすることにこだわった。ナシムはサッカーにまったく関心がなかったので、MRIに入っているアジミのゴーグルに提供されるシナリオに関しては、ババドールとほか三人の〈ゼンデギ〉プログラマーが〈イコノメトリクス〉の人々と共同作業した。だがたぶん、ナシムがアジミの世話係に選ばれたのは、それが理由だ。〈ゼンデギ〉のスタッフで、スターへの憧れのあまり、サイン入りの爪切りください、とこのかわいそうな選手に一週間せがみっぱなしにならないのは、ナシムただひとりだったから。

ナシムが貢献したのは、小脳と視覚皮質と運動皮質に焦点を合わせて、アジミの体が生みだす神業の器として機能するヴァージョンの〈ブランク・フランク〉の製作だった。もちろん、アジミの名前を検索エンジンにささやくだけで、彼のリーダーシップや、彼の戦術的天才や、彼の謙虚さや、彼の寛大さや、彼のフェアプレイ意識への讃歌に溺れることができる――だが、より抽象的なそうした特質は、アジミの頭の内側にしまい込まれたままでいるべきだろう。技術的問題はさておき、アジミのマネージメント会社はきわめて明確な線引きをした。クライアントの人格は非売品である、と。ナシムはじっさいに、弁護士と、顧問神経科医と膝突きあわせて、認可される脳の領域の一覧を含む契約書の別表を協議した。

それで問題はない。サッカーの試合という文脈でなら、ふるまいの〝より高度な〟側面を、従来のソフトウェアが非常にうまく処理できる、というのが客観的な真実だった。人間の選手だったら、いつチームメイトにボールをパスするかを決めるのに自分のエゴと闘う必要があるかもしれないが、愚かなソフトウェアにとっては、それは世界でもっともたやすく定量化してプログラムできる事柄だ。プロキシが敵の耳を嚙み切ったり、だれかの母親か姉を侮辱したりしないかぎりは、大半の人は自分が本物のアジミにいだいているイメージを、彼の不完全なクローンにそのまま持ち越すだろう、とナシムは思っていた。なんといっても、人々のヒーローが自ら進んで、彼の頭をややこしげな機械に一週間も突っこんだのだ。もちろんその成果物は、オリジナルと比べて劣ると判断されるだろうが、彼のなにかが受け継がれているに違いないと人々は理屈づけるだろう。運動皮質、運動音痴皮質。人口の半分は、心臓移植したらドナーの末亡人に恋をすると信じているのだ。

抽出している才能の性質を考えれば、アジミをトレッドミルに立たせて、ボールを扱うふりをさせることさえできないのは、残念すぎるといえた。だが、それに対応可能なMRIスキャナーはまだ作られていなかったし、スター選手にユーロで七桁を支払ったあとでは、キャプランの予算はその種のスキャナーの第一号を作れる額には届かなかった。その代わりに、ナシムたちはアジミに、彼自身の体を雛形とした仮想ボディの外観をあたえ、アジミがその動作を思考でコントロールするのに慣れるだけで、最初の一日がつぶれた。その調整が完了してしまうと、操り人形のように仮想ボディを動かすことで、ナシムたちが模倣しようとしている脳の領域のすべてを活性化できた。アジミがじっさいにはあおむけになっていても、もう問題はない。心の中では、アジミはまさしくフィールドに立っていた。

アジミがほとんどの時間、白日夢に浸っているか、MRI技術者とドイツ語でおしゃべりしているので、ナシムはサイドローディングのプロセスが展開されていくのを観察していられた。サイドローディング開始時点の〈ブランク・フランク〉がボールをゴールに蹴りこめる見こみは、ナシム自身をすら下まわっていた。ドナーたちの平均的な才能がじっさいにどうであれ、それを再現するにはナシムの再構築が粗雑すぎる。けれど、MRI画像を指針にして、〈フランク〉の仮想ニューロン間の接続を微調整し、その集合的ふるまいをアジミのニューロンのそれと一致させていくのは、よく知っている機械部品が徐々に改良される過程をリバースエンジニアリングするのと似ていた――些細なことではないが、理解不能では決してない。一般的人間仕様に結線ずみの〈フランク〉と、アジミのMRI画像とで、活動時のふたつの脳の発光を比較すれば、ナシムはたいてい、〈フランク〉のどこに変更を加える必要があるかを自力で推測できた。サイドローディング・ソフトウェアは推測よりもマシなことができ、それを百万倍速くおこなうことができる。

やがて、〈フランク〉は仮想競技場に出て、師の模倣をはじめた。最初は下手くそでまちがいだらけだったが、どんどん忠実度を増していく。

筋肉が痙攣を起こし、精神も疲労してしまうので、アジミは一定時間以上はスキャナーに入っていられなかった。だが〈フランク〉は、人間がみんな家に帰って寝ているあいだも、同じ課題をひと晩じゅう繰りかえし学び、自分の不完全な部分をソフトウェアに削り落とさせることができた。毎朝、ナシムはほかのだれよりも一時間早く出社し、腰を落ちつけて〝以前〟と〝以後〟の短い映像《クリップ》を観察し、彼女の生徒の進歩を手短にまとめた。

ナシムは父に聞かされたお話を覚えている――お話かジョークか、はっきりした区別はなかった。有名な役者と有名な歌手が同じパーティに招待され、客たちは歌手に、いちばんよく知られた持ち歌を歌ってくれと頼みこんだ。だが歌手は体調がよくなかったし、ワインも飲みすぎていたので、求めを断りつづけた。しまいに役者が仲間に同情して、それ以上歌手がうるさい思いをしなくてすむように、客たちの前で自らその歌の歌唱を披露した——音程は完璧で、歌手の最高の歌唱と区別がつかなかった。

歌手は仰天して役者のほうをむくと、尋ねた。「どこでそんな風に歌うことを覚えたんだ？」

役者は謙虚に答えた。「わたしは歌なんてまったく歌えない。ただ、物真似の才能はあるんだ」

その週の終わりに、アジミとボスは役員会議室で記者会見をひらいた。ナシムは部屋の後ろに立って見ていた。アジミはスポンサーロゴがごてごてとついたチームのユニフォームを着て、もしMRIスキャナーの磁石の下にいたなら、窒息して賽の目切りになっていただろうほど宝石をじゃらじゃらいわせていた。

〈ゼンデギ〉は韓国のデベロッパー、〈スタジアム・レジェンズ〉に、〈ヴァーチャル・アジミ〉を使用した最初のゲームを書く二次ライセンスをあたえた、とボスが発表した。ゲームの納期までは余裕がない。リリースは、開催まであと二カ月を切ったイラン開催のアジア・カップと同時の予定だ。

記者のほとんどはスポーツ・ゲーム専門で、広報がプレスリリースで誘導しておいた方向どおり、アジミのファンたちがゴーグルをつけて、アジミのヴァーチャル統率力のもとで試合をプレイしたときに感じる喜びについて熱く質問した。だがそこで、ギータ・ラザヴィー―〈ジェネレーション2012〉紙の〝文化批評家〟――が質問を割りこませることに成功し、彼女はどうやらまったく違うところに反応していた。

「ミスター・アジミ、いうまでもなくあなたはすでに名声の味をご存じですが、まったく新しい種類の不死を達成した地球最初の人間になったご気分は、いかがなものでしょうか？　いまから一世紀後にも、人々はまだあなたのプロキシといっしょにサッカーをプレイしていると思われるわけですが」

アジミは笑顔で、「いうまでもなく、引退後にもどんなかたちにせよ人々の記憶に残るなら、それは光栄なことですが、わたしはこのコンピュータ・ゲームを、〝不死〟のひとつのかたちとは呼びません。わたしはサッカー選手であるだけではない――わたしは詩人のハーフィズについての学位論文を書きました。わたしは息子であり、夫であり、父にもなりたいと思っています。このゲームはそうしたことのなにとも、いっさい関係がないのですから」

「では、もしプロキシが、サッカー以外のあなたの人生のそうした面をすべて取りこむことができるとしたら、あなたはどんなご気分になるでしょう？」ラザヴィは食いさがった。「それはすばらしいことだと思われますか――それとも、禁止されるべきだとお考えでしょうか？」

アジミはボスをちらりと見たが、自分で答えた。「わたしが理解しているかぎりでは、それはそもそもありえない話です。わたしは専門家ではありませんが、ここの人たちにできるのは、脳の非常に小さな一部分をこのかたちで複製することだけだ、と説明を受けました。それ以上のどんなことも、このテクノロジーには複雑すぎる、と」

ナシムはうれしくなった。彼女がブリーフィングをおこなったとき、この人はちゃんと注意を払っていたのだ。

ラザヴィがいった。「このプロジェクトが二千人の死んだ男性の脳を必要としたと知ったとき、良心がとがめませんでしたか？」

ボスが割りこんだ。「当社はその二千人のドナーのかたがたと直接の関係はいっさいありませんが、そのかたがたは、全人類の利益のために、自発的に情報提供を申しでられたのです。これは今回がはじめてのことではありません。いま、医者は人体解剖図を利用していますが、わたしたちがその知識をいつでも使うことができるのは、何千人もの人が、自分の死後、死体を解剖することを許可したからにほかなりません。わたしたちは、寛大さゆえにその人々に感謝し、その輝かしい被造物ゆえに神に感謝せねばなりません。そしてあなたの愛らしい鼻は、ミズ・ラザヴィ、その益を受けたすべての中で、もっとも感謝すべきものに違いありません」

笑いが静まると、別の記者が発言の機会を捉えた。「ミスター・アジミ、もしクウェート・チームがこのゲームにアクセスしたら、どうなると思われますか？　あなたを相手に何度でも好きなだけプレイできたら、彼らにアンフェアなアドヴァンテージをあたえることにはならないでしょうか?」

アジミはこの質問に備えていた。「このゲームでは、わたしのプロキシだけでは選手はひとりにしかなりません。プレイするかたは、だれとでも好きな人と集まって、人数を揃えられます――しかし、われわれのファンにも、ライバルにも、大いに敬意を表した上で申しあげますが、みなさんが作るどんなチームも、イランのナショナルチームの足もとにも及ばないでしょう」

「自分の写真を見ようとすると、また広告が出るようになったよ」ナシムの母がぼやいた。「自分の結婚式の写真を見ようとすると、漏れなく痔の薬を売りつけられるだなんて」

ナシムはいった。「なんとかできないか、あとで見てみる」ナシムはちょうど夕食を終えて、ようやくくつろぎはじめたところだった。

テレビのスイッチを入れて、メニューで『写真』を選ぶ。母のいうとおりで、アルバム・ステージで横に流れる宣伝文句とリンクがプレビュー画像の下の部分にスーパーインポーズされた。

ナシムはテレビを管理者モードにした。デバッグとモニタリングのソフトウェアを立ちあげ、オンライン・フォト・マネージャーのクライアント、〈ルーベンス〉をそのあとに続ける。十年前、ナシムは母に無料のソフトを使いはじめるよう奨めた。インターフェイスはシンプルで、画像はどこからでもアクセス可能で、すべてが三つの別々の場所に自動バックアップされる。

クライアントがフリーズした。デバッガーのウィンドウを数秒見つめて、ナシムはなにが起こったか理解した。クライアントがモニターされていることにサーバーが気づいて、それと話すことを拒否したのだ。サーバーはコソ泥に協力する気はなかった。

ナシムは声を潜めて毒づいた。最初に広告があらわれるようになったとき、ナシムはそれをブロックするかんたんな方法を見つけだした。そのタスクは年が経つにつれて少しずつ手のこんだものになっていたが、ここに来てプログラムの防御力が根本的に強化されたらしい。

ナシムはいった。「これ、週末まで待って」

「かまわないよ」と母から返事があった。「いますぐなんとかしてくれといったわけじゃないんだから」

「ありがとう」ナシムはテレビのスイッチを切って、皿を食器洗い機のところに持っていった。「でも催促してね、忘れちゃうと思うから」

「記者会見を見たよ」母がいった。「イラン・イスラム共和国放送《IRIB》で」

「そう？」会議室でIRIBの人間を見た覚えはないが、考えてみれば、ニュースで取りあげられてもなんの不思議もない。「人気が出ると思う？」

「これが世間を動揺させるだろうってことは、ちゃんとわかっているのかい？」

ナシムはうめいた。「いまになって、脳のドナーのことで文句をいうつもりなの？ わたしが合衆国に残って、脳みそ相手の仕事を一生していればいいといったのは、母さんでしょ」食器洗い機の蓋を閉めて、居間に戻った。

「わたしが心配なのは、死んだ人の脳のことじゃない」ナシムの母が言葉を返す。「おまえが生きているほうとやっていることだよ。世間の人たちはかんたんには受けいれないだろう」

「〝世間〟？　どこの世間よ？」母さんが倫理的に主張したいことがあるなら、架空の第三者の影に隠れていないでちゃんと主張すべきだ、といいたいのをナシムはこらえた。「ここはもう神政国家じゃないんだし、わたしはここがまだ神政国家のままみたいに怯えてふるまうつもりはない」

「それはそのとおり」母親も同意した。「ここは神政国家じゃないが、しかし、おまえの同胞たる市民たちは、自分たちの価値観が脅かされていると感じはじめたら、選挙で保守主義者を権力の座に戻すことが、なんの問題もなく可能なんだ」

「脅かされるって、なにに？　オンライン・サッカー・ゲームで有名選手のふりをするための最先端技術のささやかな進歩？」

母はいらだたしげに頭を横に振った。「それは違うかもしれないが、だがその次にはなにが来る？　有名人《セレブ》のプロキシとねんごろになるために金を払う気になる人がいるのは、まちがいないと思うね」

ナシムは困惑した。〈ゼンデギ〉も退屈な仮想ナンパ用スポットに手を出している——そこの利用者はどこかよそで、生身で、コトを先に進められる——が、ひと言でもサイバーセックスの促進に関する提案をしようものなら、役員会は全速力で逃げだすだろう。「今度はわたしがポン引きだという気？」

「もう、鈍いふりはおやめ！」母はナシムをにらみつけた。「でも、ほかの人たちがその手法をどう使うかは、おまえの思いのままにはならない」

ナシムはいった。「仮想セレブとのセックスを売りにしてる連中なら、もういる。そいつらは、心理的リアリズムのレベルを向上させようなんて思っていないわ」

「じゃあ、その話は脇に置くとしよう。この手法で仕事上の技能をコンピュータに移しかえることが可能な労働者には、なにが起こる？」

「わたしたちがアジミを余剰人員にしたとでもいうの？」ナシムは答えた。「だれかがゲームをプレイするたびに、アジミは契約金を減らされるわけね！」

「つまり、おまえは一般の人たちも同じような扱いを受けると考えているわけだろう？」母が反論する。「契約もしないうちに仕事を取りあげられてしまう人たちのことは、いうに及ばず？」

「オートメーション化の話なんていまさら」ナシムは弱々しくいった。「どのみち……この手法を新製品ゲーム以外のなにかで使えるのは、まだまだ先よ。いまにもロボット配管工が出現するなんて思わないでね」

「おまえはゲームの客たちをだましているってこと？」ナシムの母は遠慮なく訊いた。「それとも、おまえがこのテクノロジーについていっていることは、ほんとうなのかい？」

「これは本物よ」たぶん人々はそのプロセスに過剰な意味をあたえたり、細かい注意書きを無視したりはするだろうが、これは決して奇術による錯覚でも、有名人フェティシズムでもない。秒単位の尺度の、とても限られた領域で、〈ヴァーチャル・アジミ〉はオリジナルのふりをすることを学習したのだ。

「なら、それは改良されて」母がいった。「ほかのかたちで使われるようになるだろう。なぜそれに反対する人がいるのか理解できないとしたら、おまえはよその星に住んでいるんだろうさ」

二階にあがったナシムは、情報マイニングソフトに最新ニュースサマリーを表示させた。だれも街なかで暴動を起こして、アジミは自然に、またはイスラム教に、またはスポーツに対する罪を犯したといって彼のジャージを燃やしたりはしていなかった。それどころか、ファンたちは早くも、最初のデモンストレーションマッチでプレイするチャンスに申込をしていた。片方のチームは本物のアジミがキャプテンで、対するチームのキャプテンはアジミのヴァーチャルな片割れ。

このストーリーは確かにインパクトがあって、数時間で世界じゅうを駆けめぐったが、アジミの脳からほんとうになんらかの技能を抽出できたのかという懐疑的な意見はいくらかあったものの、ほとんどの反響はポジティヴなものだった。コメディアンたちはこのニュースの少しばかり現実離れした一面を引きだしていた――エジプトのお笑い番組は、自国の大統領がヴァーチャル自分とレスリングの試合をさせられるというコントを流した——が、これまでのところ、激しい弾劾はなかった。ナシムの見るかぎり、大半の人々はこのプロセスを、アジミの関節に黄色いマーカーをテープで留めて、モーション・キャプチャーで彼をゲームにインサートするのと、ほとんど同程度の議論の対象としか見ていなかった。

情報マイニングソフトが屑判定したニュースの中に、〈恵《B》み深き超知性《S》ブート《B》ストラップ《S》・プロジェクト《P》〉の出したビデオ・プレスリリースがあり、広報係のミッシェル・ベロがコンラッド・エッシュ理事にインタビュウしていた。そこで話題に出ている時事関連の問いは、このオンラインゲームへのつかの間の大きな関心よりも永続的な重要性があるといずれ判明するだろうなにかを、BSBSPはヒト《H》・コネクトーム《C》・プロジェクト《P》から探りだしたのかどうか、だった。

答えはイエスらしい。過去数カ月、HCPデータを慎重に研究した〈超知性プロジェクト〉は、五年以内の〈クラス3創発小神〉構築を可能とするのに不可欠な手掛かりを入手したのだ。

「そしてそれが起きたとき、なにが予期されるのでしょう？」ベロが質問する。

「二ないし三時間以内に、地球は〈恵み深き超知性〉に完全に支配されるだろう。人間に関するもろもろは数秒のうちに最適な状態に再編成される。もはや争いはない、もはや悲しみはない、もはや死はない」

「ですが、確実にそうなるといえるのでしょうか？」ベロは恐れ知らずに問いかけた。「コンピュータはあらゆる種類の不具合を起こし、あやまちをおかします」

「人間によって作られ、プログラムされたコンピュータならば、そうだろう」エッシュは認めた。「だが思いだしたまえ、定義からいって、〈小神〉の昇鎖内のあらゆる元素は、知性と慈悲の両面で先行存在に勝《まさ》っているのだ。われわれは理論上の基礎作業を終え、これから、連鎖反応を開始させる最終部品を組みたてる。最終到達点は論理的に明白だ。神が存在するようになること。そこに議論の余地はなく、それを止めるのは不可能だ」

ナシムはいった。「この中でどれがいちばん、猫を連想させる？」

〈ファリバ〉は四枚の写真をじっくりと見た。エッフェル塔、籠の中の鸚鵡《おうむ》、ギザの大ピラミッド、エンパイアステートビル。画面上の光の点が画像から画像へと移動して、彼女の注意の焦点を追った。

「ピラミッドがいちばん」〈ファリバ〉がいった。「理由は、エジプト人が猫のために作ったものだから。次は鳥、理由は、それもペットだし、それから猫はそれを食べたがるかもしれないから」

ナシムは「ありがとう」とか「なるほど」とか「正解」とかいいたい衝動に駆りたてられる前に、身振りでリセットの合図をした。四枚の新しい写真があらわれた。自転車が道路に横倒しになって、まわりに若干の食料品が散らばっているところ。萎《しお》れた花。団地にぶつかろうとしている解体用鉄球。とても若い少女が、痛みに体をふたつ折りにしている年老いた女性の手を握っているところ。

「この写真の中で、いちばん悲しいのはどれ？」ナシムは質問した。〈ファリバ〉はもう、さっきのテストの記憶を持っていない。答える前に数秒間、画像について考えて、「たぶん自転車。お祖母さんといっしょの少女のほうが強く感情的だけれど、悲しさと愛しさが打ち消しあうべきなのか、独立しているべきなのか、わたしにはわからない！」

ナシムはリセットと停止を身振りで指示して、バハドールのほうをむいた。

「数日間、サッカーをプレイしづめで戻ってきてみたら」バハドールがいった。「その間《かん》にこんなことになっていたとは」

「数日？　もう五週間になるのに！」会社は、アジミのグルーピーがゲームのベータテストを手伝っているあいだに脱水症状を起こさないよう、城塞内《ガールエハ》に給水器を取りつける必要があった。「どう思った？」

バハドールは笑みを浮かべた。「すばらしいです。何人の女性をサイドローディングしたんです？」

「二十人。学生が大部分」各被験者はＭＲＩの中に横たわって、十時間にわたるセッションのあいだに、一連の厳しくはない課題をこなした。写真を見る、短いエッセイを読む、録音された演説を聴く、単純な質問に答える。夜のあいだに、サイドローディング・ソフトウェアが口下手な〈ブランク・フランシーヌ〉――ＨＣＰの女性からナシムが組みたてた――をつついたりこねたりして、もう少しうまくしゃべれるイラン人のいとこ、〈ファーシフォネ

・ファリバ〉に作り直した。書き言葉も話し言葉もなめらかで、語連想に満ちあふれ、数千の平凡な事実に通じている。〈ファリバ〉が哲学者や詩人とまちがわれることは決してないだろう。従来のプロキシ――複雑な、分岐するスクリプトに沿ってアドリブで対応する――は、少なくともそれ用に作られた状況でなら、より深みがあり、よりそれらしい対話を人間とすることができる。だが〈ファリバ〉は、スタンドアロン・システムとしては、なにをすることも意図されていない。従来のソフトウェアでも、人物の過去や目標、記憶、文脈をあたえることはできるが、〈ファリバ〉は、会話がスクリプトで予想されている可能性の範囲を超えても気づまりな沈黙に陥らないような柔軟性のあるキャラクターを、デベロッパーが千倍は楽に作れるようにするだろう。

「いくつかの異なるヴァージョンは作れますか?」バハドールがいう。「さまざまなサイドローディング項目に、異なる重み付けをあたえることで? そうすれば、反応はつねに意味をなすけれど、そのモジュールを使う各キャラクターで同じにはならない」

ナシムは考えてみた。「いいアイデアね。合成プロキシでは、そのパーソナリティの大部分を決めるのは、やはりスクリプトだけれど、一種の低レベル・ヴァリエーションのライブラリを提供できれば、付加的な魅力になる」デベロッパーは、特定のキャラクターが猫を鳥と関連づけるほうがいいか、ピラミッドとのほうがいいかを自分で決められる。それがゲームの重要な要素とまったく無関係だとしても、デベロッパーがゲームのトーンをいっそうコントロールできるようになるだろう。

バハドールはカーペットに汗をしたたらせていた。ゲームをしてきたばかりで、シャワーを浴びにいく途中で部屋の前を通りかかったところを、ナシムが呼びこんだのだ。「もう行っていいわよ」ナシムはいった。

バハドールは自分の湿ったシャツを見おろした。「すみません、においますよね」ドアのほうへむかう。「あなたの成果はすばらしいです。それにアジミのゲームも。わたしたちはひと財産築けますよ！」バハドールはそのあとひと言い足すのを、廊下に出るまで控えていた。「給料アップを期待しています」

「あなたが本来の仕事に戻ったら、たぶんね」ナシムはバハドールの後ろから声をかけた。

ナシムはデモンストレーション・モジュールで遊んだ。それに対して厳密な自動化されたテストはすでに走らせていたので、今回は驚きも大きな問題もなかった——けれど、〈ファリバ〉と自分でおしゃべりすることには、中毒性のなにかがあった。

「ここにあるどの色が、温かな天気を思わせる？」

「この中からひとつだけしか無人島に持っていけないとしたら、どれを選ぶ？」

「最初の三枚の写真のうちのどれが、四枚目が結末になる物語を語っている？」

テストには必ずしも、ひとつだけの正しい答えがあるわけではないが、〈ファリバ〉はつねに気の利いた反応をしてみせた。彼女は叙述的記憶も、高尚な信念も、なにも持っていない——しかし、彼女が獲得したすべての言葉と概念は、完全にすじの通るかたちで結びあわされている。もし内面の深さをなにも持っていないなら、〈ファリバ〉はおめでたい人よりも、自分自身の窮状にまだ気づいていない記憶喪失症患者のように聞こえるだろう。

ナシムの求人広告に応じた女性たちは、作業の報酬として受けとったささやかな金額に満足していた――それに、スキャナーの狭い空間にいちど慣れてしまえば、作業は彼女たちにとって少しもつらいものではなかった。ナシムは彼女たちを搾取しているとも、彼女たちの脳を小銭と引き替えに盗みとっているとも感じなかった。彼女たちの言語的技能や常識や雑学は、どんなに活き活きとしていても、希少なものではまったくなかった。文字どおり数百万人のテヘランの女性が、同じ作業を同様にうまくやれるだろう。

それでもやはり、生《なま》の語彙や無味乾燥な知識以上のものが、少しばかり伝わってはいた。ときどき〈ファリバ〉は、アサに直接由来する奇妙な言葉づかいをしたり、アジタが自分とは関係ないというだろう機知を見せたりした。ファラーのように思いやりがあったり、チャリパのように辛辣だったりするように見えることもあった。

要するに、どういうことなのか？　〈ファリバ〉は長期記憶を持たず、自分自身という感覚もない。テストのたびにナシムにリセットされても〈ファリバ〉はなにも失わない、なぜなら失うものがないのだから。一時間でも一日でも、中断なしに走らされたとしてさえ、時間経過は〈ファリバ〉になんの痕跡も残さないだろう。〈ファリバ〉に興味の対象や目標や権利があるかのように扱いはじめるのは、正気ではない。

だが、〈ファリバ〉には意識があるのだろうか――彼女を作るのを手伝った女性たちが、数秒間、ひとつの単語のことを考えるとか、同じ絵を探すとかいう単純な課題に完全に没頭してわれを忘れているときでも意識があるのと、同じ程度には？

ナシムにはわからなかった。ナシムの研究は、もはやそうした考察が想像外なほどかけ離れてはいない領域へと入りこみつつあった。これからは一歩一歩に注意しつつ進む必要がある。

とはいえ、〈ファリバ〉はどうよくいっても、消滅するという恐怖の根拠となるそれ自身という概念をまったく持たない意識の、すぐ消えてしまう一形態にすぎない。〈ファリバ〉と彼女の無数の変種《ヴァリアント》を、彼女たちがなんの積極的な役も演じない物語に接合《スプライシング》しても、彼女たちの断片的な心が強化されてなにかもっと本質的なものに変わることはないだろう。それは単に、ゲームをプレイする人間が受けとる幻想だ。それでも〈ファリバ〉たちは生きつづけるだろう――もともと生きていたとして――永遠の現在の中を、単純な課題を何度も何度も繰りかえして、なにも思いだすことなく。

17

「夕食はできているぞ」とマーティンが知らせるのは三回目だった。

「はぁい！」ジャヴィードはもう四十分も風呂に入っていて、シャンプーボトルどうしのなにやら複雑なバトルを上演している。マーティンはお湯の流れる音が聞こえるのを待ったが、耳に届いたのはふたたびはじまったミサイルの効果音だけだった。

マーティンはバスルームに入っていって、浴槽の栓を抜いた。ジャヴィードは一瞬腹を立てたように見えたが、文句はいわずに、緑色のヘアビタミン剤を攻撃していた青いコンディショナーを置いて、バスマットの上に載った。マーティンはタオルを手渡し、ジャヴィードが自分で体を拭くのを待った。

ボトルのほとんどはマフヌーシュのだった。ジャヴィードが小道具として使いつづけていなければ、マーティンはそれをもう捨てていただろう。マフヌーシュの化粧品と服を処分する気力をまとめあげるまでに、マーティンは三カ月かかった。宝石類を全部残してあるのは、どれが単なる小間物で、どれがいつの日かジャヴィードが自分の妻なり娘なりにあげたいと思うかもしれない物かを判断する、という課題にいまだにむきあえないからだ。

ジャヴィードは、無防備なペニスに肘と同じくらい乱暴に触れても平気だというかのように、勢いよくタオルで股をこすった。それを見るたびにマーティンは縮みあがらずにはいられないが、どうしようもなかった。息子に割礼を施す、なぜならそれは〝ふつうに〟おこなわれることだから、とマフヌーシュがいいだしたのは――出産後、彼女とジャヴィードが退院する前日のことだった――マーティンには不意打ちだった。「もしこの子がイラン人の女の人と結婚したいと思って、その人がわたしみたいに奇妙な外国の習慣に寛容な人でなかったとしたら、どうするの？」イスラム教はその慣行を支持しているが、そこに宗教的意味あいをつけ加えてはいないので、マーティンは法学者《ムッラー》に対するマフヌーシュの嫌悪を反論に利用できなかった。手もとで医療的な賛否を調べることのできないマーティンが、かろうじてできた返事は、「もしこの子が、全裸で、腐食剤を使ってシャワーの掃除をしようと思ったら、どうするんだ？」三十分後、施術は完了していた。

夕食のあいだ、ジャヴィードはテレビでサッカー・ハイライトを見ていた。マーティンは興味があるふりをしなくてはという気分にならず、それはカートゥーンやレスリングの場合と同じだったが、いずれジャヴィードがファルシードと試合結果を熱く語りあっているのを聞いて嫉妬で心が痛むことになるのは、わかっていた。もっと気力があれば、ふりをしたり、試合に対して本物の情熱を育てたりすることさえ、たぶんできたかもしれない。新しい肝臓が手に入ったら、いまは不可能なそうした課題もかんたんになるだろう。

ジャヴィードの宿題は、同じ文字が異なる位置にあると異なる形になることを説明するために選ばれた一群の単語を書き写す、手書き文字の練習半時間だった。マーティンはテーブルのジャヴィードの横にすわって励ましてやったが、ジャヴィードにはなんの助けも必要なかった。ジャヴィードはすでに、きれいで正確な字が書けたし、英語を書くことを学ぶ子どもが大文字と小文字という概念を把握するのとまったく同じようにたやすく、頭字、中字、尾字、単独字という概念を把握しているようだった。

「よし、お休みの時間だ。歯を磨いておいで」

ジャヴィードはマーティンにお話を読んでちょうだいといわなかった。それは母親の仕事だった。ジャヴィードが望むのは、自分が眠るまでマーティンがベッドの脇にいてくれることだけで、マーティンは喜んでいわれたとおりにした。

闇の中で、マーティンの考えはここ何週間もつつきまわしてきた、心に刺さった棘に戻っていった。ジャヴィードが生まれたとき、オマールとラナは名付け親になってほしいという頼みをとても重く受けとめてくれた。オマールは宗教の問題を持ちだして、自分はジャヴィードを非イスラム教徒として育てる心の準備をしている、とマーティンに請けあった。大きく引っかかることがひとつあるのを別にすれば、マーティンはすべての問題は片づいたと思っていたし、その判断を再考しなくてはという思いにもまったく駆られなかった。なんのためにこうした準備をするかといえば、問題を忘れるためにほかならない。万一最悪の事態が起こった場合の結果に気を揉んで、それを未来のあらゆる不安に対する解毒剤とするために、考えられないことをいちどじっくり考えるためにほかならない。

マーティンはいまも、オマールが良き男性、良き父、良き夫であると信じている。長年のあいだ、マーティンはオマールが、アラブ人や、ユダヤ人や、アフガニスタン人や、スンニ派や、黒人や、ゲイや、女性や、敵サッカーチームのサポーターについて、愚かなことをいうのを耳にしてきた――けれど、世界じゅうのだれもが、人を中傷し、ある人々の集団に対して、悪意に満ちた、耐えがたい侮辱を口にすることがある。マーティン自身にしたところで、自分のこれまでの人生での無分別な発言をだれか他人の耳を通して聞いたら、自分がどうやったって公正さと品位の手本になどなれたものではないと思うはずだ。自分が子どものころからタブー扱いするよう訓練されてきた問題について、マーティンが自分のあいまいな自己検閲に基づいてオマールを裁いたら、それは単に聖人ぶっていることになるだろう。そして、店にいた女性についてオマールがファルシードにいった下品なことについては、ファルシード自身の女性に対する興味が高まったのと、なにごとにつけ彼が父親の意見を気にかけるのをやめた時期とがぴったり一致したことを、マーティンは完全に確信していた。ファルシードはきっと内心ではうんざりして、父親の言葉をひと言残らずさえぎれるように心の中で鼻歌を歌っていたのだろう。イランのティーンエイジャーが西洋のそれと唯一違っているのは、礼儀正しすぎて、馬鹿なことをいって笑いものになっているんだから口を閉じろ、と自分の父親にいえないことだ。

それでも……たとえ国民一般の性的道徳観が変化していることへのオマールの無頓着さが、じっさいはほとんど無害だとしても、そしてたとえオマールが、マーティンのような無神論者と友人になれたのと同じようにたやすく、口が軽くなっているときに馬鹿にする人々のだれとでもちゃんと友人になれるのだとしても、問題はほんとうには解決しない。マーティンは自分のタブーを、息子に共有させたかった。もしジャヴィードが、学校の運動場で聞いてきた頑迷な性差別主義者の世迷い言を自分でも口にしたら、「いいことをいう！」とか「そのとおりだろ？」とかいわれるのではなく、とがめてもらえることをマーティンは望んだ。髪の色以外にも、いつまでも続く影響を自分の息子にあたえたい、と望むのはまちがっているだろうか？ 自分自身の価値観を引き継がせたい、と望むのは聖人ぶっているだけだろうか？ それは、自分自身のほうがオマールよりいい人間だと審判を下すという話ではない。それは、自分がジャヴィードの人生から完全に消し去られずにいるという話だ。

だが、その強い願いが現実にマーティンにもたらすものはなんなのか？ どんな選択肢があるというのか？ ベフルーズはオマールのようにがさつではないが、たとえ彼とスーリーがジャヴィードを引きとるのを同意してくれても、ジャヴィードはふたりのことをほとんど知らない。ジャヴィードは友だちみんなから飛行機で二時間離れたダマスカスに行きっぱなしになる。アラビア語を覚えることは、ジャヴィードにとっていちばん些細な問題だろう。オーストラリア絡みの夢物語は、同じマイナス面を十倍に拡大させる。マーティンはいとこのだれとも親密にしてこなかった。マークと妻のレイチェルはマーティンの結婚式のときテヘランに来てくれたが、マーティンはまだふたりにマフヌーシュが死んだのを伝えていなかったし、自分自身の病気のことはなおさらだった。もしマーティンがマークのところに唐突に電話をかけて、自分のかかえているジレンマについて説明しておいてから、三人の子どもたちが独立したいま、そちらの家は空っぽに感じられないかと尋ねたときに訪れるだろう気まずい沈黙は、容易に想像できる。

ジャヴィードがもぞもぞ動いて、「ママ！ インジャ・ビア《ここに来て》！」

マーティンはいった。「シーッ、だいじょうぶだよ」もしマフヌーシュがふたりのそばにいるのだとしても、彼女は沈黙を守っていた。虚空から彼女の助言を引きだそうとしたマーティンが感じたのは、漠然とした気づかいと愛情の気配だけだった。マフヌーシュを十五年間知っていたけれど、彼女がこの悩みをどう思うかはわからなかった。マフヌーシュはオマールとラナを名付け親に選ぶことを受けいれたとはいえ、当時、彼女の友人たちの大半は離婚していて名付け親にはなれなかった。ジャヴィードがほんとうの両親以外の人の手で育てられるなどという話に、マフヌーシュは現実味を感じただろうか？ 少なくともいちどマフヌーシュは、オマールは性差別主義の穴居人《けっきょじん》で、ラナはそのいいなり《ドアマット》だといったことがあった。だがマーティンは、彼女がふたりともを愛していたし、ふたりともすばらしい人たちだと思っていたのを知っている。ラナは物静かだけれど強い人だ。ゴスバンドに入らなくても、独裁者に思い知らせてやることはできる。

ジャヴィードの寝息がゆっくりした規則正しいものになり、マーティンは子ども部屋を出た。背中はそれほど痛まなかったが、マーティンは鎮痛剤の使用を完全にやめようと努力していたので、もう数時間起きていて、疲れきってからベッドに入る必要があった。

居間に行ってテレビをつける。この時間だと、マーティンがなにもしなくてもテレビは自動でローカルニュースのチャンネルを選択したが、第三次世界大戦が勃発しないかぎり、今週のニュースは、サッカー、サッカー、サッカー、以外にありえるとは思えなかった。

18

メールにはこうあった。『今日、ランチをごいっしょできますか？　急で申しわけありませんが、重要な話があります』
ナシムは返信した。『どこのお店で？　わたしはヴェジタリアンです』テヘランで肉抜きの食事ができる場所を探さねばならないという状況は、たいていの人に〝重要〟という基準を考え直させる。オンラインマップはほとんど助けにならない。ナシム自身も、だれかをぬか喜びさせたくなくて、見つけたお店をアップするのをやめていた。たまたまいいお店が見つかったと思っても、目的にかなうひと品が気まぐれでメニューから消えたり、断りなしに肉がレシピに加わっていたりすることは、当然のように起こった。
マーティンは三十秒で返事を寄越した。『クク・サブズィ《野菜オムレツ》を出す店が、〈啓典の民〉の先の角を曲がったところにあります』
そのメニューがどれくらい徹底して野菜なのか疑わしいとナシムは思ったが、誘いを受ける暇がないほど忙しいなら、最初から完璧に無視すればよかったのだ。『ＯＫ。一時にあなたのお店で？』

『了解。ありがとうございます』

ナシムが着いたとき、マーティンは店に鍵をかけてシャッターを下ろしていた。

「ランチタイムには店をあけておかないんですか？」ナシムは尋ねた。

「朝は自分で店をあけます」マーティンはいった。「夜のシフトはアルバイトの学生が来てやってくれますが、いまのところ午後は人を置いていない」

マーティンに連れていかれた店は、壁と注文品の受け渡しカウンターのあいだにプラスチックのテーブル三つがぎゅうぎゅうづめの混雑したジュースバーだったが、店主はほんとうに昔ながらの香草と野菜のオムレツを、文句もいわずにささっと作ってくれた——牛挽肉《ひきにく》ひとつかみや鶏肉の角切りを〝風味を足すために〟放りこんだりすることなく。

「ジャヴィードはどんなようすです？」ナシムは尋ねた。

マーティンが返事をするまでにしばらくかかった。「あの子はまだいろいろ考えている最中で、このことの影響やなにかを理解しつつあります。折に触れて、マフヌーシュがほんとうに戻ってこないのだと、あの子はあらためて気づかされる。六歳の誕生日の前にもそういうことをいって、その日は特別なことはしないですごすと自分で決めました。母親抜きでお祝いをしたくなかったんです」

ナシムは力づける言葉を考えようとした。「ジャヴィードもいずれは必ず立ち直りますよ」マーティンの癌のことは自分の母から聞いていたが、それについて質問するつもりはなかった。葬儀以降のナシムとマーティンの会話のほとんどは、〈ゼンデギ〉に関係することだった。ナシムは、かわいそうな少年が少しでも気晴らしをする力になれるだけで、じゅうぶんうれしかった。

マーティンがいった。「ジャヴィードの名付け親のオマールとラナは、すばらしい人たちです。だから、これからいうことをあの人たちの人格を侮辱していると思われたくはないんですが」

「わかりました」ナシムはプラスチック椅子にすわったまま、困惑しつつ姿勢を変えた。話がどこへむかっているのか見当もつかない。母は共通の友人を通じてその夫婦を知っていたが、ナシムはマフヌーシュの葬儀の日に会っただけだ。

「オマールはずっと、自分の息子のようにジャヴィードと接してきました」マーティンが話を続ける。「ジャヴィードの幸福をあれほど気にかけてくれる人は、ほかに想像もできない。ただ、ときどきオマールの考えは、女性のことや他民族の話をするときに――」語尾があいまいに消えた。「あなたは合衆国でしばらく暮らしていたんですね？」

「十二年くらい」ナシムは答えた。

「わたしがなにをいおうとしているかは、おわかりだと思います。ああいう人種差別や性差別のゴミ発言の山を半分に減らすのさえ、気が遠くなるような仕事だ。完全に身のまわりから排除することはだれにもできません。けれど、だからといって、あきらめてかまわないというわけにはいかない」

「もちろんそうです」ナシムは用心しつつ同意した。

「ぼくはオマールに息子を養育されたくない」マーティンはズバリといった。「ぼくにとっては重要だが、オマールには、少しでも確信を持って子どもに伝えることさえ、とにかく絶対受けいれられないことが、いろいろとある。オマールのような人がジャヴィードの面倒を見てくれる気になっていることに、自分が感謝すべきなのはわかっています。でも、ぼくはそれと折り合いをつけられない。とにかくできないんだ。だから、あなたに会いにきたんです」

ナシムは顔から血の気が引くのを感じた。（この人はわたしに、自分の息子を養子にしてくれと頼む気だ）

「マーティン、わたしは——」うろたえて、まとまった言葉が出てこずに黙りこむ。マフヌーシュは親戚だが、ほとんど知らなかったし、ジャヴィードはなおさらだ。もしほかにだれもいないなら——文字どおりこの世界にほかに人がひとりもいないなら、覚悟を決めるかもしれないが、マーティンの話を聞いていると、忠実で愛情深い友人夫婦をお払い箱にするのは……単にナシムのほうが西洋的な感覚を持っているから、ということなのか？

マーティンがまた口をひらいて、「昨夜、〈ゼンデギ〉でのサッカーの試合のリプレイを見ました、ふたりのアジミが闘うやつを。どちらのチームも相手を引き分けに持ちこもうとしていた」マーティンは笑った。「たぶんぼくは世界じゅうでいちばん遅れて、あなたがなにをなし遂げたかに気づいて、それがどんなに驚異的かを賞賛した人間でしょう」

ナシムは今度こそわけがわからなくなった。この人はわたしをおだてようとしているの？

専門技能を誉めるのは、それが里親としての適格性になにか関係があるとでもいいたいから？

「そして、その試合を見たときに」マーティンの話は続く。「それが答えだとわかった。ジャヴィードが最近ぼくとすごしたいちばんしあわせな時間は、全部が〈ゼンデギ〉でのことだった。あの子は変だとか怖いとか思わないだろう。あっさり受けいれるはずだ。あの子にとって完全に意味をなす、とぼくは思う」

ナシムはいった。「なにがジャヴィードにとって意味をなすんですか？　あなたはわたしになにをしてほしいんです？」もう答えはわかっている気がしたが、自分がさっきの誤解をしたままだったら、あやうくふたりとも気まずい思いをするところだったわけなので、ナシムはなにひとつ当然のこととは考えまいとした。

「あなたがアジミにしたことを、ぼくにもしてほしい」マーティンは静かに告げた。「〈ゼンデギ〉の中で生きて、息子の成長を助けられるぼくのプロキシを作ってください」

四十分がすぎると、ジュースバーの店主はふたりに不機嫌な顔をしはじめた。ナシムは長居するためにそう何杯もバナナミルクシェイクをお代わりする気になれなかったので、ふたりは無人のマーティンの店に戻って、客がこれから買うかもしれない本をぱらぱらめくれるように設けられた小さなコーヒーラウンジに腰を落ちつけた。

「妻の保険金がいくらかある」とマーティンがいうのは五回目だった。

「それは重要な点じゃない」ナシムも辛抱強く答える。「費用の問題じゃない。問題は、複雑さなの」

「精巧なものをお願いしているわけじゃない」マーティンが粘る。「このプロキシが道徳哲学の講義をすることは期待していない。ぼくが彼に望むのは、もし彼の息子が女性は娼婦だといったり、アラブ人は野生動物だといったりしはじめたら、正しく直感的反応をしてくれることだけだ」

ナシムはいった。「そんな単純なことでいいなら、わたしがいますぐ会社に戻れば、あなたが好きなだけこと細かに指定した引き金の言葉に反応して激しく怒りだす、台本組み込みずみのありきたりなプロキシが、一丁あがり。あなたがほんとうにほしいのは、そんなお粗末なもの？」

「そこまでお粗末じゃ困る」マーティンは認めた。

「じゃああなたは、子どもを叱るべきときを判断できるのが唯一の能力であるプロキシ――そして、反論されると自分の意見を通すために同じことしかいわなくなるプロキシ――が、あなたの息子さんに少しでも影響をあたえられると、ほんとうに思う？　高度な哲学的議論の話じゃないのよ！　六歳の、あるいは十二歳の子どもと議論して、『お父さんがそういったからだ』よりも深みのある答えを返すという話」

マーティンは希望を失いはじめているように見えた。「ジャヴィードを迎えに学校に行かなくちゃならない」

ナシムはいった。「ごめんなさい、マーティン。ほかのことでなにかわたしにできることが――」

「ありがとう」

会社に戻るタクシーの中で、ナシムはくたびれ果てた気分だった。ほかにどれくらいの人が、〈ヴァーチャル・アジミ〉が試合でオリジナルに対してとことん一歩も譲らない――まるでそれが、ふたりが完全に一致した鏡像であることを証明するかのように――のを見て、こう思っただろうか。これだ、これこそわたしが死を免れるチャンスだ。だが、もし万一、アジミがトラックに轢《ひ》かれたら、ゲームに人気があるあいだは未亡人が印税をもらえるのは確実として、ほとんどの人は失念しているだろうが、プロキシもまた、自分を走らせるに足る収益力を保持しつづけるのだ、もっと個人的な事柄だけでなしに。もしかするとマーティンにこの話を聞かせるべきだったのかもしれない、あの試合が完全な八百長だったわけではないが、アジミはもしそうしていいなら、プロキシ率いるチームを狂ったように叩きのめしていただろう、と。それはアジミのエゴにとってはいいことだったかもしれないが、だれの預金残高にとっても得にはならなかっただろう。

エレベーターをおりたナシムに、バハドールが気がついた。「コム（シーア派聖地のイランの都市）の聖職者の件は聞きましたか？」

「いったいなにが――？」ふたりは並んで廊下を歩いた。バハドールの顔に笑みはなかったので、いまのはジョークの前振りではないらしいとナシムは判断した。

「ホジャトレスラム・シャヒディです（ホジャトレスラムはシーア派聖職者第三階位）。さっき、〈ヴァーチャル・アジミ〉は神と人間の尊厳に対する侮辱である、と非難する声明を発表しました」

「侮辱？　どこが？」

バハドールはノートパッドを読みあげた。『神がわれわれにあたえた贈り物は、彼の喜びとなるためであるなら、自由に分かちあわれ、教授され、用いられるべきであるが、売買されるための商品化されることがあってはならない』

ナシムは目をこすった。「なるほど、それで、こいつに追随してゲームをボイコットする人がじっさいに出てきているの、それともこいつは、これが重要な問題だという幻想をいだいてニュースの大見出しになろうとしている、例の太ったターバン野郎のひとりにすぎないの？」

だれかに盗み聞きされているのではと心配しているかのように、バハドールはそわそわとあたりを見まわした。「わかりません。いずれ判明するでしょうが」

「この名前でSocNetしてみた？」

バハドールはノートパッドをいじった。「彼のウンマー・スペース（ウンマはイスラム共同体の意）のページはありますが、友人のほとんどはおべっかボット《シコンボット》のようです」

「ふうむ」ナシムがオンライン地域奉仕の仕事をしていたのはだいぶ前のことだが、当時、興味があるふりをしているだけのボットをフィルタリングしない人が侮《あなど》りがたい組織者だった例は皆無に等しかった。「この件は気にしなくてよさそうね」ナシムはいった。

ナシムはその日の午後いっぱい、〈ファリバ〉モジュールを新しいゲームで使っているデベロッパーとビデオ会議をした。ゲームは『マノロス殺人事件』という、北テヘランのショッピングモールのお嬢様派閥をめぐるゴシップいっぱいのフーダニットだ。〈ヴァーチャル・アジミ〉と違って、この新奇なテクノロジーは一般へのセールスポイントはない。狙いは単に、より少ない開発費で、ノンプレイヤーキャラクターをよりスムーズにすることだった。モジュールとのインターフェイスに二、三の技術的障害はあったが、全体としてプロジェクトはきわめて順調だった。ナシムはいくつかのデモンストレーション・ランを見た。〈ファリバ〉補正された端役たちは、少なくとも似たようなテレビドラマのどの出演者とも変わらないくらいに生きているように見えた。ナシムは最近、非常に貴重なものだとわかったある特徴、WTFクエリー（）というルーティン（WTFは「なんてこった！」の意味の略語）をライブラリに追加した。〈ファリバ〉モジュールのひとつがモノになりそうな会話を生成したとき、プロキシにその言葉を口にさせる前に、会話全体をほかの（同一でない）〈ファリバ〉にしゃべらせてみて、その神経反応によって、新たに加わるかもしれない会話が、（A）当を得た意見、（B）気の利いた冗談、（C）それまでとまったく無関係な発言、のどれに分類されるかを見てみることができる。こうして、〝お馬鹿ロボット〟というスタンプを自分の額に押すのも同然な突飛すぎる発言をプロキシがしないようにすることは、少なくともじっさいにしゃべる内容と同じくらいに、プロキシの真実性に貢献した。

闇の中で目ざめたナシムは、父親が家の中にいると確信していた。客用寝室で眠っているのだろうか？　それともバスルームに行くために起きて——その音で目がさめたのか？　父の足音が聞こえないか、ナシムは耳をそばだてた。

数秒でナシムの確信は薄れていった。父とふたり、キッチンに並んで立って、〈ファリバ〉に関するナシムの仕事について議論しているところが、まだ目に浮かぶ。夢の中で、父は白髪になっていた。そのちょっとした変更のおかげで夢のシナリオ全体が完全にすじの通ったものに思えて、ナシムの満たされた気分は続いた。

腕時計を確かめる。三時をまわったばかりだ。目ざましは五時半にセットしてある。じっと寝たまま、心を空っぽにして手足が重くなるのを待つが、数分後、そうはならないとあきらめた。

父さんの助言を、父さんの意見を、父さんの失望を、父さんの賛辞を勝手に想像することで、自分はどれだけ人生を台無しにしてきたのだろうか？　二〇一二年にはまちがいなくMITに残っただろう。もし、イランに戻って父の闘いが自分にとってなにかの意味があったことを証明する、という気持ちに駆りたてられずにいたなら。だが問題は、頭の中であれこれいいつづける幽霊にはなかった。問題なのは、沈黙だった。ナシムが望むのは、父が隣にいるかのように生きること、父を奪った人殺しどもをあざむくことだったが、その演技を真の意味で身につけることは、ついにできなかった。ナシム自身の記憶、父に対するナシムの愛、ナシム自らの判定だけでは、じゅうぶんではなかった。

そんなナシムが、どうして同じ種類の幻影を握りしめているジャヴィードをそのままにしておけるだろうか、その幻影をもっと確かに存在するなにかと取り換えられる可能性が、とにもかくにもあるというのに？　ナシムはマーティンに、彼の依頼は不可能だといった――だが、ほんとうにそうなのか？　マーティンが想像していたよりはるかに困難なのは確かだが、それは不可能と同じことではない。

ナシムはベッドを出た。机まで歩いていくと、ナシムの目を眩ませないよう照明がゆっくりと明るくなる。半時間かけて、マーティンの目標を達成するために彼のプロキシで個人化する必要がある脳領域の大雑把なマップを、継ぎ合わせで作った。各々の領域を識別するのに必要なデータの総量は個々人で質的に異なるさまざまな推定があるが、その推定値には〈ブランク・フランク〉が示す粗平均を使った。

これは出発点にすぎず、不明な点はまだたくさんある。最高のスキャニング技術でも、有用な、特徴あるデータを被験者の脳から抽出できる率には非常に幅があり、それは脳が実行中の活動が、ちょうどマップ化されている最中の領域とどれくらい関連しているかによった。その率は収穫逓減《ていげん》の法則に従う傾向もあった。プロキシが被験者を模倣するのがうまくなればなるほど、まだ模倣できていない部分に的を絞るのがむずかしくなる。しかしナシムは、〈ファリバ〉用に測定していた平均率を妥当な第一次近似として使うことができた。マーティンは自分の余命を知らなかったが、たとえば、週三時間のセッションを一年間続けられる、と仮定してもいいだろうか？

ナシムは自分の計算を二度再チェックしたが、まちがいはなかった。マーティンがナシムに依頼したことは、必ずしも不可能ではない。実現可能かどうかが判明するまでの道のりは長いが、必要とされる情報流制御という観点に絞っていえば、スポイトで海を移動させるようなことにはならないだろう。ティースプーンでエリー湖を、程度だ。

合衆国東海岸では午後の時間帯だった。キャプランの寝起きの時間は人と違っていたが、この時間はいつも起きている。ナシムはメールを送った。『数分、話をする時間はある？』

返事は数秒で来た。『もちろん』

キャプランは拡張現実《AR》で会うのを好んだが、ナシムの自宅にはその設備がなかったので、ふたりは単純に音声のみを使うことにした。ナシムはベッドに寝転がってノートパッドを脇に置き、マーティンの状況を極力簡潔に説明した。キャプランが細かい話を辛抱強く聞いていられないのはわかっている。

現にキャプランは、ナシムの話の途中で割りこんできた。「きみの友人が自分を冷凍保存すればすむことじゃないか？　癌はすべて、十年後には治療可能になっているだろう」

癌は、そうかもしれない。だが凍死してしまうという問題がそうすぐに解決するとは、ナシムには思えなかった。「マーティンには息子さんがいるの」ナシムはいった。「彼が望んでいるのは、自分の息子を育てあげることで、ジャヴィードが大人になったときによみがえってくることじゃない」

「まあ、わが子を冷凍するわけにはいかないしな」キャプランが考えつついう。「違法行為になるだろうし。この件についてイランの法律が、ここの国より進歩的なら別だけど」

ナシムは大車輪で戦術を方向転換した。世界観すべてが最低最悪のサイエンス・フィクションで形成された人に話を通じさせる手段なんて、あるのだろうか？　ジャヴィードへの共感では、ダメだ。キャプランはきっと、六歳で両親を亡くした子どもがたどる道は、ほかのだれよりも努力してスペース・アカデミーでクラスの首席になること以外にない、と信じている。

ナシムはいった。「あなたはなぜ〈イコノメトリクス〉を買ったの？」

キャプランから返事がなかったので、ナシムが代わりに答えた。「サイドローディングが、どこまでやれるかを知るため。それがアップローディングの代用になりうるかを、知りたいから。脳を薄切りにして電子顕微鏡に通したりすることなしに、あなたの脳の機能性をそっくりそのまま、再現できるようになるかどうかを」

キャプランがいった。「サイドローディングを興味深いものにしている論点はそれだけじゃない。だがまあ、いうべきことがあるなら、どうぞ続けて」

「これはこの技術の限界をもっとよく知るチャンスよ」ナシムはいった。「強い動機を持った志願者がいて、限界に挑むことを要求してくるプロジェクトがある」

「動機を持った志願者を見つけるのは、むずかしくない」キャプランが答える。

「たぶんね」とナシムは認めて、「でも、あなたがバズワードをいくつかネットにばらまいたら、釣られてくるのはあなたのお友だちのワナビー不死人でしょ、自分の心の完璧なコピーが電脳空間《サイバースペース》で目をさますことを期待している人たち。マーティンはその手の幻想は全然いだいていない。彼は、プロキシには大きな限界が立ちはだかっているのを理解している。わたしたちが、彼を永遠に生きられるようにできるなんて、思ってもいない。マーティンはただわたしたちに、彼の脳を使って、特定の仕事ができるソフトウェアを仕上げてほしいだけ」

「ぼくは、〈あなたの願いかなえましょう財団〉になった覚えはないんだけど？」キャプランがいらだたしげに文句をいう。

「慈善事業の話じゃない」ナシムも引き下がらない。「わたしたちのどちらにも価値ある情報をもたらす話をしているの」キャプランはそれを理解しているに違いなかった。彼はたぶん、ナシムのほうが協議事項を設定しようとしているのが不愉快なだけだ。

キャプランはいった。「きみのところのスタッフや、きみの会社の経営陣にはどう説明するつもり？」

「この研究は、もっと高性能なプロキシにつながる可能性があります、と」とナシムは答えた。「それは一から十までほんとうの話。もしうまくいったら、マーティンのためにもなって、〈ゼンデギ〉も得をして、あなたにも利益がある。もしうまくいかなくても、どこで失敗したかが正確にわかるというだけでも、とてもたくさんのことを学べるはず。で、マイナス要素はある？」

ナシムは答えを待つあいだ、もしかして、マーティンのプロキシが超越的存在と化して、と考えていた。

太陽系の支配者という正当な地位をキャプランから奪うことがないよう誓わされるのでは、キャプランがいった。「もしうまくいかなかったとき、自分でゴミを片づける覚悟はあるのか？　きみの不出来な被造物を安楽死させてやる覚悟は？」

プロキシはそんなこととは無縁だ、と馬鹿にしたように返事をしかけたところで、ナシムは思いとどまった。自分が目ざそうとしている成果は、確かにそういうものだ。瞬間に生き、息子の幸福を託された、献身的な親――ただし、〈ヴァーチャル・アジミ〉やおしゃべりな〈ファリバ〉たちと同様、自分自身の本質について沈思黙考する、あるいは後悔する、能力はない。

けれど、ひとつの失敗は、多数の異なる予想外の方向で結果を生みうる。

ナシムは固く決心して、いった。「わたしはマーティンに、すべてのリスクをくわしく説明する。最終的に、彼自身の心から導きだされるあらゆるものの運命を決めなくてはならなくなるのは、マーティンなんだから。でも答えはイエス、もしそのときが来たら、わたしは自分でゴミを片づける覚悟がある」

19

マーティンは必要になる三週間前から髪を剃りはじめて、父親の見かけが変わってしまうことにジャヴィードが慣れる時間をあたえておいてから、もっと大きな変化に直面させた――毎週の恒例行事のことだ。それを伝えたらジャヴィードが癇癪を起こすのは予想できたので、マーティンは時間と場所を慎重に選んだ。自宅で、〈ゼンデギ〉への次の訪問の前日、ウェブサイトでゲームを選択した直後。

「やだ、ぼくお店に行く！」ジャヴィードが金切り声をあげた。

「シーッ。お店には行くよ、終わったらすぐにね。オマール小父《おじ》さんやファルシードにはちゃんと会える」

「でもこんなの馬鹿みたい！」

それは正当な不平だった。結局オマールの店に行くなら、そこで城塞《ガールエハ》を使えばいいではないか？

「ナシムおばさんは、父さんが使いやすい、背中にやさしい特別な城塞《ガールエハ》を持っているんだ。だから、おまえと父さんがそれを使っていいといってくれたのは、とても親切なことなんだよ」

「あの人、嫌い！」ジャヴィードがきっぱりという。

「いや、そんなはずはないぞ」マーティンもきつい口調でいった。「おまえはあの人を全然知らないんだから。それにおまえがあの人としゃべる必要はない。ふたりであそこに行って、城塞《ガールエハ》を使って、それから店に行く。いいかな？」

「よくない！　いつもみたいにやりたい！」ジャヴィードの顔は苦しげに歪んでいた。

「じゃあ、どっちかを選ぶんだ。ナシムおばさんのところへ行って〈ゼンデギ〉をして、それからオマール小父さんの店に行くか、それとも、ずっと家《うち》にいて、おまえは自分のコンソールでゲームを一時間するか」

ジャヴィードの顔は赤みを増した。「そんなのいんちきじゃん！」

「選ぶのはどっちかだ。さて、夕食を作るのを手伝ってくれる気はあるかな？」

「ない――料理をトイレに捨てるなら手伝うけど、どうせ出しちゃうんだから！」

マーティンは笑みが浮かぶのをこらえた。「それは鋭いな。でも、おまえが父さんの料理を気に入らないなら、なおさら手伝う理由になるだろ」

ジャヴィードは世界が終わろうとしているかのように泣きじゃくっていたが、マーティンは感情に流されなかった。ジャヴィードが新しい計画をすぐには受けいれられないのは強情すぎるせいだが、息子の不安定さにはマフヌーシュの死が原因の部分も明らかにあるとはいえ、それを理由にしてなにごとにつけても甘やかすつもりは、マーティンにはなかった。

一時間もしないうちに、癇癪はおさまって、いつまでもすねているだけになった。ジャヴィードの強情さは、食べ物を投げたり物を壊したりして、〈ゼンデギ〉に全然行けなくなる危険をおかすほどのものではなかった。

翌日の放課後、ふたりはバスに乗って、繁華街の北の、〈ゼンデギ〉関連事業が入っている小さなオフィスビルにむかった。じっさいに〈ゼンデギ〉を走らせているコンピュータはここにはなくて、世界じゅうに散らばっていて必要に応じてリースされているらしい。ナシムはロビーでふたりを待っていた。ナシムに対するジャヴィードの態度は、失礼きわまりないというよりはよそよそしくて、ただ恥ずかしがっているだけなのではとマーティンは思った。

五階に着くと、マーティンはジャヴィードに説明した。「父さんの城塞《ガールエハ》は、昨日話したように、特別製なんだ。だから父さんは、おまえのすぐ隣じゃなくて、近くの部屋に行く」わめきたてられると思って緊張したが、ジャヴィードは不満そうににらんだだけだった。廊下の突きあたりで、バハドールがふたりを出迎えた。バハドールはジャヴィードに自己紹介して、アシュカン・アジミの大きなサイン入りの子どもサイズのサッカー・ジャージをひらひらさせた。「アガ《サー》・アシュカンは、わたしの友人にといってこれをくれたんだけど、ちょうどいいサイズの友人がいなくてね」ジャヴィードは喜びに目を輝かせた。いうことを聞くよう買収されているのをジャヴィードはわかっていたが、昨日の不平は急にどうでもよくなったようだ。マーティンはしゃがんで、ジャヴィードにキスをした。「いい子にしているんだぞ、ペサラム。〈ゼンデギ〉で会おう」

ナシムがマーティンをMRI室に連れていった。スキャナーは病院の放射線科にある古い型の——マーティンがおなじみになりすぎた——機械よりもはるかにコンパクトだったが、〈ゼンデギ〉ヴァージョンを操作するスイス人技術者のベルナルトは、磁場はこちらのほうがひと桁強いと請けあった。マーティンは前の週の午前中に三回ここに来て、あおむけに寝てクッション入りヘルメットを被った頭を固定されたままで自分のアイコンをコントロールする方法を覚えていた。

財布をポケットから出し、腕時計と、結婚指輪と、ベルトを外して、靴を脱ぐ。スキャナーに入るために着替えなくてすむよう、金属が付いていないことを事前チェックずみの服を着てきたが、ベルナルトは確認のために探知機をすばやくマーティンの体に走らせた。多《マルチ》モードMRIと同時に脳波図《EEG》を記録するためのスカルキャップを、ナシムが調整する。マーティンが紫外線の下にすわって鏡を見ていると、ナシムたちにつけられた緑色に蛍光発光する半永久タトゥーが浮かびあがってきて、キャップの照準合わせを補助した。MRIの磁場やラジオ・パルスとの相互作用を制限するために、スカルキャップの〝回路〟は純粋に光学的なもので、タトゥーに組みこまれた電解液の微小カプセルに及ぼす影響を観察することによって、マーティンの脳から漏れる電場を読みとる。

ベルナルトがマーティンの腕を消毒薬で拭いて、専用機でひと晩かけて偏極した混合造影剤を注射した。血中のヘモグロビンが腹を空かしたニューロンに酸素をあたえるようすを観察するだけでも、ある程度は脳の活動を画像化できるし、それもナシムたちが探している合図のひとつだ。だが最新の機械——画像をより鮮明で、より敏感に反応し、より情報量の多いものにする——でなら同時にモニターできる十数のほかのプロセスがあり、そのプロセスを可視化するには、磁気特性を強化された添加化学物質が必要だった。ベルナルトが細かいことをざっと説明してくれていたが、マーティンはほかにも考えることがたくさんありすぎて、あまり理解できなかった。可能なかぎりの情報を集めるために、ナシムたちが最大限の努力をしていることがわかれば、じゅうぶんだ。

ナシムにひと組のグローヴを手渡され、マーティンがそれをはめると、ナシムはマーティンがゴーグルをつけるのを手伝った。この装備は全部、スキャナーの内外で使うための特別製だ。マーティンはＭＲＩのところまで歩き、横になると、身をよじって、特注で型取りされた固定具に頭がおさまるような、無理のない快適な姿勢を探した。

「全部ＯＫ？」ナシムが尋ねた。

「ああ、ありがとう」不安で胃が縮む気分だったが、思いつける質問は、先週すべてしていた。マーティンがなにをしようともサイドローディングのプロセスがダメになったりはしない、とナシムは保証してくれた。たとえマーティンがのたうちまわってスキャンを無効にしても、問題あるデータを破棄するだけのこと。うっかりそのデータが使用されて、プロキシの脳をぐちゃぐちゃにしてしまう危険はない。

「もしぼくが、息子を殺すというようなことを考えたら？」と、マーティンはある訓練ランのあとで質問した。それは半分冗談だったが、自分が短気や癇癪を見せないか不安だというようなことをごたごたと口にするよりも、ナシムの注意を効果的に引きつけたようだ。

「そういうことがしょっちゅうあるの？」ナシムは問いかけた。

「いいや——でも、ピンクの象のことを考えないようにしよう、としたことってあるか？　ただひとりのわが子を、自分の悪のクローンの手に渡すぞと脅されている状況で？」

「落ちついて、ジキル博士。もしスキャン中に長時間、否定的な考えをいだいたら、知らせてくれれば、わたしたちはそのセッションを全部破棄する。でもそれが一時的なものだったら、心配いらない。機械には、あなたの心をよぎるあらゆることを秒単位で写しとる能力はないから。わたしたちにできるのは、せいぜいで、いちばん持続したあなたの思考パターンとゲームとの関連を識別して、それを共有するようにプロキシを訓練することだけよ。しかも、そのためのじゅうぶんな情報を集めるだけでも、わたしたちは相当苦労することになる。短時間の精神的結びつきなんて、とてもレーダーに引っかからないでしょう」

ナシムがゴーグルのスクリーンを下ろすと、マーティンの視野がホワイトアウトした。通常の城塞《ガールエハ》内部でマーティンの顔の表情がモニターされているのとまったく同様に、ここではナシムがマーティンの上に被せたケージの頂部にあるカメラがそれをモニターしている。サーボモーターがスキャナー内の所定の位置にマーティンをスライドさせていく音がした。手は自由に動かせたが、肩よりも上に伸ばそうとしたら、たちまちじっさいの状態を思いだすことになるだろう。

「〈ゼンデギ〉行きの準備はいい？」ナシムが尋ねた。

マーティンはいった。「イエス」

鮮やかな青空。黄色い泥煉瓦の建物。せわしなく行き交う精妙な模様のスカーフを被った女性たち。マーティンは手を軽く叩かれるのを感じた。ジャヴィードが落ちつかなげに訊いた。「ババ《パパ》、なにかあったの？」

マーティンはようやく視線をコントロールできるようになって、固定具相手に奮闘することなしに、アイコンの頭を息子の声のほうにむけることができた。「悪かった、自分の城塞《ガールエハ》に慣れるのに時間がかかったんだ」あたりを見まわして、「ではここが、古《いにしえ》のカーブルか！（カーブルはアフガニスタンの首都）」ふたりはにぎやかな通りに直接インサートされて、街外れから一瞬で中に入っていた。瓜を積んだ驢馬を引いた小さな少年が、人混みを押しわけて脇を通った。少年はジャヴィードに笑いかけると会釈して、「サラーム《こんにちは》、アレイクム《あなたに平安あれ》」ここはイスラム前の時代ということになっていたから、明らかにその言葉づかいは時代的におかしかったが、マーティンは粗探しをしにきたのではない。フェルドウスィー（『シャーナーメ』の作者）にとことん忠実になるつもりではなかったし、史実についてはなおさらだ。

「ザールのところに行かなくちゃ！」ジャヴィードが思いださせた。

「ああ――で、おまえの計画は？」

「牢獄にいる男の人がザールだってことを、みんな知らないんだ」ジャヴィードが理屈をたどる。「だから、彼は父さんの息子だっていえばいい。そうしたら、彼に会わせてくれるよ」

「それはいい手だ。では、牢獄を見つける必要があるな。だれに尋ねればいい？」

「うーん」ジャヴィードはこのとても重要な問いを、たまたま通りかかっただけの人に尋ねる気にならなかったので、ふたりは混雑した通りを先へ進んでいった。商品を売りつけようとする人々の声が四方八方から聞こえたが、がやがやいう音は不快ではなかった。テヘランの繁華街の警笛やオートバイのエンジン音に比べたら、至福の音だ。

ジャヴィードは柘榴《ざくろ》売りを目にとめた。マーティンの手を叩いてささやく。「まずなにか買って、いい気分にさせて」

マーティンは笑顔になって、その言葉に従った。カミーズ《シャツ》の下にある胴巻きに手を伸ばす仕草をする。コインは昨日のうちに忘れずに、ウェブサイトで予約注文してあった。柘榴を買ってから、マーティンは商人に丁重に尋ねた。「サー、わたしの長男が行方不明なのですが、今朝、なにか誤解があって逮捕されたと耳にしました。彼のもとを訪ねたいのですが、この街には不案内です。どこに行ったら会えるか、お教えいただけますでしょうか？」

商人は同情を示して、くわしい道すじを教えてくれた。マーティンは必死でそれを記憶にとどめた。ペンと紙もコインといっしょに注文しておくべきだった。ところがジャヴィードはその説明を全部覚えたらしく、勢いよく通りを進みはじめると、マーティンを振りかえって、早くついてきてと急かした。

「アフガニスタンの人たちは親切だって、いったとおりだろ」マーティンはいいながら、柘榴を地面に投げた。先週、ジャヴィードの学友のひとりがほかの学級のアフガニスタン人の少年を指さして、あいつの両親は絶対人殺しで、あいつも図々しい泥棒だと断言したのだ。

「いまの男の人は本物の人間じゃないよ」ジャヴィードが返事をした。

「確かにそうだ」マーティンは認めてから、「でも父さんは現実のカーブルに行って、たくさんの本物の人間とむこうで会ってきた」

ジャヴィードはいらいらと顔をしかめた。いまはそんな話をしているときじゃない。マーティンは肩の力を抜こうとした。もし、自分のプロキシが反論するようにしておきたい有害なたわごとすべてについて考えはじめたら、毎回の〈ゼンデギ〉セッションすべてを、社会奉仕（有罪になった人が投獄の代わりの刑罰としておこなう無償労働）のお知らせで埋めつくすハメになりかねない。ナシムがあいまいな手掛かりから同じ能力をプロキシ用に抽出してくれると、信じるべきだ。

ふたりは人混みを縫って進み、素焼壺や、オクラや、ヒラマメや、解体された羊まるごとを売っている商人の前を通りすぎた。道案内に関するジャヴィードの記憶や方向感覚に、マーティンはまちがいを見出せなかった。五分と経たずに、ふたりは牢獄の外に来ていた。

それはいかめしい、防備を固めた建物だった。門を叩きながら、マーティンは自分がエヴィン刑務所と包囲を思いだしていることに気づいた。黒い顎鬚をぎっしり生やした男が門をわずかにひらいて、訪問者たちを疑わしげな目で見た。

マーティンは柘榴売りにした話を繰りかえした。

「ここには囚人が三百人いる」と門番は返事をした。「おれにおまえの息子がわかるわきゃないだろ？」

マーティンはザールが偽名で通しているに違いないと思っていた。ザヴォレスタンから訪れている王子だとわかれば釈放されるだろうが、それは戦争を引き起こす危険をはらんでいる。「息子は老人のような白い髪をしています。でも歳は若くて、わたしの半分より下です」

「それならひとり心当たりがある」門番が応じる。「王宮の馬小屋に忍びこんだところを捕まったやつだ」

半分も事情を知らないくせに、とマーティンは思った。「あの子は眠る場所を探していただけなのでしょう」口に出してはそういう。「わたしどもはよそから来ました、わたしとふたりの息子です」ジャヴィードを手で示して、「この子は兄がいなくて寂しがっています。数分だけでも、あの子に会わせていただけないでしょうか？」

門番は粘っこく鼻をすすると、咳払いして痰を地面に吐いた。そして門をあけると、ふたりを通した。

窓に不吉な鉄格子のはまった三棟の建物が、中央の中庭に面していた。門番はぬかるんだ地面の上を、ふたりの先に立って歩いていく。マーティンは自分が水たまりをよけて歩いているのに気づいた。城塞《ガールエハ》の乾いた床に触れることができないせいで、新しい仮想自己が不快さをいっそう避けるべき問題点だと考えてしまうかのように。

牢獄の建物内部は薄暗く、マーティンは目が慣れるまでに数秒かかった。前方に延びる通路の両側に並んだ檻のような房《ぼう》のそれぞれには、六人の垢《あか》じみた囚人が入れられている。備品類はなにもなく、例外は地面の上の藁《わら》と各房に一個の桶で、マーティンはにおいが嗅げなくて助かったと思った。マーティンはわれ知らず、囚人たちの顔を順に見ながら、どんな扱いを受けていて、いつ釈放されるのだろうと思わずにはいられなかった。

門番は右側の列の終わり近くにある房にふたりを連れていった。「おい、馬小屋坊主！おまえの父親が会いにきたぞ！」白い髪の若者が驚きの表情を浮かべて振りむいた。本物の父親であるサームは、戦争でゴルグサランに行っている。門番の視線に入らないところで、ジャヴィードが唇に指を当てていた――ぼくたちはあなたの秘密をバラすつもりはないから、話を合わせて。

ザールは房の端まで歩いてきた。「よく来たね、父上。来てくれてありがとう、弟よ。こんなところを見られて恥ずかしい」

「こんなことになって、謝るのはわたしだ」マーティンはいった。「ちゃんとした家に住まわせてやれないのは、わたしのせいなんだから」

門番は三人を残して立ち去った。ザールが声を潜めて訊いた。「きみたちはだれだ？　わたしの遠征隊で見た覚えがない顔だ」

「わたしたちはただのペルシア人旅行者です」とマーティンは説明した。「あなたの窮状を耳にして、助けになれないかと思ったのです」

「きみたちには沈黙を守ってもらわねばならない」ザールは強くいった。「もし、サームの息子が愛《いと》しきルーダーベに会いにやってきて、いま自分の王宮の中にいることをメヘラブが知ったら、だれにとってもいい結果にはならないだろうから」

「遠征隊のかたに伝言を伝えましょうか？」マーティンは提案した。遠征隊は街外れに野営している。「あなたが行方不明だと、もう気づいているでしょうから」

ザールは頭を横に振った。「仲間たちがわたしの境遇を知ったら、引きとめておくのはむずかしいだろう。そして彼らが街に入ってきてわたしを解放したら、かんたんには解決できない騒ぎを引き起こすことになる」

ジャヴィードがいった。「どうして王宮に忍びこんだんですか？」

ザールはため息をついた。「糸杉の木のようにほっそりとして、満月のように愛らしい顔の女性を想像してごらん」

「どうしてその人のお父さんに、その人と結婚させてくださいって頼まないんですか？」

「そうしたいさ！　そうするさ！」ザールは熱くなった。「だがまず、わたしはわが父に手紙を書いて、この結婚は吉兆だと説得する必要がある。次にわが父は、ペルシア王マヌーチェフルをなんらかの方法で味方に引き入れ、この縁組みが悲劇への道ではないことを納得させねばならない。なぜならメヘラブ王は、ペルシアに一千年にわたる死と悲しみをもたらした化け物、ザッハークの孫なのだから！　わたしには先祖の罪を理由にメヘラブをとがめることはできない——さもなくば、わが愛しき人をあきらめねばならないことになる——がしかし、わが父の賛同とマヌーチェフルの祝福を得るための努力においても、わたしは判断を誤るわけにはいかない」

ジャヴィードが以前ザッハークのもとを訪れたときにその悪名高い生涯を別の道に変えたはずだったのに、ここではそうなっていなくても、ジャヴィードはとまどっていないようだった。もしジャヴィードが『シャーナーメ』の歴史全体を変えてしまえるなら、物語の拠り所となる枠組みがなくなってしまう。

「じゃあ、ぼくたちがお手伝いできることはなんですか？」ジャヴィードが尋ねた。

ザールは無言で立ったまま、考えをめぐらせた。それからしゃがんで、顔をジャヴィードに近づけた。

「質問だ。きみという少年は、人に見られることなく、ある場所に入って出てこられるかな？」

「はい」ジャヴィードは自信を持って答えた。

「きみという少年は、わたしのいちばん大切な持ち物を預けられるくらい信用できるかな？」

「はい」

ザールはためらい、踵《かかと》に体重を載せて気づかわしげに体を前後に揺すった。汚れた袖で鼻を拭う。とてもうまく庶民に変装していて、マーティンにはルーダーベ姫がこの少年を部屋に通すところがまるで想像できないほどだ。

ザールは決心した。「街の外のわたしの天幕に」とジャヴィードにささやく。「どこにでもあるような茶色の布製の袋がある。特徴も、その価値に注意を引くようなところも、なにもない袋だ。だが、きみがなにをしているかをだれにも知られることなく、その袋をわたしのところに持ってくることができたら、わたしの宝物をきみにあげよう。翠玉《すいぎょく》、王冠、五つの黄金の玉座、最上の金襴《きんらん》で飾られた百頭のアラブ馬、五十頭の象――」

「象！」はじめてのセッションの前にオマールの店でキャプチャーされたジャヴィードのうれしそうな顔が、何カ月ものあいだではじめて、上限ぎりぎりまで修正されているのをマーティンは目にした。

「気をつけて聞いてくれ」ザールがいった。「わたしたちは、ここから東に歩いて遠くない川の南岸に野営している。ふたりの歩哨が見張りをしているが、戦争中ではないからあまり真剣には仕事をしていなくて、川は監視していないだろう。藺草《いぐさ》のあいだを抜けて忍びこんで、野営地の中を通り抜けろ。わたしの天幕はいちばん南だ。茶色い袋はわたしの布団の脇にある。それをここに持ってきたら、わたしの問題はすべて取り除かれる。わかったかな？」

「はい」

「いまいったことを、わたしのためにしてもらえるか？」

「はい」

ザールは檻の鉄棒のあいだから手を伸ばして、ジャヴィードと握手した。「こんな味方をもたらしてくれるとは、幸運の女神はわたしの味方だ。神がきみを守りますように、わが弟よ」

中庭に戻るあいだ、ジャヴィードは無言だった。マフヌーシュが死ぬ以前でさえ、ザールはジャヴィードのヒーローだった。この出会いは緊張を強いすぎたのではないか、とマーティンは心配になりはじめていた。

「なにを考えているのかな、息子《ペサラム》？」マーティンはやさしく尋ねた。

「ぼくたち、島をひとつ手に入れられる？」ジャヴィードが答えた。「象を飼うために？」

「そのことか。あとでやってみよう」

門番はふたりを外に通した。戻ってきたときにもっとかんたんに協力してくれるようになるのを期待して、マーティンは門番にコインを一枚渡した。通りに出ると、太陽で方角がわかった。マーティンが思うにいまは朝で、カーブル川が目に入ったとき、それは左手にあったので、ふたりは確実に正しい方向に進んでいた。

「あの山脈が見えるか？」マーティンはいった。

ジャヴィードは顔をあげて、川のむこうのごつごつと連なる茶色の山頂を見た。「うん」

「現実の人生で父さんがここに来たときは冬で、山は雪に覆われていた。眺めは美しかったが、凍えるほど寒かった」

「それは父さんが記者だったとき？」

「ああ。二十年前だ」

「そのときここでは戦争をしていたの？」

「そうだ。ここでは三十年以上も戦争をしていたんだ」

ジャヴィードは黙ってその話を受けとめていたが、いま知った事実を頭の中で考えまわしつづけることになるのが、マーティンにはわかっていた。ジャヴィードは、マーティンが自分で覚えている以上に、話して聞かせてやったことを覚えている。

ぎっしり建ちならんでいた家や店は、すぐに小さな原っぱに場所を譲っていった。川は、ふだんは狭いのだが、夏の雪融け水で増水していた。川はふたりがたどっている埃っぽい小道にむかって曲がり、豪勢に飾りたてられた天幕が数百メートル先に群れなしているのがマーティンの目に入った。杭につながれた三頭の馬の姿が見えたが、人影はなかった。歩哨たちは昼寝《シエスタ》中なのかもしれないが、警備されていない野営地がいかに無防備に見えても、マーティンはザールの助言に従わずに、まっすぐ歩いて入りこむ危険をおかしたくはなかった。

「あれが遠征隊だ」マーティンはいった。

「象はどこ？」ジャヴィードが期待満々で尋ねる。

「ここじゃなくてザヴォレスタンにいるんだろう。心配するな、ザールはきっと約束を守るよ」

ふたりは道を外れて、川岸にむかった。近づいていくと、ひょろ長い草木が密生しているのがわかり、マーティンは気分が萎《な》えた。藺草がじっさいにふたりの肌を引っかいて傷つけることはない——それどころか、手以外の体のどの部分にも触覚を生じさせるようには登録されてさえいない——ことは、そこそこのなぐさめにはなったが、だからといってその植物が実物とほとんど同じくらい効果的に、ふたりの動きを邪魔しなくなるわけではなかった。

マーティンが先に立って、弾性のある植物を両手で脇に押しやり、そのすぐ後ろにくっついてジャヴィードが通れるようにする。植物はマーティンの背ほど高くなかったので、姿が隠れたままでいるようにしゃがんで歩き、少なくとも同じことをふつうの城塞《ガールエハ》でした場合に膝が受ける影響を、いまは気にしなくていいことに感謝する。しばらくすると、うまく進める動作のリズムがつかめた気がしたので、マーティンは速度をあげようとした——が、〈ゼンデギ〉でそれはできなかった。〝少し速いだけで、あとは同じ〟は計算できないのだ。最初、マーティンにはこれは意味をなさなかった。ペースを少し速くするためには人間を超えた努力を必要とするほど、藺草が重かったり固かったりするとは信じられない。そこでふと足もとを見つめると、足をあげたときに泥がサンダルにねばねばとくっついてくるのに気づいた。そんな粘着性の地面から何度も何度も足を引き剥がそうとすることで生じるはずの熱は感じなかったが、要するに〈ゼンデギ〉は、そうした力がマーティンの体になんの影響ももたらさないかのようには、体を動かさせてくれないというわけだ。

たぶん、もっと野営地に近づいてからこの骨の折れるまわり道をはじめるべきだったのだろうが、見つかってしまうことをマーティンは過度に恐れていたし、いまから計画を修正してもたぶん無益だろう。

五分後、ジャヴィードが我慢の限界に来た。「父さんは大きすぎるし、うるさすぎるよ！」ジャヴィードはぶちまけた。「ザールは父さんも来いなんていわなかった。ぼくにひとりで行かせて」

マーティンはその話が気に入らなかったが、気力をくじく湿地帯がまだ前方に広がっているのを見渡していると、小さな体ならすり抜けられる細い隙間が網の目のように走っていることに、ようやく気づいた。マーティンだと、三歩ごとに藺草が跳ねかえる音を立ててしまうが、ジャヴィードが草を少ししか曲げず、また自分の体も左右に揺らせば、ほとんど音もなくその隙間を通っていけるだろう。体重も軽いので、泥にもあまり深く沈まない。そして野営地に着いてからは、ジャヴィードの小ささが同じように有利に働くのはまちがいない。

「いいだろう」マーティンはしぶしぶ宣言した。「いいか、忘れるなよ――」

「怖くなったら、両手の親指を下」ジャヴィードがあとを続けた。「心配しないで、パパ、だいじょうぶだから」

マーティンが脇によけると、ジャヴィードは矢のように飛びだしていった。三十秒もしないうちに、視界から消える。

ぬかるみにひとりきりになったマーティンは、自意識過剰気味にプロキシのことに考えがむくのを抑えようと苦労した。まるで、いままで一瞬も休まず肩越しに覗きこんできて、マーティンのすることすべてを無言で観察していた透明な実習生が、いまやなんらかのかたちでその存在を認める――そして、子育ての細かい点について簡潔な講義をして、このだらだらした現場授業を補う――に値する段階になったかのように。だが、ここでやっているのはそういうことではない。そしてプロキシには、マーティンの思考を模倣することしかできない――テレパシーのメッセージのように、思考を受信するのではない――ので、いまいちばん必要ないのはプロキシ自身の反射像であり、それはプロキシの心を鏡の間に変えてしまう危険があった。

いま考える主題として適切なのはジャヴィードのことであり、適切な気分は、ふたりがまだいっしょの時間をすごせるという事実を祝うことだ。だが、マーティンがかつて、ふたりが送ることになるだろうと想像していた人生においては、この旅は現実の旅への期待を高める単なるリハーサルのはずだった。自分の健康状態が悪化していって、じっさいにはどこへ旅行することも問題外になるという閉所恐怖症的な未来像は、そうそう受けいれられるものではない。アフガニスタンも無理、オーストラリアも無理、ほかの観光客といっしょにペルセポリスの遺跡に行くのさえ無理。可能なのは〈ゼンデギ〉だけ、繰りかえし繰りかえし――すでに死体保管所にいるかのように、体を平らに横たえて。

マーティンはその思考の流れを中断して、現実のカーブルの記憶に焦点を合わせようとした。人であふれる二十年前の都市を思い浮かべる。パキスタンとイランから追放された数千の難民が、自分たちの村は危険すぎて戻れないと知って、首都の爆撃で崩れた建物で暮らすようになり、穴のあいた屋根の下、街の公園の枯れ木を唯一の燃料に冬を生き延びようとしていた。マーティンがある家族――アリとザハラと幼い子ども四人――と出会ったのは、ザールの架空の遠征隊が野営している川の湾曲部からあまり遠くないところだった。もう少し大きくなったら、ジャヴィードはこの一家の話を聞く必要がある、だれがその冬を生き延びて、だれがそうでなかったかを。

羽虫たちが泥の上を舞っていた。太陽はもう、ほとんど頭上に来ている。ジャヴィードが行ってから時間が経ちすぎていた。マーティンの思考はこんがらがってきた。プロキシは正しい判断を下せるようになっている必要がある、六歳のジャヴィードに対してだけではなく、十歳でも、十二歳でも、十五歳でも――それが呼びだされつづけるかぎりは何歳になってでも。プロキシには長期記憶を作りだす能力はないし、ジャヴィードの成長を見守るという体験によって形成されるということもない。それは呼びだされたら即、ジャヴィードが何歳でも適切に対応できる必要があった。マーティンがプロキシに絶対望まないのは、十代のジャヴィードを小児《こども》扱いすることだ。

そしてマーティンは、そういうことが起きないような準備をすることにもなっていた……どうやって？　あらゆる行動の前に、これは未来のいつかの時点では適切な行動ではなくなっているかもしれない、と意識的に認識することで精神的な前置きをつけ加えることによってか？　それは、マーティンがやったばかりのことだ。そしていまここでの話をすれば、ジャヴィードは小さな子どもで、迷子になるか捕まるかしてしまったに違いない。ジャヴィードがシミュレーション全体を終了させていないことは、ほとんどなにも意味しない――とりわけ、助けを必要としていないとは限らない。

マーティンはできるだけ急いで、蘭草を押しわけて進んだ。野営地に近づくまで、とくに姿を隠そうとはしなかった。見つかる危険は覚悟していたが、〈ゼンデギ〉にとどまっているということは、自分たちにはまだ成功のチャンスがあるということを意味し、それをかんたんに投げだすつもりはなかった。

最後の数メートルは四つん這いで進んだ。現実の人生でよりは、たぶんたやすかったが、蘭草のあいだにアイコンを通らせるために集中力を使っていると、どんな肉体的作業ともほとんど変わらないくらいに疲労困憊した。涙が出るほどすてきなことに、このゲームのデザイナーたちは、ザールの遠征隊が川の藻に肥料をくれてやることのできる場所を設置するのを失念していなかった。蘭草の原に背をむけた天幕がひと張りあり、そこから産出される水流の回避が不能な位置に到達する寸前にマーティンがその存在を視認できたのは、純粋な僥倖《ぎょうこう》であった。マーティンはその天幕の脇を這いのぼると、体を起こしてしゃがんだ姿勢になり、頭だけそっと突きだして野営地を覗きこんだ。

視野をちょうど外れるあたりで男がしゃべっていて、同じ質問をしばらく繰りかえしていたのか、その声は忍耐を失いかけていた。「おまえは密偵なのか、コソ泥なのか？ どっちなんだ？」

「どっちでもないよ！」ジャヴィードの悲しげな返事が聞こえた。「ぼくは象に餌をやる仕事がしたいだけなんだ」

別の男の笑い声。「どこに象がいるって？」

「ここじゃなくて、ラヴォセスタンまで連れていってよ」

「どこだって？」

最初の男がいった。「こいつはいかれた泥棒小僧だ。おまえ、ほんとうのことをいわない泥棒を、おれたちがどうすると思う？」

「ぼくは泥棒じゃない！」ジャヴィードがいい返す。「絶対なにかを盗んだりしない――だれかに命令されたら別だけど」

「ほう？　じゃあ、おまえはなにを盗む予定だったんだ？　そして、それを盗めと命令したおまえの主人は何者だ？」

「そんな人いない！」ジャヴィードはいい張った。「ぼくは象を見たかっただけなんだってば」

マーティンは早まった行動をしないよう、必死でこらえた。ジャヴィードは尋問者相手に楽しいとはいえない時間を送っているが、まだ絶望的な気分ではないようだ。ジャヴィードの考えている優先順位は想像に難くない。救出作戦が失敗して任務自体も一巻の終わり、などという結果では納得してくれないだろう。

マーティンは野営地にそろそろと入りこむと、尋問者たちのいる場所を避けて、自分が方角をまちがえないでほんとうに南にむかっていますようにと願った。野営地にほとんど人影がないのが不思議だったが、たぶん、昨夜情熱の一夜をすごしたはずのザールが戻ってこないので、捜索隊が街に派遣されているのだろう。この投獄というすじ書きは、前の週末にゲームのソフトウェアがまるごとでっちあげたものだった。原典のザールとルーダーベの物語では、政治と、家族への義務と、恍惚的な熱愛を混ぜあわせたところに、シェイクスピア的要素の萌芽が詰めこまれているが、それはあまり六歳児の興味を引くものではない。

ありがたいことに、ザールの天幕はほかのものより際立って華麗だった。マーティンは確信を持って、この意匠には金糸が使われているか、少なくとも……とにかくすごいと思った。赤褐色の雄馬が入口の右側につながれていた。馬はマーティンをいらだたしげに見て、横をすり抜けようとすると、いななきはじめた。マーティンは馬の脇腹に手を当てて、「シーッ。落ちつけよ、相棒、そしたら続篇ではラクシュ（ザールの息子ロスタムの愛馬）役がまわってくるかもしれないぞ」その言葉は効を奏したようだ、というよりはたぶん、ご主人のにおいがかすかにこの侵入者についているのを馬が嗅ぎとって、この男はザールの承認を得てここにいると推論したのだろう。

　マーティンはひょいとかがんで天幕に入った。絹の錦織や象眼《ハータム》された小間物を前に、王子ならぬマーティンはほとんど目が眩みそうだったが、布団の脇を引っかきまわしていると、散らかった物の中から、盗まれないために装飾されていませんといいたげなほどに平凡な茶色の袋が出てきた。袋はマーティンの手くらいの大きさで、引き紐で結んで閉じられていた。振っても音はせず、そっと握りしめても布地の下で中身がわずかに位置を変えるのが感じられるだけだ。短剣や、鍵をこじあける道具でないことはまちがいない。羊皮紙の巻物だろうか？

マーティンはカミーズ《シャツ》をまくって、シャルワール《ズボン》の前に袋を押しこんだ。布地がわずかに膨れたが、カミーズが隠してくれるだろう。中世の詩人が描いた、それよりはるか昔の物語の、そのまた変異ヴァージョンにおいて、どんな文化的特性が妥当であるにせよ、ゲームの対象年齢《レーティング》からいって、身体検査で股間を叩くのは除外してあるはずだとマーティンは確信していた。

マーティンが天幕から出てくると、雄馬は傲慢そうに鼻を鳴らし、マーティンがいることをまわりに気づかせるほどではなかったが、おまえはお情けでここにいられるだけなんだぞということをわからせた。マーティンは来た道を静かに引き返しながら、服が泥だらけなのをいまはありがたく思った。

それから、マーティンは川縁に立って、大声を出した。「ジャヴィード！　ペサラム《息子や》！　コジャイ《どこにいる》？」

返事はすぐに来た。うれしそうで、ほっとしているが、そんなに怖がってはいない。「バ《パ》バ《パ》！　インジャ《ここ》・ハスタム《だよ》！　インジャ《ここに》・ビア《来て》！」

マーティンは息子の声がするほうに急いで歩を運び、まわりのなにも目に入らず、目の前に男が立ちふさがるまでは、ザールの従者たちが近寄ってくるのもほとんど気づいていなかった。

「何者だ？」

「お許しください、サー。わたくしは息子を捜しておりました」マーティンは対話相手のむこうを見た。ジャヴィードがふたりの男にはさまれて、そこだけ地面が剝きだしになったところに立っている。男のひとりは鞘《さや》におさめた偃月刀《えんげつとう》を背中に革紐でくくりつけていた。恐怖と嫌悪でマーティンは肌がぞわぞわしたが、ゲームが脅威を抽象的で抑制の利いたものにとどめてくれるのを信じるしかなかった。もしだれかがジャヴィードの目の前で刀を振りましたら――。

「答えになっていない」

マーティンは行く手をふさいでいる男に、無理やり注意を集中した。「わたくしどもは川で魚を釣っておりました。舟が岩にぶつかって沈みました。息子とわたしは離ればなれになりました。嘘は申しません、ついさっきまで息子は溺れてしまったと思っておりました」

男は疑わしげにマーティンを見たが、同情がちらりと顔をよぎった。この男が人間でないことは確かだったが、これがナシムのいっていた、神経回路の断片で強化された新型プロキシの一体なのだろうかとマーティンは思った。(おまえはぼくがこの世に遺していくはずのものの、鈍くさいとこなのか？　溺れた子どものことを考えると本物の感情で反応できる程度には、人間であるような)

偃月刀の男がいった。「おれたちはこの子をコソ泥だと思っていた。なぜこの子はほんとうのことをいわなかった？」

マーティンはいった。「サー、申しわけございません、この子はときどき、日に当たるとおかしくなってしまうのです。心がどこかに行って、仕事もできなくなります。象がどうしたとか口走るばかりで」

三人目の男が笑った。「〝ラヴォセスタン〟とやらにいる象のことか？　想像力がありすぎて漁師にはむかない子のようだ」

マーティンは敬意を装おうと努力していたが、心の一部では、いまにも落ちている木の枝をつかんで、自分と息子のあいだに割りこもうとするやつを片っぱしから殴り倒したいという衝動に逆らうのが、むずかしくなりつつあった。「おっしゃるとおりです、サー。ですが、この子はなにも悪いことはしておりませんし、わたくしどもはまだ見つけられるかもしれないうちに、舟を引きあげに戻らなくてはなりません」

ジャヴィードのいちばん近くにいた男がふたり、目配せをして、「よろしい」と偃月刀を持っているほうがいった。男たちが脇にどくと、ジャヴィードがマーティンに駆け寄ってきて、手を握った。

野営地から歩いて出ると、ジャヴィードがいった。「来てくれないんだと思った。あそこにぼくを置いていっちゃうつもりだと思った」

その言葉は心臓に突き刺さったが、無理をして平静な声を出した。「絶対にそんなことはしないよ。わかっているだろう、父さんは絶対にそんなことをしないって」

ジャヴィードが悲しげに、「ザールになんていえばいい？」

「なにもいわなくても、見せればいい」

「え？」

マーティンはできるだけ演出過剰気味に袋を取りだして見せた。ジャヴィードは狂喜した。「手に入れたんだ！　中身はなに？　これなんの袋？」

「中は見ていない。それは不作法なことだ」

ジャヴィードは両手をバタバタさせて、じれったさに顔をしかめた。「それちょうだい！　中を見させて！」

「絶対にダメだ！」というのがマーティンの返事だった。「牢獄の外でおまえに渡すが、それはザールのところへ運んでいくためで、あけるためじゃない。中身がなにかは、ザールにしか用のないことだ」

街へ戻るあいだずっと、ジャヴィードはちらっと覗かせてとせがみつづけたが、すぐにそれはゲームになった。マーティンをうるさがらせはするが、もう望みがかなうとは思っていない。マーティンは安堵で目まいがしそうだった。ジャヴィードは本気で見捨てられたとは思わなかったし、助けだすのが遅くなったのも、結局はその価値があった。

「ザールに食事を持っていってあげようよ」ジャヴィードが提案した。

「いい考えだ」前に牢獄への道を教えてくれた男から林檎《りんご》と葡萄《ぶどう》と柘榴を、別の店で調理ずみの牛挽肉《ひきにく》をくるんだフラットブレッドを買った。

牢獄に着くと、門番は前に袖の下をもらったことを忘れているようだった。「面会は一カ月にいちど！　それが国王令だ！」そして法令に従うべく門を閉めはじめたが、そこでマーティンが自分の胴巻きに手を伸ばして、法令の修正と例外をいくつか提案した。

監房棟に入ると、ザールは檻の端近くに立っていた。「お父さん！　弟よ！　こんなことをしてもらえるなんて。わたしにはもったいないごちそうだ！」ザールは渡された食べ物を、同房の囚人たちと分けあった。

門番が去ると、ジャヴィードは鉄格子に近づいて、「頼まれたものを手に入れてきました」とささやいた。袋は体の脇にしっかりとかかえている。ほかの囚人たちはこっそり持ちこまれた品物の持ち主が変わるあいだ、目を逸らしていた。

「心からのわが賞賛と感謝をきみたちに」ザールがいった。「わたしの財産の半分は、きみたちのものだ」

ジャヴィードはかぶりを振った。「象だけでいいです」

ザールは微笑んだ。「きみの望むままに、弟よ」そして後ろに下がって袋の引き紐をほどくと、袋の口を広げて、黄金の羽根を引っぱりだした。

マーティンは一瞬の不安がジャヴィードの顔に浮かぶのを見た。「だいじょうぶか？」マーティンはささやいた。ふたりともその羽根が意味するものを、それがなにをもたらすかを知っていた。

ジャヴィードはうなずいた。

「そうしたければ、もうここを離れてもいいんだ。象はウェブサイトで選べる」

「ここにいたい」ジャヴィードがいった。それからほとんど聞きとれない声で、「どうなるか見ていたい」

「お父さん、火打ち石をお持ちですか？」ザールがマーティンに尋ねた。

マーティンが頭を横に振ると、ほかの囚人のひとりが、服に隠していた小さな灰色の石を取りだした。それを手渡されたザールは、感謝して男の肩を抱いた。

ザールは羽根を握ったのと同じ手で、火打ち石を房の鉄格子に打ちつけた。「火をあたえてくださった、神とフーシャング王に感謝を」マーティンは火花が散ったのを見た。だがそれで終わりだった。ザールが二度、三度と同じ動作を繰りかえす。ついに、羽根に火がついた。

白煙が牢獄の中を漂った。羽根は強い光を発して燃えていたが、少しも焼け焦げていなかった。同房の囚人たちは立ちつくして炎を見つめていたが、やがてひとりまたひとりと膝を折って地面に倒れ、眠ってしまった。

建物じゅうに反響した声は、愛情にあふれて怒りに満ち、マーティンの歯を震わすほどに大きかった。「この不当な仕打ちはどういうことだい？　だれがあたしのかわいい子どもを檻に入れたんだ？」

中庭からの入口に立ったシームルグは、戸口をいっぱいにふさいで、そこにうまくおさまるために体を前に曲げていた。その犬の頭だけでも、人の体の半分の大きさがあった。かすかに光る金属の羽根で飾られた、筋骨たくましい猛禽類の体が、窮屈な空間に押しこめられている――だがそれはシームルグが捕らわれて束縛されているように見せるよりも、その力を凝集させているように感じさせた。

マーティンはジャヴィードの手に触れ、ふたりは牢獄の反対側の壁にむかってゆっくりあとずさった。シームルグの養い子からどれだけ信頼《ブラウニー・ポイント》を獲得しているといっても、この生き物が移動することにしたとき、その通り道に立っていたくはなかった。

ザールはひざまずいて頭を垂れた。「わが最愛の守護者よ、恥ずかしながらあなたの助けを請います。わたしが不注意の結果としてどこに至ったかは、あなたご自身の目でごらんのとおりです。しかしわたしは、ルーダーべの家族をわたしの家族と敵対させることなく、彼女と結婚する道を見つけねばなりません。わたしの運を救いだす機会をおあたえください、さすればわたしは二度と自らを辱《はずかし》めることはないでしょう」

マーティンはジャヴィードを見おろした。息子は怖がっていないわけではなかったが、完全に心を奪われていた。ザールは白髪だったが、ジャヴィードの髪の色もテヘラン人の平均より数段階薄い。そのせいでジャヴィードが人から冷たくされたことはいちどもなかったし、ことに両親からはもちろんだが、重要なのはその点ではないらしかった。ジャヴィードがザールの子ども時代の物語にどれほど響きあうものを感じていたかはわからないが、自分のヒーローが、親に捨てられたことによって、いちどは縁のなくなった人類の世界ではありえないような激しくて強い不可思議な愛情と庇護をもたらされた、という発想を、ジャヴィードはなぐさめとしたようだ。

シームルグが突進してきて、流れるように動く筋肉がにじんで見え、金で包まれた鉤爪が伸びきっている。ジャヴィードがすくみあがって、思わずすすり泣きを漏らした。マーティンは、「ここまでだ」というと、ふたりを脱出させた。

モーターに機械の外に移動させせられるのをマーティンは白い世界で待ち、やがてナシムがケージをひらく音がした。

「なにも問題はなかった？」ナシムが訊いた。セッション全体をナシムが見ていたのかどうか、マーティンにはわからなかったが、どちらにせよいまは、自分がおこなった選択のいちいちがプロキシにあたえた意味あいの分析をはじめたい気分ではなかった。

「ああ。あなたとは明日の朝、話をするんだよね」

「そうよ」

マーティンはハイテク部品を取り外して、自分の持ち物を取り戻した。ふつうの城塞《ガールエハ》がある部屋に行くと、バハドールといっしょに待っていたジャヴィードは、もう学校の制服の上にサイン入りアジミ・ジャージを着ていた。マーティンはしゃがんで、息子を固く抱きしめた。

「ムバラク《おめでとう》、ペサラム。家に帰ったらすぐ、象たちの島を手に入れよう」

ふたりはバスに乗ってオマールの店に行った。マーティンはオマールに、ジャヴィードにしたのと同じ、半分だけの真実を聞かせていた。ナシムのところには、マーティンの背中にやさしい設備がある、と。オマールはそのことをとくにどうとも思っておらず、今日もいつもどおり温かくふたりを出迎えた。

ジャヴィードがオマールとファルシードに冒険のくわしい顛末《てんまつ》を話しているのを聞きなが

ら、マーティンは考えていた。これだ、未来はこうなるんだ。ぼくが死んだあとでも、まったく同じ光景が見られるんだ。父親との〈ゼンデギ〉での毎週のセッションから帰ってきたジャヴィード、という光景が。

オマールとラナとファルシードは、ジャヴィードを愛し、庇護してくれるだろうが、ジャヴィードは以前の人生を、以前の家族を、完全に失うことはない。マフヌーシュさえもがプロキシの中で、マーティンが記憶する彼女のエコーとして、ジャヴィードの隣にいることだろう。

それはザールの物語よりも不可思議だが、実現の可能性があることだ。マーティンがしなくてはならないのは、サイドローディングのプロセスに没頭すること——そして、成功が確実になるまでのあいだ、がんばって生きつづけることだった。

20

ナシムは抗議者たちの脇を無言で通った。最初の二、三日は、彼らを挑発しようとした——もしむこうが暴力的に反応して、それがビルの防犯カメラに記録されれば、警察が否応なく介入してきて排除してくれるだろう、と期待して。だが、抗議者たちは統率が取れているとナシムも認めるほかはなかった。あなたたちのお気に入りの法学者《ムッラー》も改革派と同じお祭り騒ぎ好きなんだ、とナシムがいってやってさえ、罵倒の言葉すら返ってこなかった。抗議者たちは二〇一二年のことをよく調べていて、かつ勝者側から教訓を得ていた。自制が大衆の敬意に通じる唯一の道だ、と。

〈ゼンデギ〉が入っているビルの外の群衆は、日に日に規模を増していった。ナシムが数えたところでは、今朝は百人に迫っている。〈ファリバ〉たちのことを知ったホジャトレスラム・シャヒディは、賢明にも非難の焦点をそちらに移していた。〈ヴァーチャル・アジミ〉については沈黙することで、もはやサッカーか敬神かという無茶な選択を人々に迫る必要がなくなったのだ。

シャヒディの支持者たちは奇妙なスローガンを採用し、それは彼らが掲げるプラカードのすべてに書かれていた。『われわれの魂はこの機械たちのためにあるのではない』可能性の全否定というよりは禁止令だ。なぜ単純に、機械がいずれ〝魂〟を持つという展望を嘲笑しないのか？　ヴァチカンが現在表明している態度はそれで、おかげで信者の素人哲学者たちにはなんの議論の余地も残っていない。シャヒディ自身は、人間の脳の断片をもとにモデル化されたプロキシは人間と見なされるべきだと示唆するようなことをなにもいっていないのは確かだが、このあいまいなスローガンをはっきりと糾弾もしていない。シャヒディはそれをどっちつかずにしておきたいのだ。プロキシを禁断の〝魔術〟のひとつのかたちだとするような、もっとも後ろむきで迷信深い意見にこっそりうなずいてみせる一方で、同時に、ひとつのソフトウェアが魂を持つことはありうるかもしれないという――彼の同業者たちのほとんどの目には疑いもなく非常識、かつ冒瀆的ですらある――主張もせずにいることで、益を得ようとしている。

　マーティンが十時の単独セッションにやってきた。時間に几帳面なのはいつものことだが、今日はいつにも増して具合が悪そうだ。マーティンはもう書店の店番はしていなくて、ナシムの説得の結果、ここでの時間分の報酬を受けとっていた。〈ゼンデギ〉がマーティンのスキャンデータから断片を採取してゲームに組みこむことはないかもしれないが、この研究が最終的に商業的利益に結びつく可能性がないとはいえない。

　ナシムは脳波図《EEG》スカルキャップがマーティンにぴったり合うようにしながらいった。「明日は二時間やってもらえる？」

「ネットワークが期待していたほど速く収束しないの」ナシムは打ちあけた。

「もっとたくさんのデータだけが改善の手段」

「そういうことなら」マーティンは鏡の中でナシムと視線を合わせた。「明日から毎日二時間で全然かまわない。必要なら一日十時間にしてくれ」

ナシムは微笑んだ。「十時間のはるか手前で、あなたは確実に悲鳴をあげるわ」

マーティンがスキャナーの中に入ると、ナシムは自分の部屋に行ってデータ収集の開始をモニターした。

ジャヴィードといっしょのマーティンのセッションはきわめて重要な結果を生みだしていたが、じゅうぶんな量のデータにはまだほど遠かった。現時点ではマーティンと息子との相互作用が起きている神経回路でさえ、イベントそのもののあいだには明晰に解像することができない。プロキシがこの先十年に出会う人とうまく対処することが少しでも可能になるために、サイドローディングにはもっと広大なデータベースが必要だった。

そこでナシムはマーティン単独のセッションでは、子どもむけ『シャーナーメ』をどれだけプレイしても出てこないような言葉や画像や細かいすじ書きを大量にマーティンにあたえた。毎週数時間分の特別仕立ての刺激のスクリプトを書くことは労力的に人間には事実上不可能だが、ナシムは自動化されたフィードバック・プロセスを設定した。そのプロセスは、必ずしもランダムではない画像からスタートして、より詳細なマッピングが必要な領域を活性化するのを観察された素材目ざして進み、プロキシがどこよりも特別な手掛かりを拾うべきマーティンの脳のあちこちの隅をスポットライトで照らす。マーティンの価値観や意見についての質問とか、何歳か歳を取ったジャヴィードとの想像上の会話のリハーサルとかいうような、不作法で直接的すぎることはいっさいしない。仮にそんなことをしてもマーティンはそのすべてに誠実に対応しようとするだろうが、そんな状況で自然にふるまうのは、超人的な自制心の持ち主でなければ無理な話。もしマーティンの望みが、将来の誕生日のいずれかに息子に見せるためのビデオメッセージを残すことだったなら、それはなにもむずかしくはなかっただろう。サイドローディングをすることの意味は、ひとえに、より深くまで掘りさげられることにある。そのための最良の手段は、プロキシの反応として再現しようとする前に、断片を処理してマーティンの精神的風景を可能なかぎりきめ細かな粒度で解像することだった。

ナシムはマーティンがいま見ている画像を画面上で見た。ナシムのためにソース情報からのキャプションがついている。イスラマバードの商店街、パキスタンのタクシー、新聞と煙草を売っているカラチの露店。手足の切断手術を受けたクエッタの難民キャンプの子どもたち。夢や記憶の映像複写に成功した人はまだいないが、フィードバック・プロセスによって、視覚的自伝の一種のフォトライブラリ的代用品を、セッションの中に壁紙のように貼りつけることはできた。

マフヌーシュの顔があらわれた。葬儀で飾られていたのと同じ写真だ。ナシムからこのプロセスの説明を受けたマーティンは、使い道があるかどうかの判断はソフトウェアまかせでいいから、妻の画像を初期設定に含めることにこだわった。使い道はあったようだ。

自分が邪魔をしているような気分に耐えられず、ナシムはウィンドウを閉じた。自分の頭の中身をすべてプライベートなままにしておけるという考えを、マーティンは多かれ少なかれ放棄していたとはいえ。MRIの神経活性化マップからでも、プロセスが脱線していないことはわかった。集められたデータが、ロールシャッハ・テストの染みとホワイトノイズ、あるいはランダムな画像と断片的音声から得られるだろうものより、ずっと的を絞れているのは確かだ。それがナシムたちの目標を達成するのにじゅうぶんかどうかは、まだわからない。現段階では、仮にプロキシをどんなテスト・シナリオに投入したところで、いちばん最初のディケンズ朗読が洗練された偉業に思える結果になるだろう。

ナシムの出発点となったヴァージョンの〈ブランク・フランク〉は、ナシムがかつてヒト《H》・コネクトーム《C》・プロジェクト《P》のスキャンデータから作ったなによりも、はるかに脳に近かった——だからといって、それが最初から、HCPスキャンの産物よりうまく機能したわけではなく、構築過程の不備のすべてをより鋭く暴露しただけだった。それはちょうど、いいかげんに型取りされたプラスチックを使っておもちゃの自動車を作るのと、食《しょく》と金星の相を計算に入れた歯車一万個の時計を同じようにして作ろうとすることの違いのようなものだった。前者は部品をそのまま使っても、がたぴしとでもとにかく動くかもしれないが、後者が故障するのは保証付きだ。すべての歯車をなめらかに回転させるには、とんでもない量の研磨と微調整を要するだろうし、その動きをマーティンのプライベートな宇宙論と適合させるとなればなおさらだった。

バハドールがノックして、ナシムの返事を待たずに部屋に入ってきた。「ハッキングされています」

ナシムはプログラマー室に戻るバハドールについていった。バハドールの補佐のホスローが、ゲームセンターからの苦情報告に基づいたリストを作成中だった。概要に目を通したナシムは、ショックと狼狽を覚えた。苦情はすでに二千件を超えている。

ナシムたちのまわりでは十数の画面が、侵入者たちが汚染に成功した特定のゲームを表示している。上級プログラマーのひとりのミラドが、『悪魔イブリスの手下ども』の事例を検証していた。そこには第一次世界大戦の複葉機の編隊が侵入して、茶色くてねばねばするなにかで満タンの風船を悪魔の戦場に投下していた。

「あれはなんのつもりなの？」ナシムは尋ねた。「ナパーム弾？」

「ハイパー糖蜜です」と答えたミラドは、茶色いべとべとが利用者たちのアイコンからしたたっている光景に顔が笑うのを必死でこらえている。「とても粘性の高い液体で、わざと計算困難にした専用の運動方程式で定義されているので、リソースを大幅に食いつぶします。過去の攻撃でも数回使われていて、二〇二三年の〈ハッピー・ユニヴァース〉社に対するものなどがそうですが、明らかに今回のは洗練された変種で、そうでなければわが社のオブジェクト待ち行列にアクセプトされることは決してなかったでしょう」

「それはすごい」利用者はだれも、その物体が自分の仮想髪に張りついたり、顔を流れ落ちたりするのをじっさいに〝感じる〟ことは――手に付着しないかぎりは――ないが、戦友たちの目の前で滑稽な姿になるのはともかくとして、プレイヤーたちは〈ゼンデギ〉がハイパー糖蜜をゲームの環境の一部としてまともに扱ったという事実に縛られる。これで運動感覚不協和のできあがり。もしプレイヤーが走っていてハイパー糖蜜の塊を踏んだら、現実の足の動きが強制的に妨げられることはないが、塊がアイコンをその地点に貼りつけてしまっているのにプレイヤーの体は走りつづけているとすれば、ゲーム世界への没頭感がすべて失われるか、あるいは、体の動きについて相反する意見を持つ内耳と視覚系と固有感覚受容能力が戦うことを決断したかのように気分が悪くなって混乱しはじめるかの、どちらかだ。仮想現実の出現に先立つ数百万年間、後者はその人が避けるべきだったなにかを食べてしまったことを示すものだった。人々はまもなく、なんらかのとても現実的な液体を城塞《ガールエハ》の周囲に跳ね散らかすことになるだろう。

ナシムはいった。「じゃあなぜ、そのハイパー糖蜜を待ち行列から引き抜かないの？」

「それを自動化する方法を見つけようとしているところです」ミラドが答える。「オブジェクト・レベルでは、それは悪魔の血のふりをしていて、表面的なクエリーではそのふたつはまったく区別がつきません。カスタマイズされたふるまいと外見を示すまで、それがハイパー糖蜜だとはわからないんです。なのでそれをフィルタリングするには、その最終的な外見に対してチェックするものを設定する必要があります」

「ＯＫ」ナシムはそれ以上問いつめるのをやめてミラドをその作業に戻してやり、自分では大局的な判断を下そうとした。もし、汚染された各ゲームに対処するプログラムを作るのに十分から十五分ずつかかるなら、違約金数百万ドルと引き替えに、今日はすべてを営業停止する以外に選択肢はない。一方で、もしかするとミラドのフィルタリング・プログラムが、わずかな修正でほかのすべての侵入にも適用可能かもしれない——だがその期待がどれくらい現実的かを見きわめている時間はあまりなかった。すでに数千人の利用者がサインアウトして返金を要求していたが、この異常事態でも〝いつもどおりにプレイ〟できるといい張って残っている変人たちもいて、その頑固なまでの熱中ぶりが完全無欠の催吐剤に転じたときには、広報部と法務部にとっての悪夢となるだろう。

「〈ヴァーチャル・アジミ〉はどうなってる？」ナシムはバハドールに訊いた。バハドールは自分の画面を指さし、そこには羊の群れに侵略されたサッカー場が映っていた。羊の数は選手を取り囲んでまったく身動きできなくするほどではなかったが、それでも試合を中断に追いこんでいた。人間のプレイヤーたちは突っ立って悪態をつくか、羊を追いだそうと無駄な努力をしているかで、羊はそれにびっくりして横に逃げ、それが習性として正確かどうかはともかく、見ていて最高にいらいらするのは確かだった。〈ヴァーチャル・アジミ〉とほかのプロキシたちはこの事態の成り行き全体に混乱してしまい、全員が非常時戦略を発動して、芝生にすわりこむと足首をかかえ、怪我をしたかのように顔をしかめていた。

「羊の対処はだれかにやらせている？」ナシムは訊いた。

ねた。

「アリフに」バハドールはいって、ポーカーフェイスでつけ加えた。「アリフは肉屋の息子だから、ああいう動物の扱いかたは知っているでしょう」

このゲームは、ナシムたちにとって失うものがもっとも大きいが、状況を無事に収拾するチャンスはあるはずだ。そこにそんなものがいないかのように羊のいる場所をまっすぐ走り抜けようとする人はいないだろうから、少なくとも不協和と吐き気の問題は考えなくていい。ナシムとバハドールはアリフの机のところに行った。「状況はどんな感じ？」ナシムは尋ねた。

アリフが見つめているプロパティ・ウィンドウには、羊オブジェクトが標準クエリーのリストに送っているレスポンスが表示されていた。「こいつらはプロキシのプレイヤーに偽装してるんです」アリフがいった。人間の目にはまるで偽装になっていないが、プログラミング環境全体が、オブジェクトをシステムが細かく検査して自力で結論に達することを要求するのではなく、オブジェクトが〈ゼンデギ〉に〝自己申告〟するというプロトコルに基づいていた。もし小石一個一個、草の葉一枚一枚をそれが名乗るとおりのものとして受けいれる前に、その本質を確認するための描写・検分が不可欠だとしたら、〈ゼンデギ〉は急停止してしまうだろう。

「なるほど」ナシムは応じた。「羊たちは外見に基づいてフィルタリングする必要がある、と。もしかすると、ミラドの方法を応用すれば――？」

アリフは振りむいて、ナシムと顔を合わせた。「もっといい考えがあります。〈ファリバ〉たちを使わせてもらえますか？」

「〈ファリバ〉たちを？」

「彼女たちは、人間が同じ場面を見るのとほとんど同じくらいにうまく〝まちがい探し〟ができます。じゅうぶんな数の〈ファリバ〉を使えば、進行中のあらゆるゲームのあらゆる場面を見せて、異常を自動オブジェクト・フィルターに直接指摘するようにできるでしょう」

ナシムはその案を検討してみて、「ファンタジー・ゲームの中には、おふざけや時代的まちがいだらけのものがある」といった。「〈ファリバ〉にサイドロードした人たちは、そういうおふざけのことなんか知らないから、〈ファリバ〉たちはたぶんそれを異常に分類してしまう」

アリフはなにをいっているんだという目でまじまじとナシムを見た。「いまこの時間に走っている中で、そんなのは一パーセント以下ですよ！　そういうゲームは停止して、返金すればいいんです。そんな理由で残りのすべてを救うのをあきらめるなんて」

アリフのいうとおりだ。ナシムは指示を出した。「OK、その方向で進めてみて」

アリフが作業を開始すると、バハドールが小声でいった。「不穏な気持ちになりませんか？」

「羊に侵略されることが？」

バハドールはかぶりを振った。「こんな奴隷を何千人も生みだすことを考えると、です」

ナシムはすぐには返事をしなかった。じつのところ、バハドールの気持ちはある程度共有できたが、それはほとんどすじの通らないことだった。何十ものゲームで、スクリプト化されたプロキシに人間らしくふるまわせることがほかの手段ではむずかしいとき、〈ファリバ〉たちを〈ゼンデギ〉のどこにでもひょいと存在させたり消滅させたりして、プロキシたちにアドバイスをささやかせることにはなんの問題もない、とナシムは自分を納得させてきたのだから。

「〈ファリバ〉たちは奴隷じゃない」ナシムはいった。「人間の行動の微視的な一部のやりかたを学習しているだけ。工員がロボットアームに一連の動作をずっと手引きしたら、ロボットは工員と同じくらいに人間になる？」

「いいえ」バハドールは答えた。「そしてわたしは、〈ファリバ〉たちを人間だとも考えていません。でも、数千単位で作りだすのは、やはり得体の知れない感じがします」

ナシムはいった。「一体か千体かで、なにが違ってくるというの？」

バハドールは両手を広げて、確信がないことを認めた。「たぶん、まったくなにも違わないでしょう。なんともいえません。もし、これについてどう考えればいいのか、自信があったら……」バハドールは語尾を濁したが、ナシムはその先を推測できた。もし、〈ファリバ〉たちには意識があると確信していたら、バハドールはシャヒディの支持者たちといっしょに街頭に立っていただろう。意識はないと確信していたら、アリフのアイデアを手放しで賞賛していただろう。

アリフの作業はすばやかった。〈ファリバ〉モジュールへの追加が必要な処理《フック》のすべては、すでにあるべき場所にあり、アリフはそれを二、三のほかのシステムと結びつければいいだけだった。それが完了すると、アリフは異常認識ソフトを〈ヴァーチャル・アジミ〉のゲームのひとつでテストした。羊が全部赤く光り、ほかはなにも標的になっていない。それからアリフは手早く、選択されたオブジェクトを除去《パージ》するコードを加えた。

アリフはナシムのほうをむいて、「これを――？」

「ええ、やってちょうだい」

アリフはそのプログラムを走らせた。羊は消滅した。人間のプレイヤーたちが拍手喝采をはじめた。プロキシたちはあたりを見まわして、見慣れないものがなにもないことに気づくと、怪我をしたふりをやめた。

ナシムはいった。「全部でそれを起動して」

アリフは面食らって、「全部ですか？　これ以上のテストなしに？」

ナシムは腕時計をちらりと見た。「損害額はすでに最低でも七十五万ドルになっている。これが事態をよくはしても、悪くはしないほうに、喜んで賭けるわ」

アリフはそんなたくさんのプロセスをいちどに起動するアクセス権限を持っていなかったし、〈ゼンデギ〉じゅうのゲームひとつ残らずに干渉する権限となればなおさらだった。バハドールとナシムのふたりともが、この措置に承認をあたえなければならなかった――そしてこの行為の自動通知は、会社のずっと上層部までまわされることになっていた。

なにが起きたのか説明しろといわれてボスの部屋に呼びだされるのを待つあいだ、ナシムはホスローのリストにあるゲームのいくつかをチェックして、少し満足していた。『悪魔イブリス』はいつもの無制限流血祭りに戻っていて、複葉機の編隊はあまりに不条理な存在だとして消されていた。ナシムはほかのゲームすべてで問題となった事象の詳細を調べたわけではないが、ゲームからゲームへと飛び移っていると、異常のいくつかは羊や糖蜜爆弾よりは微妙だったらしいことがわかってきた。

そして、もしそれが〈ファリバ〉たちに見逃されるほど微妙だったなら、プレイヤーたち自身にとっても微妙すぎて、不具合があったと気づくことさえなく最後までセッションを続けていたケースもあるかもしれない。各ゲームの終了時に、汚染されたインスタンス・オブジェクトは廃棄されるだろう。バハドールはバックアップ・ファイルのチェックに三人を割りあて、主要なゲームすべてで手もとのヴァージョンは信頼できるものであることを確認していた。オンラインに入ってきた新たなプレイヤーたちの集団は、プログラムの安全なコピーでゲームをはじめることになる。建前上は一日二十四時間連続で走っているゲームが〈ゼンデギ〉には二、三あるが、そのファンたちは随時の再起動《リブート》に慣れっこだった。

全般的に見て、ナシムたちはラッキーだった。アリフと〈ファリバ〉たちは、会社がすでに被《こうむ》っている歳入や信用の損失よりも軽く十倍は悪い事態になりえた致命的大災害を、回避してくれた。

ナシムのノートパッドがブザーを鳴らした。ナシムは上の階に呼ばれていた。朗報を届けるだけではダメなことはわかっている。まだ難問の答えが見つかっていないのだから。これは何者の仕業で、動機はなにか？　犯人たちはどうやって〈ゼンデギ〉の防御を突破し、さらに、あらゆるゲームの安全を保証しているはずの複雑なクロスチェックすべてを打ち負かしたのか？

そして、犯人たちがいちどはそのすべてに成功した以上、どうしたら二度とそんな真似をさせないようにできるというのか？

ナシムが帰宅したのは午前一時すぎだった。バルコニーに出て錦花鳥《キンカチヨウ》の給餌器を補充し、水を替えてやる。元夫が最初のつがいを連れてきたのは、ナシムが彼に昔の研究が懐かしいという話をしたあとのことで、一種のジョークとしてだった。少なくともハミドはユーモアのセンスはあった。不幸なことに、一年じゅういつも陽気なその態度は、彼とほかの女性たちとの関係にまで及んでいた。ナシムは確かに、独占欲と不滅の愛の熱烈な告白で窒息させられるような相手を望んだことはなかったが、ハミドに関しては反対方向にまちがいをおかしていた。

居間にすわって気持ちを整理し、数時間眠れるくらいに緊張をほぐそうとする。役員会は緊急会議をひらいて、外部のセキュリティ・コンサルタントにその日の侵入行為の分析と再発防止を依頼するというナシムの案を承認した。危機に対する自分のスタッフたちの対応を誇りに思ってはいたものの、問題の根源を見つけて、恒久的にバリケードを強化するのに必要な専門知識を持ちあわせていないこともわかっていた。

侵入がシャヒディの支持者たちの仕業なのかどうかについて、ナシムの態度は白紙だった。彼らのことはすでにいちど過小評価していたが、彼らはもしチャンスがあったら、〈ゼンデギ〉じゅうの風景に自らの有罪の証拠となるスローガンを描くのを我慢できまい、と決めてかかるのも、現時点では軽率にすぎるだろう。ナシムにわかる範囲で、シャヒディの支持者たちは電話連絡網を使って抗議活動を組織化していた。あらゆる直接のリンクは顔見知りどうしの友情や純粋な信頼から成りたっている——この戦略はＳｏｃＮｅｔの分析には引っかかってこないが、二〇一二年に神権政治を打倒したいくつかのテクニックと、大きく異なるものではなかった。〈ゼンデギ〉へのハッキングは、政治運動を臨機応変に再利用する勢いに乗ってもどうにかなるものではないだろう……が、ナシムはそれ以上の憶測はしなかった。答えはコンサルタントに出させればいい。

ノートパッドに最新ニュースサマリーを吐きださせる。〈ファリバ〉に対する新たな非難が出てくるのだろうと思いはするものの、眠りに落ちる前に、自分があちこちから批判され、受けろといわれた罰はすべて受けたと感じる必要があった。じっさいには、〈ゼンデギ〉への侵入に対するジョークはまだ世界じゅうを飛びまわっていたが、そのほとんどは驚くほどおとなしかった。たぶん、それはとくに意外なことではないのだろう。ジョーク自体は、概して機知に富んだ感じのいいもので、ハッキングされるのはもちろん恥だが、迅速な対応のおかげで、〈ゼンデギ〉はいい見せ物になるような無能とは思われずにすんだ。数百人の利用者——影響を受けたゲームをプレイしていた数十万人のうちの——が短時間の吐き気に襲われ、数十の城塞《ガールエハ》は徹底した洗浄清掃が必要になった。会社の株価は下がったが、大幅にではなかった。

ナシムが〝羊で試合中断〟記事の全変種を早送りしおえると、情報マイニングソフトはまったく異なる流れのなにかを提供しはじめた。〈ウォール・ストリート・ジャーナル〉が載せたばかりの、〈イコノメトリクス〉の新製品ラインナップの記事。オートメーション生産ラインやコールセンター用の訓練可能なソフトウェア・モジュールのセット。

『この種の職業――世界全体で、このカテゴリーの就労者は五億人――の半熟練労働者がひとりいれば、彼または彼女の同業者数万人から仕事を引き継ぐためにソフトウェアが必要とするあらゆることを教えることが可能だ。もちろん、ここでわたしたちが話しているのは、あなたの職場の冷水器のまわりにたむろしている歩行ロボットのことではない。その仕事は、適切な工場の作業過程のように物理的に制約されているか、コールセンターのように完全にコンピュータ媒介化されたものに限られる。〈イコノメトリクス〉のスポークスマンは、ソフトウェアが技能階梯《かいてい》の次の段をのぼる可能性の見通しについてはコメントを避けたが、同社に近い情報源は金融サービス業界が次のターゲットになると思われると述べた』

いずれこういうことがあるだろうとわかってはいたが、それでもナシムは不意打ちを食らった気分で、キャプランが発表に数日先だって教えておいてくれようとしなかったことに腹が立った。五億人が失業の危機にあって、そのテクノロジーを開拓したのは〈ゼンデギ〉だ……。だからといってシャヒディの支持者がハッカーの正体から除外されるわけではないが、容疑者のリストが広がるのは確かだ。

五億？ 自分が〈イコノメトリクス〉と共有している手法が、五億人の仕事を奪いとるという考えは、うまく処理できない。そのぶっきらぼうな指摘をなんとか口当たりよくできるかもしれない、なにひとつ嘘のない脚註をいくつか書きくわえることはできる。どちらにしろ従来のソフトウェアも、たぶん十年かそこら以内に同じ職業の大半を自動化していただろう――そして、ナシムが自分でやらなくても、遅かれ早かれだれかがナシムの錦花鳥論文の手法をＨＣＰに適用していただろう。

だが、そのテクノロジーが機能するようにしたのも、サイドローディングとの融合の仲立ちをしたのも、ナシムなのだ。ナシムは自分自身と、自分の雇用者たちおよび同僚たちの仕事を救った。自分自身と周囲の人たちに大きな利益をもたらした。同じ変化で損をした側の人々が怒っているとしたら、これからなにが起こるのだろう？ どうせいずれほかのだれかに同じようにひどい目に遭わされていたのは、ほとんどまちがいない……そんな理由で人々が適度に冷静な態度を取って、〈ゼンデギ〉に対するバッシングはなにも起こらない、と期待してもいいだろうか？

亡命中ずっと、ナシムがなにより望んでいたのは、自分が強制的に遠ざけられた闘いに参加することだった――父親を殺し、祖国を荒廃させた人殺しの狂信者たちの顔に唾を吐きかけてやること。そして帰国して以来、そいつらとあらためて闘いたくてうずうずしていた。神権主義者たちがもういちどふらつく足で立ちあがってくれないかと思っていた、そいつらがもういちど血まみれになって、もういちど倒されるのを眺めて、溜飲を下げるだけのために。

しかし、自分がじっさいに渦中の人になった闘いは、父の闘争とはまったく違っていた。たぶん、シャヒディの中世的サイドローディング観に同意している人はそんなに多くないのだろうが、ほかにも、この技法に不安を感じる理由はある――そのいくつかは確固として現実のものだった。労働者が自分たちのヒーローのプロキシとサッカーをすることを望まないだけの野暮な聖職者だと思っていたら、シャヒディはじつは、自分の主張の論点を棚あげにして、失業の危機に直面している人すべてに共通の利害を見つけだすような真似のできる、政治家的な人間だったのだ。これは、頭のおかしい法学者《ムッラー》がまたひとり、正気な優先順位を持つ人々から総スカンを食らうのを見物する、という単純な話にはなりそうになかった。

ナシムはノートパッドのスイッチを切った。二時をまわっていて、四時間は睡眠を取らないと自分が翌朝使いものにならないのは自覚している。セキュリティ・コンサルタント会社と会う約束があり、そのとき冴えた状態でなかったら、費用だけはかかるプラシボ《いんちき》に片っぱしからサインさせられてしまうだろう。

21

「おめでとうございます、シーモアさん。あなたの新しい肝臓が準備できました」

ドクター・ジョブラニがコンピュータの画面のむきを変えて、臓器バンクからメールされてきた写真がマーティンにも見えるようにした。迷路のような半透明の枠に覆われ、薄黄色の栄養液に浸っていても、その健康で完全無欠な見た目は心強かった。この大きさの厚板状の肉が、マーティン自身の皮膚から採取された数十個の細胞から育ったというのは、なんとも奇跡的なことだった。しかもできあがったものが、入り組んだ迷路のような化学工場とエネルギー貯蔵所だというのも、いい意味で現実離れしていた。そして、たとえ瓶詰め肝臓の製造過程が宣伝どおりの完璧なものでなかったとしても、マーティンは持って生まれた臓器の残りのスキャン画像を嫌というほど見てきたので、この水耕法ヴァージョンが下取りで買った格上製品であることをじゅうぶんに納得していた。

「これで、問題は手術の日取りだけです」ジョブラニが説明する。「来月の早い時期の枠にあなたの名前を入れさせました。あなたが書類にサインされたら外科医にあなたの最終チェックをさせて、それで手術日が正式に決まります」ジョブラニは両手を盛んにこすりあわせてから、キイボードをぽちぽち叩いてコンピュータのメニューからプリントアウトすべき正しい書式を探しだそうとした。

マーティンは自分の癌の主治医がこんなに意気軒昂としているのをいままで見たことがなかったが、朗報といえるものを伝えるのはこれがはじめてだからなのだろう。二週間前、この医者はマーティンに、血液中の腫瘍マーカーが上昇していることを告げた。癌は抗体治療に対する耐性を発達させていた。それは予想外のことではなかったが、期待されていた時期よりも早かった。新しい肝臓は確実にマーティンを延命させられるが、それでも再発した癌がおそらく一年以内に死に至らしめるだろう。

マーティンはいった。「危険はあるんですか？　手術に？」

ジョブラニはメニューを見つめたままだった。「それは外科医に訊いていただくのがいいと思います。いまは書式を探させてください」

「手術の日取りがそれでいいか、まだ都合がわかりません。手術日を数ヵ月先にできませんか？」

「先に？」ジョブラニはキイボードを打つのをやめて、マーティンを見た。「そんなことを希望される理由があるんですか？」

この会話の準備はしばらく前からしてきた。脳内リハーサルではつねに、罪のない嘘がすらすらと、言葉巧みに口をついて出て、大した騒ぎもなく思いどおりの結果を得ていた。

マーティンはいった。「移植のリスクをおかす前に、息子とたくさんの時間をすごしておきたいんです。もし手術台の上で死ぬようなことが――」

ジョブラニは怖い顔をした。「なにを馬鹿なことを！　ご存じのとおり、いまあなたのク《Q》オ《O》リティ・オブ・ラ《L》イフが最悪なのは、肝臓の状態だけが理由なんです。手術中に死亡する可能性があるのは確かです――しかし、無事に手術が終われば、少なくともあと六カ月から八カ月は十倍元気になる。移植後の一週一週が、いまのあなたの暮らしぶりの十週間に値する――手術日を先延ばしにすれば、その間に二十週分になるでしょう」

マーティンは医者と目を合わせた。「クオリティ・オブ・ライフのことは忘れてください。移植を受けたら今日から六カ月生きていられる確率が大きくなると、誓っていえますか？　手術中に死ぬオッズが、手術をしないせいで死ぬオッズよりも小さいと？」

「もし手術を六カ月延期したら」ジョブラニは答えた。「手術室で死ぬ確率は三倍になるでしょう。最低で三倍です」

「なるほど。でもそれは、お訊きしたことの答えではないですね」

ジョブラニはじっさいの確率をあげてマーティンの異様な問いかけを解消することになど、興味はなかった。「あなたは分別をなくしていますよ、シーモアさん。いまのようなあなたの姿を見ることが息子さんのためになると、本気でお考えですか？」

マーティンはいった。「終わらせておかなくてはならないことがあるんです。ぼくにとって重要なことが。それが未完のままになってしまうリスクはおかせない」

マーティンが冷凍庫から引っぱりだしたなにかを電子レンジで温めて夕食にしようとしかけていたとき、ラナが熱いシチューの入った特大の器を持って戸口の階段に姿を見せた。

マーティンはラナを家の中に入れ、ターロフ（社交辞令や遠慮などが混ざったような風習・文化）の作法にのっとって、その贈り物を三回辞退してから、ようやく受けとった。ラナは、マーティンたちの食卓に加わることはできない——オマールとファルシードが帰ってきたらいっしょに食べるので——と固辞し、同時に、マーティンとジャヴィードは遠慮せずにすぐ食べるべきだ、ともしきりにいったが、しかしラナを急いで追いだすのも、ラナがいる前で食事をはじめるのも、信じがたく無礼なことだった。

そこで、マーティンはいいにおいのする料理をキッチンに置いてきて、三人ですわってピスタチオをつまんだ。

「うちに越してきて、いっしょに暮らすべきですよ、マーティン・ジャン《さん》」ラナは点検するように居間を見まわしたが、埃の塊や明らかに害虫がいる証拠が目につかないので残念がっているようにさえ見えた。家を清潔にしておくことなら、マーティンはまだ立派にできる。

「ご親切にありがとう」マーティンはいった。「でも嘘偽りなく、ぼくたちはここで問題なくやっているよ」天国というのは、一日二十四時間、呼べばすぐファルシードが来て遊んでくれることだと思っているのだろうジャヴィードが、ちらりとマーティンを見たが、なんとか口を閉じていた。

ラナは残念そうに微笑んで、「わかりました、でもいまの話はずっと活きていますからね。

うちではいつでも、あなたとジャヴィードは大歓迎です」

「ありがとう」マーティンはラナの誠意を疑ってはいなかった――それに、男やもめの家だから汚れていて当然とばかりにじろじろ見たことも許せた――が、自分の人生を形作ってきた要素が跡形もなくなることへの覚悟はできていなかった。書店を続けることはとうとうあきらめて、すでに売りに出している。この上、日常の家事まで手放したら、なにも残らなくなってしまう。

「そっちのみんなはどうしてる?」マーティンは尋ねた。最後にオマールの家に行ったのも、オマールに家族のことを訊いたのもだいぶ前のことで、いまラナの話ではじめて知ったのだが、彼女の義父のモーセンは、順番待ちリストに名前を載せて六年目にして、新しい義肢をつけることになったという。完全機能性の機械脚で、モーセンが考えるだけで制御できる。取り付け前の準備をラナがざっと説明するのを、ジャヴィードは目を丸くして聞いていた。モーセンはすでに電極を脊髄にインプラントされて、仮想のコピー機械脚で二ヵ月間練習し、インターフェイスを微調整して、本物に備えていた。マーティンは、オマールがこの件をなにも話してくれなかったことに驚いた。

ラナが帰り、父子はシチューをむさぼり食った。マーティンは低下した消化機能を助けてくれる薬を忘れずに飲んでいたが、あまりに早食いしたので結局、胃痙攣を起こし、ジャヴィードはその晩はそのあとずっと、父親の食い意地と行儀の悪さをからかっていた。笑うと痛みがひどくなるので、ジャヴィードはますます調子に乗った。ジャヴィードがようやくべッドに潜りこんだとき、マーティンは笑顔で闇の中にすわりながら、脇腹を押さえていた。

真夜中をすぎてすぐ、ジャヴィードが母親を呼んで泣きながら目をさました。マーティンには息子をなだめる手立てがなかった。しまいに途方に暮れたマーティンは、結婚した年にマフヌーシュと行ったオーストラリア旅行の写真が詰まった電子フォトフレームを持ってきた。これまでジャヴィードにそれを見せないようにしてきたわけでは決してなかったが、見慣れない画像にはジャヴィードを惹きつけ、落ちつかせるなにかがあったようだ。母親の人生は自分がいま知っているのをはるかに超えた過去に続いていることの証拠であるこの写真が、失ったものの小さな一部をジャヴィードに取り戻してくれたかのように。母親がずっと存在しつづけているという感覚、その泉は決して枯れることがないという感じ。

ジャヴィードが眠りにつくと、マーティンは自分のベッドに戻って、マフヌーシュをかたわらに呼びだそうとした。スキャナーの中で何時間も何時間も、マフヌーシュの記憶を追体験してきたので、すっかり忘れていた出来事に驚きを味わうことはまったく期待できなくなっていたが、いま重要なのはそれではなかった。求めているのは、マフヌーシュがそこにいること、たとえ飽きるくらい見慣れた姿でも、たとえなにも新しいものをもたらしてくれなくても。

けれど、闇は虚ろなままで、枕は主《ぬし》のいないままだった。マーティンはマフヌーシュが、彼自身の思考に取り憑《つ》いたように、プロキシの思考にも取り憑くことを望んでいた——その代価が、いまのこの結果なのか？　これはそういう仕組みなのだろうか？　マーティンのたっての願いを聞いて、マフヌーシュはすでに継承されるのを承認したということだろうか？

マーティンはタクシー運転手に料金を払うと、抗議者たちの脇をゆっくりと歩いて通り、むこうはマーティンに敵意よりは好奇心を持って見ているようだった。来る日も来る日も〈ゼンデギ〉にやって来るこの病気の老人は何者だ？　抗議者たちがまだそれを知らないのが、マーティンには意外だった。推測もできていなければ、社内の密告者から情報を得てもいないことが。結局のところマーティンは、アジミが神にあたえられた才能を男娼のように売り物にしたことを、媚薬や幸運のお守りと同程度に深刻な冒瀆的行為にしたのと同じ罪を犯すために、ここに来ているのだから。

建物に入ると、マーティンはエレベーターが故障するようにと念じた。階段を使うほかなければ、少なくとも十五分は先延ばしにできる。だがドアは勢いよくひらいて、いつもの癇に触るほど陽気な女性の声がペルシア語で、何階に行くのかいうように求めた。マーティンはその声が、英語、フランス語、アラビア語と一周してペルシア語に戻ってきてから、返事をした。

ナシムは延長戦に突入した会議につかまっていた。マーティンがスキャナーに入る準備は、ベルナルトが手伝った。「テヘランにはいつまでいる予定なの？」マーティンはベルナルトに尋ねた。

「六カ月のはずでした」ベルナルトは答えた。「この機械が使えるよう、地元のスタッフ数人を養成しているところです。でもここに残ると思います。好きになれるやつと出会ったので」

「それはおめでとう。でも、彼を連れてヨーロッパに戻ったほうがいいだろう、念のために」

ベルナルトは驚いて、「冗談ですよね？　この国でそれを罪に問われた人は、もう何年もいないと思いましたが」

マーティンはいった。「もしいまだに、関連する法律を廃止しようとすることが政治的自殺行為とされているなら、ぼくはその法律が効力を失っているとは考えないね」

ベルナルトはマーティンのゴーグルを調整して、MRIのほうに行くよう手で示した。

「運にまかせてみますよ」ベルナルトはいった。「ふたりでヨーロッパに戻ったら、三カ月後には結婚指輪をはめていることになりそうだ」

マーティンは機械の中に横たわった。体が強ばっている。ゆっくりと二、三回深呼吸する。マーティンが目を閉じていると、ベルナルトがゴーグルのスクリーンを下ろした。拳を握りしめる。今日はグローヴはなしだ。モーターがうなりをあげた。

ベルナルトがいった「マーティン？　目をあけてもらっていいですか？」

しぶしぶマーティンは従った。ゴーグルがマーティンに見せているのは一九八〇年代のシドニーの街頭風景で、音楽やニュースの断片が添えられていた。ハンターズ&コレクターズが「キャリー・ミー」を歌い、ヴォーカルはひらいた傷口のようにひりひりする。FMラジオ局〈2JJJ〉でティム・リッチーがザ・レジデンツの不気味に脈打つ電子ヴァージョンの「監獄ロック」を前振りする。どんな罪を問われているにせよ、この機械は確実に、マーティンに昔を思い起こさせる方法を学習していた。

リラックスしてあたえられた情報に素直に反応しよう、と思ったマーティンの目の前に、当時の州知事のネヴィル・ランがどら声でまったく理解不能などっちつかずの発言をするところがあらわれた。この男についてなにか意見を持った記憶はない。州の政治家で連想するのは、列車のことだけだ――列車運転士のストライキ、深夜に急停車する列車。いちど、真夜中近くに市街地からの帰宅中、列車がパラマッタ川の橋の上で、とくに理由もなく、なんの説明もないまま四十分間止まったことがあった。マーティンは暗い川面を眺めながら、飛びこんで岸まで泳げば、こうして待っていなくてすむなと思った。記憶は鮮やかだった。客車の旧式な手動ドアの赤い塗料がはげているのまで、目に浮かんだ。列車から飛びおりることもできただろう。それを止めるものはなにもなかった。ただ、マーティンはそんな真似をするほど馬鹿ではなかった。というよりじっさい、しようという気にもまるでならなかった。

そしてマーティンはすでにスキャナーの視線のもとで、十数回もあの客車に戻っていた。これはプロキシがなにがなんでも記憶する必要のあることなのか？　マーティンの世界観や道徳的枠組みにとってのきわめて決定的瞬間だったのか？　まさか。では、なぜこんなことを考えて時間を浪費しているのか、自分に残された一秒一秒が貴重ないまこの時に――とくに、この機械の中での一秒一秒の貴重さは二倍にもなるというのに？

次にゴーグルは、〈セリナズ・ナイトクラブ〉でステージに立ったミッドナイト・オイルを見せた。マーティンはこぼれたビールやつんとくる汗のにおいが漂ってくるような気さえした……が、だからなんだというのだ？　この演奏を目にして、マーティンの頭の中でなにかが輝いているのは確かだろう。マーティンはその夜、でなくてもほとんど同じような夜に、あそこにいた。だがこれは、純粋な偶然で記憶が掘りだした轍《わだち》を深くしようとして無駄骨を折っているだけだ。ここからどうやったらマーティンをどこか新しい場所へ連れていけるか、機械にはわからない。機械にはマーティンからもっとたくさんの情報が必要なことはわかっているが、それを見つける方法がわからない。

という結論に達したのは機械自身も同様だったようで、懐かしの旅は終わりにして、見知らぬ人々の写真をマーティンに見せはじめた。家の残骸の中に立つ老人。その男性の服装と建物の残った部分は、マーティンにカシミールの地震を想起させた。インドネシアかマレーシアのどこかの雑踏で、ピンクの花柄のドレスを着た幼い少女の手を引く、レースで縁取りした紺青色のヘッドスカーフを被った女性。ひとりきりの人、カップル、家族。各映像は一秒か二秒しか続かない。それぞれの写真がいつどこで撮られたものかの手掛かりにマーティンは気づかずにいられないが、ナシムは何度も、これはトリヴィアクイズではない、プロキシの一般知識を増強するための手段ではない、と念押ししていた。目的ははるかに抽象的なものだ。画像は広大な可能性の空間にランダムに配置された光の点滅のようなもので、マーティンの脳の反応の記録は、いろいろな方向から光を当てられた複雑な形状の物体の影を集めたようなもの。もし同じ影を落とすようにプロキシを形作れたなら、マーティンとの類似性を強化するのに役立つだろう。

それは完璧なメタファーではない。じっさいのプロセスはそんな風に単純でも、受動的でもなかった。だがそこには、ひとつの潜在的な落とし穴が示唆されていた。同じ方向から照明を千回当てても、閃光一回分以上のディテールは得られないのだ。このプロセスに対するナシムとスタッフたちの理解度は、どの映像が新たな事実を明らかにし、どれがなにも新しいものをもたらさないかが事前にわかるほどのものではなかった。唯一の解決策は、どうしても効果が薄まってしまう分を純粋な数の力で凌駕《りょうが》するほどにたくさんの場面を、マーティンに見せることだ。

マーティンはメタ思考に気が逸れていたことに気づき、画像そのものにもっとしっかり注意をむけるよう自分に鞭打った。ふたりの少年が灼熱の田舎の景色の中、蟻の巣を棒でつつき、それを飼い犬が不審げに眺めている。涙ぐんだふたりの女性が裁判所の階段で抱きあっている。酔っぱらった若者がナイトクラブの外でもうひとりの男にむかって拳を振るい、歩道にへたりこんだ女性が顔をしかめてふたりを見あげている。マーティンは必死で目をひらいたままでいようとして、それをなし遂げたが、人間離れした課題に感じられた。虚弱そうな子どもがひとりでメリーゴーラウンドに乗っていて、赤い馬の背のけばけばしい緑色の鞍にまたがっている。年長の女性が、制服を着た男性の額縁に入った白黒の肖像写真を悲しげに見つめている。まるで無限に続くベネトンの広告に捕らわれたかのようだった。マーティンは自宅の冷凍庫の中身について考えた。昨晩ラナが料理を持ってきてくれたから、帰りに冷凍食品をふた品買えば、週末まではだいじょうぶ。そのあとジャヴィードとふたりで市場《バザール》に行って、午後はなにか料理を作ろう。新鮮な姫茴香《ひめういきょう》を切り刻むのは、においで浮き浮きしてくるから大好きだ。

ナシムの声がした。「マーティン、機械から出しますよ」

ゴーグルの画像が消えた。マーティンはサーボ機構にスキャナーから引っぱりだされるのを待ちかまえた。

顔を覆っていた物が外されると、マーティンは立ちあがってナシムのほうをむき、「すまない、集中力を失ったのは自分でもわかっている。昨夜あまり眠れなかったんだ。コーヒーを何杯か飲めばだいじょうぶだと思う」

「コーヒーじゃダメだと思う」ナシムは答えた。「あなたが集中しているときでさえ、もう役に立つ結果がなにも得られていない。レートは数日間下がりっぱなしよ」

マーティンは恐ろしさにぞっとした。「あきらめるつもりじゃないよね？」

「違う、もちろん違うわ！」ナシムはため息をついて、「わたしが悪いの。もっと早くに片をつけるべきだったのに、取り調べに気を散らされてしまった」

〈ゼンデギ〉への侵入に関する調査は、スタッフのあいだに怒りや不平を生んでいるようだ。この前マーティンと行き会った際にバハドールは、ホメイニ時代的なパラノイアの復活について辛辣なことをいっていた。

「いまの方法ではやれるだけやった」ナシムが話を進める。「でも、それですべてやり尽くしたわけじゃない。単に方針転換が必要だというだけ」

マーティンはいった。「わかった──ところで、いまのこの状態で、プロキシはどれくらい完成に近づいている？」

「過去数週間で大幅に進歩したわ」ナシムは請けあった。「量的にも、統計的にも、それを示すことはできる。でも現時点で、それはまだ……」

「里親としては使えない？」

「残念ながら」

「〝ぼくがちょっと買い物に行ってくるあいだ子どもの面倒を見ていてくれ〟としてなら？」

ナシムはぎこちなく微笑んだ。「まだ道は途中だけれど、わたしは気がくじけてはいないから。かんたんには行かないのは、最初からわかっていたことよ」いちばん最初は自分がマーティンに不可能だろうといったことに触れないナシムの姿勢を、マーティンはありがたく思った。

「これを六カ月で完成できるチャンスはまだあるのか？」マーティンは尋ねた。「もしあなたが新しい取り組みかたを見つけたら、古いやりかたより早く進むかもしれないわけだろう？」

ナシムはそれに直接は答えず、「二、三日待って」といった。「スキャナーは少しお休みにしましょう。〈イコノメトリクス〉でサイドローディングの別のプロジェクトに取りくんでいる人たちと話してみる。ここだけの話だけれど、あなたの脳を取りだすもっといい方法が見つかると、確信しているわ」

「本なんて要らないよ！」レザというその男性は、マーティンが格好の条件で鍛冶場の炉を売るといったかのように、疑わしげに声をあげて笑った。「賃借契約は引き継ぐけど、在庫と商売のことは忘れてくれ。ウチはこのスペースをジムにしたいんでね」

馬鹿にするようなレザの笑い声をそのままお返ししてやりたくてたまらないのを、マーティンはこらえた。「ジムですか？　ここで？」歩行者やオートバイでごった返す舗装道路から数センチメートル引っこんだだけの、床から天井まで届く店のショーウィンドウを手で示す。

「まさしく！」その熱っぽい返事は、まるでマーティンが、時代を先取りしたレザのプランを祝福したといわんばかりだった。「上の階と隣にももっとスペースを借りるけど、ここが必要なのは、あのショーウィンドウがあるからだ。ガラスのすぐ奥で、セクシーな女たちが運動するようにする。無料広告さ」

エンケラブ通りの人目にさらされながらエクササイズする女性たち。マーティンの顔に、狼狽《ろうばい》の気配ではないとしても疑いのかけらが浮かぶのをレザは捉えたに違いなく、にこにこと楽天的にいい放った。「この国は変わったんだ。できないことはない」

ふたりは不動産業者のウェブサイトで契約引き継ぎの手続きをした。マーティンがここを引き払うまで、三週間あった。

レザが立ち去ったあと、マーティンはオンデマンド印刷機をネットで売りに出し、それから以前ここで働いてくれた三人の学生にメールして、だれかが閉店セールの店番をしてもらえないか尋ねた。店のコンピュータで、五十パーセントオフ、七十五パーセントオフ、九十パーセントオフをそれぞれ謳《うた》ったポスターを作って印刷し、最初のヴァージョンをショーウィンドウにテープで貼った。

次に空《から》の荷箱を見つけて、英語書籍コーナーに持っていく。ジャヴィードはいずれ一千万冊の電子書籍から読むものを選べるようになるだろうが、それでもマーティンは自分自身の世紀からのなにかを手渡したかった。小説から『怒りの葡萄』『動物農場』『キャッチ＝22』『スローターハウス5』を、ノンフィクションから『アンネの日記』『パリ・ロンドン放浪記』『収容所群島』を。箱にぎりぎりいっぱいまで本を詰めたい誘惑に駆られたが、これを入れなくていいのかといちいち悩みはじめたらキリがないのはわかっていた。ジャヴィードは無人島に行くわけではないし、マーティンがこの箱を重くすればするほど、じっさいに本を読むのが押しつけられた重荷に思えてしまう危険性が大きくなる。

プロキシはこうした作品について、なにか価値あることをいえるようになるだろうか？　マーティンは自分でも、少しでも細部に立ち入って話しあえるほどよく覚えている自信はなかった。だが、ソルジェニーツィンを読んだばかりのティーンエイジャーの目には、だれだってつまらない人間に映ってしまうだろう。バーを高く設定しすぎるのは馬鹿げている。メイジャー・メイジャーやマイロ・マインダーバインダー（ともに『キャッチ=22』の登場人物）の名前が出てきたときに、プロキシがジャヴィードといっしょに笑えて、あとははったりでもっともらしく通せれば、マーティンは満足できるだろう。

マーティンはレジカウンターの脇に立って、店の中を見まわした。奇妙な対称性というべきか、店内は木と膠《にかわ》のにおいがしはじめていて、それは大工たちが最初に本棚を据えつけたときのにおいと同じだった。

ほかに取りのけておくものはあるだろうか？　自宅にはもともとマフヌーシュの本棚があって、彼女のお気に入りだったペルシア語の作品が並んでいる。それにつけ加えるべきものなど思いつきそうになかった。マーティンは箱に封をして大きな文字でジャヴィードの名前を書き、もし自分の身に突然なにかが起きても、その箱がまちがって捨てられることのないようにした。

梱包テープを倉庫に戻しにいったとき、ノートパッドがチャイムを鳴らした。

ナシムからのメッセージには、こうあった。『試してみる価値のあることが見つかったと思います』

「マーティン、こちらはドクター・ザーヘディ」ナシムは脇にどいて、ふたりが握手できるようにした。

「お会いできてうれしく思います」マーティンはいった。口の中は乾いていた。ナシムはほとんどの質問に電話で答えてくれたが、マーティンはまだ不安を感じていた。

ドクター・ザーヘディはMRI室の片隅で可動スクリーンの少し陰になっていた椅子を手で示した。「どうぞお掛けください」と彼女はいった。

ナシムがいった。「立ち入った話になるので、わたしは席を外します」

ドクター・ザーヘディはマーティンの血圧を測り、心音を聴いた。マーティンが自分の医療記録への医師用アクセスコードを教えると、彼女は無言でマーティンのスキャンデータと病理報告にざっと目を通した。マーティンは、自分が特殊な造影剤を注射されていることをベルナルトがそうした記録にまったく載せていないことに気づいた――もしドクター・ザーヘディがマーティンになにを投与しようとしているかをそこに記載したら、マーティンは癌の主治医に山のような説明をする必要が生じるだろう。

「ミズ・ゴルスタニから投与するよう依頼された薬品は、適度な鎮静と脱抑制効果があります」ドクター・ザーヘディは説明をはじめた。「全身麻酔の処方成分のひとつとしてきわめて高い用量での使用が認められている薬品ですが、今日あなたに投与する量はその十分の一以下の予定です」

マーティンはいった。「だからぼくが……呼吸停止したり心臓発作を起こしたりする可能性はない、と」

「有害な副作用の可能性は、この上ないほど低いです」ドクター・ザーヘディは断言した。「肝機能が弱ったあなたの状態でも、なんら危険はないと確信しています。ただ、なにもまちがいが起きないことを絶対確実にするために、わたしはセッションのあいだじゅうここにいます」

「よろしくお願いします」外科手術のリスクを避けるべくあれこれしたあげく、マーティンは選択肢が狭まっていくという閉所恐怖症的な気分になっていた。しかし、麻酔をかけられて体を切開されるわけではない。チューブを通して呼吸するようになることはないのだ。全身麻酔の成分のひとつを十分の一の投与量で使われるくらいはかまわない。

「ほかにプロトコルであなたの承諾が必要な点は、軽度の痛みを引き起こす赤外線レーザーの使用です」ドクター・ザーヘディが続ける。「これが使われるのは一本の指に対してのみで、出力は組織損傷を起こしうるしきい値のずっと下。また、一定の時間にレーザーを使用できる回数にも制限が課せられています。あなたの嫌悪反応を減少させる可能性を避けるため、詳細は明かさないようにいわれているのですが、心理的トラウマが残る可能性はないに等しいと、わたしは確信しています」

マーティンはいった。「きっと問題はないと思う」なぜ指にレーザーを当てるのかという理屈は、すでにナシムから説明を聞いていた。投与される薬品は、見せられる画像に対してマーティンをより影響されやすく、より敏感にするが、同時に、精神的脇道にさまよわせる惧《おそ》れもある。〈イコノメトリクス〉は、同じ薬品を投与された赤毛猿に、注意を逸らすたびに軽度の痛みを引き起こすことで、まるで魅力的ではない画像の連続に対しても注意を集中しつづけるようにできることを発見していた。それが動物倫理委員会に承認されたというなら、マーティンはそれにゴーサインを出すことに異存はなかった。

マーティンは同意書にサインをした。ナシムが戻ってきて、なにか質問があるかと尋ねたとき、マーティンはいった。「このせいでプロキシが永久に酔っぱらってしまうことはない、ともういちど保証してくれ」

ナシムは笑みを浮かべた。この話は前にすませていた。ナシムはいった。「薬品を投与してあなたの脳内の活動パターンをいくらか変化させるということは、そのとき得られるデータをプロキシにそのまま適用できるのは、プロキシも同じ変化を受けた場合のみだということ。だからわたしたちは、あなたの反応と一致するようプロキシを訓練しつつ、効力的な意味でそれに〝薬品を投与する〟必要がある。けれどそれも、プロキシの神経配線をあなたのそれに近づけることに違いはない——プロキシを薬品なしで動作させたときでも、効力は持続するでしょう」

マーティンはほとんど納得できたと思ったが、ナシムはマーティンの顔に疑念がまだ残っているのを見てとって、もうひと押しすることにした。

「こういう風に考えてみて」ナシムはいった。「メソッド演技法の俳優が、映画であなたの役を演じたいと思って、あなたをバーに連れていって酔っぱらわせ、それであなたはほかのときにはないくらいに心をひらく。俳優が目にできるのは、アルコールが入ったときのあなたの姿だけで、それはたとえば天真爛漫すぎて、俳優がその場で得られるのは、その特定の状態のあなたを模倣する能力のみ。けれどももちろんそれは、映画の中で俳優が酔っぱらったあなただけを演じるということでは全然ない。それは単に、俳優がしらふのあなたをよりうまく演じるのに役立つ、あなたについての些細なあれこれを手に入れていたということ」

マーティンはいった。「つまり基本的には、このテクノロジーはロバート・デ・ニーロとジムビームのボトルの代用品ということだな？」

ドクター・ザーヘディが注射を打った。数秒でマーティンは……愉快な気分になった。悩みなどない。かすかに笑みを浮かべてすわっているマーティンに、ナシムはスカルキャップとゴーグルをはめて、MRIのところに連れていった。

ゴーグルのスクリーンを下ろす前に、ナシムは指ぬきのように見えるなにかをマーティンの右人差し指にはめて、いった。「もしほんとうに集中していられなくなったら、外してかまわないわ。でも外したら、それでセッションは終わりだから」

「うん。よくわかった」

すべてが所定の位置におさまると、サーボモーターがうなりをあげた。過去数週間、単独スキャンで機械の中に送りこまれていくときには気の滅入る感じを味わってきたが、薬品は確実にそれをやわらげていた。

前回のセッションで中断された一連の写真が、頭から再開された。マーティンは地震で崩壊した自宅にいる老人を見つめた。前回も老人の境遇に同情したのは確かだったが、今回はまるで、ふたりのあいだに立っていた物理的な障壁が消されたかのようだった。男性の存在が迫真性と切実さを増したにとどまらず、マーティンは自分がその場面を、ほんとうに自分に果たせる役割があり、成り行きに個人的な関わりがあり、以前からつながりを持っていたかのような目で細かく見ていることに気づいた。この男性はどこで食べ物を、水を、避難場所を手に入れられるのだろう？　どんな体験をしてきたのだろう？　だれの死を嘆いているのだろう？

数秒後、男性の画像は消えたが、マーティンは新たに目の前にあらわれた画像は無視して、地震がもたらしたものを考えつづけた。無意識のうちに腕がぐいと動き、まるで熱い皿の縁に触ったかのように手を引っこめてから、なにが起きたか理解した。刺すような痛みとして熱を指に感じた。永久に傷が残ることはないと事前にいい聞かされていたが、レーザーはちくちくするどころではすまなかった。

二番目の画像はタイミングを逃したが、三番目があらわれると――公園を散歩する若いイラン人カップル――マーティンはそれに全力で注意をむけた。その場面に没頭したマーティンは、ジャヴィードといつか未来に息子の妻になる女性の前に立っているかのような、父親らしい温かな気持ちが高まるのを感じた。残念ながら、その高まりは割りあてられた時間を超えて続き、結果としてマーティンは罰せられた。

それ以降、マーティンは努力して周期に合わせた。刺激、反応、離脱。それを無意識にできるようになる必要があった。猿にはできたのだ。なら、そんなにむずかしいことのはずがあるまい？　没頭しすぎてふたたび指を焼かれることなく、三つの場面を連続でこなした。

そして四つ目、そして……自分はどれだけうまくやれているのだろう、と立ち止まって考えたときには、二十分はすぎていたに違いない。ペースを維持するのは最初のうちはむずかしかったが、ひとたびリズムに乗ると――。

課題をこなすのではなく、それについて考えこんだせいで、マーティンはまた、刺すような叱責をもたらされた。マーティンは二度と同じ失敗をしなかった。より明るく、より鋭くほとばしるこの炎が、自分の脳内の霧に閉ざされた戻り水の淀みを貫くのではないかという展望に希望を持つのは打ち止めにして、画像の洪水に溺れ、終わりのない現在の中で立ち泳ぎを続けた。

22

「われわれは内部の犯行だと確信しています。残る問題は、内部のどこ、なのか？」

〈ファラキ・アソシエイツ〉のジャファル・ファラキは、ナシムのデスクのむこう側から手を伸ばして、中間レポートを手渡した。恐ろしいことに、USBスティック側面の使用量メーターは〝二・七テラバイト〟を表示していた。ナシムは、口頭で簡潔に要約してもらえると助かると判断した。

「つまり、〈ゼンデギ〉のスタッフを除外できなかったということですね」ナシムはいった。「そして、当社のプロバイダーのいずれも除外できない、と？」

「そのとおりです」

ナシムは、自分かスタッフのだれかがおかした単純で馬鹿げたエラー、じゅうぶんなリソースを持つ外部の人間による侵入に対して〈ゼンデギ〉を無防備にしてしまうようななにかをファラキが突きとめてくれることを、期待していた。防御の穴を見つけて、それをふさぐ方法を考えだしたら、それですべてはおしまい。それでは侵入者が何者だったかはわからないだろうが、しかしそうなれば、敵の正体を知ることに差し迫った必要性はなくなる。粗悪なプログラミングがあったと認めなくてはならないのは決まりが悪いが、それだけの価値はあることだ。本格的な逆産業スパイ活動と関わらざるをえなくなるよりは、なんだってマシだ。

「それで、ここから先どうするんですか?」ナシムは質問した。「当社と取引しているプロバイダーは三十七あって、いずれも評判は申し分ないし、いずれも監査されて完璧な保証……」

「各社同じくらいに完璧な保証、ですよね」ファラキが割りこんだ。「業界の標準プロトコルは有益なものとはいえ、それは鉄壁の保証にはまったくなりません。御社にほんとうに必要なのは、プロバイダー各社に圧力をかけて、サードパーティ製のハードウェア・モニタリングをインストールさせることです」

(ええ、そのとおりね)クラウドコンピューティングの主要なプロバイダーはセキュリティの問題を非常に真剣に受けとめていて、外部監査人が抜き打ち検査やランダムな完全性試験をおこなうのを許可している。だが、何千というプロセッサ・チップをソケットからひょいと外し、あらゆる動作を監視・確認する追加のハードウェア経由でもともとの回路基板とお話しさせるようにする、というのは莫大な費用がかかるだけではない。利用者の中には、これは要するに、それほどのレベルの大騒ぎが必要とされる問題がほんとうに存在するというなによりの証拠だ、と受けとめる人もいるだろう。どこか一社だけがこの処置を講じたら、商業的自殺ということで終わるだろう。業界全体が、いっせいにこの処置を講じるのは、奇跡を必要とするだろう。

「当社にはそんなことを実現する影響力はないわ」ナシムはそっけなくいった。「もし、ほかのハイエンドユーザーすべてを結束させられたなら、ハードウェア・モニタリング導入の交渉を開始できるかもしれない……もしかして十年がかりでなら。でも三十七社に指を突きつけて、『責任があるのは、あなたたちのうちの一社か、当社かです』といったところで、なんにもならない。自分のところにはまったく無関係だろう問題の解決のために数百万ドルを注ぎこむ会社なんてないのだから、責任をたがいに押しつけあえる――それどころか、当社にまっすぐ投げ返せるという状況で」

ファラキがいった。「それはわかっています。先ほど申しあげたのは理想的な解決策ですが、ここは理想的な世界ではありませんから」

ナシムは手の中でUSBスティックをもてあそんだ。レポートを重くしている付録の大部分は、ログファイルや、ソフトウェアの設定や、〈ゼンデギ〉自体の設備のハードウェアテストの自動分析だろう。ファラキのチームは個人のノートパッド――ナシム自身のも含めて――から会社のワークステーションまで、ありとあらゆるものを調べつくした。その結果、外部のハッカーがアクセスに成功した証拠はなにも見つからなかったが、ナシムのスタッフによる不審な行為の証拠もなにも見つからなかった。

「では、ハードウェア・モニタリングはなしとしたら、次善の策は？」ナシムはファラキに尋ねた。

「ソフトウェア監督《オーバーシーアー》です」ファラキは答えた。「クラウドで走らせるあらゆるプロセスをスーパーバイザー・プロセスと対にして、その背後から監視します――できればほかのプロバイダーの見晴らしのいい場所から。絶対成功すると保証はできませんし、大変費用がかかります。利用者にラグを感じさせたくなければ、おそらくリソースの五十パーセント増強が必要でしょう」

「それでも、当社にちょっかいを出そうとするやつに面倒な思いはさせてやれるだろう、と」

「それは確実に」とファラキ。「さらに、最終的にそいつらに関する証拠が手に入るか、そいつらを完璧にブロックできるようになる可能性も飛躍的に高くなる」

「そいつらがどんなものでも打ち破れる天才でなければ」

ファラキは笑みを浮かべた。「実現しうるあらゆる対抗策への魔法の抜け道《ショートカット》なんて、だれも持っていません。たとえ御社のプロバイダーのひとつがとことん邪悪になって、御社のプロセスを多かれ少なかれ思いのままに荒らしているとしても、そういうことをしてなおかつ無実を装うのを、非常に費用のかかるものにしてやることはできます」

「そのために当社にかかる費用以上に？」

「であろうと思います」ファラキの答えは慎重だった。

この知らせを役員会に伝えている自分の姿を想像するのを、ナシムは全力で思いとどまった。計算リソースの五十パーセント増額は手痛いが、その結果として個人の破壊活動家がたちまち捕まるのなら、その出費にはじゅうぶん価値があるだろう。だが、まったくの正反対だった場合、たとえばもし〈サイバー・ジャハーン〉が汚い手段を取ることに決めたのだとしたら、見通しはまったく異なったものになりうる。そういう大きな企業には、〈ゼンデギ〉に同時にふたつの傷口から出血させられる――利用者の減少と、高額の対抗手段――上に、それを何カ月も、もしかして何年でも続けていられる専門技術とリソースがあるだろう。

ナシムはメモリー・スティックを掲げて、「これはちゃんと読みます、それは確約しますが、ここで第三の案も考えておいたほうがいいだろうと思います」

「わかりました」ファラキは咳払いをした。「これは、御社のスタッフのひとりが関与しているという可能性についての話になりますが、あなたは可能性をすべて検討したと確信するために、考慮しておきたいと思われるでしょう」

「続けて」

ファラキがいった。「わたしの昔のビジネス・パートナーがやっている別の会社の手を借りると、うまくいくことがときどきありましてね。熟練した尋問者を何人か雇っている会社なんですが。そこの社員たちは、御社のスタッフと面接して、現時点までわれわれにはできなかった荒っぽい方法で問題を追及することができるんです」

ナシムはまじまじと相手を見つめ、真顔が崩れるのを待った。大して面識のない人にからかわれるのには慣れていない――バハドールが仕事中の悪ふざけの対象にナシムを含めるようになるには、一年かかった――が、これはもしかすると、ストレスの多い仕事で緊張をやわらげるためのファラキ流のやりかたなのかもしれない。〝熟練した尋問者〟は、ポスト二〇一二年のイランできわめて特殊な種類の人物を指す一般的な婉曲表現だ。逮捕を免れるだけのコネと手腕を持っていた元情報省《VEVAK》のエージェント。

ファラキは無表情にナシムを見つめかえしていた。彼は真面目な話をしていたのだ。

ナシムはいった。「その案は却下しましょう」

マーティンが脱抑制剤を投与されはじめて一週間近く経ってから、ナシムはようやく落ちついて薬品の効果を検討する時間を取れた。新たに特性が判明したシナプスの数は上昇していたが、それだけなら使用開始時点ではほぼ当然のことだ。大きな薬理学介入でなにも新しいことが出てこなかったとしたら、その異常さをたとえるなら、冬から夏に変わってもテヘラン市内を散歩する人々がまったく同じ道すじをたどっているようなものだろうか——それまで気づかなかった公園や屋外カフェにまったく足をむけることなしに。

だが、その予想どおりの上昇のほかにも、薬品は成果をあげつづけていた。以前は、続けざまに画像を見せられたマーティンは、見せられている画像の細部とほとんど関係なく、急速にどんよりした、反応の乏しい状態になってしまった。現在は、新しい画像のそれぞれが、新たな反応を引きだしている。ナシムはスキャンというスキャンに、活動の生んだしぶきを見てとることができた。

だいぶ前にナシムたちは、マーティンを彼の人生の本街道のあちこちに引きずりまわして、ありとあらゆる伝記的に重要な出来事、ありとあらゆる倫理的な関心事、強く抱いているありとあらゆる信念と審美的嗜好にむきあわせた。だがそれでは、風景まるごとをマップするには——本街道が虚無の中に沈みこまないようにしている地形を描きだすには——至らなかった。だれであれ特定の人間の脳をほかの人の脳とはまったくの別物にしているものは、結局のところ、対象者本人にとってもあまりに些細すぎて詳述などできないような細部にこそある。些細すぎて、本人にとってさえ興味の対象とならないような細部。些細すぎて、じっさい、毎時間毎時間、毎日毎日、そのことを考えなければならないとしたら、どんな正気な人間にも耐えられないような細部。その些細なことの量そのものに窒息しかけていたマーティンの脳の部位を活動停止させることによって、はじめて、必要な情報の収集に着手することが可能になったのだった。

いま、マーティンの断片的反応すべてを実質的に模倣した型のプロキシを作りだすため、サイドローディング・ソフトウェアがプロキシに手を加えている。もしデータが現在のレートでもたらされつづければ、一カ月以内かそれくらいには、安定した状態のプロキシができあがるだろう。短いシナリオでのテストを受ける準備のできたプロキシが。

会話をする準備のできたプロキシが。

ナシムは画面からすべてのスキャンデータとヒストグラムを消して、プロセスの最終目標について考えた。子どもはほとんどどんなものからでもなぐさめを見出すことができる。動物のぬいぐるみ、カートゥーンのキャラクター、同じすじ書きを何度も何度も生きる童話の本の架空の登場人物。ジャヴィードは囚われのザールと出会ったときとても喜んでいたが、そのザールは分岐したスクリプトの一部以外のなにものでもない。

だがマーティンは、カートゥーンの中のジャヴィードのヒーローではなかった。お気に入りの場面をクリップしたライブラリから入れ替えるわけにはいかないのだ。プロキシがじっさいにふたりのあいだに働く力を取りこむことができなければ、それはなんの役にも立たないだろう。

問題は——多すぎることなしにじゅうぶんであることは可能か？　サイドローディングのために空白の容器を作ったとき、ナシムは手に入る中で最高に機能的なマップを使ったが、あらゆる選択がそれと引き替えの代価を伴った。ナシムが割愛した領域という領域が、課題をこなすために必要ななにかをプロキシから奪っている危険があった。ナシムが採用した領域という領域が、プロキシには達成する力のない目標という重荷や、満たす力のない欲求という重荷を、背負わせている危険があった。

果たして、息子と〈ゼンデギ〉で一時間をすごすときにマーティンがするだろうふるまいに近いものを、プロキシは再現できるだろうか——ジャヴィードの質問のすべてに答え、ジャヴィードのジョークのすべてを理解し、ジャヴィードの恐怖のすべてを克服してやる——それでいてなお、自分が何者かを正確には知らない、あるいは気にしないでいることが、できるだろうか？

ナシムは最善を尽くしてきたが、自分が成功と失敗のどちらに転ぶことになるかを確実に知るには、プロキシに面とむかって尋ねる以外に方法はなかった。

23

「おまえは鳥と仲よくやれるか？」シャヒンが尋ねた。

「もちろん！」ジャヴィードが答えた。「シームルグに会ったことだって、いちどあるよ」

「シームルグ？」シャヒンは笑った。「それならば、鷲がこれっぽっちでもおまえを悩ませることはあるまい」シャヒンは脇の地面に置いた小さな手桶から細長い革を取って、ジャヴィードの右手に巻きつけた。「腕を持ちあげろ、少年」ジャヴィードはいわれたとおりにした。「もう少し高く」シャヒンが指示する。「下にいるおまえが彼から確実に見えるようにしておきたいからな」

シャヒンが口笛を吹いて、蓋付きのもうひとつの手桶から兎肉をひと切れ手に取った。マーティンはひゅっという羽ばたきの音を聞いてから、近くの糸杉の木から降下して近づいてくる鷲を目にとめた。鷲がさらに近づいてきて、ジャヴィードが少し怯む。ジャヴィードは顔を横にむけたが、腕はなんとか動かさずにいた。革を巻かれた拳に降りたった鷲は、この小さな止まり木に両足をいちどに巻きつけることはできないと気づいた。マーティンは、鷲がジャヴィードの腕をあがったところの無防備な皮膚に鉤爪を食いこませるのではないかと心配し、その本能的な反応はすべてが、存在しない苦痛と傷への恐れだったが、鷲が自分には実体があるという幻想を台無しにしてしまう危険は、じゅうぶん現実的に思えた。だが鷲はそうはせず、拳をつかむ足を一方からもう一方へと変えて一種のバランス技を演じてみせながら、シャヒンがご褒美として目の前にぶら下げた兎肉を丸飲みした。ジャヴィードは鷲の重さが腕を押しさげているのを感じてはいないだろうが、グローヴはたぶん、四本の長い筋肉質な足指が握りしめたりゆるめたりする感触を説得力あるかたちであたえているのだろう。

マーティンとジャヴィードがカーウース王の地所へやってきたのは、彼の最新の愚行につきあえるのではと期待してのことだ。ジャヴィードはカーウースの物語がどれもお気に入りで、子どもむけ削除版ではまったく無害なものになっているとはいえ、没入型仮想世界でこと細かに描かれる、残忍だが失敗だらけの王の戦《いくさ》にジャヴィードをさらすのは、ためらわれた。ザールやほか大勢の無数の忠告に逆らって、カーウースは悪魔と魔法使いの地、マザンデランに侵攻し、王の軍隊はそこで大量虐殺をおこなった——原典では、非武装の男たちや女たちや子どもたちの中に喜々として斬りこんでいっている。自分の土地と民を守るため、白鬼はカーウースと兵たちの視力を奪って一網打尽で捕虜にし、こうしてザールの息子のロスタムが、うぬぼれた若い王を救出するための遠征に乗りだすことになった。この遠征には、魔女をまっぷたつに斬ったり、罪のない見物人の耳を引きちぎったり、しまいには白鬼の肝臓を切りとったり、カーウースの視力を回復させるために白鬼の血を軟膏に使ったり、といった場面がある。カーウースはマザンデランでの大失態で悔い改めたといったが、結局それは薄っぺらで誠意のないもので、慢心し、よき忠告に耳を貸さないことにはなんの変わりもなかった。だがマーティンは、〈ゼンデギ〉のカタログで『シャーナーメ』シナリオを調べまわった結果、カーウースの物語で内臓摘出場面が出てこないものを見つけ、ジャヴィードを説得して、ほかの出血量が多いシナリオではなくそれをプレイすることを納得させていた。

「今度はおまえが餌をやるんだ」シャヒンがジャヴィードにいった。「肉を渡すから、背中に手を伸ばせ」心配して見守るマーティンの前で、ジャヴィードは桃色の生肉を受けとって、親指と人差し指で慎重にはさんだ。腕を前にまわし、鷲にむかってすばやく肉を持ちあげて、嘴《くちばし》が肉をくわえると同時に指を放す。

「上手だったぞ」シャヒンがいった。「次は頭覆いを被せる」

ジャヴィードは手伝ってほしそうにマーティンを見たが、マーティンは笑顔で励ました。シャヒンはジャヴィードに革製の頭覆いを手渡すと、それを指のあいだで引きのばしておいて、警戒もされず迷惑がられもせずに鷲の頭に被せるやりかたを見せた。頭覆いには嘴と鼻孔のところに切れ目があり、目に触れずに目隠しになるくらいだぶだぶだったが、それでもマーティンは、猛禽《もうきん》がそんな奇妙な邪魔物を受けいれるように調教されているのは驚異的だと思った。

シャヒンにいわれたとおりに、ジャヴィードはしゃがんで、脇に置かれた枝編みの籠にむかって自分の手とその乗客をゆっくりと移動させた。目隠しされていても、ひらいた扉が近づいてくると鷲はなにが起きているかを察して、いらだったように肩をすくめると、翼を広げて飛びたとうとするかのような姿勢を取った。ジャヴィードは驚いてうなり声を漏らしたが、手は震わせず、一瞬後、鷲はまたおとなしくなっていた。

シャヒンがいった。「止まり木の片側に手をつけろ」ジャヴィードがそのとおりにすると、鷲は一歩一歩確かめるように進んで籠の中の止まり木に移った。ジャヴィードは手を引っこめて、扉を閉じた。

「よくやった」シャヒンがいった。「おまえは覚えが早いな」シャヒンはマーティンにむき直って、「あんたとこの少年が昼までに十二羽の王の鷲を籠に入れられたら、あんたたちを調教者の助手として雇ってやろう」

マーティンはちらりとジャヴィードを見た。「では、すぐに仕事に取りかかったほうがよさそうですね」

空っぽの籠が近くに積みあげられていた。手桶いっぱいの兎肉とシャヒンを真似たマーティンの口笛を使って、父子《おやこ》は鷲を誘いだそうとしながら糸杉の木立を歩きまわり、交互に握り拳を止まり木として提供した。ゲームが実行不可能な課題は出さないのをマーティンは知っていた——もし未経験者のよそ者ふたりが他人の狩猟鳥を狩り集めようとしてうろうろしたら、現実にはどんな結果になることか！——が、なんの苦労も要らないシナリオも出しはしなかった。最初の二羽は大した問題もなくふたりのところに来たが、三羽目として目をつけた鷲はマーティンの口笛を三、四分無視したあと、いきなり舞い降りてきて、肉の手桶をひっくり返すと、労せずして得たごちそうを嘴にくわえて木に戻っていった。

ジャヴィードはそこで投げださなかった。一分としないうちに別の鷲を見つけ、こいつはずっとお行儀がよかった。その鷲はマーティンの拳に止まると顔を覗きこんできて、まばたきし、物珍しげにマーティンを眺めまわした。犬鷲をサイドローディングした人がいるとは思えないので、そのふるまいは深みがありそうでも表面的なものでしかないはずだが、マーティンはこの生き物になにがしかの親近感を覚えずにいられなかった。マーティンは生物圏からデジタルへの移行中で、新しい故郷では、この鷲は自然の生き物と見なされる。

十二の籠全部に鷲が入ると、シャヒンが三人のたくましい助手を連れて近づいてきた。

「みごとな仕事ぶりだ！　さあ、この籠を急いで王の野外宮に運ばねばならん。王は太陽が高いうちに出発するおつもりだからな」

各人がふたつの籠を手に、木立を抜けていく。籠はジャヴィードが上から吊るして持ちあげるには高さがありすぎたので、ジャヴィードは両手を籠の側面の横棒に巻きつけるようにして自分の分のふたつをしっかり支えていた。そんな風に籠を運ぼうとして手首がねじれるのを、人は、ましてや六歳の子どもが耐えられるものだろうかとマーティンは思ったが、ジャヴィードは〈ゼンデギ〉のゲームを正しい荷物運びのやりかたとまちがえるような馬鹿ではなかった。

シャヒンが一行を連れていった草原には、カーウースの〝野外宮〟が待ちかまえていた。

底部は幅約十五メートルの円形の台座で、鷲の籠に使われているのと似た植物繊維で編まれた格子でできていた。中央に王の天幕がある。その壁を形作る織物は金と紫で豪勢に刺繍され、ひらいた垂れ幕からは、フラシ天の座布団敷きで同様に装飾された玉座が見えていた。台座の周囲には縁のすぐ内側に一定間隔で、まったく同一の木製の棒が数十本、すべて垂直に、二メートルの高さにそびえていた。それぞれの棒の基部近くには、かなりの長さの綱が輪に巻かれて台座の上に置かれていた。

さっき木立の中でせっせと働いていたのはマーティンとジャヴィードだけではなかった。シャヒンと助手たちはすでに少なくとも三十羽の鷲を集めていて、その籠が野外宮の片側の地面に並んでいた。マーティンは声をあげて笑いはじめた。こらえることができない。マーティンの心の一部は、カーウースの狂気の計画が、たとえ〈ゼンデギ〉の中でも、一秒たりともうまくいくとはどうにも信じられずにいた。

ジャヴィードがいらだって、「やめて、パパ《パパ》！」とささやいた。「みんながぼくたちに怒っちゃうよ」

マーティンはいった。「すまない。おまえのいうとおりだ」後ろにいる若い男を盗み見た。運んでいる鷲の重さをほんとうに感じているかのように、顔が汗でてかっている。男は無言のままだが、その顔のしかめかたは、非難するというよりは警告を伝えようとしているように見えた。カーウースは人気のある統治者ではなかったが、玉座そのものが敬意を要求していた。王の計画に疑問を呈する資格があるのは、もっとも場数を踏んだ将軍たちともっとも博学な賢人たちだけで、その彼らでさえ最大限の如才なさと手管を要する。庶民が王の計画を嘲笑するなどというのは常軌を逸したことであり、マーティンはこの先数時間かけて地下牢の中で腐敗していくことに興味はなかった。

運んできた籠をほかのもののそばに下ろす。新たに到着した鷲の何羽かが、待遇に抗議するかのように、羽ばたいて止まり木から少し浮いた。マーティンはふと、この鷲たちは〝ふだん〟どんな風にしているのだろう――どれくらいの頻度でシャヒンや王と狩りをし、どれくらいの頻度で籠に閉じこめられているのか――と考えている自分に気づいて、驚いた。そんな疑問に答えがあるわけもないのに。

シャヒンが助手たちに指示する。「われわれは王のご命令どおり、王の鷲たちのうち最高の四十八羽を連れてきた。では、わたしのすることをよーく見ていろ。これがおまえたちの次の仕事だ」

シャヒンはしゃがんで籠のひとつの扉をあけると、腕を差し入れて、革を巻きつけた拳で頭覆いをした鷲の足に触れた。鷲は素直にシャヒンの手の上に移って、シャヒンがゆっくりと籠から手を出すあいだもじっとしていた。シャヒンは野外宮の縁に歩いていくと、またしゃがんで、鷲を地面に近づけ、それからもう一方の手で棒の一本の近くの地面に巻いて置かれていた綱を持ちあげた。綱の四本の子縄は台座につなぎ止められていて、固定された両端のあいだは巧みに結び目を作ったり編みあわされたりして引き具《ハーネス》を形作っている。シャヒンは鷲にするりと引き具をはめ、頭の後ろをなでてなだめた。そして手を下におろして傾け、鷲におりるよう促した。拳からおりた鷲は数歩歩くと、引き具がぴんと張るのを感じた。この奇妙な新しい障害にいらだって、鷲は数回羽ばたきしたが、そのあとは運命の気まぐれを受けいれたのか動かなくなった。

シャヒンは体をまわして助手たちに顔をむけた。「ぼけっと突っ立っている暇はないぞ。いまのわたしの手本どおりにしろ。王がもうすぐおいでになる!」

作業に没頭するジャヴィードにマーティンは手を貸さず、仕事が早く片づくよう自分は自分で別の鷲に取りくんだが、ジャヴィードのそばを離れないようにした。ジャヴィードはすでに、相手の威圧的な大きさもなんのその、鷲に対する度胸がついてきて、マーティンは何度もちらちら目をやったが、ジャヴィードはつねに集中して自信ありげに作業をしていた。現実の鷹狩りの訓練は数年がかりだとか、この鷲たちは野性に返ったり、人の顔を引っかいたりするのが不可能なスクリプトに従っているだけだとかいうことが、なにか問題になるだろうか? ジャヴィードはなにも、キルギスタンの先住民と狩りに行くためにこんなことをしているわけではない。それでもゲームの課題は忍耐と粘り強さを必要としたし、重さがなくても、鷲たちをびくつかせないようにするには調教者による繊細な運動制御が要求された。マーティンはあれこれ悩むのはやめることに決めた。ジャヴィードが、生身の生物の扱いにくさや、現実の鉤爪の鋭さや、命あるものたちの世界の思うにまかせなさを忘れてしまう惧れがあるわけではない。ジャヴィードの立場をプロキシのそれと混同するようなことがあってはならない。もうすぐ〈ゼンデギ〉に閉じこめられることになるのは、息子のほうではない。

いのだ。

シャヒンと助手たちの仕事ぶりは新米ふたりよりも早かった。経験の差からいって納得できることではあるが、それは別のレベルから見ると、鷲たちには人間でないものと真剣に対応しているふりをして時間を浪費する必要がないという事実によるものだ、とマーティンはふと思った。いずれにせよ、シャヒンたちの仕事が早いのはありがたかった。マーティンがまだ五羽しかつないでいないうちに——均等割りより三羽少ない——シャヒンが全員脇にどけと声をあげた。鷲は全羽がつながれていて、王が野外宮に近づきつつあった。

王の一行は馬でやってきた。王に付き従うのは、旗持ちと護衛兵、そして取り巻きたち。王その人は宝飾した王冠を被り、紅玉をちりばめた王笏《おうしゃく》を手にしている。マーティンは一瞬、リベラーチェ（派手な衣装で悪趣味の代名詞ともなった二十世紀のピアニスト）の記憶がよみがえってしまった。

下々《しもじも》のものたちを遠ざけておいて、王は野外宮とそこにつながれた鷲たちを検分してまわった。後ろをついて歩く三人の相談役は、王がなにかいうたびに、こびへつらった賛辞を返している。

「雲を見たところでは、空気の動きは好ましい状態にあるな」と王がのたまった。「これに勝《まさ》る吉兆があろうか」

「〈世界の王〉よ、あなた様のお知恵にはご先祖すべてが集まってもかないませぬ」

そうしたセリフはフェルドウスィーの原典からかけ離れたものではなかったが、だれもかものふるまいが大げさすぎた。さっき不敬な真似をした父親を自分がたしなめたのも忘れて、ジャヴィードがこのもったいぶった間抜けどもにびっくりして顔がゆるんでいることに、マーティンは気づいた。

「こんな男が空飛ぶ乗物を設計できるなんて信じる気になるか？」マーティンはささやいた。

「絶対無理」

マーティンは空っぽの胴巻きを叩いた。「なのに父さんはパラシュートを買い忘れていたよ」

ジャヴィードがいった。「怖くなったら、両手の親指を下だからね」

「わかった」

王の相談役のひとりがシャヒンのところに来て、小声で話しかけた。

シャヒンが助手たちにその知らせを伝えた。「王がわたしの助力をお求めとのことで、おまえたち見習いのうちで軽いほうからふたりを連れていくことにする」ジャヴィードがそのひとりなのは明らかだが、マーティンが搭乗者になるのも当然の既定事項で、競争相手である三人の助手全員が長身でがっしりした体つきであることの理由はそれだったのだろう。現実の人生ではアイコン撮影後に十キロ痩せていると指摘する必要さえなかった。

カーウースは玉座に腰をおろし、裏方連中たちが御身《おんみ》のおそばでどたばたするのを国王陛下がご覧にならずにすむよう、お付きの者が垂れ幕を下ろした。マーティンとジャヴィードはシャヒンのあとについて野外宮にあがり、三人はそこで空飛ぶ乗物のエンジンたちの準備をした。四十八本の棒から突きだした大釘に兎の肉片を引っかけていくが、それはつながれた鷲たちにはぎりぎりで届かない。ジャヴィードの背では大釘に肉を引っかけられないので、肉の入った手桶を運んで、大人ふたりに肉の塊を渡すのが仕事だった。目隠しされたままの鷲たちは肉には反応しなかったが、近づいてくる足音を聞くと、拘束されていることにいらだって、捕獲者たちに不快感を知らせようとするかのように綱をやたらとあちこちに引っぱるものもいた。

準備作業が完了し、シャヒンにそれを伝えられた相談役は、王の天幕の前に行った。

「〈世界の王〉よ、ペルシアの宝石よ、あなた様の幸運が臣民すべてに正義と幸福をもたらします」

カーウースは天幕から出てくると、空を仰ぎ見た。「生まれや身分がいかに高貴であろうとも、われの前にこの偉業をあえて試みた者はひとりとしておらず、わがあとにそれを再現する勇気を持つ者も出ないであろう」王は顔を下げると、まわりで見ている者たちにむかって両腕を広げた。「今日という日の輝かしさはそなたらの記憶に焼きこまれるであろう、太陽の残像が視野に焼きつくと同様に」人々は同意の徴《しるし》に頭を垂れ、それから安全な距離まで後退しはじめた。

台座の上に残ったままでいた相談役が、シャヒンに次の段階に取りかかるよう合図を送った。シャヒンはマーティンとジャヴィードのそれぞれに、台座の円周を三等分する作業開始地点のうちの二カ所を指示し、それから自分は残りの地点についた。

カーウースは王笏の柄を枝編みの床に打ちつけて、叫んだ。「いま、われは天使たちの仲間となる！」

マーティンたちは鷲の頭覆いを外しはじめた。

マーティンが最初に視野を回復させた一羽は、床を数秒間いらいらと歩きまわってから、マーティンの手に噛みつこうとするかのように飛びかかるふりをしたが、頭上にぶら下がっている肉に気づくや、羽ばたいて、引き具が許すかぎりの高さまで宙に飛びあがった。だが、綱がぴんと伸びきると、鷲は自分がどんな状況にあるかを正確に把握したらしく、じたばたするのをあきらめて床に戻った。肉には届かないと理解したのだ。人間が次にまたよくわからない、気まぐれななにかをするのを待つほかはない。

マーティンはあわててシャヒンのほうを見た。シャヒンの鷲も床に戻っていたが、シャヒンはうなずきやうなり声の組み合わせで、鷲をやる気にさせようとしていた。たぶんそれは、狩りで使う合図なのだろう。数秒後、シャヒンの鷲は合図を理解し、おとり餌《え》にむかって飛んだ。

マーティンはジャヴィードのようすを確かめようと振りかえった。息子はすでにシャヒンの真似をしていた。マーティンは変に自意識過剰になった。シャヒンのうなり声を聞くだけでも気恥ずかしいのに、ここで自分もウーウーいったら、もっと馬鹿みたいに聞こえるのはまちがいない。こんなことを、王族の前でしているとは。だがもし、かけがえのない飛行野外宮がひとりののろまな田舎者のせいで釣り合いが取れずに草の上にひっくり返ったりしたら、そのほうがさらに〈世界の王〉の不興を買うだろう。

マーティンはもういちど鷲とむきあい、頭を天にむけて、うなったり鼻を鳴らしたりした。鷲は当惑したように目をぱちくりさせてマーティンを見た。まだなにか足りないのか——飛びたつふりでもしてみせなきゃダメなのか？　もし相手が鷗だったら、マーティンは両手を振りまわして床から離れさせていたかもしれないが、猛禽にむかってそれをするのはやめろと本能が警告していた。振りむくと、ジャヴィードの鷲はすでに宙に浮かんでいて、まるであとちょっとで届かない兎肉の塊が、空を逃げまわる鳩であるかのように、引き具をいっぱいに引っぱっていた。これはカーウースが次に空飛ぶ乗物を試みるときに使えるアイデアだ。おとり餌も引き具をつけた文字どおりの生き餌にすれば、あるいはもっと順調に離陸が進むかもしれない。

ジャヴィードが喉からうなり声を出した。「こんな風にするんだよ、ババ！」

マーティンは息子の真似をした。変化なし。もういちど、喉のもっと奥から音を出しながら、促すように頭をさっと上にむけた。ようやくマーティンの鷲も飛びたち、綱が伸びきっても滞空したままでいた。もしかすると、正しい音をたやすく発するには、ペルシア語を母国語としている必要があるのかもしれない。

三人は野外宮の外縁沿いに歩いて、鷲の頭覆いを外し、おとり餌に食いつこうとする無益な努力を続ける気にさせた。マーティンは相変わらず担当分の鷲たちに、橇《そり》引き犬のようにいっせいに引っぱる必要があることをわからせるのにいちばん苦労していたが、シャヒンとジャヴィードは、もし自分たちのペースでどんどん先に進んだら野外宮全体の釣り合いが崩れる危険が生じるので、マーティンの作業を待っていた。

マーティンが十羽目の鷲に所定の動作をさせたとき、野外宮が傾いて、舵《かじ》の壊れたホバークラフトのように、草原の上をあっちこっちへふらふらしはじめた。三十羽の大鷲の奮闘の総計が――ゲームが認識している非現実的な鷲たちの力に従えば――乗物と乗客の重さに打ち勝ったようだ。さらに摩擦がほとんど消えた上に、てんでばらばらに傾いた引き綱が生じさせる水平方向の推力が不完全に打ち消しあって、野外宮は四方八方に動きまわる結果になったのだ。草原は広く、近くに障害物もなかったが、見守っていた人々は地表を離れるわけにもいかず、賢明にも馬にまたがって、動きまわる物体からいっそう遠ざかっていた。

ジャヴィードは喜色満面だった。「棒につかまれ！」マーティンが警告すると、ジャヴィードはうなずいて棒にしがみついた。これが果たして論理的なことなのかどうか、マーティンにはよくわからなかった――ジャヴィードがここでなにをしても、城塞《ガールエハ》の中でじっさいに体を支えることにはならず、足の下にある現実の床が傾いたとき、空気をつかんでいるだけのではまっすぐ立っている役に立たない――が、それでもこの反応は身につけておいて悪いものでではないし、ゲームがジャヴィードのアイコンに及ぼす作用にも確実に影響するだろう。

マーティンは少し吐き気がしてきたが、それは視覚だけが原因だった。というよりも、じっさいは自分がスキャナーの中でじっとしてあおむけに横たわっているのを感じられるのに、視覚は自分が草原をジグザグに動きまわっていると告げているせいで、余計に不快感が悪化していた。けれど、ジャヴィードがこんなにしあわせそうなのを見られただけでも、これは価値があった。最悪の事態になっても、マーティンが自分の吐物で窒息するのはベルナルトが阻止してくれるだろう、と思うことにする。

カーウースは自分の天幕の前に立って、たとえじっさいは暴風で揺れる甲板の上の水夫のようにふらついていても、王たる者らしく落ちついているふりをしようとしていた。王の相談役は抜け目なく天幕の脇を握りしめていたが、マーティン同様に気分が悪そうだった。

シャヒンが大声でいった。「さあ、仕事に戻れ！　次の三羽をいっせいに飛ばすぞ！」

マーティンは十一羽目の鷲の頭覆いを外した。鷲は狂ったように滑走する周囲の世界を、鳥らしい陰鬱で平然とした表情で見つめた。「三つ数えたらやるぞ」シャヒンが叫んだ。「一。二。三！」

マーティンは鷲にむかってうなり声をあげ、頭を天にむけた。鷲は台座から飛びあがり、引き綱がぴんと張ると、野外宮の動きが突然なめらかになった。マーティンは台座の縁のむこうに目を凝らした。さっきまでは、草をかすり、茂みにひとつおきに接触していたのが、いまは草木から五十センチかそこらは上に離れて、さらに上昇していた。

「もう一回だ！」シャヒンがマーティンたちを急《せ》きたてる。マーティンは急いで次の鷲の頭覆いを外しにいった。「一。二。三！」

三人は急いで残りの鷲たちを羽ばたきに追加した。マーティンがふたたびあたりを見まわす暇ができたときには、木々の頂《いただき》よりも高いところにいた——野外宮は糸杉の木立にむかってゆっくりと直進していたので、これは幸運なことだった。

「〈大地の王〉は〈天空の王〉となった！」とカーウースが控え目な宣言をした。「これより一万の世代がこれと並ぶ偉業を目にすることはないであろう！」

「〈大地の王〉が……〈天空の王〉」相談役が不明瞭な言葉を発する。この哀れな男は気分がよさそうには見えなかった。

野外宮は、いちばん高い枝も軽々と超えて木立の上を通過していた。マーティンはジャヴィードにむかって足を踏みだしたが、そこで台座が傾くのを感じてあとずさった。ジャヴィードはほかの鳥番ふたりよりも軽いが、中央から離れたところにいるカーウースと相談役が、釣り合いを保つのにちょうどひと役買っているに違いない。だが、野外宮の水平な上昇を可能にしている幸運――あるいは仕掛け――は、いまやあらゆる変化に危険が伴うことを意味する。だれかが少しでも場所を移るには、非常に慎重な調整が必要だろう。

「床の下を見てごらん」マーティンはジャヴィードに声をかけた。下をむいたジャヴィードは、そのまましゃがみこんで格子のむこうを覗きこんだ。マーティンは自分のアイコンに同じ姿勢を取らせながら、現実の背中や膝がまっすぐなままであることを、しっくりいかない気分で一瞬意識した。木々の頂がまっすぐ見おろせる。漂うように移動していくと、ふた股に分かれた揺れる枝に作られた鳥の巣に、守るものもいないまま三つの斑《ふ》入りの卵があるのが目に入った。マーティンは刺すような憤りを感じた。どんなに細部まで調べが行き届いていても、とてもたくさんのレイヤーに仲立ちされて自然界を見るのは、きついものがあった――いつかマーティン自身が野生の地でこうした光景と出会える可能性は急速に減少している、という事実を突きつけられているようで、癇に触る。(現実世界で、いつかジャヴィードと熱気球に乗れるだろうか?) 望みがないわけではない。もしかすると移植後に、もしすべてが順調に進んだなら。

けれどいまは、これで我慢しなくてはならない。細部に憤るより、楽しんだほうがいい。自分自身のためにも、ジャヴィードのためにも、プロキシのためにも。

ジャヴィードが興奮して呼びかけてきた。「ババ? 卵は見えた?」

「もちろん!」

鷲たちは一行をさらに高く運びあげ、風が——あるいは鷲たちの力になにか一定の差があるために——大地の上をさらに遠くに運んだ。眼下の土地は王の地所から耕作地に代わり、やがて原初の森になった。いま自分たちがイランのいったいどこにいることになっているのか、マーティンはよくわからなかった。カーウースは歴史ではなく神話上の人物だし、仮に『シャーナーメ』の中で王宮の地名が出てきていたとしても、マーティンの記憶からは抜け落ちていた。だがそれは重要なことではない。ここがどこにしろ、ジャヴィードはわれを忘れて、この輝かしく、ありえない装置の端から景色を見おろしていた。

「ババ! ほら、川だよ!」

「ああ、きれいだな」陽光が銀色の糸を横断して輝いている。「なあ、川が曲がっているところの近くに、黒い点が見えるだろう? いま川を渡りはじめた——」

「見えるよ」

「あれはこの乗物の影だ」

ジャヴィードはからかわれていると思ったかのように顔をあげたが、また下を見た。「ほんとだあああ！」

野外宮はさらにのぼって雲の峰に入りこみ、まわりの空気が霧に変わって、だれもが楽しげに笑いはじめた。カーウースと、乗物酔いしたご機嫌取りでさえも。雲を抜け出ると、下界はさえぎられて見えなかった。マーティンたちが漂っていくそこは超現実的な世界で、彫刻された白い岩のように固そうに見えた遠方の巨大な塊が、近寄るにつれて渦巻く巻きひげに姿を変えた。マーティンはほとんど無言になっていたが、ジャヴィードとは視線や微笑みを交わすだけで、つながりを作ってすべてを伝えあうことができた。

（あの犬の頭みたいな雲が見えるか？）

（うん！　それにババ、そのむこうの、片方の穴から鼻水を垂らした鼻みたいなのは見える？）

上昇は続き、巨大彫刻の世界も押し延ばされて、裂けた灰色の羊毛の毛布と化した。あらゆる裂け目から、はるか下の砂漠が一瞥できる。

そのとき、遠方に毛布を貫く岩が見えた。雲から突きだした山の頂。

「ダマーヴァンド山でございます」シャヒンが大声で告げた。

「ダマーヴァンド山」カーウースが繰りかえし、「高貴なるフェリドゥーンが、蛇王ザッハークをもっとも暗き洞穴の壁に鉄の杭で打ちつけて幽閉せしところ。だがわれらはダマーヴアンドを超えて高くのぼり、これすなわち、フェリドゥーンの栄光をもわれは超えたということなり」

「〈世界の王〉よ、あなた様に並ぶ者などどこにもおりませぬ」相談役が告げたが、あまり説得力のある声ではなかった。

野外宮が傾きはじめた。シャヒンが声を潜めて相談役にいった。「鷲たちが疲れてきています。引き返す頃あいです」

相談役がカーウースと話をした。カーウースは怒って頭を横に振った。「われは動物という動物、鳥という鳥の王なるぞ。それなる鷲どもはわれの命ずるとおりにするであろう。はるばるここまでやってきて、いまや天使たちがわれを待ちうけておる」天にむけて顔をあげ、勝ち誇ったように両腕を広げる。「見よ！」

マーティンは王の視線をたどった。一行の上には上層雲が太陽を隠している。まばゆく連なる光の玉が、雲の薄いところを抜けて輝いていた。

シャヒンは顔を下げて王への服従を示し、それから見習いの鳥番たちに話しかけた。「鷲たちは飢えたままにしておく必要があり、先を急がせる必要もある。弱ってきた鷲に気づいたら、そこへ行って、励まし、旅が終わったときにはまちがいなく褒美がもらえるといい聞かせるのだ」自分はなぜ〝実用鷲語表現〟セミナーをまるごと受講しそこねたんだろう、とマーティンは不思議に思った。

突然、台座が傾いてマーティンの側が五十センチほど下がった。カーウース以外の全員がなにかにつかまった。王はよろめいたが、しっかりと立っている。マーティンの鷲の一羽が職場放棄していた。マーティンは飛ぶのをやめたその一羽に近づいて、さっきはうまくいったうなり声とうなずきを繰りかえしはじめた。鷲は疑い深げに首を傾《かし》げて、台座の上からまったく動かなかった。

台座がふたたび、今度はジャヴィードの側に傾いだ。ジャヴィードが自分の分の、抗議をはじめた鷲のところへ行くのをマーティンは見守った。「棒のどれかにずっとつかまっているようにするんだ！」とマーティンは助言した。棒の間隔は狭いので、ジャヴィードは進行方向の棒を握ってから、いま握っている棒を離すことができる。

「はい」とジャヴィードは返事をしたが、考えることがほかにもいっぱいあるといいたげな、少しいらだった声だった。

「だいじなことだぞ」マーティンはいい募った。ゲームはじっさいの握力は測れない――まだ、どんな力がマーティンたちの体にかかっていることになっていても、棒をつかんだ指をゲームがこじあけようとすることはない――が、「見て、ママ、手を放してるよ！」と手を放すのと、分別ある戦略で手を放すのとをそんなにしっかり区別できるのか、マーティンは疑問だった。

ジャヴィードは鷲の前にしゃがんでもういちど飛びたたせようとしたが、マーティン同様、幸運には恵まれなかった。マーティンはシャヒンに声をかけた。「手桶の肉を少しくれてやったらどうでしょう？　もしかしたら、また続けられるくらいに元気が回復するかもしれません」

シャヒンは疑わしげだったが、結局、「やってみろ」といった。手桶はシャヒンのそばにあった。しゃがんでそれをぐいと押して、マーティンのほうへすべらせる。マーティンは手桶が縁を越えてしまう前に、かろうじて止めた。桃色の肉片をひとつ手に取って、面倒を起こしている鷲にさしだした。

鷲は肉を嘴でひったくると、丸飲みにした。その瞬間、台座のマーティンの側がさらに下がった。この鷲が餌をもらうのを隣の二羽が見ていて、同じ戦略を採ることにしたのだ。

「戻れ、戻れ、戻れ！」マーティンは悲鳴をあげた。最初におりた鷲を必死になって飛ばそうとしたが、完璧に無視された。

一羽また一羽と鷲がストライキに加わって、台座はさらに不安定に傾きはじめた。ジャヴィードは声をあげて笑っている。この物語の結末がどうなるかを知っていて、自分自身の父親が破滅を早めたのだとしても気にしていないようだった。マーティンはシャヒンのほうを見たが、鳥番の親方でさえ運がなかったようだ。

カーウースがかんかんになって怒鳴りちらした。「われは〈世界の王〉、〈天空の王〉、生きとし生けるものすべての王！　われの上に立つのは神ご自身のみ。汝らに命ずる、天使たちの霊圏にわれを連れてゆけ！」

野外宮は雲を抜けて落下していた。二十羽ほどの鷲がまだ仕事をしていて、おかげで降下は遅くなっていたが、停止させるには至らなかった。砂漠が急速に近づいてくる。少なくとも、イカルスのように溺れることはないが、軟着陸は望めそうになかった。

マーティンはジャヴィードの視線を捉えた。「しっかりつかまっていろ、ペサラム息子《よ》」

ジャヴィードはつかまっている二本の棒を押すような仕草をして、両手が固定されていることを示した。「怖い、ババ？」

「いいや。おまえは？」

ジャヴィードは台座の縁から身を乗りだして下を見た。「〈ヘゼンデギ〉で怪我することなんてないよ」

上昇気流が野外宮を捕らえて、宙返りさせた。マーティンたちは砂漠の数百メートル上空でひっくり返しになって、手首だけでぶら下がった。マーティンはジャヴィードが大声をあげるのを聞いたが、見まわしても視野には翼と綱しかなかった。鷲たちはパニックになって飛びたち、下へむかって逃げようとするので、下降を早めているだけだった。

野外宮は回転を続けて、台座が下に戻った。マーティンの肌はショックで氷のように冷えていた。ジャヴィードを探して見まわす。

ジャヴィードは手を放さずにいた。髪と服は乱れきっていたが、目を丸くして、ローラーコースターに乗ったようににこにこ笑っている。マーティンは思わず、心から安堵して短く鼻をすすった。

だれも振り落とされていなかったが、全員の顔色が前よりも何段階か青かった。カーウースでさえ王の天幕につかまる程度には正気だったらしい。そこにはいまや片側にみごとな裂け目が生じていた。鷲たちはさんざんな姿だった——翼から羽根が抜けかけているものもいれば、綱にみっともなく絡まったものもいる——が、鷲たちのうち半分ほどは上むきに綱を引っぱっていて、その奮闘で墜落が食いとめられるかもしれないという望みをいだかせた。マーティンは覚悟を決めて、筋肉に力をこめ、ジャヴィードといっしょに期待に満ちた笑みを浮かべた。

台座がばらばらに砕ける音と、周囲に舞いあがった粉塵の雲とが、地面への激突そのものが感じられなかったという事実をほぼ補完していた。台座からおりたマーティンの両手は震えていた。白い埃の中をジャヴィードのもとにたどり着く。ジャヴィードのいる城塞《ガールエハ》は、もっとそれらしい衝撃を伴って揺れたのだろう。

「なんともないか？」

ジャヴィードはうなずいた。なんの悩みもない、輝くような笑顔だ。自分の手をマーティンの手の中に入れて、「ぼくたちがいままでやった中で、最高だった！」

粉塵がおさまると、シャヒンが鷲たちのところに行くのが見えた。最初マーティンは、シャヒンは単に絡まった綱をほどいているのかと思ったが、じつは引き具から完全に解放してやっていることが明らかになった。

シャヒンがなにをしているかに気づいて、カーウースは激怒した。金切り声をあげて、相談役にむかって身振りで指示すると、その男はシャヒンに近づいていって、顔を張り飛ばした。シャヒンは凍りついたように動きを止めて、地面を見つめた。

シャヒンがいった。「〈世界の王〉よ、お許しください、ですが、この鳥たちにやる餌がないのでございます」おとり餌として棒に大釘で引っかけていた肉片は、みんなどこかへいってしまった。「空腹の鳥たちには、わたくしどもを連れ戻すことはかないませぬ。鳥たちが自分で狩りをしてくれることが、いまの最良の望みなのです」

カーウースは気を鎮めて、「ロスタムが助けに来てくれよう」と断言した。「ザヴォレスタンのあの者のもとに、主人が助力を求めているという知らせが届くであろう。さすればあの者は、食べ物と葡萄酒、五十人の奴隷、五十頭の馬、王の狩猟鳥のための五十の黄金の籠とともにやってくるであろう」

マーティンはいった。「で、それには……どれくらいかかるんです？」

カーウースは驚きのあまり怒ることすら忘れて、信じられないという顔でマーティンを見て目をぱちくりさせた。鳥番の親方が直に話しかけてきただけでも、すでに仰天するような非礼だが、この取るに足らない見習いが、口に出して、遠慮なく思ったことをいう――それも、王が自分たちの運命をわかっているのかどうか疑う――となっては、まるで夢の中の出来事だ。

マーティンはジャヴィードのほうをむいた。「おまえがロスタムに会いたがっているのは知っているが、ここに来るまで少なくとも数日はかかりそうだ」

ジャヴィードは砂漠を見晴らした。地平線にはわずかな砂埃も立ちのぼっていない。「ロスタムには次のとき会えるよ」ジャヴィードは両手の親指を下にむけ、なにもかもが消え去った。

マーティンはスキャナーの中に横たわって、モーターに運びだされるのを待った。

24

ナシムは毎朝、プログラマー室でスタッフたちと半時間すごすのを習慣にしはじめていた。ファラキの調査のせいでだれもかもが容疑者にされているような気分にさせられていて、ナシムは、みんなといっしょにすわって、いまやっている仕事について聞かせてくれといい、自分がみんなの努力を高く買っていることをちゃんとわかってもらう以外に、士気を高めるいい方法を知らなかった。防御が突破された原因がこの部屋にある可能性はまだ排除されておらず、もしナシムがそんな可能性はないといい張ったら無責任になるだろうが、だからといってこの部屋全体がパラノイアとルサンチマンに沈む必要はない。

男性・多言語使用者のサイドロードを合成したセット――いまではタイプ別のモジュールの数が多くなりすぎて、ナシムはそのすべてにニックネームをひねりだすのをあきらめていた――の社会本能をデベロッパーが利用するときに使う新しいインターフェイスをミラドに見せられているとき、部屋にあるモニターのすべてがアラームを鳴らし、同一のゲームを表示したウィンドウをひらいた。ゲームセンターから入ってくるあらゆる苦情が、いまやこの反応を引き起こす。対応が遅れるよりも安全を優先させる、とナシムが決めたからだ。アラームのほとんどは、不慣れなゲームセンター・スタッフが通報してきた取るに足らない問題だった。利用者間の個人的な諍《いさか》いとか、システムの仕組みについての基本的な無理解とか。純粋なプログラム上の欠陥の大多数でさえ、〈ゼンデギ〉とは無関係で、該当のゲーム・デベロッパーにまわせばすむことだった。

だが、今回の苦情は取るに足らないことではなく、よそに押しつけられるものでもなかった。宇宙船〈ハーモニー〉号――同名の人気サイエンス・フィクション的ソープオペラの舞台――の舞踏室で、ハンサムな、制服に将校の肩章をつけた、人間そっくりの異星人たちが、糞に変わってしまったのだ。しかも単に、忍び笑いを呼ぶだけでなく全然別のなにかかもしれない、床の上のそれっぽい汚泥になったのではない。異星人たちはモーフィングして、未消化の食物繊維をまぶした柔らかい茶色の円柱状の棒線画と化していた。

「アリフ！」とナシムは大声をあげた。「〈ファアリバ〉たちを起動して！」ポスト消化器主義的（「植民地的」colonialと「結腸の」colonicのダジャレ）人型生姜《しょうが》クッキーのいくつかは、人々を抱きしめようと舞踏室を走りまわっていた。両手の親指を下、の脱出法は無効化されていた。それでもゴーグルを跳ねあげればすむのに、なぜどの利用者もそうしないのか、ナシムにはわからなかった――純粋に精神的ショックのせいでなければ――が、殺到するパーティ参加者で出口はごった返し、最初の恐るべき抱擁までの残り時間はどう見てもあと数秒だ。ナシムは顔を背けたが、すでに朝食の逆流を防ぐのがひと苦労だった。

「アリフ？」ナシムは彼のパーティションに足を運んだ。

「機能しません！」アリフが叫んだ。「〈ファリバ〉たちが！　問題のゲームを見せているんですが、モジュールたちは……フリーズしたみたいに無反応です」

ナシムはいった。「ぞっとして固まっているのかも？」

「はい？」

ナシムは意を決して舞踏場を一見して、またすぐ目を逸らした。テーブルクロスや夜会服についた茶色の汚れは、ナシムの視覚皮質の襞《ひだ》のいくつかにもこびりついて、消毒薬でこすり洗いする必要があるだろう。「あれをじっと見ていられる人がどれだけいると思う？」ナシムはいった。「その上で、異常をいちいち冷静に指摘できる人なんて？」〈ファリバ〉モジュールは人間の基本的な視覚的反応すべてを含んでいるが、今回のような状況への反応を獲得するために特別訓練が必要だったとは、とても思えない。ヒ《H》ト・コ《C》ネクトーム・プ《P》ロジェクトのドナーたちはひとり残らず、この光景から目を背けたはずだ——もし、両目をひらいた状態でまぶたをピン留めされて、この吐き気を催す光景を強制的に見せられたら、全力でそれを見ないようにし、ほかの部分に視線をむけようとしただろう。〈ファリバ〉たちには目を逸らす力はないが、精神的に自由になって、この下水道を篩《ふるい》ですくってまわるのを拒否することならできた。

アリフはこの予期せぬ障害を前に考えこんだ。「すべてのオブジェクトを別々のゲームに送りこんで、その各々を〈ファリバ〉の別個の実体に見せることは、できるかもしれません。そのあと、〈ファリバ〉たちを固まらせたものを片っぱしから削除するんです——それがオリジナルの場面のどこにあったかを、〈ファリバ〉たちにいちいち訊く時間を取らずに」

「それにどれくらいかかる？」ナシムはアリフの画面の別の部分に目をやった。現在記録されている苦情は六千件。被害は数百のゲームに及び、〈ヴァーチャル・アジミ〉も含まれていた。

「五分。もしかして十分」

「やって！」

アリフはタイプしはじめた。ナシムは彼を見守りつつ、三十秒間煩悶してから、バハドールのところに行った。「全部シャットダウンして」

「本気ですか？」バハドールは指の隙間から〈ハーモニー〉が表示されているウィンドウを見た。「なんてことだ。今度はキスしはじめた——」

ナシムはバハドールの肩越しに手を伸ばして、シャットダウン開始のアイコンをタップした。タッチスクリーンはナシムとバハドールふたりの親指の指紋を必要とする。確認ステップを全部終えるまでには永遠の時間がかかった。とうとう舞踏場の場面が消え去ると、ナシムはパーティションにもたれかかった。

目を閉じて、状況を冷静に考えてみようとする。半時間以内にはバックアップからの再開が可能で、必要になるようなら、アリフの改良型フィルターの準備もできているだろう。だが、オブジェクトごとに〈ファリバ〉一体を走らせるのは、多額の費用がかかる。いずれにせよ、ゲームを中断したことで利用者全員に返金しなくてはならないし、〈ハーモニー〉への攻撃やその類《たぐい》のものを見てしまった人のほとんどは、二度と〈ゼンデギ〉でプレイすることはあるまい。

ナシムは気を落ちつかせて、部屋の正面に歩いた。そこからならプログラマー全員の顔がいちどに見える。アリフはまだタイプを続けていて、画面に目を据えていたが、ほかは全員が放心状態に見えた。〈ゼンデギ〉が完全にシャットダウンしたのは、十年間ではじめてだ。

「ごめんなさい」ナシムはいった。「今回はほかに選択肢がなかった。退却する以外に。でも、これは終わりじゃない。〈サイバー・ジャハーン〉はわたしたちの客を奪おうとした。シャヒディは不利用運動と威嚇を仕掛けている。けれど、わたしたちはだれも恐れたりは——」

ナシムのノートパッドがブザーを鳴らした。

「失礼」ポケットから機械を取りだす——怒ったボスからの呼び出しだろうと思ったが、ないとは知りつつ、出費の甲斐あってスーパーバイザー・プロセスがハッカーを突きとめたというファラキからのメッセージであることを半分期待していた。

メッセージは匿名の送信者からで、英単語五つからなっていた。

「停戦を話しあう気は《Care to discuss a truce》？」

このそっけない申し出の下に、〈ゼンデギ〉内のサイトへのリンクがあった。

ナシムは城塞《ガールエハ》に足を踏みいれて、周囲に壁が上昇するのを見つめた。この機械の内側に入るのは数年ぶりだ。ナシムは、参加者ではなく、神の視点からゲームを見るのを当たり前に思うようになっていた。インターフェイスの声がゴーグルを下ろすようにいい、ナシムは小声で不埒《ふらち》な返事をつぶやいた。ここで急《せ》かされるのは嫌だった。はじめるのは、自分の準備ができたときだ。

ナシムは、バハドールとファラキと検討した結果、この会談をすぐひらくために最小限必要なだけの〈ゼンデギ〉を再起動することに決めた。ほかの人は締めだされたままで、ナシムと招待者だけがふたりきりでシステムを使う。もし会談があまりに長引けば、バハドールは〈ゼンデギ〉が全面再起動の遅れで赤字を垂れ流すのを放っておけなくなるだろうが、この方法でなら追跡はある程度かんたんになる。ハッカーの仮想存在の物理的なソースの位置を特定できる保証はないが、こちらのオッズを高くできるかもしれないことは、やってみる価値があった。

(そう、停戦したいのね？　こちらの条件はこう。〈ゼンデギ〉はまったくなにひとつ変更しない、そしてあなたは商業的破壊活動《サボタージュ》で六年間の獄中生活)

ナシムはゴーグルを下ろした。

夕暮れ時だった。ナシムは遊園地の宙高くで止まっている観覧車のゴンドラの中に、ひとりきりで立っていた。安っぽい音楽と、人々の話し声や笑い声がはるか下から聞こえる。〈ウィーンの大観覧車〉は、仮想絵葉書としてはタージ・マハルやギザの大ピラミッドほど人気はないが、ファイルに維持しておく費用はなきに等しい。

ナシムの下で、人々が遊園地の屋台のあいだをそぞろ歩きしている。もちろんその全員がプロキシだ。ハッカーがあの仮想群衆の中にあらわれるのを阻止するものはなにもないが、メールにあったリンクがこのゴンドラを特定して指し示していた以上、ほかの場所で待つ意味があるとは思えない。

「ナシム・ゴルスタニさん？」

ナシムは振りむいた。きれいに髭を剃った中年男性が、古風な西洋の服装——外套、ネクタイ、中折れ帽——で、十から十二メートル離れた隣のゴンドラの中に立っていた。

「わたしがナシムです」英語で返事をする。「なんとお呼びすればいいの？」

「ロロと」アメリカ訛りがあった。

「お会いできてうれしく思います、ロロ」おや、イラン風の礼儀で返せた。母は誇らしく思うだろう。「こちらのゴンドラにいっしょに乗られてはいかが？　突き落としたりしないと約束しますから」

「いまいる場所でだいじょうぶです、お気づかいをどうも」

「お好きなように」風が穏やかに遊園地を吹き渡って、この巨大な機械をガタガタいわせたが、ナシムのデフォルトの聴覚設定はリアリズムより明瞭さ優先だったので、ロロの声を聞きとるのに困難はなかった。

「わたしがどこの代表者か、すでに推測なさっていることと思います」ロロは確信ありげだった。

ナシムは答える前に躊躇したが、はったりをかまして得られるものがあるとは思えなかった。「見当もつかない。嘘偽りなく」もしこの男性がホジャトレスラム・シャヒディの使者だとしたら、イスラム教の伝統への忠誠を示すにしては奇妙な方法を採ったことになるし、〈サイバー・ジャハーン〉か中国の労働組合の関係者でも、中折れ帽だの観覧車だのを使う意図がさっぱりわからない。

「〈CHL〉です」ロロが高らかに名乗った。

「なんですって？」

「〈シス《cis》・ヒューマニスト同盟《リーグ》〉」

ナシムはうめき声をあげそうになるのをこらえた。「はいはい、説明してもらわなくてもだいじょうぶ。〝超越《トランス》した〟ではなく、〝こちら側《シス》の〟人間《ヒューマン》。だれもわたしをラテン語の専門家とはいわないでしょうけれど、有機化学は一年勉強したから（トランス trans- とシス cis- は原子の結合に関する用語でもある）」

ナシムはロロが先を続けるのを待ったが、相手はまったく違う反応を期待していたかのように、一瞬のとまどいを見せている。

「つまりあなたがたは、〝人間の側にいる〟と」ナシムが話を続けた。「あなたがたは……親テクノロジー派なの？ でも、変人連中、超越カルトとは対立しているということ？」

ロロは反駁《はんばく》しなかった。「すばらしい。お仲間だったのね。わたしも自分自身の種《しゅ》をものすごく偏愛している」

ロロは明らかに傷ついたようすだった。「あなたたちはわれわれのマニフェストを読んでもいないのですね？」

「不思議なことに、そうなの」ナシムは認めた。「あなたがたのことは二十秒前が初耳だったことでおわかりのとおり」

ロロは信じられないというようにかぶりを振った。「なんという傲慢さ！　われわれが何十年もかけてマッピングしてきた領域にずかずかと入りこんできておいて、こちらを見てなにをいうかと思えば、われわれが何者かまったく知らないとは！」

ナシムは両手を広げて、「どう答えればいいの？　広報係はクビにしたほうがいいと思うけど」そこで口をつぐんだ。敵愾心《てきがいしん》のおかげで話はこちらの優位に進んでいる。この男は、全世界のだれもかもが自分のブログの大言壮語を読んでいると思っているうぬぼれ野郎なのだろうが、現に〈ゼンデギ〉を屈服させたばかりなのだ。コンピュータに精通した反キャプラン。きっと、この男とキャプランをいっしょの部屋に閉じこめたら、対《つい》消滅するだろう。

「では、かんたんに説明してさしあげましょう」ロロが話しはじめた。「マニフェスト第七項。『自主性なき意識はあってはならない』それ自身の運命を支配する能力の欠如した、意識を持つソフトウェアを創りだすことは、倫理にもとるのです」

ナシムはいった。「その〝意識を持つソフトウェア〟は、いったいどういうものを想定しているの？　〈ヴァーチャル・アジミ〉に選挙権をあたえたいと思っている？」

「もちろん違います」ロロは忍耐強く答えた。「あのゲームを標的にしたのは、あなたたちの財布に打撃をあたえるためです。〈ヴァーチャル・アジミ〉が意識を持てないことは明白ですし。しかし、われわれが境界線を引くのはそこです。高度な機能なし、言語なし、社会的技能なし。あなたたちは薄切りにした人間性をクローンして、それを使って養鶏《ようけい》小屋の鶏《にわとり》のような人間を大量生産するには至っていない」

ナシムは体勢を立て直す必要を感じはじめていた。天使や精霊《ジン》を真面目に信じている神学者との交渉を予想して覚悟を決めてきたので、自分自身の哲学的領域にとても近い敵に対して焦点を再調整しなくてはならない。

「どんなサイドロードも人間的な意味での意識は持てない」ナシムはいった。「自分自身の過去や未来という概念も、長期記憶も、個人的目標も持たない」マーティンのプロキシは叙述的記憶のいくらかを受け継ぐだろうが、ナシムはロロがそのプロジェクトについてなにも知らないことを願った。

ロロがいった。「では、もしわたしがあなたの脳を必要なだけえぐり取って、あなたから同一性《アイデンティティ》意識をすべて奪ったら、わたしはあなたに好きなことをする資格を得られますか？あなたを商品のように扱うとか？」

「その場合の最大の倫理的問題は、あなたが必然的にわたしを殺してしまうことだ、というしかないわ」ナシムは答えた。「でも、だれもサイドロードを作るために心を拭いとられてはいない。ヒト《H》・コネクトーム《C》・プロジェクト《P》のドナーたちはすでに死んでいたし、わたしたちがスキャンした人はみんないまも、各人それぞれに欠けるところのない、満ち足りた人生を送っている。〈ゼンデギ〉でなにが起きていようと関係なく」

「もし、わたしがあなたを正確無比に」ロロが反論する。「原子ひとつひとつまで複製して、それからその複製を切り刻んだら、それは許容できますか？」

（さあ、はじまった）とナシムは思った。（物質転送機の出てくる仮説、あらゆる哲学的ジレンマを解決する天国の門の鍵）

「サイドロードが作られたとき、切り刻まれた人はいない」ナシムはいった。「サイドロードは無から作りあげられたのであって、完全な、完璧に機能する仮想脳を削《そ》ぎ落として作ったんじゃないわ」

「それは知っています」ロロはいった。「ですが、最終結果は結局同じです。しかもあなたたちは、いったい自分たちがどの精神的プロセスを除外し、どれをしなかったのかさえわかっていない！　わたしは機能マッピングに関する空論だらけの特許出願に目を通しましたが、あんなものが芸術的なにかになりえて、そこから能力の部分集合を抽出できるなどと甘く考えないでいただきたい——まして、それを組みあわせればある種の堅固な存在になると請けあうなど、もってのほか。もしなにかを人間にしたいなら、人間まるごとをお作りなさい。ですが、もしあなたたちが、人々が完璧にコピーされて、すべての能力を保ち、すべての権利を損なわれないまま、自分の肉体から仮想不死へと移行することを可能にしたいのなら……どうぞおやりください。そうすればわれわれも受けいれられます」

「それは五十年以上先の話ね、少なくとも」ナシムはいった。「百年かも」

ロロは肩をすくめた。「でしょうね。しかし、もしあなたたちが人間をチーズおろし器にかけて、削りとった小片を奴隷に仕立てて工場やVRゲーム相手にポン引きする気なら……そのときあなたたちは、戦争というお荷物をかかえこむことになります」

ナシムは顔を背けた。心の一部はこの男の緊急逮捕を求めて、手のつけようもなく荒れ狂いはじめていたが、その結果どういうことになるか見当もつかなかったし、早まって勝利を手にしても、結局はなんの恩恵ももたらさない。

「あなたがたは、法を破ることに〈ゼンデギ〉よりも熱心な工場を探しにいったほうがいいと思う」ナシムはいった。「そういうところは、きっとクラウドより社内コンピューティングを目ざすだろうから。とくに最近は」

「いわれるまでもありません」とロロ。「それにわれわれも、破壊活動《サボタージュ》を好ましい選択肢だとはそもそも思っていませんから。これからは、サイドローディングをあらゆる国で非合法とするためのキャンペーンに力を注ぐことになるでしょう。〈ゼンデギ〉の利用者に糞を塗りたくるのは、短期的な戦術にすぎません。いずれあなたたちは、われわれを完全にブロックする手段を見つけ、たとえその過程で〈ゼンデギ〉と〈イコノメトリクス〉が倒産しても、その知的財産はほかのだれかのものになって終わるだけでしょう。けれど、われわれが法に違反してまで早めに手を打ったのは、この残虐行為を芽のうちに摘みとるには、それが唯一の手段だからです。こんなやりかたをしたら報いを受けることになるぞ――と最初から、あらゆる人にわからせることで、事業の発展を遅らせることが」

「残虐行為？」ナシムは顔をしかめた。「あなたがたが意識を持つ存在の権利のために闘う戦士だというなら、〈ゼンデギ〉におしっこを引っかけてまわるのをやめて、どこかの大虐殺を止めにいきなさいよ」

観覧車の照明がぱっと点いた。下界のプロキシから拍手や歓声が湧いた。

ロロは穏やかにナシムを見つめかえした。「つまり、あなたは自分のゲーム・モジュールたちで満足している、と。だからあなたの良心には一点の曇りもない、と。いいでしょう。しかしあなたはほんとうに、それがゲーム・モジュール止まりになると思いますか？　もしなんの法律もなかったら、もしなんの線引きもなされなかったら、意識を持つとあなたでさえ認めるソフトウェアが最終的に生まれることにならないと、そんなに確信を持っていえますか？　権利も自由も持たないソフトウェアが。靴やノートパッドを大量生産する工場に、そこまで高性能なものは必要ないでしょうが、高齢者介護サービスはどうです？　あるいは子守りは？」

ロロがその言葉を使ったことでナシムはぞっとしたが、それでもこの男がマーティンのことを知っているとは思わなかった。

「あなたがたがわたしたちを攻撃するたびに」ナシムはいい返した。「わたしたちは防御の一端として何万ものサイドロードを使っている。そう聞いて、あなたの良心は痛まない？」

ロロの表情には驚きも苦悶も浮かばなかったが、生身の本人の顔に浮かんだあらゆる感情を、アイコンが必ずしも表示するわけではない。間《ま》を置いてから、ロロはいった。「胸の悪くなる話ですが、それでなにかが変わるわけではない」

ロロは地上のプロキシたちを見おろした。「ありとあらゆる群衆シーンにサイドロードが使えるほど、そのプロセスが安価でかんたんなものになるまでには、どれくらいかかるでしょうね？　ハリウッドの低脳どもが描いているような、コンピュータが反乱を起こしてわれわれを奴隷化するというようなことは、決して起きないでしょう――あるいは、ヒューストンの〈超痴性〉連中が信じているように、われわれを救済するというようなことも――けれどあなたは、もっとも人間と似たわれわれの精神的子どもたちを、われわれ自身がそれらのために作りあげた無意味な労役と断片化された意識の地獄に、喜んで叩きこむでしょうね」

ナシムはいった。「サイドロードたちにとってもっとも地獄に近いのは、唯一、あなたが送りつけてくる糞をふるい落とすためにわたしたちに使われつづけることよ」

ロロはナシムと視線を合わせた。「われわれの条件は、こうです。あなたたちは〈ヴァーチャル・アジミ〉をはじめとして、視覚と運動能力に限定されたものを使いつづけることはできますが、ほかのサイドロードの使用はやめると発表しなくてはなりません。七日以内にこれを了承し、さらにその後七日以内に履行しなければ、攻撃が再開されます」

ナシムは理解した徴《しるし》にそっけなくうなずいた。しぶしぶながら、この男には敬意を感じる。少なくとも、即座に一蹴されないような条件を設定した点で。期限は無茶なものではないし、スポーツ選手のプロキシを残せるなら、〈ゼンデギ〉は破産しないでやっていける。ナシムはいった。「わたしの一存では決められないけれど、伝言はちゃんと伝えます」

ロロは手を伸ばして、親指を下にむけた。絵葉書の風景全部が、彼といっしょに消えた。

ナシムはゴークルを外して、周囲の壁が下がるのを待った。城塞《ガールエハ》の脇のテーブルからノートパッドを手に取ったとたん、ファラキからの通話が入った。

「訪問者の追跡はできませんでした」ファラキはいった。「しかし、いくつかいい知らせがあります」

「聞かせて」

「あるプロセスのエラーがひとつの特定のプロバイダーで生じているという確実な証拠が、スーパーバイザーから得られました。ログファイルをそこのセキュリティ担当者に送付ずみです」

「どのプロバイダー?」ナシムは訊いた。

「〈FLOPSハウス〉です」

ヨーロッパのどこかの会社だ。ナシムはノートパッドを耳から離して、すばやく画面に目を走らせた。機械はすでにファラキの言葉から住所録のその会社のエントリーを見つけていた。オランダの会社だった。

「突破されたサイトがそこだけでないのは、ほぼ確実でしょう」ファラキが注意を促す。

「それでも、これが第一歩です」

「そのとおりね」もしそれが〈FLOPSハウス〉内部からの犯行だとしたら、少なくともひとりの破壊活動家が逮捕される可能性はある。陰謀の糸の一端をしっかり捕まえて、警察がきちんと捜査すれば、全容が解明されるかもしれない。

「〈CHL〉のことをなにか知っている？」ナシムはファラキに尋ねた。ファラキとバハドールは会談のすべてをモニターしていた。

「過去に当社のレーダーに引っかかったことはありません」ファラキは認めた。「すでにいくつかの手は打ちましたが、現時点では、彼らに関してふつうの公共検索で得られる以上の情報は、当社にはありません」

「そう」

ファラキは〈FLOPSハウス〉から少なくとも二十四時間以内になにかの反応があるとは考えていなかった。ナシムは礼をいって、通話を切った。

ナシムは自分の情報マイニングソフトに、ネット上の〈シスト・ヒューマニスト同盟〉の情報を整理させた。大半がテキストで、大半が怒濤《どとう》の勢いで垂れ流されていて、いちいち読んでいられなかった。何十年もの歴史があるとロロがいったのには若干の誇張があり、それでもここ十四年間、あちこちのフォーラムにいた。たぶんファラキは、組織の重要課題がはるかに抽象的なものだった時代に、正体を隠すことにあまり注意を払わなかった創立者たちの何人かまで、組織の起源をたどれるだろう。

ナシムはボスと話をしなくてはならなかったが、城塞《ガールエハ》のある部屋でぐずぐずして、彼になにをどう話すか、細かく決めておこうとした。これは〈ゼンデギ〉が会社としての死を迎えるまで続く闘いというわけではなかった。敵は降伏条件を提示し、それは会社を半身不随にするものではない。〈ブルームバーグ〉の配信でコメディアンたちが、「お目ざめの糞づけって経験あるか？」とかいいだすのも想像に難くない。すみやかに攻撃をやめさせること――そして降伏条件に従うと、結果的にシャヒディに譲歩することにもなる――は、株価の自由落下を防ぐ唯一の道だろう。

　停戦の受諾は、会社の現在の急成長の終わりを必ずしも意味しない。〈ゼンデギ〉はまだインドの花形クリケット選手と契約できていないが、一方で〈サイバー・ジャハーン〉も、同社の最新ヴァージョンのモーション・キャプチャー――筋電気の記録で味付けして、〈筋肉記憶〉の名前で売りに出された――がサイドローディングのまともな競争相手になるとは、だれからも思ってもらえずにいた。インド版の〈ヴァーチャル・アジミ〉がどちらの会社のものになるかは、まだ予断を許さない。

　けれど、もし〈ゼンデギ〉がより高性能なサイドロードの開発を断念すれば、それは、あらゆるゲーム・デベロッパーが最初にスペシャル・ヴァージョンを〈ゼンデギ〉専用にリリースする輝かしい未来の終焉となるだろう。また、マーティンをスポーツ界のスターだと考える人はだれもいないから、役員会は彼のサイドローディングを即刻終了させるだろう。

　ボスはナシムとロロの会話の書き起こしを要求するだろうが、彼がVR記録全体を見る手段はどこにもない。ナシムには、会談の印象を捏造《ねつぞう》して、停戦の申し出をじっさいより信用できないものに見せ――ボスを恐喝者に頑として屈しまいという気にさせることが可能なのではなかろうか。

　ナシムは目を閉じて、未来への道を見てとろうとした。だれか、あるいはなにかに祈りたいという強い衝動を感じたことはここ三十年なかったが、一瞬、もう少しで奇跡を祈りそうになった……。

ただし、神からのではなく、オランダのコンピュータ犯罪特捜班からの奇跡を。

25

とうとう書店を引き払う日がやってきて、マーティンはその前の三日連続で眠れていなかった。静かな声で話す商科の学生で、在庫売り尽くしの手伝いもしたアーラシュが、取り外し可能な備品の分解作業をほとんど引きうけてくれた。残っている棚については、改装時に新しい店子《たなこ》が対処する合意ができていた。新しい店子は、大ハンマーで継ぎ目を壊す手間が必要な分、木材を再生用の廃物として売って埋めあわせるようだ。

正午直前、オンデマンド印刷機の買い手が顔を見せて、それを引きとっていった。これで残っているのは、空っぽの棚と、寝室の家具からひと組のキッチン用ベンチまでなんのパーツにでも使えそうな、山積みの〈イケア〉風の不思議なコンポーネントだけだった。それは小型トラックを持っているアーラシュの友人が午後に来て、リサイクリング・センターに運ぶ予定だ。

オフィス・コンピュータが床に置いてある。マーティンはアーラシュを振りかえった。

「使うかい？　まだ買って二年だ。買い手を探している暇がなかった」その声は敷物のない空間で虚ろに響いた。十二年前、同じ空っぽの部屋で自分の隣に立っていたマフヌーシュの姿が、マーティンにはいまも見えていた。

アーラシュはターロフをして、三回断ったが、最後に引き取りを同意した。マーティンはやれやれと頭を振った。

「いままでいろいろありがとう。とくに最後の二週間は」

「気になさらないでください」

「タクシーを呼んだほうがいいみたいだ」ジャヴィードを学校に迎えにいく前に、一、二時間の睡眠は絶対確保したい。ノートパッドをポケットから取りだしたとき、手が震えはじめて機械が床に落ちてしまった。「糞っ！」

アーラシュがかがんでノートパッドを拾った。「ぼくがタクシーを呼びましょうか？」

マーティンの右手はまだ、いうことを聞かずにぴくぴくしていた。まるでストレンジラヴ博士のような気分でそれを左手で握ったが、今度は左手も同じ状態になった。

「すまない」マーティンはいった。「お願いしていいかな？」

「通りで一台つかまえてきます」アーラシュはいって、ドアのほうへ歩きはじめた。

「ちゃんとしたタクシーがいいな、あまり面倒でなければ」

アーラシュはマーティンのノートパッドでタクシー会社に電話した。マーティンの両手はようやく勝手に動くのをやめたが、今度は脚がふらふらした。壁際まで行って、床にすわりこむ。ドクター・ジョブラニから肝機能低下の警告症状のリストをもらっていて、手首の震えはそのトップ近くにあった。

アーラシュはマーティンにノートパッドを返したあと、不安げにうろうろしていた。マーティンはいった。「だいじょうぶだよ。心臓発作じゃないから」

両手はもう落ちついていた。マーティンは自分で電話をかけた。「オマール・ジャン、すまないが、ジャヴィードを学校に迎えにいってもらうことはできるか？」

「もちろん。ファルシードを行かせるよ」オマールは一瞬黙ってから、「なにがあった？」

マーティンはいった。「病院に行く必要があるんだ。ジャヴィードに、なにも心配しなくてだいじょうぶだと伝えてもらえるか？」

「伝える。あの子をあとで病院に連れていこうか？」

「なんともいえない。医者に診てもらったら、また連絡する」

「わかった」

気づまりな沈黙が生じた。「タクシーが来たようだ」マーティンは嘘をいった。「ホダー・ハーフェズ《それじゃ》」

「ホダー・ハーフェズ」

アーラシュは心配で仕方ないようで、「救急車を呼んだほうがいいですか？」

「いや」マーティンはドクター・ジョブラニのメッセージサービスに、自分の症状の説明と、すぐ病院に行く旨の短い伝言を残した。

頭がふらふらしてきた。タクシーが来て、乗るのをアーラシュが手伝ってくれた。運転手はオーディオ機器でなにかうるさくてひどいものを流していたが、マーティンは文句をいう気力もなく、しばらくすると、音などまったく気にならないほど注意力が散漫になった。

気がつくとマーティンは急患待合室にすわっていたが、病院に入った記憶はなかった。周囲を見まわしていると、後ろにいた女性が、この男は自分でなにかの薬物注射をして朦朧《もうろう》となっているのでは、と疑って非難しているかのように顔をしかめた。マーティンはまたうとうとして、今度は別の部屋でだれかに検査されている最中に気がついた。

「もしもーし！」医者ははじめて見る若い男性で、マーティンの頬をやさしく叩いていた。「意識を集中していられますか、シーモアさん？　カルテに載っていない薬物をなにか利用されましたか？　トランキライザーとか？　睡眠薬は？」

「いいえ」マーティンは部屋を見まわした。「ここへ来た覚えがない」

「なにかの腫れがあるのだと思います」医者はいった。「早急にスキャンさせますからね」

「腫れというのは、肝臓に？」

「脳にです。血中のアンモニアが、あるタイプの脳細胞の拡張を引き起こすことがあります」

「アンモニアなんか飲んでいません」マーティンはいい返した。血中のアンモニア？　異星生物でなければありえない話に聞こえる。「このまま死ぬんでしょうか？」頭がぼうっとしすぎていて、そう考えても大して恐怖は感じなかったが、こんな状態でジャヴィードにお別れをいえるわけがないではないか？

医者は安心させるようにマーティンの肩を握った。「死にかかってはいません、見当識を失っているだけです。それはあっというまに治せますから」

薄黄緑色のヘッドスカーフをした看護師が、水の入った紙コップをマーティンの唇に近づけた。病室の反対側のなにかに反射した午後の日射しが、マーティンの目に入った。

「う？」マーティンは声を漏らした。

「ちょっとお待ちを」看護師はマーティンの枕を調整してから、やり直した。今度は水がマーティンの口に入った。いまは頬に日光が当たっているのを感じる。腕には点滴の管が刺さっていた。腕に点滴しているのに口から液体をあたえてくれるこの女性は、とても親切だ。

マーティンは断続的に眠った。目ざめると、窓には病室内が反射して映っていて、外の闇を隠していた。気分はひどかったが、また自分がひとつになった感じがした。書店からあとの出来事は、なにもかも現実ではなかったように思える。なにがあったか、ポイントになる出来事は覚えているが、そこに自分がじっさいにいたという気がどうにもしなかった。

看護師がマーティンのベッドの脇を通りすぎた。「すみません。電話をかけたいので、お願いしていいですか？」マーティンは尋ねた。しゃべりながら、口の中の味と自分の息のにおいにむかついてきた。所持品はきっとベッド脇の引き出しに入っているのだろうが、助力なしでそれを取ろうとしたら、どうなることかわかったものではない。

「午前二時ですよ」看護師はいいながら近づいてきた。

マーティンは片手で口を覆って、彼女をホロコーシュウトの犠牲者にすまいとした。「居場所を連絡しなくてはならない人たちが」

看護師は自分のノートパッドをマーティンの腕輪にむけて振って、患者記録にアクセスした。「あなたが入院されたことは、連絡先としてお名前のあるオマール・レザーイーさんに夜の早い時間に知らせが行っています」

「そうか。ありがとう」

看護師が立ち去ってから、マーティンはしばらく考えて、それだけでは不じゅうぶんだと結論した。両脚をベッドから振りだして、静脈注射の管を腕から引き抜かずになんとか引き出しをあけた。

「ぼくは元気だ、オマール・ジャン」マーティンはノートパッドにささやいた。「ジャヴィードにぼくは元気だと伝えてくれ。またすぐ連絡する」機械にいまの言葉をテキスト・メッセージとして送信させた。それからベッドに戻って、夢のない眠りに沈みこんだ。

朝になると、ドクター・ジョブラニがようすを見にきた。マーティンは診察のあいだじゅう、余計なことをいわないようこらえていた。本音としては、どんなにていねいにされようと、どんなに必要なことだろうと、他人に体を触られるのにはうんざりだった。

「これですぐ移植する気になりましたか？」ドクター・ジョブラニが辛辣に尋ねた。「それとも、尿素回路なしで生きることを試みる最初の人類になる決心をされたんでしょうか？」

「あと三日ください」マーティンはいった。

ジョブラニは鼻を鳴らした。「手術室に空《あ》きがある日まで三日以上は待つことになりますよ。たぶん十日ですね」

「三日間だけ病院を出たいんです」

ジョブラニは聴診器を折り曲げて、〈ファイザー〉社ロゴ入り特大ペンの形にすると、それをポケットにさした。「世界平和とタヒチでの休暇が実現するなら許可しましょう」

「ドバイでの代用品でよければ、チケット代は出します。二日でいい。お願いです、だいじなことなんだ」

ジョブラニは動じなかった。「なにがしたいんです？　回想録を完成させるとか？」

「似たようなことです」ゲラのチェックのほうが近い。「移植手術を無事に終えられる確率は？」

「いま現在？」ジョブラニは少し考えた。「フィフティ・フィフティ」

マーティンはいった。「それと同じレベルのリスクを生じさせずに、ぼくにここの外で二、三日すごさせる手段は、なにもお持ちでない、と？」

「医学的に正当化できることは、なにひとつ」

「ぼくがリスクを全部承知だったことにしていいですから」マーティンはいった。「あなたが保険会社に嘘をつく必要はない」

「腹腔鏡手術で挿入できるインプラントがある」ジョブラニが仕方なさそうに認めた。「全身麻酔はしません。静脈を傷つけてあなたを死なせないとはいえないが、たぶんそういうことにはならないでしょう」

「そのインプラントで、ぼくは健康を保てるんですか？」

「意識は保てます、そして、寝たきりの一段階上の状態も。それは肝機能のいくらかの代わりはしますが、全部ではありません。あなたの病状がこの段階になって、完全に機能する肝臓が準備できていなかったら、このインプラントを使うつもりでした」

「いくらかかりますか？」

「五百万」

「リアルで？」

「トマーン」

一トマーンは十イランリアル。五百万トマーンは約一万米ドルになる。マーティンにまだ残っているマフヌーシュの生命保険金でじゅうぶんに支払えた。そのお金はジャヴィードに残したかったが、マーティン自身の保険がすぐに支払われる。

「その手術を受けられるのは、早ければいつになりますか？」

ジョブラニはノートパッドのインターフェイスと格闘し、顔をしかめたり小声で罵ったりしてから、「先払いしてもらえるなら、明日の午後にできます」

「お願いします」マーティンは自分のノートパッドをベッド脇のテーブルから取って、費用を振り込んだ。

ジャヴィードは学校にいるはずの時間だ。マーティンはオマールに電話して、状況を説明した。オマールは、ジャヴィードを連れて今日の午後に訪ねてくるといった。

マーティンはあおむけになって数分間目をつむり、電話もう一回分の力を集めようとした。ナシム本人が電話に出たので、マーティンは驚いた。〈ゼンデギ〉が数々の問題に直面していることからして、ボイスメールにつながれば御《おん》の字だと思っていたのだ。

「明日、そちらに行けなくなった」マーティンはいった。

「だいじょうぶなの、マーティン？」

「あまりだいじょうぶじゃない」と認めて、「修羅場ってやつだ。もうスキャンはできなくなった。あなたには、いまある材料でプロキシを作ってもらわなくてはならない」

ナシムはしばらく沈黙してから、いった。「だいじょうぶ。できるわ」

「どれくらいの時間を見ておけばいい？」

「ひと晩かければ、暫定版は組みあげられる」ナシムはいった。「それから、明日時間を取って、わたし自身でテストしてみる。でも、そのあとあなたに来てもらって……」

「最終審判を下す必要がある」マーティンは、自分の後任として新聞記事の大半を書いてもらう候補者と面接したことがある。この件もそういう見かたをすれば、それほど奇妙な話ではないかもしれない。

ナシムがいった。「いつやってもらえる？」

「いまは病院からなんだが、すぐ外に出してもらえるはずだ。数日中に連絡するよ」

「了解」

「ニュースを見た」マーティンはいった。「ひどい目に遭って、同情するよ」

ナシムは笑った。「そのことなら心配しないで。ほかになにが起きていようと、この件は実現させるから」

マーティンがノートパッドを置いて天井を見あげると、紫色の痣《あざ》が次々と波のように白い漆喰《しっくい》を横切って動いていた。

26

ナシムはその日一日、ファラキのチームからのレポートを読み、会社の命令系統の上のほうに出す要約を書いてすごした。ロロの提示した最初の期限まで残りあと三日だが、役員会はオランダでの捜査結果がはっきりするまでなんの結論も出さないと決定していた。降伏して〈ゼンデギ〉の問題が解決すれば株式市場は喜ぶだろうが、うまいタイミングで犯人が捕まれば、会社の知的財産の価値が蝕《むしば》まれることなく同じ結果になる。〈FLOPSハウス〉のセキュリティ専門家は、ファラキが送ったログファイルとともに同社のスタッフのアクセス記録を入念に調べていて、まもなく容疑者を特定できると考えている。外部の人間にこの犯行は無理だ、とだれもが確信しているのはまちがいなかった。

〈ゼンデギ〉の総利用者数は、前週の同じ時間帯と比べて二十パーセント減少していたが、新たな登録者も数万人いた。たぶん、次の攻撃のときに愉快な騒動を目撃できるのを期待している人々だろう。最初の侵入は確かに不快というよりは楽しいものだったので、刑罰的要素が飛躍的に増大した二度目をまったく体験していない人が、ディナーをおあずけにしておいて楽しめるなにかを期待するのはありうる話。〈ハッピー・ユニヴァース〉がずいぶん前から、騒動を起こすことだけを目的に、まるで儀式のように自社のゲーム世界どうしの通常の境界を崩壊させて、選択されたゲーム相互が時おり勝手に侵入しあえるようにしているのを、ナシムは知っていた。けれどナシムは、いずれは〈シス・ヒューマニスト同盟〉の襲撃が暴力的破壊者による無害な空騒ぎに終わる、などと甘く考えるつもりはなかった。

恐喝者の件を含めて急を要する未決書類のすべてを処理したときには午後九時になっていて、建物内にはほかにだれもいなかった。ティールームへ行って、そこの冷凍庫に入れてある自分用の野菜ラザニアのひとつを電子レンジで温め、無人の部屋でそれを食べながら、デスクとコンピュータ画面から十五分間だけ自分を解放してやる。目の前の課題に対する準備ができている気分ではなかったが、いま帰宅しても全然眠れないだろうことも、明晩、いまの倍は疲れた状態で同じことに直面するハメになるだけだということも、わかっていた。

プロキシのテスト環境は数週間前に準備してあった。それは最小限の家具を備えた控え室で、将来——もしすべてが順調に行ったなら——プロキシはここでジャヴィードの人生で起きたことに合わせた最新版に更新されてから、別の空間へ足を踏みいれてジャヴィードと会うことになる。そうしたブリーフィングをおこなうのはナシムの仕事になるだろうが、その環境に入るために城塞《ガールエハ》を経由するつもりはなかった。ナシム自身の没入感はとくに必要ではないし、ナシムのアイコンはソフトウェアが、ウェブカメラから提供される表情データを加えつつ動かしてくれる。

自分の部屋に戻ったナシムは、テストを開始した。

広角レンズで映された控え室の光景が画面にあらわれた。壁はオーク材の鏡板が張られ、ふたつあるドアそれぞれの横にフラシ天の赤いソファがある。プロキシがドアのひとつから部屋に入ってきて、そのむこうは城塞《ガールエハ》が閉じたときの内側のような特徴のない白い世界だ。アイコンは最初は強制的に動かされていたが、歩いている途中でプロキシが覚醒して自分の状態に気づくと、難なくアイコンの手綱《たづな》を取った。プロキシはMRI内に横たわっているときのマーティンと同じかたちでアイコンを操っていたが、もしアイコンがあおむけに寝ているところからスタートしていたら、プロキシはアイコンを立ちあがらせるにはどうしたらいいか思いだそうと苦労しつつ、自分の置かれた奇妙な状態について思い悩まずにはいられなくなっていただろう。

ナシムのアイコンは第二のドアの横のソファにすわっていた。プロキシはナシムのほうに顔をむけ、だれだかわかって笑顔になり、そこで画面はナシムの視点に切り替わった。

「ナシム？」プロキシがいった。「なんで〈ゼンデギ〉の中にいるんだ？　ジャヴィードはどこにいる？」

「ジャヴィードにはすぐ会えるわ」ナシムはいった。「わたしがここにいるのは、あなたに予備知識をあたえるため」

プロキシはかすかに眉をひそめてから、ナシムの言葉の意味を把握したらしい。ナシムがさらに説明するのを、辛抱強く待っている。

「いまは二〇三〇年」ナシムはいった。「ジャヴィードは先週が誕生日で、九歳になった」

「OK」プロキシはナシムににこやかな笑顔をむけた。自分がすでに百回以上覚醒させられたはずだと気がついても、落ちついている。じっさい、画面の片隅の神経活動マップには、なんの緊張も、なんの恐怖も、なんの敵意もあらわれていなかった。

「あの子のアイコンはアップデートされているから」ナシムは続ける。「どれだけ身長が伸びたか、驚かないようにね」

「わかっている、それはもちろん」プロキシはドアを手で示し、「いまはなんのゲームをやっている？　まだ『シャーナーメ』を？」

「似たようなものね。象レースよ」

プロキシは声をあげて笑った。「どうやって？〈ゼンデギ〉の中じゃ、象にはすわれないだろ？」

「いまでは城塞《ガールエハ》のほとんどに格納式の機械製雄牛とでもいったものがついているから」ナシムは説明する。「それはジオデシックフレームで支えられていて、不要なときは邪魔にならないところに折り畳まれている。可変型だから、ほとんどなんに乗っているつもりにでもなれるの、オートバイでも、馬でも、象でも。単に動かない椅子にすわるのも可」

「すごいもんだ」プロキシはいった。「象レースか！　ジャヴィードは天にものぼる気持ちだろうな」

ナシムはいった。「この状況はあなたを悩ませていない？」

「どの状況が？」

「マーティンは二年以上前に死んだという事実が」ナシムは単刀直入にいった。

プロキシの顔に浮かんだのは同情だけだった。「ジャヴィードは平気だったか？」

「だいじょうぶよ」ナシムは答えた。

プロキシは静かにいった。「ぼくがいままで、助けになってきたならいいんだが」

その言葉を聞いておいて、次の問いを発するのはいい気持ちではなかった。「あなたはジャヴィードとどういう関係？」ナシムは尋ねた。

「関係？　ぼくはあの子の父親だ。ジャヴィードはぼくの息子」プロキシの表情にはかすかな困惑があった。神経マップはまだなんの苦悩も、なんの不安も示していない。

「もしジャヴィードがあなたの息子さんなら、わたしはあなたをなんと呼べばいい？」

プロキシは面白そうに、「ぼくの名前は知っているじゃないか。マーティン・シーモアだ」

「でもマーティンは死んだわ」ナシムは畳みかけるようにいった。

「癌で」プロキシはいった。「肝臓癌。そのときが来るのは、みんなわかっていた」

「なら、マーティンは死んでいるのに、どうしてあなたがマーティンのわけがあるの？」

プロキシは大声で笑った。「なんだそういうことか。ぼくの反応を見るためにわざと困らせているんだな。どうしてぼくがマーティンなのか、あなたにはわかっているんだからね、ナシム。ほかのだれよりも、とくにどうして、いやどうやっての部分は」

ナシムはなおも手加減せずに、「あなたはそのことで全然悩んでいない？　自分がどうやってここにいるのか？　自分はだれなのか？」

プロキシは困惑した善人といった顔でナシムを見た。「なぜそんなことで悩むと思うんだ？　マーティンは死んだ。ぼくは彼の代わりにここにいる。それがすべてじゃないか？」

ナシムはさらにむずかしい条件でプロキシを再起動した。今回は、二〇四〇年になったと教え、時間経過がもっとほんとうらしく見えるように自分のアイコンを老けさせた。

「ジャヴィードは十九歳よ」ナシムはいった。「いまは婚約中」ためらってから、「息子さんの結婚式に出られないとわかっているのは、つらいことでしょうね」

プロキシは楽天的なままだった。「きっとあの子が録画を見せてくれるだろう。自分自身がその場に」ウォールスクリーンに囚われた幽霊みたいに立ちあえるとは全然思っていなかったから。ほんとうをいうと、あの子がぼくをこんなに長くそばに置きつづけるとは、まったく考えていなかったんだ。でも、まだぼくの助言を求めているなら、喜んで聞かせるよ」

ナシムはいった。「もしかすると、ジャヴィードはあなたの助言を求めてはいないのだけれど、あなたを覚醒させるのをどうやってやめようか悩んでいるのかもしれない。あなたを完全に終了させて立ち去るなんて真似が、彼にかんたんにできると思う？」

プロキシの返事には、ほんのわずかだがいらだちが聞きとれた。「怒らないでほしいんだが、ナシム、それはぼくがジャヴィードと直接話しあうべきことだ」

ナシムはまもなく、まるで遠慮をする気がなくなっていた。ナシムにはまだ自分の被造物をできるかぎり徹底的に、壊れるかもしれないくらいまでテストする義務があったが、それでも結果を判断すべき立場にあるのは、マーティンだった。ナシムはプロキシを何度も何度も再起動して、そのたびにジャヴィードの年齢を変えて教え、違う方法でプロキシに怒りを呼びおこそうとした。ナシムはこれまで、気分がいちばん暗くなっているときには、自分が作りだそうとしているものが、自らの限界にぶつかっていらだち、肉体の欠如や、不完全な記憶や、ずたずたの自己意識に悩み苦しむ、赤ん坊のように無力な痛ましいなにかになるのでは、と恐れていた。しかし、神経に欠けた部分があることによって、結果としてナシムが望んでいたとおりのものができあがったらしい。プロキシは自分が欠いている部分に気づく能力を持たないようなのだ。

この平静な反応のうち、どれだけが自分が間に合わせでおこなった神経解剖学的選択によるもので、どれだけがこれから受けいれようとしている処置は不完全なものだとマーティン自身が明晰に納得していたことによるものか、ナシムにはなんともいえなかった。けれどもその結果は、拷問のような境遇に耐えられずに、もし本物の風を顔に感じることができず、自分の未来に対する本物の希望や自分の過去についての本物の記憶も持てないなら、地球上から完全に消し去ってくれ、と叫ぶ憎悪の塊からは、かぎりなくかけ離れたものだった。自分の出自をすっかり思いだし、純粋なサディズムによるもの以外のあらゆるストレスにさらされても、プロキシは自分がマーティンよりも長生きして、息子を見守りつづけるチャンスを得たことに、ただただ感謝したままでいた。

びナシムは明け方までテストを続けてから、ひと休みすることにして、さっとシャワーを浴び、着替えて、コーヒーを飲み干した。それからまた席について、さらに十数のパターンについて作業をした。今後数十年間にもたらされうる想像可能なニュースというニュースにプロキシがどう反応するかを知ることは、ナシムの力が、というかだれの力も及ぶところではなかったが、ナシムが極端な出来事を提示した場合、返ってくる反応はおおむね涙よりも笑いだった。

「残念だけど、ジャヴィードがシャヒディの支持者になったの」ナシムは告げた。「もうあなたに会いたくないって」

ショックで沈黙していたプロキシは、やがて高笑いをはじめた。「だまされるところだったよ、ナシム、でもぼくたちは、もしジャヴィードがぼくを覚醒させたいと思わなかったら、ほかのだれにもできないと合意したじゃないか。思うに、マーティンはまだ生きていて、きみは彼がぼくを承認する前にぼくの能力をテストしているだけだ」

ナシムは挑発するように言葉を返した。「マーティンかわたしがあなたを却下するかも、と心配にはならない？」

プロキシは鼻を鳴らして、「ぼくに心配なことがあるとしたら、きみたちふたりが厳しい品質管理をしないまま、ぼくを息子に会わせることだね」

「これまでのところは」ナシムはそれを安心させてやることにした。「あなたは驚くほど安定しているといっていいと思う。でも、わたしがこれからあなたを終了させて、この会話の記憶をあなたから消そうとしているといったら、どんな気持ち?」

「きみが、ぼくたちの話したことを覚えているだろう」プロキシは答えた。「それでじゅうぶんだ。そして、ぼくがじっさいに自分の仕事をするときには、ジャヴィードが覚えてくれている。それでじゅうぶん以上だ」

ナシムはそれを停止した。

振りかえってみると、この夜の作業は超現実的だった。数時間にわたる対話のあとでも、プロキシにはほんとうに意識があるのか——欠けた部分があるにもかかわらず、自己意識が十全でないにもかかわらず——それとも、それは単なる熟練した俳優、または自分ではまったくなにも感じていないが、マーティンの反応を隅から隅まで知りつくした驚異の物真似動物なのか、ナシムには判断できなかった。

けれど、ひとつのことだけは確信を持っていえた。もし、たとえロロが正しくて、〈ファリバ〉たちが地獄の養鶏場の鶏だとしても、ここにいるこのサイドロードは、声なき受難の人生に直面しようとしているのではない。〈ヴァーチャル・マーティン〉がなにも感じていないにせよ、自分が感じていると主張しているとおりのことを感じているにせよ。息子への愛、自らの限界の受容、自分が存在させられることになった目的への満足。

〈ヴァーチャル・マーティン〉がその目的を果たせるかどうかの判断は、いま、すべてマーティンしだいになった。

27

「いつ家《うち》に帰ってくるのおおお？」ジャヴィードはそう尋ねると、ラナの手を振りはらって、マーティンのベッド脇のモニターのところへ歩いていった。

「それに触っちゃダメだ」マーティンは注意した。「でないと、父さんが看護師さんに叩きのめされる」

「いつ？」ジャヴィードがまた訊いた。

マーティンはいった。「明日の夜、ここを出て、おまえやラナ小母さんといっしょにすごして、それから二、三日したら新しい肝臓をもらいに病院に戻ってくる。それからまた二、三日したら、おまえといっしょに自分たちの家《うち》に帰れる。どう思う？」

ジャヴィードはよくわからない細部は全部すっ飛ばして、要点に切りこんだ。「なぜいま肝臓をもらえないの？」

「まだちゃんと準備できていないからね」マーティンは嘘をいった。「だからそれまでのあいだ、小さいやつを使うんだよ」シーツを脇にどかして、腹腔鏡手術でできたちっぽけできれいな傷跡をジャヴィードに見せた。「ロボットが父さんの体に入れたやつだ」

マーティンにメーカーの派手なウェブサイトで画像を見せられていても、ジャヴィードはまだロボットの件を完全に信じていなかった。

　ラナがいった。「肝臓を育てるのにずいぶん時間がかかるのね。子どもだって九カ月あれば生まれるのに！」

「大人の肝臓は新生児くらいの重さがある」とマーティンは答えたが、それがほんとうでないのも、答えにならないことも、よくわかっていた。見舞客たちが臓器の完成が遅い理由をああだこうだいっているところへドクター・ジョブラニが入ってきてくれないものか、とマーティンは切に思った。「ともかく、肝臓を作ってもらえただけでもラッキーだったよ」

「神に感謝を」ラナが同意した。「すぐに退院できるわ、前みたいに元気になって。義足をつけたオマールのお父さんみたいに。いまの義父《ちち》を見てほしいわ、マーティン。すっかり若返っちゃって」それが励ましの言葉としていわれたのはまちがいなかったが、ラナはほんとうにそう思っているようにも見えた。

「そうなんだ？」マーティンは微笑んだ。「まあ、お義父さんが四十年以上待ったのに比べれば、ぼくに文句なんてあるはずもない」

　ラナは壁の時計をちらっと見て、ジャヴィードに声をかけた。「お父さんにさよならをいいなさい。帰って夕食にしましょう」

　ベッド脇に来たジャヴィードに、マーティンはキスをした。「来てくれてありがとう、ペサラム。じゃあまた明日」ラナのほうを見て、「この子を連れてきてくれてありがとう。きっと面倒をいっただろう」

「ホーヘッシュ・ミコナム《気にしないで》」

「ぼく、面倒なんていわない！」ジャヴィードが抗議した。

「ええ、この子はいい子にしていましたよ」ラナは本気でそういっているようにも見えた。

「いっしょにいられるのは楽しいわ」といって椅子から立ちあがる。

「また明日」マーティンはいった。「ホダー・ハーフェズ《さよなら》」

「ホダー・ハーフェズ」

ふたりが帰ると、マーティンはベッド脇に置いたノートパッドを手に取って、〈ゼンデギ〉のウェブサイトに戻った。明日使うシナリオの候補を三つまで絞りこんであったが、朝やらなくてはならないことがひとつ減ったのを知りつつ今夜の眠りにつけるよう、最終選択をすませておきたかった。

〈ゼンデギ〉では、非常に多くの人々が、非常に多くの時間をたがいに殺しあう真似事をしてすごし、ジャヴィードにその傾向に逆らう兆しは見えなかった。マーティンはジャヴィードを戦闘シーンから遠ざけようとしてきたものの、数年もすれば、戦闘シーンの魅力には到底抵抗できなかった、という結果になっている可能性が高い。マーティン自身は子ども時代のその段階を、棒切れでのフェンシングや水鉄砲で通過してきた。敵に血をどばっと噴きださせたり、内臓をまき散らさせたりできるようなテクノロジーは存在していなかった。そういう魔法が見られるのは映画に限られていた上に、とくにどぎつい描写には年齢制限がかかっていた──けれど十二歳のマーティンはギリアム監督の『ジャバーウォッキー』の上映館への潜入をなし遂げ、天国にいるような気分になったものだが。

移植手術の前に、いくつかの異なるシナリオでのテスト・ランをできる時間があればよかったのだが、〈ゼンデギ〉の健康状態がマーティンのと変わらない危なっかしさの現状では、判断は可及的かつすみやかに下すつもりでいる必要があった。だからマーティンが、プロキシの輪くぐり芸を見たいと思うなら、最初からいちばん高い位置に輪を置かなければ意味がなかったし、火のついていない輪を使うのも無意味だった。

ナシムがマーティンを迎えに病院に来て、車に乗せて街を走った。ナシムは神経質になっているようだが、挙動から見て、彼女自身がテストしたあとでマーティンに告げた判定が嘘偽りないものなのは、明らかだった。プロキシはナシムを失望させなかった。ナシムが唯一恐れているのは、マーティンが自分と同じには感じないかもしれないことだ。

会社のあるビルに着いたのは七時すぎで、寒い朝にもかかわらず、シャヒディの支持者たちがビルの外に大勢いた。マーティンはたまにしか政治ニュースを見ていなかったが、〈ゼンデギ〉のサイドロードが、放任状態の非イスラム教的トレンドのあれこれとひとくくりにされているのは、耳にしていた。まともな保守的意見はこんな感じだ。法学者《ムッラー》が復権して、私腹を肥やし、敵を牢にぶち込むようになるのはだれしも願い下げだが、いまは振り子が反対方向に振れすぎていて、修正がどうしても必要だ。不謹慎な行為や冒瀆的行為の取り締まりに関する投票は、過激主義への解毒薬となり、民衆の不満が爆発して暴力的な揺り戻しが起きる前に収拾をつけることにもなるだろう。

MRI室でナシムはマーティンにスカルキャップを被せた。ベルナルトは非番で、彼が訓練しているペイマンがスキャナーを操作した。造影剤は不要だった。今日はサイドローディング・データの収集はしない。マーティンが城塞《ガールエハ》ではなくここにいる理由は、スキャナー経由で精神的にアイコンを操るほうが疲れずにすむし、システムをごまかして将来起こりうる事態を設定できるからだった。

ナシムがいった。「プロキシが姿を見せるまで数分かかっても、心配しないで。わたしがどれくらいそれと話をすることになるか、事前に予想するのはむずかしいから」

「了解」

「いつでも好きなときにゲームを終わらせてもらっていいし、逆に好きなだけ長く走らせつづけてもいいわ。必要なら、スキャナーは三時間まで使ってもらえるから」

「ありがとう」

ナシムはマーティンのゴーグルを下ろし、頭上にケージを被せた。マーティンはモーターのうなりが、自分を〈ゼンデギ〉に連れ戻してくれるのを待った。

野営地の焚き火の消えかけた残り火が正面にあった。橙《だいだい》色の光が地平線から顔を出しつつある。マーティンは両腕を伸ばして、新しい体の感触を探った。視界に入った両手と前腕は巨人のものだったが、肌はなめらかで皺もなく、子どものようだった。ザールの息子のロスタムは尋常でない巨大さで、シームルグの介入──帝王切開に使う漢方薬についてこの鳥が細かく助言した──がなければ、ルーダーベはロスタムを誕生させて、自分も生きていることはできなかっただろう。だが、ロスタムの息子のソフラーブはさらに巨大で、『シャーナーメ』によると、ソフラーブは三歳でポロ競技をし、五歳で弓を射て、槍を投げ、十歳のときには征服軍を指揮していた。

マーティンは消えかけの火に背をむけた。いま立っているのはゆるやかな斜面で、下方では目の届くかぎりの砂漠を、刺繡を施された天幕や綾絹《あやぎぬ》で飾られた馬が覆いつくしていた。天幕のまわりでは兵たちが食事を終え、体も洗って、馬に乗ろうとしている。こんな群衆シーンを作るのに、ハリウッド映画級の予算と、フレームごとのレンダリングにコンピュータで一時間が必要だった時代を、マーティンは覚えている。いまそれが、リアルタイムで、マーティンひとりの視覚に提供するためにおこなわれていた。あるいは、マーティンと、もうひとつの視覚に。

野営地を見まわすと、こちらに目をむけた兵たちは、十歳の指揮官に敬意を示して視線を下げた。マーティンは自分から見たプロキシの外見を、自分自身の外見をある程度残しつつ、呪縛を解くためにいくつかのパラメータを変えたものにするようナシムに依頼していた。自分のほんとうの姿の鏡像が目の前に立っているせいで気を散らされなくても、マーティンが事前に演じようとしている特殊な役柄はじゅうぶんむずかしいものだったから。ナシムが事前にメールで見せてくれた改変後のプロキシの外見は、いい感じだった——そしてそれが自分のおじのひとりととてもよく似ていたので、マーティンは心の内でだけ、そのプロキシも同じ名前で呼ぶことにした。ジャックおじは十二年前に死んでいて、子どものころ以来近しかったわけではないが、ランダムに名前を選ぶより、おじの名前やなにかを当てはめたほうが違和感は少なかった。

鎧《よろい》をつけた白髪の男性がこちらにむかって斜面を大股にのぼってくるのを見ながら、マーティンはプロキシのアイコンの選択についてあらためて考えはじめていたが、もう変えようはない。ジャヴィードはこの先も、ふたりではじめていっしょに〈ゼンデギ〉を旅したときと同じマーティンのアイコンを目にすることになるはずなので、マーティンは精いっぱい、ほかのなによりもなじみ深さを意識するようにした。

「ジャヴィードか？」ジャックは喜びと驚きで笑顔になった。「いつかは父さんより大きくなると思っていたが、これほどとはなあ！」

「お帰りなさい、パパ《パパ》」マーティンは前に出て、下に手を伸ばして相手の手を取った。

ジャックは感情に圧倒されて、しばらく絶句していた。マーティンは親愛の情を示すようにしたが、同時にまたかという感じも少し出そうとした。この体験は、彼にとってはじめてではまったくないという設定だ。一方、ジャックには毎回が、死後はじめての息子との再会として感じられるだろう。だがマーティンは、なぜナシムがこういう設定にこだわったかが理解できた。これを実現するのでさえサイドローディングのプロセスを限界まで働かせることになるからだけでなく、ナシムはプロキシに、やがてそれ自身が生きているような気がしてくるという呪いをかけたくないのだ。

マーティンは手を離した。「父さんはいつもショックを乗りこえる、とぼくが教えてあげるといつも父さんの役に立つ、と教えてあげたら役に立つ？」

ジャックは弾けるように笑った。「もちろんさ！」といって顔を背け、涙をこらえる。「ああ、ペサラム、息子《よ》もしおまえの――」その言葉がどう終わったはずか、マーティンはわかった。おまえの母さんが、こんな立派になったおまえを見られたらよかったのに。だがジャックはテストに合格して、口をつぐんだままでいた。ジャヴィードはその傷口を、毎週毎週ひらかれる必要はない。

「家ではなにかあったか？」ジャックが尋ねてくる。「オマール小父さんとラナ小母さんはどうしている？」

「ふたりとも元気だよ」マーティンはいった。「お店も相変わらず順調。でも……オマール小父さんのお父さんが去年死んだ」

「お気の毒に。なにがあったんだ？」

「心臓発作」マーティンは控え目な芝居をした。悲しいし、あの人がいなくなって残念だけど、とてもお年寄りだったから、といおうとしているかのようで、なおかつ、苦悩しているようにも、まるで動じていないようにも見えないように。

ジャックはそれ以上の言葉を引きだそうと急《せ》かす寸前に見えたが、そこで思いとどまった。

死についてふたりで話すことがどれだけ重要だとしても、その会話は以前のゲームでおこなわれているだろう。「ファルシードはどうしている？」

「結婚したよ。いまじゃ女の子の父親さ」

「それはすごいな。いまもおまえやオマールといっしょに住んでいるのか？」

「うん」マーティンは口ごもった。「ファルシードの奥さんはぼくをあんまり好きじゃないみたい」

ジャックがいった。「たぶん、ちょっと嫉妬しているんだよ、おまえとファルシードが仲がよすぎるから」

マーティンが返事をしないでいると、ジャックはその話題から離れた。「学校はどうだ？」

「学校は問題なし。成績がいいのはペルシア語と英語。あと、学年で三番目に足が速いんだ」

マーティンは分厚い両腕を広げた。「でも今日は、レスリングをしたら負けないと思う」

ジャックは笑った。「おまえはソフラーブというわけだ」

「ムバラク《おめでとう》！」

「そう。どういうお話か覚えてる？　ロスタムはトゥーラーンとの国境で狩りをしていて、ある晩、愛馬ラクシュがいなくなってしまう。ラクシュを探す途中で、タハミーネ姫と結婚するけれど、ロスタムがほんとうに気にかけているのは馬のことだけだった。そこにとどまって、姫とのあいだに生まれた子どもの世話をしたりはしなかった」

ジャックは落ちつかなげな笑みを浮かべた。たぶん、この育児放棄の物語が、サームとザールの物語よりも幸薄《さちうす》い結果になったのを知っているからだろう（父子がそれと知らずに敵味方に分かれて戦い、父が息子を殺す）。

マーティンはいった。「心配しなくていいよ、ババ、ロスタム役じゃないんだから。父さん用に新しい登場人物を作ったんだ、タハミーネ姫の相談役で、姫の息子の守護者みたいなものとしていっしょに旅をするの」

「守護者みたいなもの、ね」ジャックが鸚鵡《おうむ》返しにいった。身分が低いのはちょっと気になるかもしれないが、いずれソフラーブの父親を待ちかまえている運命よりはマシだ。

鬚面のトゥーラーンの貴族がマーティンに近づいてきて、頭を低く垂れた。「わが君よ、日はすでにのぼり、あなた様の兵どもがご命令をお待ちしております」マーティンは笑いたかった――以前ジャヴィードとふたりで、カーウースとおべっか使いたちの前で忍び笑いしたときのように――が、役にとどまった。十二歳のジャヴィードが、崇敬される少年指揮官ソフラーブを演じているところ。

「本日」とものものしく答える。「われらは〈白城〉を攻め落とす」

「ご命令のままに、わが君よ」

マーティンは自分の後ろに集結している軍勢にほとんど注意を払わなかった。喇叭《らっぱ》の響きや大声の命令が聞こえるけれど、兵站《へいたん》に関しては自分の監視や指示がなくてもゲームが処理してくれると信じていた。いまここにいるのは、持ちあわせていない武将としての技能を磨くためでも、自分を打ち負かそうとする敵手の出現をいまかいまかと待つためでもない。この巨大な軍隊は単なる凝った背景幕、風景の一部だ。

マーティンとジャックは馬を並べて砂漠を駆け、怒濤《どとう》のような騎兵と、軍の糧食を背負ってあとに続く駱駝《らくだ》の先陣を切った。ナシムがジャックに、どうやってジャヴィードが城塞《ガールエハ》の中で乗馬できるのかを説明ずみのはずで、そのジャックは自分のアイコンを、本質的にマーティンがしているのと同じかたちで操っているはずだ。

ジャックとふたりきりになると、マーティンは傲慢な王子の役を続けるのをやめて、いっしょに枠《フレーム》破りを楽しむ共謀者として代理父に愛情深く接した。ジャヴィードがすぐに記憶の問題に慣れて、双方が満足のいくジャックとの話しかたを見つけるよう、マーティンは願っていた。以前に話したことをまた話さなくてはならないのはいらだつだろうが、ジャヴィードには話題を誘導することもできる。

「ファルシードの娘はナヒードっていうんだ」マーティンはいった。「ファルシードのお母さんと同じ名前」

「その子はいくつ？」ジャックが訊いた。

「もうすぐ一歳」

「小さな姪《めい》がそばにいるのは、どんな気分だ？」

マーティンはいった。「いい子だなと思うこともあるんだけど。わんわん泣いていないときは」

「その子のおかげでみんなてんてこ舞いのようだな」ジャックがいう。

「みんなあの子のことをかまいすぎだよ」マーティンは不平をいった。

「それは……彼女は赤ん坊で、無力だからだ。しっかり見守られていないといけない。その子は世界のなにもかもを、これから学ぶんだから」

「そうだね」

「ファルシードといっしょにいて楽しかったときのことを、全部思いだしてごらん」ジャックがいった。「それから、おまえみたいなだれかを同じように尊敬できたら、ナヒードがどんなにしあわせになれるか、考えてごらん」

「ふむむ」ジャヴィードをおだてに乗りやすい子として演じたくはなかったが、怨《うら》みを病的なところまでエスカレートさせる腹づもりもなかった。家出すると脅すとか、赤ん坊を傷つけることを考えるとか。いまのところジャックは、如才なく妥当にやっている。一種の安全バルブとしては、まちがいなくじゅうぶんだ。もし養子先の家族全員が自分をわかってくれないとジャヴィードが感じることがあっても、いつでも死んだ父親を話し相手にできるだろう。

ふたりはしばらく無言で馬を走らせたが、マーティンにはジャックがつねに視界の片隅でこちらに注意を払っているのがわかった。あの奇妙な地平線を越えてくるあいだに、ジャヴィードへの愛から来る心痛がどれほど激しくなっていることかと思うと、ジャックの立場に時おり目も眩むような共感を覚えずにいるのは不可能だった。だがマーティンがここにいるのは、子どもの養育を分担しあう親どうしの絆を結ぶ異様な集《つど》いを通して、ジャックに感情面の支援を提供するためではない——そもそも、マーティンがどんな励ましの言葉をかけても、それが役立つかもしれない機会のはるか前にジャックの記憶から消えてしまうのだし。ジャックの務めが重いものだとしても、そしてじっさい重いのだが、少なくともその重さが蓄積されることはない。そうでなければ、ジャヴィードとの接触が断たれておしまいという状況でその重さが耐えがたいとは、マーティンにはとても思えなかった。

「〈白城〉だ！」ジャックが告げて、陽炎《かげろう》の彼方を指さした。マーティンの比ではなく、ゲーム世界に注意を払っていた証拠だ。現実世界では、マーティンは驢馬より大きい動物に乗ったことはいちどもなかったが、ソフラーブの馬はマーティンが急かすと反応して、全力で駆けた。ジャックは砂埃の中に取り残されたが、振りむくと、追いあげてきているのが見えた。

ソフラーブはペルシアとトゥーラーンの国境の町、サマンガーンに生まれた。それまで知らされていなかった自分の血すじを母に聞かされたとき、ソフラーブはトゥーラーンから軍を率いてペルシアに進軍し、不在の父に代わってペルシア王カーウースから王位を奪い、しかるのちにトゥーラーンを自分自身の国とすることを決意する。その軍事行動は成功には終わらなかったが、マーティンは比較的雰囲気の明るい冒頭部分をサンプルに選んだことに満足していた。十二歳になったジャヴィードは、剣劇や流血の出てくるゲームをプレイしているかもしれないが、叙事詩的悲劇に強く興味を引かれるようになるまでにはもうあと数年かかるだろう。

白い石造建築物に近づいていくと、その正面にかすかな砂埃があがった。ペルシア兵がひとりきりで侵略者に立ちむかうべく、馬に乗って出てきたのだ。

ジャックが馬を汗まみれにさせてマーティンに追いついた。「おまえはほんとうにこの戦いをはじめたいのか？」ジャックが問いかけた。「もしおまえが最初に、ロスタム宛てに手紙を出していたら、どうなっていたと思う？　もしおまえがロスタムに、自分が何者かを告げ、助言を求めていたら？」

マーティンは呆れたという顔をした。「調停者役になろうとするのはやめてよ！　これがソフラーブのすることなんだから！」

「OK、ペサラム」ジャックは笑って不安を隠した。同じようなことをしつこくいってジャヴィードの忍耐力を試したことが以前に百回はあったとしても、それはジャックには知りようがないことだ。「これで少なくともタハミーネ姫に、ちゃんと助言はしたということができる」

鎧を朝の太陽にきらめかせている敵の姿が、はっきり見てとれるようになっていた。馬を前に進める。迫り来る対決を考えると吐き気がしたが、現実の流血行為をいちども見たことがない少年はこの時点でそんなにむかついたりしないだろう。

敵どうしのふたりは大声が届く距離で止まった。ペルシアの兵士は長身で、がっしりした体つきだった。現実世界でならマーティンはこの男に、槍があろうがなかろうが、近づこうともしなかっただろう。相手の鬢には白いものが混じっていた。戦士として数十年間生き延びてきた男なのだ。

「吾輩はハジール！」ペルシア人が大声で名乗りをあげた。「〈世界の王〉、カーウースに仕える者なり。貴様が何者に忠節を誓い、なにゆえにここに来たかを述べよ」

マーティンは本能的に相手をなだめたくなる気持ちを押し殺した。「われはソフラーブ、わが誇り高き血すじに忠節を誓い、ここの愚王から王位を奪うために来た」

ハジールは呆れたあまりにあとずさりした。「貴様の息からは、いまも母親の乳のにおいがするわい！　引き返すがよい、さすれば母上に涙で体を洗ってもらえよう」

「おまえは真実、ソフラーブの栄光をなにひとつ耳にしていないのかもしれぬな？　耳にしておれば、ひとりきりでわたしの相手をしようなどという気はだれも起こすまいから」

「カーウース王は貴様の首をわが貢《みつ》ぎ物として受けとられるであろう」ハジールが応じた。「貴様の体は、この土の中に埋めてやる」

ジャックが追いついてきたが、マーティンは振りむいて、後ろにとどまっているよう身振りで伝えた。

マーティンは呼ばわった。「この場で降伏せよ。さすれば命は奪わずにおいてやる。かたくなに誇りに執着するのであれば、情け容赦はせぬ」

ハジールは槍を掲げた。「大法螺を吹いていられるうちに、トゥーラーンに戻れ。子どもが戦士から逃げたところで、恥にはならぬぞ」

マーティンは上体を乗りだして、馬に突撃を命じた。

手持ちカメラで撮られた映像のように、砂漠が激しく揺れるすじとなってまわりを飛び去っていくが、水平状態で静止したマーティンの体からの信号がすべてを奇妙でなめらかな急降下に変換し、マーティンは切り立った崖沿いに舞い降りる鷲の気分になった。ハジールも馬を突撃させて、マーティンと相見《あいまみ》えるべく疾駆している。両者が接近し、マーティンは槍を手探りした。グローヴが槍に触感をあたえていたが、マーティンには敵との接触時の位置関係がいまひとつ実感できなかった。ハジールに真正面から胸を一撃されたが、マーティンの武器はかすりもしなかった。

両者が離れているあいだに、マーティンは視線を下げた。鎧は窪《くぼ》んでいたが、ほかにダメージはなく、マーティンは鞍の上で少しも位置を変えてさえいなかった。ハジールはマーティンの目には勝ち目のない相手に映るが、童顔のソフラーブは巨人であり、尋常な打撃の力で動かせるような重さではないのだ。

マーティンは馬にぐるりとむきを変えさせた。遠くからジャックがこちらに来るのが目に入る。ハジールは円を描いて再度こちらにむかってきていた。槍は折れているが、剣を抜いている。もしそうしていいなら、マーティンは身を乗りだして、喉につかえたものを吐きだしていただろうが、ジャックのためにそれらしく陽気にしていなくてはならない。いまの自分は、棒切れを剣がわりに振りまわしている元気な少年だ。シャンプーボトルでミサイルごっこをしていたジャヴィードの、六年後の姿。カーウースの空飛ぶ野外宮が宙返りしたあとのジャヴィードの顔を、マーティンは思い浮かべた。いま必要なのは、あの表情だ。純粋で無邪気なぞくぞく感。

ハジールが驚くべき速さで接近していて、すでに両手で剣を構えている。マーティンはわざと負けようかと考えをめぐらせた。単に馬から弾き落とされて、怪我をすればいい。それを目撃させることもジャックのテストにはなるし、ほかのテストはあとの戦闘のときにできる。だがマーティンには、ゆっくりと勇気を奮いたたせている時間の余裕はない。マーティンは槍を掲げると、ありったけの注意力を目前の対決に集中させた。もはや両者の武器は互角ではなかったし、体格は最初からそうだったにもかかわらず、ハジールは一太刀浴びせられる距離まで近づくというあやまちをおかしていた。

槍がハジールを打ちすえ、馬から叩き落とした。マーティンが馬のむきを変えると、ペルシアの兵士は地面にあおむけになり、剣は遠く離れて砂埃にまみれていた。マーティンは槍を下ろして馬から下り、自分の剣を鞘《さや》から抜くと、敵にむかって大股に歩んだ。膝立ちになったハジールに、マーティンはプラスチックのおもちゃ相手に遊ぶ子どものように拳を振った。グローヴは鋼《はがね》の鎧に現実の重量感、現実に起きていることだという感覚を加味しようと全力を尽くしたが、それは能力外の作業だった。

ハジールは体をよじって拳をかわしたが、これが勝負の結末だった。ハジールは武器を失い、巨人に見おろされている。ハジールは頭を垂れた。

「わが輩は負かされた」ハジールはいった。「汝の慈悲を乞う」

マーティンはいった。「いったであろう、情け容赦はせぬと」重さのない剣をもういちど振るった。ハジールの頭を胴体から切り離したとき、グローヴが震えた。死んだ男の首から大量の血が噴きだし、マーティンの脚や足の上を流れた。マーティンは死体をじっと見おろして、呆然とし、吐き気を感じながら、ひとつの確信にすがりついていた。自分はジャヴィードがこれと似たなにかをしたときに、対応できるようにしておく必要がある。そしてジャヴィードの世話をするだれもが。

「おまえは無価値な糞の塊だ！」

マーティンは振りかえった。ジャックがこちらにむかって歩いてきて、馬は数メートル後ろにいる。「どうしようもない無価値な糞の塊だ！」ジャックは金属製の兜《かぶと》を頭からむしり取ると、地面に叩きつけた。顔は怒りと嫌悪感で歪んでいる。

「バ、バ、これはただのゲームだよ」マーティンは弁解するようにいった。

「おまえはぼくの息子なのか？」ジャックは怒り心頭に発した。「あの糞野郎のオマールがおまえをこんな風にしたのか？」

「バ、バ、ごめんなさい――」ジャックが歩み寄ってきて、ソフラーブの巨体になんの効果もなく拳を浴びせはじめても、マーティンはその場に踏みとどまっていた。

ジャックががっくりと膝をついた。「おまえに教えてきたことの結果がこれか？　あの男が命乞いまでしても、おまえは思いとどまることができなかったのか？」（本来の『シャーナーメ』では命乞いを受けて、ソフラーブはハジールを殺さない）地面を爪で引っかきながら、「なら、ぼくはなんだというんだ？　なんのためにここにいるんだ？」取り乱して、両手を拳にして自分の頭を殴りはじめる。

「パパ、だれも怪我したわけじゃないんだ、これはただのゲームなんだ」マーティンは繰りかえし訴えた。ふたりともが目撃したことについて、ジャックの激しい嫌悪感はマーティンにも共通していた。自分の行為が引き起こすはずの感情を、嫌というほどわかった上でこうしたのだ。けれどマーティンは、自分がジャヴィードのことを考えて自らの反応に歯止めをかけられるはずだ、と思っていた。自分の怒りを一歩引いた目で見て、これよりも幾分か穏やかな叱りかたができるはずだ、と。

ジャックがおぞましげにこちらを見あげ、とりとめもなく罵り、怒鳴りつけた。マーティンはジャックが途方に暮れていることを、その目の中に見てとった。ジャックは自分がいいすぎたことはわかっていたし、口をつぐみたがっていた。けれど、彼の中でそうすることができる部分は、そこには存在していなかった。もしかするとジャックはまだ、幻肢にも似たその痕跡を感じているのかもしれないが、それはこの現状にはなんの足掛かりも持たず、その進路を変える力もまったくなかった。

マーティンはいった。「ぼくはジャヴィードじゃない。これはただのテストだ」

ジャックは血も凍るような声ですすり泣いた。全身が安堵でわなないている。それでもなお、自制を取り戻せずにいた。ジャックはオマールを罵りつづけた。ジャヴィードを罵りつづけた。自分自身を罵りつづけた。

「すまない」マーティンはいった。「ぼくがなにもかも目茶苦茶にしてしまった。ほんとうにすまない」

ジャックはうつむいて、もどかしげに首を横に振った。事後分析など要らない、ここで終わりにしてほしいだけだ、と。

マーティンは手を伸ばして、彼を消し去った。

28

「カーブルである家族に出会った」マーティンはいった。「アリとザハラの夫婦。子どもが四人いた。女の子が三人と、男の子の赤ん坊がひとり」

ナシムとマーティンはMRI室にすわっていた。ペイマンは場を外している。ナシムはいった。「続けて」

「出身はバーミヤン州の小さな村。イランに密入国して三年間暮らしていたが、一斉摘発で逮捕されて、国境を越えて送りかえされた。地元の村は安全ではなかったので、カーブルに流れついたんだ。

ぼくは路上でアリに出会った。冬のことだ。彼は、大半がゴミ捨て場で拾った家具をバラバラにした薪《まき》を売っていた。アリはぼくを家に招いて、家族と会わせた。ぼくは彼と奥さんにインタビュウした。そのときはカメラマンがいっしょじゃなかったので、翌日、時間を作ってまた訪ねていった。

ぼくが行ったときには……バーミヤンでアリが逃げだしてきたグループの人間たちが、彼を見つけだしていた、数時間前に。そいつらはアリの首を斬り落とした、家族の目の前で。

奥さんと、子どもたちの目の前で」マーティンは片手で両目を覆った。「ぼくはそのときにはそこにいなかった、でもそれでザハラと子どもたちがどうなったかは見た」

ナシムはしばらく黙ったまま、袋小路を抜けだす方法を探っていた。「ふたつの方法を試してみられると思う」やがてナシムは口をひらいた。「あなたに見せた画像を調べなおして、その記憶を呼びおこすものをすべて見つけだし、その画像に対するあなたの反応を削除したプロキシを再構築できるかもしれない。あるいは、なんらかのフィルターを追加して、〈ゼンデギ〉で起こる似たようなことすべてからプロキシが保護されるようにするか」

マーティンは疑うような目でナシムを見あげた。「彼の記憶をフィルタリングしても、体験を検閲しても、これを修正することにはならないよ。プロキシは過去の出来事を記憶していて、それについてジャヴィードと冷静に話ができなくてはならないんだ。もし単に、その記憶を彼の頭から摘みとるか、それを思いださせるあらゆるものから目隠しするかしたとして、次に彼をキレさせるものが出てきたときにはどうする？　問題は彼の記憶にあるんじゃない。問題は、彼にはそれに対処する能力がないという事実にある」

ナシムは弁解するような口調になっていた。「限界があることは、ちゃんと話しておいたはずよ」ナシムはまちがいなく、通常、衝動制御と関連する脳の領域すべてをプロキシに含めていたが、プロキシはなにからなにまでオリジナルと同じものの見方をすることはできない作りになっているので、オリジナルと同じにはふるまわない状況がいつでも起こりうる。

「きみを責めているんじゃないよ」事実マーティンの返事には、怨《うら》みはこもっていなかった。

「きみは余すところなく説明してくれた。ぼくが耳を貸さなかっただけだ」

ナシムはすわったまま姿勢を変えた。「それで、これからどうするの？」

「ジャヴィードはオマールと暮らすことになる」マーティンはいった。「それは選択の余地がない」

「オマールに話して聞かせられる？」

「そうしなくちゃいけない」マーティンは笑い声をあげて、目を拭った。「だけど、これから十年ものあいだ、自分の子どもを育ててくれるといっている人に、きみに口をつぐんでいてほしい話題のリストがある、なんて話ができるか？ ぼくたちの友情を損なわずに、どうやってそんなことができる――しかも、オマールにジャヴィードへの反感を起こさせずに？ まあ、オマールに渡すメモに忍びこませておくことはできるかもしれない、ジャヴィードのアレルギーのリストのすぐあとくらいに」

ナシムはいった。「十五年間、友だちだったんでしょう。なんでも話せる仲なんじゃないの？」

マーティンは困惑した顔でナシムを見た。「きみにはそんな人がいるのか？ いっさいの境界線なしに話せる人が？」

「それは、いっさいなしにってわけじゃないけど」ナシムは認めた。

「オマールとはそこまで親しくはならなかった」マーティンがいった。「ぼくがテヘランに来てからずっと、オマールは面倒もいとわずぼくを助けてきてくれたけれど、それでもぼくたちはいまもまだ……招待客と主人役という感じなんだ。大したことのない話ならからかいあえるが、批判しあうことはない——そんなことをするのは鈍感でぶしつけだ。長年たがいに気配りしてきたあとで、平手打ちを喰らった気分にさせずにそのルールを変える方法は、ぼくにはわからない」

ナシムも、どんな助言をすればいいのかわからなかった。「方法は見つかるわ」ナシムはいった。

マーティンは両手を広げた。かもな。「サイドロードに懸命に取りくんでくれたことに、感謝するよ」マーティンはいった。「研究からなにか有益なことがわかったならいいんだが」そして立ちあがる。

「家まで送るわ」ナシムはいった。

マーティンは頭を振って、「タクシーを使うよ。ほかにも仕事があるんだろう」

「い、いや、ターロフはやめておきましょう。午前中の予定は空《あ》けてあるから。家まで送らせて」

ふたりは車中でほとんど無言だった。ナシムは無力感を覚えていた。心の中には、このプロキシのプロジェクトを救う道を、いまも探し求めている部分がある。問題点にパッチを当てて、なにもかもがうまくいくようにする道を。だが、それが無意味なのはわかっていた。ナシムがなにを提案しても、マーティンの決心が変わることはない。

家に着くと、ナシムはマーティンがドアまで歩くのに付き添った。「手術のあと、もしふつうの城塞《ガールエハ》が使えなくなっても、スキャナーが使えるように手配はできるから」

マーティンがいう。「ありがとう、でも移植が成功したら、体調はずっとよくなるはずだ。じつをいうと、ジャヴィードとあちこち旅行することを考えている。〈ゼンデギ・ベフタル《よりよい人生》〉は、もうじゅうぶんすぎるほど体験させてもらった」

「どういたしまして」ふたりは握手した。「幸運を」とナシムはいった。

街へ戻る途中で、ナシムのノートパッドがブザーを鳴らした。ファラキからの通話だ。運転しながらできる話ではないので、車を停めてこちらから電話できる脇道を見つけた。

「いいニュースと悪いニュースがあります」ファラキはいった。

「どっちから聞くかとかいわないで」

「ではまず縮約版から」とファラキ。「〈ＦＬＯＰＳハウス〉でなにがあったかは、ほぼわかりました。ただし、何者の仕業かはわかりませんし、すぐにわかる見こみもありません」

そこまでは理解した。「続けて。どういう手段だったの？」

「プロセッサ・チップのハッキングでした。〈ＦＬＯＰＳハウス〉が、サーバーのひとつで悪事を働いていたプロセッサを発見しました。そいつが、御社で起きたあらゆることを可能にしていたんです。ですが、どうもチップは攻撃を舵取りした者の痕跡を隠蔽したらしく、その正体について信頼性のある証拠を入手することは期待できません」

ナシムは往来をじっと見つめた。「サーバー室に入れた人はわかるんじゃないの？」

「プロセッサは、サーバー設置後にだれかがいじりまわしてそこに置いたのではないと思われます」とファラキは答えた。「機械が作られた時点から、そこにあったようなのです」

「じゃあ、犯人たちはハックされたチップを供給ラインに乗せたということ？」これまでそんなことがなされた話を聞いたのは、巨大な犯罪シンジケートによるものだけだ。

「そのようです」ファラキがいった。

「〈FLOPSハウス〉は自分のところのハードウェアを全部きれいにしおえたの？」

「まだです。いまそのまっ最中ですが、ひと月かそれ以上かかるでしょう。侵入の際にわれわれの取ったデータのおかげで、先方は最初のテストの範囲を絞ることができましたが、包括的な調査には近道がありません」

（ひと月かそれ以上もかかるの？）だが、じっさいはそれではすまない。もし〈シス《C》・ヒューマニスト《H》同盟《L》〉が特製チップをメーカーの在庫に混ぜたとしたら、汚染されたのはひとつのプロバイダーだけだと考える理由はどこにもない。たとえ〈ゼンデギ〉が〈FLOPSハウス〉との取引を中止しても、ロロの指定した期限を無視してこれまでどおりに事業を続けようとしたら、新たな攻撃を受けないという保証はまったくなかった。

「明るい側面もあります」ファラキがいった。「プロバイダーとハードウェア・モニタリングの交渉をはじめたいと思ったら、これを利用することができます」

「たぶんそうね」ナシムは暗い気持ちで認めた。「それでも、五年はかかるでしょうけど」

「でしょうね」ファラキも同意した。

「そして、それまでのあいだは？」

「それまでのあいだについて申しあげられるのは、その連中に望みどおりのものをくれてやるのが、もっともリスクの少ないアプローチだろうということですね」

その助言が意味をなすものであるのはわかっていたが、それでも承服しがたかった。

「〈CHL〉の創立者たちについて、わかったことはないの？」

「ネット上の初期の議論では、五人の人物が中心的な役割を果たしていました」ファラキが答える。「その何人かは、いまも同じ問題についてアクティヴです。オランダの警察に名前を知らせたので、関連各国の当局に連絡が行くでしょう。しかしその五人のいずれについても、犯罪行為の形跡はまったくありません。五人が一斉検挙されて尋問を受けることは期待しないでください。いくつかの司法管轄区で監視対象者リストに名前が加わるかもしれない、というのがせいぜいです」

「わかりました」

電話を切ったナシムは、脇を通りすぎる車の流れを眺めながら、ボスと電話で話す心構えをしようとした。〈ゼンデギ〉は倒産せずにすむだろう。〈ヴァーチャル・アジミ〉があれば、赤字は出ない。条件つき降伏は痛いが、ナシムも生活は維持していけるだろう。

両手でノートパッドをもてあそんでいると、指の震えを感じた。自分を制御しようと必死になっていたときのプロキシの表情が、まだ思い浮かぶ。自分が必要としている力を求めて手を伸ばした心の一部分が、最初から存在しないとわかったときの恐怖。

ナシムはボスと一時間半話しあい、〈ゼンデギ〉が敗北を受けいれる道すじを詳細に決めた。ナシムはすでにババドールとアリフを不測事態の対応に取りくませて、〈ファリバ〉モジュールやより高レベルのほかのサイドロードを使ったゲームの移行を容易にする手段を探っていた。いくつかのゲームについては、プロキシが要求するのにじゅうぶん近い言語的・社会的技能が従来のソフトウェアで実現可能で、〈ゼンデギ〉は既製のモジュールを認可・改造して、サイドロード・ヴァージョンの代用とすることになるだろう。それが不可能なケースでは対処法はなさそうで、デベロッパーに違約金を支払うほかあるまい。

　費用がかかり、意気消沈させられる大騒動だ。自分が冷淡に扱われるのは当然といえば当然で、ナシムはそれを過剰に解釈すまいとしていたが、不意に、後始末を監督したあとの自分がうってつけのスケープゴートになることに気づいた。すぐ思いつくところでは、ヒト《H》・コネクトーム《C》・プロジェクト《P》のデータを活用するためのナシムの専門技術は、いまは完全に自動化されたので、ナシムがいなくても〈ゼンデギ〉と〈イコノメトリクス〉は新しいサイドロードを難なく生みだせる。〈ヴァーチャル・アジミ〉にはだれもが感謝しているが、それ以降にナシムがしたことは、すべてがマイナスの結果に終わっていた。

　自分の部屋にむかって歩きながら、ナシムはノートパッドに点った小さなオレンジ色の三角にふたたびちらりと目をやった。情報マイニングソフトからの合図だ。三角はナシムが重要度の低い末梢事項に分類している話題ということなので、打ち合わせのあいだは無視していた。このニュース速報は、〈ＦＬＯＰＳハウス〉で逮捕者が出たとか、シャヒディが新たな布告を発したとかではないはずだ。けれど色コードは、ほかの重要性の基準だとそのニュースはランキングのトップに来ることを示していた。そのニュースに対するナシム自身の評価を凌駕《りょうが》するほどに、世間一般はそれを重要視していることになる。そんな奇異な組み合わせが生じるのは、たとえば、ナシムが軽い興味を持って曲を聴きつづけてきた歌手が、たったいま連続殺人犯だと暴かれた、というような場合だ。

ナシムは自分の席にすわって、モニターにその報道を流した。前夜、合衆国でテロ攻撃らしきものがあった。肥料爆弾を満載したトラック三台が、ヒューストンのシンクタンクを破壊したのだ。幸い、建物は無人だったため死者はなかった。黒焦げのコンクリートから立ちのぼる煙の空撮映像を見ながら、なぜこのニュースが自分の個人的なレーダーに引っかかったのか、ナシムはまだわからずにいた。

そのとき、地上のレポーターが、爆破地点近くの軽食堂前で目撃者にインタビュウしているのを見て、ナシムの腕に鳥肌が立った。五年前、ナシムもあの軽食堂に入ったことがある。〈ゼンデギ〉のためのAIテクノロジー探しの一環として、ヒューストンを訪れた際に。レポーターが〝シンクタンク〟と呼びつづけているのは、〈超知性プロジェクト〉のことだった。

29

移植手術の前夜、マーティンは眠れなかった。重りが胸を押しつぶしていて、目を閉じるといっそう重くなるだけだった。

客間のむこう側で眠っているジャヴィードの姿に目をやる。ベッド脇のテーブルでやさしく光を放つ電子フォトフレームは、いまもオーストラリア旅行の写真を表示している。ジャヴィードは両親の異国での過去の画像がお気に入りになっていた。

オマールの家でジャヴィードと暮らしていると、未来を味わっている気分になる。死後の人生のプレビュー。ふたりが前回ここに泊まったのは事故の直後だが、今回はそのときとは違う。ジャヴィードはいまではここに住んでいるも同然だ。だれもがジャヴィードを家族の一員として受けいれ、ジャヴィードも取りたてて意識することなく、気づまりや気後れもなしにそこにおさまっていた。むしろマーティンは、ジャヴィードが自分はここにいて当然だと思うようになりはしないかと心配だったが、だれも気にしていないようだし、これから十年、養家に絶えず負い目を感じて、壁に汚れた指の跡をつけるたびに悪いことをしてしまったと思うよりは、ずっといい。ラナはジャヴィードの母親のふりをするつもりはまったくなく、甥《おい》のひとりそのものとしての接しかただった。ファルシードを育てるのと孫の誕生の幕あいにラナがもっと楽をしたいだろうことはまちがいない、とマーティンは思ったが、彼女はマフヌーシュへの約束をとても重大に考えるはずで、迷惑がられているとか愛されていないとかジャヴィードに感じさせることはありえなかった。

六日間、マーティンはオマールに話をする機会を待ったが、つねにほかのだれかがそばにいた。なお悪いことに、どう話したらいいかがいまだにわからない。マーティンは不安のあまり手のつけられないパニックに陥って、オマールがジャヴィードをイラン版クー・クラックス・クランともいうべき、残忍なアーリア人至上主義者のカルト集団に引き入れようとたくらむかもしれない、と思うこともあった。すべてのことが取るに足らないものに縮んで、単なる神経症的な執着、言葉の好き嫌いに関する滑稽な悩みにすぎないと思うこともあった。

闇の中で横になり、ジャヴィードのベッドの脇で一連の写真が繰りかえし表示されるのを眺めながら、自分が感じている不安のどれだけが息子の未来に対するもので、どれだけが自分自身の死に対するものなのかさえ、マーティンはよくわからずにいた。マーティンが自分の両親が安らかに息を引きとるのに立ち会っても、世界は終わりを迎えなかった。何十人もの赤の他人が暴力的な死を遂げるのを目撃しても、世界は終わりを迎えなかった。死者のためにできる唯一のことは、あとに残された人々を守り、気にかけることだ。だが、もしほんとうにマーティンがジャヴィードのことだけを考えていたなら、こんなにも長いあいだ、プロキシが必然的に意味する受けいれがたい交換条件に気づかずにいたりしただろうか？　マーティンが望んでいたのは、単にジャヴィードが〈ゼンデギ〉を旅するとき、信頼できる道連れが後ろを守り、適切な助言をあたえることではなかった。自分がその道連れになりたかったのだ。たとえジャヴィードと別れるたびに自分の意識が雲散霧消してしまうとしても、それも生き残りのひとつのかたちだ。

だれかが家の中を歩く音がした。咳払いして痰を切っているのはオマールだ。マーティンはベッドを出て、ドアをあけた。バスルームから居間に明かりが漏れている。マーティンは闇の中をキッチンへ歩いて、コップに水を注ぐと立ったまま飲んだ。

トイレを流す音に続いてオマールがバスルームから出てきて、光のすじが隣りあう部屋を貫いた。マーティンは振りむかなかったが、光は消えず、オマールの足音が近づいてきた。

「マーティン・ジャン、具合が悪いのか?」オマールがささやき声でいった。

「いや、だいじょうぶ」

「必要なことがあればいってくれ」

マーティンは頭を横に振った。「単に眠れないだけだよ」

オマールがためらっているのは、遠慮するなと客に対してもうひと押しすべきかどうか迷っているのだろう。やがて、「ちょっと待っていてくれ」

オマールはバスルームに引き返して明かりを消すと、居間の小さな電気スタンドを点けた。

そしてマーティンのところへ戻ってくると、「こっちに来てすわってくれ。ふたりで少し話をしよう」

オマールはマーティンをモーセンの肘掛け椅子にすわらせて、自分は横のカウチに腰をおろした。オマールはサッカーのイラン・ナショナルチームのジャージを着て、下はスウェットスーツのズボンを穿《は》いている。後ろの壁には、イスラム教シーア派の初代イマーム《指導者》・アリーを描いた絵が掛かっていた。イマームの緑色のターバンを取り巻く雲間から黄色い光が射し、花の鎖と装飾的なカリグラフィーが額縁最下部の前景を埋めている。

「手術が不安なのか？」オマールが尋ねた。

「ほんの少し」

オマールは舌打ちの音を立てて、「みんながあなたのために祈っている。うまくいくさ」

「外科医は優秀なんだが、患者がいまひとつでね」

オマールは手を伸ばして、マーティンの前腕をぎゅっと握った。「しっかりしろ、そんなことをいうんじゃない」

マーティンはいった。「ちょっと訊いていいか？」

「ああ」

「嫌な記憶を思いださせたくはないんだが……」

オマールは眉をひそめたが、怪訝そうで、その話はやめろとはいわなかった。「遠慮するな、なにを話してもいいぞ」

「きみがエヴィン刑務所に入れられたとき」マーティンはしゃべりはじめたが、自分が一線を踏みこえた兆候がないかを探るために言葉を切ってから、「なぜ連中にぼくのことをしゃべらなかったんだ?」

オマールは困惑したようすで、片目を手の付け根でこすった。「だれになにをしゃべるって?」

「尋問されたときだ」マーティンは話を進めた。「なぜ情報省《VEVAK》にぼくの名前をいわなかった? ぼくがそんなにひどい目には遭うはずはなかったのに。国外退去させられて終わりだ。連中になにか材料をくれてやれば、きみが少しは楽をできたんじゃないか」

オマールはちょっとのあいだ、マーティンをぽかんと見つめていた。それから、家じゅうで就寝中の人たちに配慮して、小声で笑った。「病院のことをいっているのか? 病院からあのホモを連れだせたのは、頭のおかしいどこかの外国人ジャーナリストが自分の服を貸してくれたからにほかならない、とやつらに白状しなかったのはなぜか、だって?」オマールはうつむいて、くっくと笑いながらかぶりを振った。「やつらがそんな話を信じたと思うか? おれが嘘をついているとしか思わず、もっとこっぴどく殴っただろうさ」片手で口を押さえてカウチにもたれかかり、自制を取り戻そうとする。「あなたが逮捕されなくて、ほんとうによかった。あなたがやつらに、婦人服を着てクローゼットに立っていましたなんていう真実を話していたら、痣《あざ》だらけになるまで殴られていただろうから」

マーティンは、いっしょになってジョークを楽しんでいるかのようににやりとしてみせた。だがじっさいは、安堵と気恥ずかしさが入り混じった思いだった。マーティンを守るためにオマールが不必要に苦しむことがなかったのはうれしいが、こんなに長い年月、じっさいとは違うことを信じていた自分が馬鹿みたいでもあった。

オマールはマーティンが心乱れているのを感じたらしい。真面目な顔になって、「あなたを笑いものにしているんじゃないんだ、マーティン。あなたは立派なことをした。だが、エヴィンでおれの身に起きたことについては、いっさい自分を責めないでくれ」

マーティンはいった。「わかった」

「それでも、写真を撮っておけばよかったとは思うがな」とオマール。「あのときあなたに服を届けさせた友人に、まず写真を撮れといっておくべきだった」

ふたりは一時間近くも話をした。マーティンはとりとめのない話の流れが適切な場所にたどり着くのをずっと待っていたが、オマールのまぶたが垂れさがりはじめた。マーティンは自分の中で、いまならわだかまりなく話せるという思いが大きくなるのを感じた。もしこの機会を逃したら、次は絶対にない。

マーティンはいった。「ジャヴィードは学校で新しい友だちができた、アフガニスタン人の男の子だ。ジャヴィードがその子をこの家に連れてきても、気にならないか？」

「もちろんならないさ」

「ほんとうに？」と重ねて訊く。「こういうことをいうのは単に、きみがこれまでいろいろなことをアフガニスタン人についていうのを耳にしてきた――」

オマールの声が固くなった。「おれが問題にしているのは、犯罪者のことだ。ジャヴィードの友だちならだれでも、うちでは歓迎する」

マーティンはいった。「じゃあ、どのアフガニスタン人が犯罪者か、どうやってわかるんだ？」

オマールは軽いいらだちの表情でマーティンを見た。「ものを盗んだり、人を殺したりするやつが、犯罪者だ」

「じゃあ、泥棒や殺人者が問題なのであって、アフガニスタン人ではないんだな？」

「あいつらは野生の人間だ」オマールは強くいった。「そしてここはあいつらの国じゃない。で、おれにどうしろと？」

マーティンはいった。「イランはぼくの国か？」

オマールはたじろいだ。「あなたは名誉あるお客様だ！　おれたちのもてなしにつけこんだりしなかった」

「それはジャヴィードの友だちも、その子の家族も同じだ」

「そしてなんどもいったとおり、ジャヴィードの友だちはうちでは大歓迎だし、何度連れてきてもらってもいい」オマールは傷ついた目でマーティンをにらんだ。

マーティンはいった。「すまない。不愉快な思いをさせるつもりじゃなかったんだ」

オマールは表情をやわらげた。「気にするな。ふたりとも疲れているし、とくにあなたは明日のことが気になっている。少し眠ったほうがいい」

「ああ」

客間に戻ったマーティンは、横になって自分を罵りながら、いまの会話を頭の中で反芻して、もっとうまい話の持っていきかたがなかったか、考えようとした。だが、これで機会は失われたのだ。もはや、いえることはなにもない。もしオマールの前でもういちどこの話題を持ちだしたら、その時点で腹立たしい気持ちにさせてしまうだろう。

ジャヴィードは学校を一日休むことを許された。マーティンは五時にジャヴィードを起こした。出かけるまでにはまだ一時間ある。

「どうして朝食を作っているの？」ジャヴィードが眠たげに尋ねた。

「パンケーキは嫌いだったか？」マーティンはひとり占めするようにレンジを両腕で囲った。「おまえがいらないなら、父さんが全部食べよう」

「ダメ！」

オマールが起きてきた。オマールが料理をかすめ取ったり、香辛料でいたずらしたりして気を散らすので、ジャヴィードはマーティンがじっさいにはなにも口にしていないことに気づかなかった。

ほかの家族は六時になる直前に起きてきた。マーティンはいまだに、モーセンとナヒードがいるところでは一家の邪魔をしているような気分になるが、老夫婦はともに、しわがれ声で励ましの言葉をかけてくれた。ラナはマーティンと握手を交わし、ファルシードとは軽く抱きしめあったが、皆、ジャヴィードの前で大げさな真似はしないよう、気をつかっていた。

オマールが病院まで車で連れていってくれた。マーティンは後ろの席にジャヴィードと並んですわった。「ぼくがこのちっちゃな目で見張っている、Lの字ではじまるものはなんでしょう？」ジャヴィードがいった。

「英語で、それともペルシア語で？」マーティンは問い返した。

ジャヴィードはため息をついて、「Lっていったでしょ、ラームじゃなくて」

「電柱《lamppost》？」

「違います」

「街灯《light pole》？」

「違います」

マーティンは車の流れに目をやった。「降参だ」

「答えは肝臓《liver》でしたぁ」ジャヴィードは自分の冴えた発想にげらげら笑った。

「それはいんちきだろう」マーティンはいった。「そんなもの、どこにも見えないじゃないか」

ジャヴィードは両手を顔に当てて、双眼鏡の形を作った。「病院で瓶の中に入っているのがここから見えまぁす。ぼくの目は父さんのよりいいんだ」

入院手続きに半時間かかった。ジャヴィードは受付の椅子で居眠りをしていた。病室でマーティンが紙製の手術着に着替えているあいだ、オマールとジャヴィードは部屋の外で待っていた。マーティンは前夜シャワーを浴びたときに脱毛ジェルを使っていて、首から下の体には一本の毛もなくなっていた。

だれかがノックをした。マーティンはシーツに潜りこんだ。

「どうぞ」

オマールがひとりで入ってきた。マーティンは訊いた。「ジャヴィードはどうした？」

「看護師がしばらく面倒を見てくれている」

「そうか」マーティンは次の言葉を待った。

オマールがベッドに近寄ってきた。神経質になっているようだ。「全部をきちんと話す時間はなさそうだ。だからこれだけはいっておきたい……ジャヴィードがあなたの息子なのはわかっている。あなたがあの子に、おれではなくて、あなたと同じ考えかたをするようになってほしいと思っているのもわかっている。おれはそれを忘れたりはしないよ、マーティン・ジャン《さん》。おれがあの子と話すときには、いつもあなたはおれの肩越しに覗きこんでいるから」

マーティンはオマールの顔を探ったが、憤りのかけらひとつなかった。「それできみがいらだつことはないのか？」

「たぶんほんの少しは」オマールは認めた。「だがそれはどうしようもない。あなたとのあいだには、なにも問題がないようにしておきたかったんだ」

「なくなったよ」マーティンはいった。

オマールは腕を下に伸ばして、マーティンの腕を握りしめた。「さて、今度はあの子と話をしてやってくれ」

た。オマールはジャヴィードを連れてきてベッドの脇にすわらせると、自分は病室を出ていった。

ジャヴィードはあくびをした。「今度はちゃんとよくなってね、ババ《パパ》」ジャヴィードはいった。

「わかった、一生懸命がんばる」マーティンは約束した。

「そしたらいっしょに気球に乗れる？」

「もちろん」マーティンはためらってから、「でも、ちょっとお願いしてもいいかな？」

ジャヴィードがうなずく。

「父さんはできるかぎり一生懸命がんばるつもりだ、でも、もしよくなることができなかったときは、父さんに怒っちゃいけない。父さんはほんとうにがんばったんだと信じるんだ」

ジャヴィードは混乱し、しゅんとなってうつむいた。

「ペサラム《息子よ》？　信じてくれるか？」マーティンは上半身を起こして、片手をジャヴィードの体にまわした。「いいかい。父さんはおまえを、ほかのなによりも愛している。おまえといっしょにいることができれば、ほかはなにもいらない。でも、もし父さんがそうできなくても、怒らないでくれ」

ジャヴィードが体を震わせたので泣きだすかと思ったが、マーティンの耳に口を近づけると、ささやいた。「父さんがいっしょにいられなくても、シームルグが面倒を見てくれる」

それは責めているのではなかった。マーティンの気分を楽にしようとしているのだった。

「そうだな」ジャヴィードが自分の頭の中に作りあげている世界のほんとうにごくごく一部しか知らなかったことを、マーティンは理解した。〈ゼンデギ〉があたえてくれていたのは、大雑把な模造品でしかない。だが、オマールのまわりをうるさく飛びまわる虫の姿になってでも、どんなものかはわからないがジャヴィードの秘密の神話の中に出てくる姿になってでも、マーティンが完全に忘れ去られることはないだろう。

マーティンがジャヴィードを抱きしめたままでいると、やがて麻酔医が小さなスチールワゴンを転がして病室に入ってきた。

マーティンはいった。「ここにいて、父さんが眠るところを見ていたいか、アジザム《ぼうや》？」

それはマフヌーシュがジャヴィードに使う呼びかただったが、ジャヴィードは文句をいわなかった。マフヌーシュが自分ではしゃべれないので、マーティンには彼女の代理として話す権利がある。

ジャヴィードはいった。「ここにいるよ」

麻酔医が管を刺した。「このお姉さんは、父さんが手術を受けられるように眠くするだけなんだ」マーティンは説明した。「全然痛くない」

ジャヴィードは真面目くさってうなずき、点滴バッグとモニターをじっと見つめ、進行中の作業手順のほうに時おり一瞬気を逸らした。

麻酔医がいった。「百から逆に数えてください」

マーティンはジャヴィードに視線を据えたまま、微笑んだ。いまだいじなのは、この瞬間からつらさをすべて拭い去って、自分の息子がこの先の一生、なんの重荷にもならずに持ち運んでいけるなにかを残していくこと、ただそれだけだ。

マーティンはいった。「全部ザヴォレスタンから来た象が百頭」

30

ナシムは拡張ゴーグルをつけて、役員会議室の椅子にすわった。キャプランからは会談の目的の説明はなかったが、ヒューストンの爆破事件のことで話しあいたいのだろうとナシムは予想していた。

ナシムもここ数日間、あの事件について頭の中で考えまわしていた。攻撃に動揺せずにいるのは不可能だ。いまや会社のビルに入るとき、自分や同僚たちが煙をあげる瓦礫の下敷きになっているところを思い浮かべずにはいられなかった。現時点までの〈ゼンデギ〉のもっとも強力な敵が、暴力行為に走る傾向をまったく見せていないことは、ほとんどなぐさめにならない。なにを重要課題としているかわからないまったく新たなプレイヤーがあらわれた可能性は、事態をさらに悪化させるだけだ。要求さえ飲めば〈ゼンデギ〉にはもう手を出さない、という約束をロロは守っていたし、仮に彼が電子的な破壊活動《サボタージュ》を終えて純粋に政治的なキャンペーンに乗りだすという希望を表明していたのが偽りだったとしても、もし〈シス《C》・ヒューマニスト《H》同盟《L》〉がなにかを爆破するとしたら、それは次の産業革命の動力源となるサイドロード奴隷たちが作りだされている場所、チューリッヒの〈イコノメトリクス〉でなければおかしい。〈超知性プロジェクト〉には、虐《しいた》げられていようが、ほかのなんだろうが、AIは存在しないし、あそこでいずれそれが生まれる見通しは、ないに等しかった。

キャプランがテーブルのむこう側にあらわれた。ふたりは短く挨拶を交わしたが、ナシムがヒューストンの話を持ちだす暇もないうちに、キャプランがいった。「ぼくとはしばらく連絡が取れなくなることを、きみには知らせておきたくてね」

「休暇を取るの？」

「ちょっと違う」キャプランはいった。「凍るんだ」

ナシムがその意味を解読するのに数秒かかったが、発言者を考えれば、それが意味することはひとつしかありえなかった。

「冷凍睡眠に入るの？」

「そうだ。短期間だけどね。たぶん二十年か三十年。だから、ぼくたちのどちらかが相当に不運でないかぎり、今日のこれは、ではまた《オ・ルヴォワール》で、お別れ《グッドバイ》にはならない」

ナシムはいきなり裏切られた気分になった。いちばんの盟友では到底ないとはいえ、自分たちが作りだしてきた混乱は、いっしょに作りだしてきたものなのだ。それをこの男は、あらゆるものを見捨てて、これからやってくる激しい攻撃を防弾の地下室で寝てやりすごそうとしている。

「この卑怯者」ナシムはいった。

キャプランは一瞬唖然としたようだが、すぐに面白がっている顔で、「ぼくはいまもまだ

〈ゼンデギ〉の役員なんだよ。きみの無検閲で勢いまかせの判断をぼくに聞かせる前に、それを考慮しておきたいんじゃないかな」

ナシムは引き下がる気分ではなかった。「爆弾が爆発しはじめるまで、あなたは栄誉も利益も喜々として分け前にあずかっていた。これが卑怯でないなら、なんだというの？」

キャプランはいった。「ぼくが冷凍睡眠をするのは、ヒューストンのことが理由じゃない。まずなによりも、ぼくはあの事件が自分の身の安全に対する脅威には、これっぽっちもならないと思っている。それはきみの身の安全についても同様だ」

ナシムは完全にわけがわからなくなっていた。「それなら、どうして？」

「医学的な結論なんだ。ぼくに選択肢はない」

キャプランが手で合図すると、会談用のアイコンが別のものにいきなり変わった《ジャンプカットし》。最初ナシムは、キャプランがなにかのゲームに出てくるクリーチャーの姿を取っているのかと思ったが、そのあと、禿頭《とくとう》と、皺くちゃの肌と、小妖精のような容貌がナシムにむしろ思いださせたのは、以前ドキュメンタリー番組で見た、早老症の子どもたちだった。あまりにも早すぎる老化を引き起こす遺伝子疾患だ。

キャプランがいった。「同じ薬物に対して、人間と二十日鼠のテロメラーゼがこうも違う反応をすることがありうるなんて、だれが思う？」キャプランの声は軋《きし》みを帯びていて、単語ひとつごとに声帯の細胞の半分が剥がれ落ちているかのように響いた。

「生化学者とか？」ナシムはいった。キャプランなら、危険の最初の兆候を見て隠れ家目ざして逃げだした、というナシムからの非難をかわすために、自分がかつて熱中していた長命処置に生命の危機レベルの副作用があったという話をでっちあげかねない。

「SIRT2モジュレーターとの予想外の相互作用があったらしい」キャプランがため息をつくようにいう。「問題は同位体ローディングにあったとにらんでいる、そうでなければ標準核種ダイエットに戻ったとたん、勢いが弱まるはずだから」

「あなた、ほんとうに病気なの？」この男を信じたくはなかったが、ほんとうに死にかけているのかもしれない人を、心なく嘲笑することになってしまうのも嫌だった。

「ほんとうか、あるいは、ぼくが寝ているあいだに特殊効果技術者たちがラテックスを持って襲ってきたかだ」

「ごめんなさい」ナシムはいった。「そんなこととは知らなかった」

キャプランはもとのアイコンに戻ったが、弾けるように健康なその映像は、いまでは下手くそな美容整形か、うまく合っていないカツラのような雰囲気を帯びていた。「きみが知ることはないはずだった。この話は広めていないから」

「いつから――？」

「二年前」キャプランはいった。「制御できていると思っていたんだが、ここ数ヵ月、急速に悪化した。治療にはなんらかの未来の医学が必要になる」

ナシムはどう言葉を返したらいいのかわからなかった。キャプランは相続人たちが自分を解凍して修繕する方法を見つけるものと、本気で期待している。

「話は変わるが」とキャプランがいった。「きみのご友人のことは心からお悔やみ申しあげる」

「ありがとう」ナシムが前日、サイドローディング・プロジェクトの最終報告書をキャプラン宛てにメールしたのは、マーティンの死を知らされた直後だった。

「すべてが無駄だったわけじゃない」キャプランが続ける。「ぼくはじっさい、自分が凍っているあいだの仕事を処理するための専用プロキシをサイドローディングすることを考えていたんだ。でもいままでは、人間の遺言執行者と現存の法律文書を信頼することで、ずっと安全な手の中に自分を委ねられたのは明らかだと思っている」

「なるほど」ナシムは怒りを飲みこんだ。ナシムはいちどとして、キャプランが実験に資金を出しているのは、マーティンの境遇への同情からだと思ったことはない。実用的な理由をつけてそれを売りこんだ以上、キャプランが出資に見あうものを得たと聞かされて反発を感じる権利は、ナシムにはなかった。

「さて、ヒューストンの事件について、なにかお考えは？」ナシムはいった。「〈ＣＨＬ〉が〈ゼンデギ〉相手には穏健にふるまえたのは、わたしたちが強請《ゆす》りやすかったからで、でも今回は、クラウド・コンピューティングもなければ、迷惑をかけられる利用者もいなかった——対象にできるのは施設そのものしかなかった、ということ？」

キャプランがいった。「ぼくには〈ＣＨＬ〉だとは思えない。キリスト教原理主義者じゃないかと思う」

「キリスト教徒？」

「〈超知性プロジェクト〉は自分たちの目標を、あからさまに宗教的な言語で語っていた」とキャプランは指摘した。「『神はまもなく誕生する。われわれは〝彼〟をまさにここで作っている』、と。そうした言葉の意味についての確固たる考えを持つ人々の領域に侵入したらどうなるか、考えなかったのかな？」

「でも、〈超知性プロジェクト〉の連中は、何年もそういういいかたをしてきた」ナシムは反論した。「どうしていまになって、連中のいうことを本気にする人が出てくるの？」

「ヒト《H》・コネクトーム《C》・プロジェクト《P》」キャプランが答える。「〈ヴァーチャル・アジミ〉。そういった成果のおこぼれで、素人目には〈超知性プロジェクト〉にもいくらかの信頼性があると映るようになったんだろうな。連中の便乗プレスリリースを見ればわかるよ、五年以内に神を立ちあげて走らせられるだろうとかいっているやつ。前には連中のことを中身のなんにもない冒瀆的な大法螺吹きだと考えていた人々には、事態が切迫してきたように思えはじめたのかもしれない。反キリストが誕生して世界を支配しようとしている、とね」

ナシムはキリスト教にはまるでくわしくなかったが、その話はつじつまが合っているとはとても思えなかった。「宗教的な予言の核心は、それが……予言だということだと思うんだけど。もし反キリストがヒューストンのコンピュータの中に誕生しようとしているのなら、有徳の信者が果たすべき任は、反キリストの治世を生き延びて、自らの信仰への忠実を守り、そして最後に、自らの報酬を刈りとることじゃないの？ キリストの再臨前に起こることが必要な、運命によって定められた出来事の道すじに、肥料満載のトラックを乗りいれたりはしないでしょう、その出来事がどんなに不愉快なものでも」

キャプランがいった。「たぶん爆破犯たちには、シュワルツェネッガーの映画が神学の授業だったのさ。あるいは、たぶんぼくはまちがっていて、たぶんそれは全然別のだれかで、そいつらは、サイドロードが決定的な影響をあたえて、〈超知性プロジェクト〉の成功しうる可能性が大きすぎるリスクと思えるものになりはじめた、と考えたのかもしれない。政府機関とか？　外国勢力とか？」キャプランは肩をすくめた。

「〈超知性プロジェクト〉外部で」ナシムは応じる。「ザッカリー・チャーチランドを別にすると、これまでに〈超知性プロジェクト〉を本気にしたことのある、わたしの知っている唯一の人間は、あなたよ」

キャプランは笑い声をあげた。偽りのないものに聞こえたが、それはキャプランの本物の声ではない。「そうだな。あのころは目茶苦茶純真だった」

「なのにどうして考えを変えたの？」

「連中が五十億ドルを注ぎこんでいるのが、水増しした給料と空っぽの言葉でしかないのをずっと見ていたから」

すじの通った答えだった。ナシムはそれで納得しておくことにした。

「ところで、〈イコノメトリクス〉はあなたがいないあいだも無事でいられると確信があるの？」ナシムは訊いた。

「爆破犯からは無事だ」キャプランは答えた。「だれも高性能な産業用ロボットを反キリストと取り違えたりはしないよ。〈シス・ヒューマニスト同盟〉はきっとうっとうしいだろうが、それには対処できると思っている」

「具体的には、どうやって？」

「じつは、それがきみと話したかった理由のひとつだ」キャプランは白状した。「冷凍装置の蓋を閉める前に、きみのところの社員をひとり、ちょうだいしようと思っているんだ。アリフ・バフラーミー。〈ゼンデギ〉が攻撃を受けたとき、彼がいくつかいいアイデアを出したようじゃないか、サイドロードを防御の一部に使うというやつ。きみのところではもう、そういうことでは彼が必要にならないんだから、彼に〈イコノメトリクス〉に来るよう説得するにはどうするのがいいと思うか、きみに訊きたいと思ってね」

葬儀は晴れた春の日の午後だった。マーティンの旧友ベフルーズがダマスカスから空路で駆けつけて墓前で追悼の言葉を述べた。温かく、親愛の情のこもった弔辞だった。この人はいい人選だとナシムは思った、というのは、ほかの会葬者より少し離れた立場だったたから。そのため、話の途中で涙をこらえるのが、少し容易だった。

棺が地中におろされるのを見ていると、自分がこの男性の記憶と人格の断片を手もとに持っていた、という考えがこれまでになく超現実的な話に思えてきた。彼の頭の中からナシムが引っぱりだした大雑把な近似値が、活き活きと動いたのだ。だが、その近似値が、手荒く切りだされた境界線の内側で心の平静を見つけだすはずだ、などと自分はどうして思いこめていたのか、ナシムにはもうわからなかった。ふつうの人間にとってさえ、自分の限界と折り合いをつけるのは、嫌というほどむずかしいことなのに。

オマールの家に戻ってから、ナシムはジャヴィードと顔を合わせる勇気を出すまでに、しばらくかかった。ジャヴィードがナシムに心から親しく接したことはいちどもなかったが、今日は頬にキスさせてくれた。心ここにあらずだっただけだが。

葬儀後の夜を、ナシムは母親とすごした。ふたりはとうとう、母の写真全部をオンライン・フォト・マネージャーのクライアント、〈ルーベンス〉の魔手から救いだして、自分たち自身のハードウェア上で管理することに決めた。結果的に、大してむずかしい作業ではなかった。数時間で、ナシムはすべてがふたたびきちんと作動するようにした。

ふたりでライブラリを流し見しながら、母はこの機会を使って若干の再整理をした。まちがった場所に入っていた一枚の写真のところで手を止める。ホメイニの写真を掲げて通りを行進する、スーツを着た若い男性。

「一九七八年のおまえの父さんだ」母がいった。「たぶん十八歳。おまえが生まれる九年前だ」

自分が前にもその写真を見ているはずなのはわかっていたが、最高指導者《アヤトラ》と青年時代の父親の顔が並んでいるのには、心乱された。同じあやまちをおかした革新主義者は、父ひとりではなかった。国王《シャー》よりはなんだってマシに思えたし、この人気のある亡命宗教指導者は、ひとつの終わりにむけての有効な手段だと広く見なされていた。

母娘《おやこ》は並んですわってあてどなく家族史をたどり、やがて母が疲れてきたので、ナシムは手を貸してベッドに連れていった。

二階にあがったナシムは、バルコニーから大通りの車の流れを眺めた。超越に関する競争相手である〈超知性プロジェクト〉のいうことがペテンだとようやく理解した、とキャプランがいったのはほんとうなのか。それともキャプランは、〈超知性プロジェクト〉が先に大きな挫折をしたなら、自分は冷凍睡眠していてもまったくだいじょうぶだと判断したのか。ナシムには知りようのないことだったが、ある意味、問題はそこではなかった。やがていつか――仮に、キャプランが冷凍睡眠から目ざめて、繁栄する企業帝国の管理を取り戻すことがあるとするなら――キャプランは、空っぽのビルの爆破より、はるかに悪い事態を引き起しうるのだ。そのときには、キャプランが演算子に使うとかいっていた木星は、たぶんじっさいはまったくの無傷ですむだろうが、キャプランは何十億もの奴隷の大軍をやすやすとサイドロードして、現実をゆっくりと、道徳的にまともとはいえない場所に変えていってしまうかもしれない。

キャプランの翼を切って飛べなくするには、ナシムが愚かにも手を貸して彼のために作りだしたキャッシュフローを断ち切るのが、ベストの方法だ。それはすなわち、できるかぎり多くの国でのサイドローディングの非合法化を意味する――サイドローディングはまだ非常に高価だし、技術的にも困難なものなので、闇経済でもやはり、市場の隙間《ニッチ》は見つからないだろう。

ヒューストンの爆破事件の背後にいるのが何者にせよ、これで今後、〈シス《C》・ヒューマニ《H》スト同盟《L》〉にとって事態はより困難になる。ハッカーとテロリストの境界線は不明瞭になるだろう。〈CHL〉の主張も同様の運命だ。〈CHL〉を合法化して、闘いを政治の領分に持ちこむには、手に入るかぎりの味方が必要になる。その際に、サイドローディングの危険性について体験をもとに語れる人は、役に立つに違いない。ナシムには、サイドロードされた工場労働者にとってこの世は生き地獄になるはずだ、と胸に手を当てて宣誓証言することはできないが、もしマーティンのケースについて証言したなら、それは、まちがった判断になる可能性があっても慎重を期すべきだと人々を納得させるのに、ひと役買えるだろう。

もしかすると、ジャヴィードの生涯のうちには、〈ゼンデギ・ベフタル《よりよい人生》〉に入りこむドアがひらかれて、彼の世代は古い意味で死ぬことなしに生きる最初の世代になるかもしれない。可能になるにせよ、ならないにせよ、それは高潔な目標だ。しかし、手足を切りとられた削減版の人間を、とりあえず使える隙間からそこに押しこむことは、そうではない。

ロロはそのことをうまく表現していた。それは〈CHL〉のマニフェストにあるスローガンではなく、観覧車でナシムに訴えていたときの言葉だ。そのときのナシムは耳を傾ける気がなかったが、その単純な懇願は、ナシム自身の弁解や合理的説明がすべて消え去ったあとも、心の中に残りつづけていた。

もしなにかを人間にしたいなら、人間まるごとをお作りなさい。

著者あとがき

この長篇は二〇〇九年七月に完成した。広く議論を呼んだマフムード・アフマディーネジャード大統領の再選の翌月である。選挙結果は大規模な街頭デモを引き起こし、それは容赦なく弾圧されたが、聖職者層の中にも選挙の正当性を疑問視し、抗議者への虐待を非難した人々がいた。この先の数年間を予測するのは不可能である――とくに、わたしが想像した特定のシナリオは、つねに現実に凌駕される定めにある――が、物語のこの部分が、時代の精神と、イランの人々の勇気と知恵を、いくらかは捕捉していることを願う。

ヘズベ・ハーラーは架空の存在であり、現実のいかなる組織もモデルとしていない。

ジェンダー再割り当てを容認したアヤトラ・ホメイニによる布告《ファトワー》は事実であり（"A Fatwa for Freedom" by Robert Tait, *The Guardian*, 27 July 2005 参照）、ナチ占領下のヨーロッパが舞台のイランのテレビ・ミニシリーズも同様である（"Iran's Unlikely TV Hit" by Farnaz Fassihi, *The Wall Street Journal*, 7 September 2007 参照。この記事では番組名の Madare sefr darajeh は文字どおり『0度の回転』Zero Degree Turn と訳されているが、本書ではより土地言葉に近い『振りむく余地なし』No Room to Turn を英訳とした)。フェルドウスィーの『シャーナーメ』の物語の出典としてわたしが使ったのはディック・デイヴィスの翻訳（*Shahnameh*, Viking Penguin, New York, 2006）である。ただし、『ゼンデギ』で再演されているヴァージョンはオリジナルに厳密に忠実ではまったくないので留意されたい。

作中でのペルシア語の英語表記は、読者に発音についていくらかのイメージを持ってもらうことのみを意図したもので、いかなる正式の体系に従ったものでもない。

この長篇に関する参考説明等は、**www.gregegan.net** にある。

訳者あとがき

本書は、二〇一〇年半ばにイギリスでGollancz社、アメリカでNight Shade Books社から相次いで刊行された、グレッグ・イーガンの長篇*Zendegi*の全訳である。*Zendegi*は、英語のlifeにあたるペルシア語（の発音を英語表記したもの）。本書の大部分は、イラン（の首都テヘラン）が舞台となる。

本書はふたりの主人公それぞれのふたつの時代にまたがる物語で、第一部では西暦二〇一二年が、第二部では二〇二七年から翌年にかけてが描かれる。著者あとがきにもあるとおり本書が書きあがったのは二〇〇九年半ばなので、本書で描かれる政治・国際情勢、あるいはヒト《H》・コネクトーム《C》・プロジェクト《P》等の科学・テクノロジー面での記述には、第一部の二〇一二年や、さらには原書が出た二〇一〇年時点での〝史実〟と食い違いが生じている場合がある、という点は本書を読む際にご注意ください。

あとは、『白熱光』（《新☆ハヤカワ・SF・シリーズ》）のような〝原書読者の多くが勘違いしたポイント〟があったという話も聞かないし、『ディアスポラ』（ハヤカワ文庫S

F）のように、作者ホームページの図を見ながら読んでいただいたほうがわかりやすいかもしれない記述があるわけでもないので、本書について訳者あとがきで解説を要するようなことはとくにないだろう。（作者ホームページの本書に関する項目は、おもに本書執筆途中の二〇〇八年十月の、イランへの取材旅行日記。作中では直接の舞台にならない都市も含まれるが、載っている写真の中には、もしかしてこれがあの場面のイメージにつながっているのかも……というものも）

本書の内容をかんたんにまとめておくと、奇数章（と第二章）の主人公マーティンは、一九六〇年代半ば生まれのオーストラリア人。第一部で彼は、勤務する新聞社の特派員としてテヘランに赴き、ここで大きな政治的動乱に遭遇、おもに民衆側の最前線の現場を取材していくことになる。その後、現地の女性と結婚してテヘラン郊外に住み、新聞社を辞めて夫婦で書店を経営。第二部では男の子（五歳。作中で六歳になる）の父になっている。

偶数章（第二章を除く）の主人公ナシムは、一九八七年生まれのイラン人。彼女は十歳で母親とともに国外への亡命を余儀なくされ、紆余曲折の末、アメリカ合衆国に帰化、第一部の時点では生命情報科学の専門家としてマサチューセッツ工科大《MIT》の研究室に所属している。第二部のナシムはイランに戻って、これまた紆余曲折の末、世界的な市場を持つテヘランのゲーム会社〈ゼンデギ〉のコンピュータ部門の現場トップ的な立場にある。

作中で〈ゼンデギ〉という言葉は、会社名のほか、同社が提供するVR体感ゲームやそのゲーム内世界を指す言葉として使われている。このゲームに関わるテクノロジーが、マーティンとナシムの物語を結びつけていくことになり、そして本書のSF的な核になる。

本書を既訳のイーガン長篇と比較するなら、数々の近未来テクノロジー描写には『宇宙消失』や『万物理論』（ともに創元SF文庫）を連想させるところもあるが、コンピュータ上に人間の〝コピー〟を作ることを題材としているという点では、『順列都市』（ハヤカワ文庫SF）の系列の作品といえるだろう（ただし、同一の未来史の類《たぐい》ではありません）。とはいえ、『順列都市』やほかのイーガン作品の多くでは、脳神経配線の完璧なマップが作れるといったレベルのテクノロジーが前提となっていたのに対して、本書はそのはるか以前の段階、現実（に近いところ）から一歩踏みだす時点を描いているのが特色。ここでキイとなるアイデアが、〝サイドローディング〟。記憶や人格を電脳世界に〝アップロード〟するという表現はSFでおなじみだろうが、〝サイドローディング〟とはなにか……については作品本文をお読みください。

作者の長篇の中での本書の特徴は、まず、親子の関係――マーティンの息子への思い、ナシムの（いまは亡き）父への思い――が前面に出ていて、物語の大きな推進力にもなっている点。ただし、そこには（おもに倫理面での）オブセッションが強く働いていて、SF的アイデアを扱うときのような議論の深みにしばしばはまっていくのは、やはりイーガン作品らしいところ。この点ではほかのイーガン作品だと、たとえば「ひとりっ子」（ハヤカワ文庫SF同題短篇集所収）を連想させる。（なお、超遠未来が舞台だったり、超奇想SFレベルのアイデアを扱っている作品だとそうした要素に目眩ましされてしまいがちだが、本書のド

ラマ性の高さはイーガン作品の中で例外的というわけではない)

一方、ユーモアの要素はほかのイーガン作品とも共通するものだが、本書では基調トーンがややダウンビートな分、強調される結果になっている面もある(絶対的な分量も多いかもしれない)。もう一点、伏線の細かさでも、本書はイーガン長篇で上位にくると思う。単なる枝葉の記述や脱線かと思った部分がのちのち活きてくる箇所が随所にある。また、物語上の伏線以外にも、じつは第一章には本書のアイデアやテーマに関する重要な議論が先取りされているので、本書読了後に第一章をざっと眺めると膝を打つ部分があると思います。

本書の翻訳にあたって、ペルシア語の発音の日本語表記については、原書の綴りをふつうに英語として発音した場合をベースに、旅行ガイドブック、旅行者用の会話の本、オンライン辞書やいくつかのサイト等も参考にさせていただいた。作者同様どれかに準拠したわけではなくケースバイケースなのでここではいずれもお名前をあげませんが、基本中の基本レベルでペルシア語がまったくのお手上げ状態だった訳者を全面的にフォローしてくださった早川書房の編集・校閲のみなさんを含めて、深く感謝いたします。

フェルドウスィー作『シャーナーメ』については、岩波文庫の岡田恵美子訳『王書 古代ペルシャの神話・伝説』(フランス語訳からの部分訳)を、大いに参考にさせていただいた。記してお礼申しあげます。ただし固有名詞の表記等は、ここでも必ずしもすべてを準拠したわけではないこと、また、著者あとがきにあるとおり、本書中の『シャーナーメ』のエピソードは原典と大幅に異なっている（さらに作中のゲームの展開によって変わっている）場合があることを、重ねてお断りしておきます。

グレッグ・イーガンは一九六一年、オーストラリア生まれ。長篇の邦訳は本書が六作目で、ほかに日本オリジナル編集の短篇集が現在までに五冊ある。プロフィールや作風の詳細は、これらの解説や訳者あとがきをごらんください。新たにつけ加える情報としては、二〇一四年に〈SFマガジン〉創刊七百号記念でおこなわれたオールタイム・ベストSF投票で、海外作家部門一位になっている。ほかにも同投票では、海外長篇部門で『ディアスポラ』が二位、『万物理論』が六位、『順列都市』が三十七位となり、海外短篇部門では「しあわせの理由」（ハヤカワ文庫SF同題短篇集所収）が二位になったのを筆頭に、四十位以内に五作がランクインした。

本書のあと、二〇一一年から三年連続で、この宇宙とは別の物理法則に支配される宇宙を舞台にした長篇三部作を発表。これは本年後半から《新☆ハヤカワ・SF・シリーズ》で順次邦訳刊行の予定である。

二〇一五年六月

グレッグ・イーガン

〈キャンベル記念賞受賞〉
順列都市〔上〕〔下〕　山岸　真訳
並行世界に作られた仮想都市を襲う危機……電脳空間の驚異と無限の可能性を描いた長篇

〈ヒューゴー賞／ローカス賞受賞〉
祈りの海　山岸　真編・訳
仮想環境における意識から、異様な未来までヴァラエティにとむ十一篇を収録した傑作集

〈ローカス賞受賞〉
しあわせの理由　山岸　真編・訳
人工的に感情を操作する意味を問う表題作のほか、現代SFの最先端をいく傑作九篇収録

ディアスポラ　山岸　真訳
遠未来、ソフトウェア化された人類は、銀河の危機にさいして壮大な計画をもくろむが⁉

ひとりっ子　山岸　真編・訳
ナノテク、量子論など最先端の科学理論を用い、論理を極限まで突き詰めた作品群を収録

ハヤカワ文庫

SFマガジン創刊50周年記念アンソロジー
[全3巻]

[宇宙開発ＳＦ傑作選]

ワイオミング生まれの宇宙飛行士

中村 融◎編

有人火星探査と少年の成長物語を情感たっぷりに描き、星雲賞を受賞した表題作をはじめ、人類永遠の夢である宇宙開発テーマの名品７篇を収録。

[時間SF傑作選]

ここがウィネトカなら、きみはジュディ

大森 望◎編

ＳＦ史上に残る恋愛時間ＳＦである表題作をはじめ、テッド・チャンのヒューゴー賞受賞作「商人と錬金術師の門」ほか、永遠の叙情を残す傑作全13篇を収録。

[ポストヒューマンSF傑作選]

スティーヴ・フィーヴァー

山岸 真◎編

現代ＳＦのトップランナー、イーガンによる本邦初訳の表題作ほか、ブリン、マクドナルド、ストロスら現代ＳＦの中心作家が変容した人類の姿を描いた全12篇を収録。

ハヤカワ文庫

訳者略歴　1962年生，埼玉大学教養学部卒，英米文学翻訳家・研究家　訳書『白熱光』『プランク・ダイヴ』イーガン　編書『ポストヒューマンＳＦ傑作選　スティーヴ・フィーヴァー』（以上早川書房刊）他多数

HM=Hayakawa Mystery
SF=Science Fiction
JA=Japanese Author
NV=Novel
NF=Nonfiction
FT=Fantasy

ゼンデギ

〈SF2014〉

二〇一五年六月二十日　印刷
二〇一五年六月二十五日　発行
（定価はカバーに表示してあります）

著者　グレッグ・イーガン
訳者　山《やま》岸《ぎし》　真《まこと》
発行者　早川　浩
発行所　株式会社　早川書房

郵便番号　一〇一-〇〇四六
東京都千代田区神田多町二ノ二
電話　〇三-三二五二-三一一一（大代表）
振替　〇〇一六〇-三-四七七九九
http://www.hayakawa-online.co.jp

印刷・三松堂株式会社　製本・株式会社川島製本所
Printed and bound in Japan
ISBN978-4-15-012014-6 C0197

本書は活字が大きく読みやすい〈トールサイズ〉です。